HEYNE BÜCHER

W0271609

Fantasy

Herausgegeben von Friedel Wahren

Vom **Earthdawn-Zyklus** erschienen in der Reihe
HEYNE SCIENCE FICTION & FANTASY:

1. Chris Kubasik: *Der magische Ring* · 06/5117
2. Chris Kubasik: *Die Stimme der Mutter* · 06/5118
3. Chris Kubasik: *Vergiftete Erinnerungen* · 06/5119
4. Greg Gorden: *Die Prophezeiung* · 06/5120
5. Sam Lewis (Hrsg.): *Der Talisman* · 06/5274
6. Caroline Spector: *Narben* · 06/5317 (in Vorb.)
7. Caroline Spector: *Kleine Schätze* · 06/5318 (in Vorb.)

Weitere Bände in Vorbereitung

EARTHDAWN

DER TALISMAN

Vierter Band
des
EARTHDAWN™-Zyklus

Erzählungen
aus der Spielewelt

Herausgegeben von
SAM LEWIS

Deutsche Erstausgabe

WILHELM HEYNE VERLAG
MÜNCHEN

HEYNE SCIENCE FICTION & FANTASY
Band 06/5274

Titel der Originalausgabe
TALISMAN
Übersetzungen aus dem Amerikanischen von
Christian Jentzsch
Die Innenillustrationen zeichnete
Jeff Laubenstein

Redaktion: F. Stanya

Die Originalausgabe erschien bei ROC,
an imprint of Dutton Signet, a division of Penguin Books USA Inc.

Printed in Germany 1995
Umschlagbild: FASA Corporation
Umschlaggestaltung: Atelier Ingrid Schütz, München
Technische Betreuung: M. Spinola
Satz: Schaber Satz- und Datentechnik, Wels
Druck und Bindung: Elsnerdruck, Berlin

ISBN 3-453-08003-3

INHALT

Prolog 7

Louis J. Prosperi
DAS STEINERNE GEFÄNGNIS 9
(Prison of Stone)

Tom Dowd
ALLES HAT SEINEN PREIS 64
(Nothing Without Price)

Christopher Kubasik
BEVOR DAS LEBEN ENDET 108
(Before Life Ends)

Scott Jenkins
AUSWEGLOS 147
(Nowhere to Run)

Jak Koke
IN DUNKLEM BERNSTEIN 208
(Coiled in Dark Amber)

Greg Gorden
AUS BLUT UND ZEIT 278
(Of Blood and Time)

PROLOG

Vor der Wissenschaft und vor der Geschichte gab es ein Zeitalter der Magie und der Legende, ein Zeitalter der Heldentaten und des Schreckens, das Zeitalter der Erddämmerung. In dieser mystischen Zeit war die Magie allgegenwärtig. Zauberer, Schwertmeister, Troubadoure und Schmiede veränderten mit ihren geheimnisvollen Kräften die Strukturen des Lebens.

Doch das Heraufziehen der Magie schwächte auch das Gefüge der Meta-Ebenen. Schreckliche Wesen aus der Astral-Ebene drangen in die Welt ein und verwüsteten Länder und Meere. Zuerst waren diese sogenannten Dämonen nur wenige und schwach, doch mit der Zeit wurden sie zahlreicher, stärker und tödlicher. Sie waren wie eine Seuche, eine Plage, die nicht abgewendet werden konnte.

Die großen Zauberer des Theranischen Reiches sahen die Vergeblichkeit des Kampfes gegen diese Plage ein, und so bereiteten sich Menschen, Dörfer und Städte auf den Tag der Versiegelung vor. Die Erdenbewohner bauten große unterirdische Kaers, die durch Magie versiegelt und geschützt wurden und in denen sie jahrhundertelang warteten, während die Dämonen das Land über der Erde ungehindert durchstreiften und verwüsteten.

Fünfhundert Jahre lang lebte die Menschheit tief unter der Erde und wartete in der Dunkelheit, wartete auf den Tag, an dem die Tore zur Oberfläche der geliebten Erde wieder geöffnet werden konnten, wartete auf den Tag, an dem sie endlich wieder das Tageslicht sehen würde.

DAS STEINERNE GEFÄNGNIS

LOUIS J. PROSPERI

Was ist denn?« rief der Magier ärgerlich, als das Klopfen an der Tür nicht aufhören wollte. Lynthis hatte Noraim noch nie so erlebt, hatte ihn in den zwei Jahren, die sie jetzt Magie bei ihm studierte, nie die Stimme erheben hören. Gewiß, manchmal konnte er schon sehr streng sein, aber niemals laut oder grob. Andererseits wurde Noraim auch nicht oft bei der Arbeit gestört.

»Brela Tonnen schickt mich«, erscholl eine durch die dicke Tür zum Arbeitszimmer des Magiers gedämpfte Stimme. »Er sagt, es sei dringend.«

Noraim erhob sich so schwungvoll, daß der dicke Wälzer auf dem Tisch zu Boden gestoßen wurde. Tatsächlich wirkte der Magier so aufgebracht, daß Lynthis halb damit rechnete, er würde vor Erregung den Tisch umwerfen.

»Schon gut, Mann, ich komme«, bellte er, wobei er sich noch nicht einmal dazu herabließ, die Tür zu öffnen.

Dann wandte er sich an Lynthis. »Wir müssen den Unterricht für heute beenden«, sagte er zu ihr, mittlerweile wieder in seinem normalen höflichen Tonfall. »Wie es scheint, will der Brela mich sprechen. Wir werden das Studium der Erweiterten Matrizen morgen fortsetzen.«

Während Noraim rasch seine Vorbereitungen traf, richtete sich Lynthis auf dem Tisch auf, breitete die Flügel aus und erhob sich in die Luft. Während des Fluges zu ihren Sachen sah sie, wie sich der Magier hastig den weißen Bart glättete und die schütteren Haarsträhnen auf dem Kopf mit den Fingern durchkämmte. Die weiten Ärmel seiner Robe schleiften über den Fußboden, als er sich bückte, um das heruntergefallene Buch aufzuheben, wobei die Robe ein wenig aufklaffte und die mattbraune Tunika darunter enthüllte, die für einen Theraner zur Standardbekleidung zählte. Das Blau von Noraims Magierrobe stand dazu in scharfem Kontrast. Die Farbe war so leuchtend wie ein klarer Himmel an einem Sommertag, und der feine Stoff war mit vielen wunderbaren farbigen Mustern bestickt, manche davon geometrische Figuren, andere lebensechte Darstellungen großer und kleiner Lebewesen.

Wer die Bedeutung dieser Muster und Farben nicht kannte, hätte Noraim fälschlicherweise für nichts anderes als einen bärtigen, weißhaarigen alten Mann halten können, aber Lynthis wußte, daß er in Wahrheit ein mächtiger Magier war. Trotzdem war ihr Noraims Art immer ein wenig zurückhaltend vorgekommen, als habe er sich in trauriger Resignation damit abgefunden, bis ans Ende seiner Tage Anfängern und Lehrlingen die Rätsel und Geheimnisse seiner Kunst beizubringen. Jetzt entdeckte Lynthis plötzlich eine ganz neue Seite an ihm. Er schien fast ein wenig größer zu werden, und sein Gesicht mit den hohen Wangenknochen wies die beinahe arroganten, edlen Züge des typischen Theraners auf.

Lynthis, die sich ebenfalls zum Gehen bereitmachte, reckte und streckte ihren kleinen Windlingskörper und vertrieb damit die Steifheit, die mit den langen Stunden des Lernens und Diskutierens einherging. Ihre winzige Gestalt verlor sich beinahe auf der weiten, dunklen Tischoberfläche, aber für einen Windling war dies ein Bestandteil des Lebens, eine Tatsache, an die sich jeder Angehörige ihrer Rasse rasch gewöhnte. Die Welt mit ihrem ganzen Drum und Dran entsprach mehr den Maßstäben der anderen, größeren Namensgebenden Rassen. Doch Lynthis hatte ihre kleine Gestalt nie als Nachteil angesehen. Was spielte es für eine

LAUBENSTEIN.94

Rolle, daß sie nur eine und eine halbe Elle groß war? Glich ein Windling die fehlende Größe nicht durch seine geflügelte Schnelligkeit und die Anpassungsfähigkeit seines Geistes aus?

Ihr schlanker Körper erhob sich in die Luft, da Noraim die Tür öffnete, um zu gehen, und Lynthis damit ermöglichte, das Arbeitszimmer ebenfalls zu verlassen. Wie ein Kolibri in der Luft schwebend, hielt sie kurz inne, um ihrem Lehrer nachzusehen, der eiligen Schrittes durch den Flur ging, gefolgt von der Wache, die man geschickt hatte, um ihn zu einer Audienz beim Brela zu eskortieren. Was mochte Brela Tonnen von Noraim wollen? Warum sollte er der Dienste eines Magielehrers bedürfen? Vielleicht war einer der Sprößlinge oder Protegés des Brela ein aussichtsreicher Schüler der Magie. Das mußte es sein, denn es gab kaum bessere Lehrer in Vivane. Tatsächlich war Noraim, soviel sie wußte, einer der bedeutendsten Magier, die von Thera nach Barsaive gekommen waren.

Und was für ein Glück, daß er *ihr* Lehrer war. Man hätte ihr auch einen anderen Lehrer zuweisen können, aber Lynthis hatte das Glück gehabt, Lehrling bei *Noraim Immerschlau* zu werden. Sie hatte bei ihm schon weit mehr gelernt als bei jedem anderen ihrer ehemaligen Lehrer, noch dazu in einem viel kürzeren Zeitraum. Sie hoffte nur, daß sie ihre Sache ebenso gut machen würde wie Noraim, wenn die Reihe an ihr war, ihr Wissen an andere weiterzugeben.

Als sie am nächsten Tag zum Unterricht zurückkehrte, erwartete Lynthis eine Überraschung. Sie hatte damit gerechnet, daß Noraim bereits wie üblich auf sie warten und sie wegen ihrer chronischen Unpünktlichkeit tadeln würde. Statt dessen begegnete ihr eine Wache des Brela.

»Noraim befiehlt, daß du auf ihn wartest. Er wird in Kürze hier sein.«

Trotz Noraims Abwesenheit fand Lynthis diese Botschaft recht eigentümlich. Wann hatte ihr der Magier jemals etwas ›befohlen‹? Zwar waren sie beide Bürger des Theranischen Reiches und Angehörige seiner stark gegliederten Gesellschaft, aber Noraim hatte sie immer als mehr oder weniger gleichgestellte Person behandelt – zumindest hinsichtlich des gesellschaftlichen Ranges, wenn auch nicht hinsichtlich ihrer Meisterschaft in den magischen Künsten.

Sie ließ sich auf ihrer üblichen Stelle auf dem Tisch nieder und holte das Buch heraus, daß sie als Tagebuch, als Notizbuch in den Unterrichtsstunden und manchmal sogar als Zauberbuch benutzte. Noraim hatte ihr immer die Bedeutung des Führens einer ordentlichen Formelsammlung einzutrichtern versucht, aber Lynthis behalf sich manchmal trotzdem mit ihrem Notizbuch. Während sie auf ihren Lehrer wartete, wollte sie die Zeit nutzen, indem sie sich ihre Notizen der vergangenen Unterrichtsstunden noch einmal ansah. Daß die Wache blieb, überraschte sie.

»Du kannst gehen«, sagte sie.

Die Wache drehte sich zu ihr um und schnauzte sie förmlich an: »Brela Tonnen hat befohlen, daß Noraim ständig zu begleiten ist.«

Da war dieses Wort schon wieder. Da sie unter Theranern aufwuchs, hatte Lynthis nur einen kleinen Teil ihrer Kindheit in den Wäldern verbracht, die normalerweise von Windlingen bevorzugt werden, aber das hatte gereicht, um sie mit den Sitten und Gebräuchen ihrer Rasse vertraut zu machen. Die an hierarchischer Autorität orientierte Mentalität der theranischen Gesellschaft stand oft in völligem Widerspruch zu dem, was sie als die natürliche Freiheitsliebe des Windlings kennengelernt hatte.

Auch kam es Lynthis merkwürdig vor, daß der Brela verlangt hatte, Noraim sei ständig zu begleiten. Tatsächlich war dies in ihren zwei Jahren bei Noraim das erste und einzige Mal, daß der Brela überhaupt Notiz von ihrem Lehrer genommen hatte.

Diese Gedanken gingen ihr immer noch im Kopf herum, als Noraim plötzlich in sein Arbeitszimmer gerauscht kam, der Wache zurief, sie solle verschwinden, und dann den Protest des Mannes einfach dadurch hinwegwischte, daß er die Tür hinter sich zuschlug.

»Ach, Lynthis, entschuldige die Verspätung, aber seit meiner Unterredung mit dem Brela gestern geht es ziemlich hektisch zu. Aufgrund dieser Besprechung habe ich unseren Lehrplan geändert.« Er hob die Hand, um einer Unterbrechung zuvorzukommen. »Ja, ich weiß, wir hatten vor, unsere Arbeit mit Erweiterten Zaubermatrizen fortzusetzen, aber statt dessen brauche ich jetzt deine Hilfe bei einem neuen Projekt.«

Lynthis konnte sich kein Projekt vorstellen, mit dem der Brela Noraim beauftragen und bei dem Noraim Hilfe von ihr benötigen würde, aber er fuhr rasch mit seiner Erklärung fort.

»Der Brela ist auf einen wichtigen Posten in die große Stadt Parlainth versetzt worden, von wo aus er ganz Barsaive bereisen wird, um den Zehnten für das Reich einzutreiben. Das ist eine große Ehre, nach der sich der Brela schon lange sehnt, aber er fürchtet sich auch davor. Er ist davon überzeugt, daß hinter jeder Person, hinter jedem Baum und jedem Felsen in Barsaive ein Dämon lauert, der nur darauf wartet, ihn anzugreifen und zu töten. Seine Angst vor den Dämonen ist unvorstellbar groß. Er hat mir befohlen, ihm eine magische Vorrichtung zu konstruieren, die ihn vor der Anwesenheit und Annäherung jedes Dämons oder dämonenbefleckten Wesens warnt. Und er hat mir dafür eine Frist von zwei Wochen gesetzt.

Ich habe versucht, ihm die Schwierigkeiten solch einer Aufgabe zu erklären, selbst wenn ich zwei *Jahre* anstatt zwei Wochen Zeit hätte, aber er hat sich nicht umstimmen lassen. Ich habe ihm erklärt, daß die Plage nicht einmal zu Lebzeiten unserer Enkel kommen wird, aber das beruhigt den Brela nicht. Er verlangt einen Schutz vor den Dämonen, und zwar ungeachtet der Kosten, der Logik und der Durchführbarkeit.

Und deswegen habe ich seit gestern praktisch jede Stunde in der Bibliothek verbracht und gelesen. Ich habe bereits die Lieferung einer Reihe alter Texte in mein Labor angeordnet, wo ich mich der Sache in angemessener Umgebung widmen kann – und mit deiner Hilfe.«

»Aber ist dies nicht Euer Labor?« fragte Lynthis.

»Bei allen guten Geistern, nein. Dies ist nur ein Arbeitszimmer, in dem ich Schülern Unterricht erteile. Mein Labor befindet sich in einem ganz anderen Stadtteil in der Nähe meines Hauses. Pack deine Sachen zusammen, Lynthis. Wir machen uns sofort auf den Weg.«

Lynthis verstaute Notizbuch, Feder und Tinte wieder in ihrer Tasche, die sie sich über die Schulter warf, während sie aufflog, um Auge in Auge mit Noraim zu reden.

»Ist diese Aufgabe überhaupt durchführbar, Meister? Alles, was Ihr mich bis jetzt gelehrt habt, steht im Widerspruch zu dem, was der Brela verlangt.«

»Ja, ich weiß, aber wir müssen es versuchen«, sagte Noraim ungeduldig. »Der Brela hat es befohlen, und niemand kann sich seinem Befehl widersetzen oder entziehen.«

Lynthis wußte, daß Noraim recht hatte, denn die Macht eines so hochrangigen Beamten wie des Brelas war groß und weitreichend. Das mußte wohl auch der Grund dafür sein, warum jetzt zwei Wachen anstatt einer vor der Tür von Noraims Arbeitszimmer postiert waren.

»Du bleibst hier«, befahl der neue Wächter seinem Kameraden, als der Magier und sein Lehrling auf den Flur traten. »Ich werde den Magier begleiten.«

Keiner der beiden Wächter trug irgendein Abzeichen, das auf einen unterschiedlichen Rang der beiden hingedeutet hätte, doch Lynthis war sich durchaus der Tatsache bewußt, daß ihr Wissen über das theranische Militär äußerst begrenzt war. Der Wächter, der den Befehl erteilt hatte, heftete sich sogleich an die Fersen des Magiers und des neben diesem fliegenden Windlings. In sehr steifer, förmlicher Haltung folgte er den beiden aus dem Haus und auf die Straßen Vivanes, während sein Kamerad die Aufgabe der Bewachung eines leeren Arbeitszimmers übernommen hatte.

Zwanzig Minuten später trafen Noraim, Lynthis und ihre Eskorte im Reichsviertel der Stadt ein, dem Stadtteil, in dem die bedeutenderen einheimischen Theraner ansässig waren. Dies war ein weiterer Schock für Lynthis. Sie hätte nie gedacht, daß Noraim so weit oben in der theranischen Hierarchie rangierte. Andererseits war er natürlich wirklich der beste Lehrer in ganz Vivane.

Sie begaben sich in den nördlichsten Teil des Stadtviertels, und nach kurzer Zeit führte Noraim Lynthis zum Eingang eines kleinen, unauffälligen alten Hauses. An der Tür äußerte der Magier einen Befehl, und die Tür öffnete sich quietschend.

»Hier ist es?« fragte Lynthis ungläubig.

Noraim lächelte über ihre Reaktion. »Überrascht, wie? Ja, weißt du, ich bin in diesem Haus aufgewachsen. Mein Vater hat es vor hundertzwanzig Jahren gebaut, nachdem er und meine Mutter von Thera übergesiedelt waren. Ich kenne jeden Winkel, jede Ritze und jeden Ziegel des Hauses. Hier habe ich die Kunst der Magie gelernt, und hier verrichte ich immer noch meine wichtigsten Arbeiten.«

Dies war ebenfalls eine Überraschung für Lynthis, und Noraim mußte sie ihr wohl ansehen.

»Du hast doch wohl nicht geglaubt, daß sich meine

Arbeit darauf beschränkt, dich und andere zu unterrichten? Ich habe meine eigenen Forschungs- und Studienprojekte, und das hier ist der Ort, an dem ich an ihnen arbeite.«

Angesichts Noraims Verärgerung wurde Lynthis wieder einmal klar, daß sie noch lernen mußte, ihre Zunge im Zaum zu halten. Ein weniger geduldiger Meister hätte sie für einen derartigen Ausbruch vielleicht zurechtgewiesen oder gar bestraft.

»Ich bitte um Verzeihung, Meister«, sagte sie zerknirscht, »aber alles, was ich heute erfahren habe, hat mich zutiefst überrascht.«

Noraim warf ihr einen seltsamen Blick zu, sagte jedoch nichts. Dann, als habe er sich plötzlich irgend etwas anders überlegt: »Ich akzeptiere deine Entschuldigung, Lynthis. Es stimmt schon, ich habe nicht den Wunsch, die Aufmerksamkeit auf meine Arbeit zu lenken. Wenn ich als Magier erfolgreich bin, dann aufgrund meiner Resultate, nicht weil ich mich meines Könnens rühme.«

Lynthis war es irgendwie peinlich, ihren Lehrer so unterschätzt oder verkannt zu haben, aber der Anblick von Noraims Labor verwirrte sie noch mehr. Es sah ganz und gar nicht so aus, wie sie sich den Arbeitsraum eines Meistermagiers vorgestellt hatte, sondern es war muffig und mit Spinnweben verhangen. Der Boden war uneben und bestand aus roh behauenen Steinblöcken. Die Wände wurden von Regalen gesäumt, die mit alten Büchern, Schriftrollen und Texten vollgestopft waren, und auf einem großen Tisch standen Krüge und Phiolen in allen möglichen Formen und Größen. Lynthis begaffte alles voller Verwunderung, aber diesmal äußerte sich Noraim weder zu ihrer Überraschung noch zu ihrer Miene.

Statt dessen räumte er die Unordnung auf dem Tisch auf. Lynthis half ihm dabei, wobei ihr immer noch der Kopf von dem Wissen schwirrte, daß viel mehr hinter Noraim steckte, als sie ursprünglich angenommen hatte. Die Wache, die sie begleitet hatte, postierte sich vor der Tür, als sei die Aufgabe, diese mit Spinnweben und Büchern angefüllte Kammer zu bewachen, die natürlichste Pflicht der Welt.

Ein paar Minuten später klopfte es an der Tür, als ein Bote von der Bibliothek eintraf und einen Stapel dicker Bücher und gebundener Schriftrollen abliefern wollte. Auf ein Nicken Noraims hin gestattete die Wache dem Boten den Eintritt und führte ihn dann zum Tisch. Der Bote lud seinen Armvoll Bücher und Schriftrollen ab, die geräuschvoll auf den Tisch polterten, und wandte sich dann wortlos zum Gehen.

»Wir wollen damit beginnen, daß wir über die anstehende Herausforderung nachdenken«, sagte Noraim, als sich die Tür hinter dem Boten geschlossen hatte.

Obwohl nicht darauf vorbereitet, so schnell mit der Arbeit zu beginnen, gelang es ihr mühelos, sich rasch zu sammeln. Sie stellte ihre Tasche ab, hockte sich auf die Lehne eines Stuhls und sah erwartungsvoll zu, wie der Magier ein Stück Kreide nahm und auf die einzige Wand, die nicht vom Boden bis zur Decke mit Bücherregalen vollgestellt war, zu schreiben begann.

»Unser Ziel ist es, einen Zauber zu ersinnen – oder einen bestehenden Zauber zu verändern –, der in der Lage ist, Dämonen aufzuspüren, wenn er mit der Struktur eines Gegenstands verwoben wird. Also, Lynthis, auf welche Weise können wir astrale Wesenheiten entdecken?«

»Es gibt den Astralsinn«, antwortete sie, »dann das Magie-Aufspüren und die Astralsicht, die durch die Kunst der Magie erworben werden kann...«

»Ja, genau, das stimmt«, sagte Noraim abwesend, indem er Symbole für die drei genannten Möglichkeiten an die Wand kritzelte.

Dann trat er einen Schritt zurück und betrachtete

sein Gekritzel, wobei er offenbar über jede einzelne Formel nachdachte. Währenddessen flog Lynthis zu ihm und hielt sich flügelschlagend auf Schulterhöhe neben ihrem Meister in der Luft.

Noraim schenkte ihr keine Beachtung, sondern zeichnete ein Symbol für die Dämonen und die grundlegenden Zeichen für einen astralen Spürzauber. »Also muß der Zauber alle astralen Eindrücke filtern und nur auf jene reagieren, die dämonenbefleckt sind«, sagte er, um dann ein prägnantes »Hmmmm« hinzuzufügen.

»Ist das möglich?« fragte Lynthis, doch Noraim schien ihre Anwesenheit völlig vergessen zu haben.

Immer noch in Nachdenken versunken, verschränkte der Magier die Arme, während er auf einen Punkt starrte, der weit jenseits der Wand zu liegen schien. »Nun, da wir unser Ziel kennen, können wir fortfahren. Und wir werden die Regeln brechen müssen ...«

»Die Regeln brechen müssen?« wiederholte Lynthis.

Wiederum schien Noraim ihre Unterbrechung gar nicht zur Kenntnis zu nehmen. »Das, was der Brela verlangt, verstößt gegen jede magische Theorie, die ich kenne, und widerspricht all meinem magischen Wissen.« Er verfiel wieder in Schweigen, während er sich in die Symbole vertiefte, die er soeben an die Wand gekritzelt hatte.

»Ja«, sagte er schließlich, »wir müssen etwas ganz Neues schaffen, etwas, das die Anwesenheit von Dämonen und ihrer Schöpfungen entdecken kann, und zwar in einem so großen Umkreis, daß die Warnung früh genug erfolgt, um eine Verteidigung vorbereiten zu können. Das andere Problem besteht darin, daß der Brela nicht geübt in der Anwendung von Magie ist. Er ist ein Diplomat und kein Adept, der einen Zauber erwirken kann.« Lynthis schwebte immer noch neben Noraim, der sich plötzlich zu ihr umdrehte und sie ansah.

»Ich würde sagen, daß wir es grundsätzlich mit zwei verschiedenen Herausforderungen zu tun haben«, sagte er. »Zunächst müssen wir einen astralen Spürzauber verändern und so präzise abstimmen, daß er viel mehr Einzelheiten an einer Zielstruktur erkennt, als dies normalerweise der Fall ist. Und zweitens muß der Zauber nicht nur in der Lage sein, Dämonen zu entdecken, sondern auch winzige Spuren von Dämonenbefleckung an einer Person. Ich möchte, daß du mit der Arbeit an diesem zweiten Problem beginnst, während ich das erste angehe. Unter den Texten, die ich mir habe kommen lassen, befindet sich auch eine ganze Reihe von Schriften, die der Aufspürmagie und der Magie der Dämonen gewidmet sind. Nimm sie mit zu dir nach Hause und studiere sie. Du wirst mindestens zwei Tage brauchen, um alle zu lesen, ganz zu schweigen davon, daraus Schlüsse zu ziehen. Komm in drei Tagen wieder.«

Noraim ging zum Tisch zurück, wo er drei Schriftrollen aus dem Stapel zog, den der Bote abgeliefert hatte.

»Diese drei Schriften sollten dir helfen. Und vergiß bitte nicht, dir Notizen zu machen. Betrachte dieses Projekt als Teil deines Unterrichts, den wir übrigens in den nächsten Wochen hier abhalten werden. Du wirst also nicht in mein Arbeitszimmer, sondern hierher kommen. Ich werde den Wachen Anweisungen geben, dich einzulassen, aber nur an den Tagen, an denen wir verabredet sind. Solltest du an einem anderen Tag kommen, werden dir die Wachen den Zutritt verweigern.«

Lynthis nahm gehorsam die Schriftrollen und fand einen Sack, der groß genug war, um sie darin zu verstauen. Dann warf sie sich ihren Beutel über die Schulter und flog zur Tür hinaus und zu sich nach Hause.

Drei Tage später kehrte sie in Noraims Labor zurück. In der Zwischenzeit hatte Lynthis mehr über die

Magie des Aufspürens erfahren, als sie je für möglich gehalten hätte, und sogar noch mehr über die Magie der Dämonen. Denn dieser letztere Aspekt der Forschung war es, der sie faszinierte. Wie alle anderen Theraner – und auch alle Bewohner Barsaives – hatte man sie vor den furchtbaren Kräften der Dämonen und den unbeschreiblichen Taten, zu denen sie fähig waren, gewarnt. War es möglich, durch das Studium der Magie der Dämonen eine Schwäche zu finden, die es den Theranern gestatten würde, diese niederträchtigen Kreaturen noch vor dem Ausbruch der Plage zu besiegen? Sicher hatten schon andere denselben Gedanken gehabt. Waren die Riten des Schutzes und des Übergangs nicht durch das Studium der Bücher von Harrow geschaffen worden? Als Lynthis das Labor betrat, ruckte Noraims Kopf hoch, um sie durchdringend zu mustern. Der Magier war offenbar mehr als nur ein wenig über ihre Unpünktlichkeit verärgert.

»Du kommst zu spät!« schnauzte er.

»Aber nur ein paar Minuten, Meister. Ich wußte nicht genau, wieviel Zeit ich für den Herflug einkalkulieren …«

»Ich dulde keine Ausflüchte. Ich habe dich angewiesen, hierher zum Unterricht zu kommen, und du hast dich verspätet!«

»Bitte verzeiht mir, Meister. Der Weg hierher war länger, als ich dachte. Ich hatte mich so in meine Studien vertieft, daß ich zuwenig Zeit für den Flug hierher veranschlagt habe. Es wird nicht wieder vorkommen.«

»Darum will ich auch gebeten haben! Und jetzt erzähl mir, was du bei deinen eifrigen Studien herausgefunden hast.«

Lynthis packte ihre Sachen aus und nahm ihr Notizbuch zur Hand, das ihre Aufzeichnungen und Anmerkungen der letzten drei Tage enthielt. Sie war immer noch ein wenig erschüttert über Noraims Schärfe. Sie war schon so oft zu spät gekommen, aber noch nie hatte er sie so zornig gescholten. Und noch nie hatte er ihr befohlen, irgend etwas zu tun!

Als Lynthis mit dem Notizbuch in der Hand zu Noraim flog, fiel ihr Blick auf die Wand, auf die der Magier vor drei Tagen die Ziele und Herausforderungen ihrer Aufgabe gekritzelt hatte. An die Stelle dieses Gekritzels waren mittlerweile die Zeichen für irgendeine Art von Zauberstruktur getreten. Dem Aussehen nach handelte es sich um einen Aufspürzauber, jedoch um keinen, den Lynthis kannte.

Sie schlug ihr Notizbuch auf, und sie und Noraim begannen mit einer Diskussion über die Theorie der Aufspürmagie, wobei sie mit den Grundlagen der Strukturerkennung begannen und schließlich bei den komplexeren Theorien der Strukturvariationen anlangten.

»Beruht die Aufspürmagie nicht größtenteils auf einer Variation des Astralsinn, wenn es gilt, die Struktur eines Gegenstandes oder Wesens zu betrachten?« fragte Lynthis. »Wenn die betrachtete Struktur in die Kategorie fällt, die der Zauber aufspüren soll, wird irgendeine Warnung ausgelöst.«

Noraim nickte zustimmend. »Ja, das stimmt, aber diese Zauber sind zu plump und können nur die gröbsten Strukturen durchdringen. Es gibt eine zweite, viel höher entwickelte Methode, Strukturen zu betrachten, eine natürliche Fähigkeit, die ausschließlich deiner Rasse vorbehalten ist.«

»Ihr meint die Astralsicht der Windlinge. Ja, die gibt es, aber keine andere Namensgebende Rasse besitzt sie. Und niemandem ist es je gelungen, sie mittels eines Talentes oder eines Zaubers zu kopieren, nicht wahr, Meister?«

»Nicht, daß ich wüßte. Dennoch müssen wir sie als real existierende Methode berücksichtigen.«

»Aber sie kann nicht nutzbar gemacht werden«, beharrte Lynthis. »Sollten wir uns nicht auf das Mögliche konzentrieren, anstatt auf das Unmögliche?« Sie hatte die Worte noch gar nicht ganz ausgesprochen, als sie auch schon mit einer scharfen Zurechtweisung rechnete. Ihre Angewohnheit, alles zu sagen, was sie gerade dachte, brachte sie in letzter Zeit zunehmend in Schwierigkeiten. Es war jedoch schwierig, mit dieser Angewohnheit zu brechen, und sie machte sich auf einen Tadel gefaßt. Es kam jedoch keiner.

»Du hast recht«, sagte Noraim nur. »Wir sollten uns tatsächlich auf das Mögliche konzentrieren. Aber bedenke folgendes: Das, was gestern noch unmöglich war, ist heute bereits wahrscheinlich. Die Forschung hinsichtlich der Wirkungsweise der Magie bringt uns jeden Tag neue Erkenntnisse. Wir sollten unsere Augen nicht vor dem Unmöglichen verschließen, denn wir können jederzeit neue Geheimnisse enträtseln.«

»Jawohl, Meister«, murmelte Lynthis, doch Noraim hielt kaum inne, um Atem zu holen.

»Ich denke, wir stimmen beide darin überein, daß es relativ leicht ist, einen Zauber zu entwickeln, der Dämonen aufspürt. Ihre Strukturen sind so rauh und körnig, daß ein Aufspürzauber genügen würde, der auf dem Astralsinn beruht. Die Schwierigkeit besteht darin, einen Zauber zu entwickeln, der jene Dinge und Wesen aufspürt, die lediglich von den Dämonen befleckt sind. Wir befinden uns in derselben Lage wie ein Waffenschmied, der die Struktur eines Schwerts erforscht, um dessen wahre Natur zu bestimmen. Er registriert die kleinsten Einzelheiten in der Struktur der Waffe, und es sind eben jene Einzelheiten, aus denen die Waffe ihre Einzigartigkeit bezieht. Theoretisch sollten wir in der Lage sein, dasselbe zu tun, um die ›Einzigartigkeit‹ zu entdecken, die das Ergebnis einer Dämonenbefleckung ist«, sagte Noraim.

»Was meint Ihr mit ›theoretisch‹, Meister? Die Schriften, die ich studiert habe, legen nahe, daß solch ein Ansatz auch praktisch funktionieren müßte.«

»Nun, ich glaube, die Variationen zwischen einer natürlichen und einer befleckten Struktur könnten zu subtil für einen Aufspürzauber auf der Basis des Astralsinns sein. Außerdem gibt es vielleicht keine für alle Dämonenbefleckungen charakteristische Eigenart. Nein, wenn dieser Zauber tatsächlich wirksam sein soll, müssen wir astrales, physikalisches und historisches Wissen über Dämonen in ihn einfließen lassen. Wir brauchen einen Zauber, der die feinsten Variationen erkennt und dann bestimmt, ob diese Variationen das Ergebnis einer Dämonenbefleckung sind.

Uns bleibt also nichts anderes übrig«, fuhr Noraim fort, »als einige Experimente durchzuführen. Komme in zwei Tagen wieder, während ich mir alles noch einmal durch den Kopf gehen lasse. Und sei pünktlich.«

Lynthis war zufrieden, aber auch verwirrt.

»Wollt Ihr damit sagen, daß wir uns mit dem Problem des Einsatzes von Aufspürmagie noch weiter beschäftigen werden?«

»Nein, nicht *wir*. *Ich* werde mich diesem Problem auch weiterhin widmen. Du wirst dich auf andere Bereiche konzentrieren. In der Zwischenzeit werde ich versuchen, die Struktur für einen Zauber zu ersinnen, der unseren Anforderungen entspricht. Und jetzt mach dich auf den Weg. Und, Lynthis ...«

»Ja, Meister?«

»Sei pünktlich.«

»Ja, Meister Noraim. Habt Ihr noch andere Schriften für mich, die ich studieren soll?«

»Nein, aber wenn du noch etwas lesen willst, nimm eine von diesen hier mit.« Noraim deutete auf einen kleinen Stapel auf dem Tisch. »Die brauche ich noch nicht.«

Nach flüchtiger Durchsicht des Stapels wählte Lynthis eine weitere Schrift zum Thema Dämonenmagie. Dann verstaute sie Notizbuch, Feder und Tinte in ihrem Beutel.

»In zwei Tagen«, sagte sie, während sie sich in die Luft erhob. »Pünktlich.«

Zwei Tage später, als Lynthis sich Noraims Labor näherte, dachte sie noch einmal über all das nach, was sich kürzlich ereignet hatte. Vor ein paar Tagen war sie noch eine Schülerin des Magiers Noraim gewesen, und mittlerweile war sie das Dienstmädchen eines jähzornigen, anmaßenden Tyrannen. Was war geschehen? Noraim hatte zuvor niemals die Arroganz und das Gehabe der Überlegenheit an den Tag gelegt, die die meisten Theraner stolz vor sich her trugen wie eine Fahne. Vielleicht stimmte die barsaivische Redensart: »Einmal Theraner, immer Theraner.«

Die Schriften, mit denen sie sich in den letzten Tagen beschäftigt hatte, handelten alle von Geisterbeschwörung – speziell der dämonenverwandten Geisterbeschwörung. Mittlerweile war sie von der Dämonenmagie und dem Wesen der Dämonen derart fasziniert, daß Lynthis sich schon mehr als einmal gefragt hatte, warum sie nicht die Disziplin des Geisterbeschwörers anstelle des Magiers gewählt hatte. Doch wenn ihr dieser Gedanke kam, tat sie ihn ebenso rasch wieder ab, da sie sich klar machte, daß die Disziplin Magier die *oberste* magische Disziplin war. Die Disziplin, die sich mit dem Wesen der Magie beschäftigte, nicht mit den Geistern, den Elementen oder mit Illusionen, sondern mit der Magie an sich. Plötzlich ging ihr auf, daß dies nicht ihre eigene Überzeugung, sondern die ihrer Eltern war, die sie ermutigt (oder vielleicht gezwungen) hatten, den Pfad des Magiers zu beschreiten. So oder so, dies war gewiß nicht der geeignete Zeitpunkt, über einen Wechsel nachzudenken.

Als sie sich Noraims Haus näherte, sah Lynthis mehr Wachen vor der Tür auf Posten stehen. Sie hatte sich schon bei der einen etwas unwohl gefühlt, und mittlerweile waren es gar drei. Entweder hatte der

Brela mehr Sicherheit angeordnet, oder es hatte einen bedeutenden Zwischenfall gegeben. Sie flog zur Tür und wurde von der bekannten Wache eingelassen. Die beiden anderen schienen nicht auf die Tür zu achten, sondern auf etwas zu warten.

Im Vorbeiflug fiel Lynthis auf, daß die beiden Männer die Uniform der Wachen des Sklavenlagers von Vivane trugen. Warum sollten Wachen aus dem Sklavenlager zu Noraims Labor kommen? fragte sie sich, doch die Antwort ließ nicht lange auf sich warten. Als sie das Labor betrat, sah sie eine Zwergin, deren Hände und Füße in Handschellen steckten, auf einer langen Holzbank sitzen. Sie trug zerlumpte, schmutzige Kleidung und hatte das abgezehrte Aussehen der Unterernährten. Neben dieser Sklavin lagen zwei weitere Paar Handschellen, beide unbenutzt. Lynthis fragte sich, warum das so war, als sie in den Raum flog.

Dies war natürlich nicht Lynthis' erste Begegnung mit der Sklaverei. Da sie als Theranerin aufgewachsen war, hatte sie immer Sklaven im Haus gesehen. Gewiß, ihre Eltern hatten sie immer als Bedienstete bezeichnet, doch jeder wußte, daß sie Sklaven waren. Vielleicht war dabei eine Windling-Saite tief in ihrer Seele angeklungen, aber sie war instinktiv immer vor der Vorstellung zurückgeschreckt, daß sich ein Lebewesen im Besitz eines anderen befinden könnte. Wenn das Universum wahrhaftig die Namensgebenden Rassen erschaffen hatte, wie man es sie gelehrt hatte, mußte die Idee von der Überlegenheit einer über eine andere falsch sein. Lynthis hatte diese Gedanken jedoch immer für sich behalten, denn solch ein Standpunkt war für einen Theraner unakzeptabel. Statt dessen hatte sie so getan, als finde diese Praxis ihre Zustimmung.

Als sie an der Sklavin vorbeiflog, zuckte sie angesichts des Zustands der bedauernswerten Zwergin unwillkürlich zusammen. Hatte Noraim ihre Reaktion bemerkt? Vielleicht nicht, denn der Magier enthielt sich jeglicher Bemerkung, während Lynthis zum Tisch flog, um ihre Sachen auszupacken.

Sie sah, daß er wieder etwas an die Wand gekritzelt hatte. Zum einen hatte die Zauberstruktur, die ihr bereits vor zwei Tagen aufgefallen war, an Umfang und Komplexität gewonnen. Die andere Veränderung bestand darin, daß ein Teil der Wand mit zahlreichen Symbolen vollgeschrieben war, deren Bedeutung sie in den wenigsten Fällen kannte.

Lynthis blieb keine Zeit, über Sinn und Zweck all dessen nachzudenken. Kaum waren ihre winzigen Füße weich auf dem Tisch gelandet, als Noraim sie ansprach.

»Schön, daß du heute pünktlich bist«, sagte der Magier. »Ich wollte gerade mit einem wichtigen Experiment beginnen.«

Lynthis antwortete nicht sofort, da sie plötzlich das Symbol an der Wand wiedererkannte, das sie zunächst verwirrt hatte. Es war eines, das oft in Verbindung mit Blutmagie benutzt wurde.

Sie flog auf, so daß sie sich Noraim in Augenhöhe gegenübersah, als sie antwortete. »Worum geht es bei diesem Experiment, Meister?«

»Ich überprüfe eine Theorie«, sagte Noraim, indem er auf einen schlichten Ring zeigte, der auf der Werkbank lag. »Ich habe eine Erweiterte Matrix in diesen Ring eingearbeitet und sie auf den Astralsinn eingestimmt. Aber die Struktur der Matrix ist etwas ungewöhnlich. Sieh selbst.«

Lynthis betrachtete den Ring. Unter Benutzung ihrer Astralsicht sah sie in den Ring hinein, dann in seine Struktur. Und dann immer tiefer in seine Struktur, bis sie die astrale Darstellung der Matrix erblickte. Sie war tatsächlich anders als alle, die sie bisher gesehen hatte. Die Matrix besaß eine mächtigere Struktur als die meisten, aber das war noch nicht alles. Ein von der Hauptstruktur getrennter Abschnitt war besonders mächtig. Dort muß der Faden des Zaubers eingewoben sein, dachte Lynthis. Doch das erklärte nicht, warum ein einzelner Faden, der nirgendwohin führte, lose aus diesem Abschnitt baumelte. Als Lynthis dem Faden folgte, stellte sie fest, daß er direkt mit dem Herzen der Matrix verknüpft war.

Sie schaltete wieder auf normale Sicht um und wandte sich an den Magier.

»Eine hochinteressante Arbeit, Meister, aber welchem Zweck soll sie dienen?« fragte Lynthis.

»Ich versuche einen Weg zu finden, den Astralsinn so zu verstärken, daß er sich hinsichtlich Klarheit und Präzision mit deiner Astralsicht messen kann.«

»Aber wie?« plapperte Lynthis aufgeregt dazwischen.

Noraim sah sie scharf an, fuhr aber lediglich an der Stelle fort, wo er unterbrochen worden war. »Ich dachte, dieses Ziel ließe sich möglicherweise dadurch erreichen, daß man den Zauber durch die Macht der Blutmagie verstärkt.«

»Blutmagie?« hauchte Lynthis, während die Sklavin scharf einatmete.

»Ja, Blutmagie. Weißt du, das ist nichts Böses. Sie ist nur ein wenig … wie soll ich sagen? … gräßlicher … als andere Magieformen. Mir ist der Gedanke gekommen, daß das, was der Astralsicht der Windlinge diese außerordentliche Präzision verleiht, die Tatsache sein könnte, daß sie von der Lebenskraft geleitet wird. Dadurch, daß ich den Astralsinn-Zauber durch Blutmagie leiten lasse, hoffe ich, eine ähnliche Wirkung zu erzielen.

Und jetzt wirst du Nereana ein wenig Blut abzapfen, während ich den Zauber in dem Ring aktiviere. Beobachte alles mit deiner Astralsicht, und sag mir, was du siehst.«

Noraim drehte sich zu der Zwergenfrau auf der

Bank um und bedeutete Lynthis zu ihr. Als sie Angst auf dem Gesicht der Sklavin sah, versuchte Lynthis sie zu beruhigen, während sie ihr den Ring überstreifte.

»Keine Angst«, sagte sie freundlich. »Ich werde dir nur ganz leicht mit diesem Dolch in den Finger stechen. Es wird überhaupt nicht weh tun.«

»Ich ... Ich ... Es sind nicht die Schmerzen ... Es ist die Bl ... Blutmagie. Sie ist das Werk der Dämonen.«

»Aber nein«, erwiderte Lynthis beschwichtigend. »Wie Noraim schon sagte, Blutmagie ist nichts Böses.«

Lynthis Versuche, die Frau zu beruhigen, schienen vergeblich zu sein. Nereana war zutiefst verängstigt, und daran konnten auch noch so schöne Worte ihrer Häscher nichts ändern.

Lynthis hielt Nereanas Hand, während Noraim den Faden in die Matrix wob und dann den Zauber erwirkte. Gleichzeitig gab er Lynthis ein Zeichen, die genau in dem Augenblick in Nereanas Finger stach, als der Zauber wirksam wurde. Kurz bevor Lynthis auf Astralsicht wechselte, bemerkte sie noch, daß der Ring den Blutstropfen aufsaugte, ein Zeichen, daß die Blutmagie aktiviert worden war.

Lynthis konzentrierte sich mit ihrer Astralsicht auf die Strukturen des Ringes, der Matrix und des losen Fadens. Diesmal wurde ihre Sicht jedoch von Nereanas Struktur beeinträchtigt, so daß eine genaue Beobachtung schwierig war. Als sie genauer hinsah, konnte sie erkennen, daß der Faden als Reaktion auf die ihm von Noraim mitgegebene Energie pulsierte, sogar wild peitschte wie eine wütende Schlange beim Angriff. Dann bewegte sich der Faden auf Nereanas Struktur zu, wobei seine Zuckungen schwächer wurden, je näher er der neuen Energiequelle rückte. Und dann, gedankenschnell und für Lynthis fast zu schnell, verband sich der Faden mit Nereanas Struktur. Der Faden pulsierte vor Energie, während Nereanas Struktur verblaßte.

Lynthis wechselte rasch auf normale Sicht, und sofort bemerkte sie, daß Nereana vor ihren Augen sichtlich schwächer wurde. Lynthis arbeitete nicht zum erstenmal mit Blutmagie, und sie hatte auch schon öfter ihre Wirkung gesehen, aber so etwas noch nie. Gewiß, Blutmagie erschöpfte die betreffende Person immer, aber nicht in einem derartigen Ausmaß. Während Lynthis mitansah, wie Nereana immer schwächer wurde, erwiderte die Zwergenfrau den Blick, war jedoch zu verängstigt, um auch nur ein Wort herauszubekommen.

»Nereana, kannst du die astrale Präsenz hier im Zimmer spüren?« fragte Noraim.

Die Frau schüttelte den Kopf, doch Lynthis wußte nicht, ob dies eine Antwort auf die Frage des Magiers oder eine Begleiterscheinung des Experiments war.

»Nereana, spürst du überhaupt irgend etwas?« wollte Noraim wissen.

»Es bringt sie um«, zischte Lynthis. »Wir müssen ihr den Ring abnehmen!«

»Sie hält noch ein paar Sekunden aus. Nereana, du mußt doch *irgend etwas* spüren.«

Nereana nickte und zeigte auf einen kleinen Tonkrug auf der Werkbank.

»Siehst du, es klappt!« rief Noraim aufgeregt. »Ich habe den Krug als Test mit einem winzigen Zauber belegt. Sie kann ihn spüren. Es klappt!«

»Nein, sie stirbt«, jammerte Lynthis. »Ich muß ihr sofort den Ring abnehmen.«

Noraim richtete sich zu voller Größe auf. »Du wirst den Ring an Ort und Stelle lassen. Und das ist ein Befehl. Nereana, spürst du noch etwas anderes?«

Diesmal schüttelte sich die Frau lediglich. Nicht nur der Kopf, sondern ihr ganzer Körper zuckte, als zittere er vor Kälte.

»Aber ...«, begann Lynthis traurig.

Noraims Stimme war kalt, gefühlslos. »Laß es, oder du wirst mich wahrhaftig zornig erleben.«

Lynthis starrte Nereana hilflos an, mußte mitansehen, wie das Leben aus ihr herausrann. Selbst in ihren schlimmsten Alpträumen hatte Lynthis so etwas noch nicht erlebt. Vor ihren Augen wurde eine Frau von der für einen simplen Zauber erforderlichen Magie getötet. Die Zwergenfrau war mittlerweile so schwach, daß ihr offenbar sogar die Energie fehlte, Angst zu haben. Die Anspannung wich aus ihrem Gesicht, während ihr Körper jeden Funken Energie in dem verzweifelten Versuch aufbrauchte, sich an das Leben zu klammern. Und dann, so, wie Lynthis wußte, daß es enden würde, schlossen sich Nereanas Augen, und ihr Körper erschlaffte, als die letzten Fünkchen ihrer Lebensenergie verbraucht waren.

Entschlossen, ihr Wissen zu bestätigen, wechselte Lynthis gerade noch rechtzeitig wieder auf Astralsicht, um mitanzusehen, wie sich zunächst die Struktur der Zwergenfrau und dann die Struktur der Matrix innerhalb des Rings in nichts auflöste. Als beide Strukturen verschwunden waren, schloß Lynthis für ein paar Sekunden die Augen, bevor sie sie wieder für die physikalische Welt öffnete.

»Wie konntet Ihr sie sterben lassen?« entfuhr es ihr. »Ihr habt sie *umgebracht*! Und das nur wegen eines Experiments?«

Noraim antwortete nicht sofort, wirkte fast ein wenig nachdenklich, während er das winzige Gesicht der Windlingsfrau musterte. Es war beinahe so, als taxiere er sie. »Ich will um deinetwillen hoffen, daß du mich gerade zum ersten und zum letztenmal angezweifelt hast«, sagte der Magier kalt. »Ja, die Sklavin ist tot. Und morgen wird die Sonne trotzdem aufgehen und genauso untergehen. Und du und ich, wir werden immer noch die Aufgabe haben, eine durchführbare Lösung zu finden. Nichts von Belang hat sich geändert.«

Lynthis glaubte ihren Ohren nicht zu trauen. Dies

war ihr Lehrer, Noraim Immerschlau, der über den Verlust eines Lebens sprach, als sei eine lästige Fliege zertreten worden.

»Was mich verblüfft«, fuhr der Magier fort, »ist die Todesursache. Die erforderliche Magie, um solch einen Zauber zu betreiben, ist gering, praktisch bedeutungslos, und doch hat sie die Sklavin ihres Lebens beraubt.«

»Aber so funktioniert die Magie unserer Zaubersprüche nicht«, sagte Lynthis erhitzt, indem sie sich in die Luft erhob, da sie zu aufgeregt war, um am Boden zu bleiben. »Die Energie für Zauber, für alle Magie, kommt aus dem Astralraum, nicht aus uns. Die Energie des Astralraums ist unendlich, übersteigt unser Vorstellungsvermögen. Selbst die mächtigsten Rituale können die unerschöpflichen Vorräte des Astralraums nicht aufzehren. Aber das heißt nicht, daß *Lebewesen* so viel Energie zur Verfügung stellen können.«

»Ja, natürlich. Die Blutmagie bewirkte, daß der Zauber seine Energie ausschließlich von Nereana bezog. Das war zuviel für sie.« Noraim seufzte, während er die leblose Gestalt Nereanas betrachtete. »Die größte Enttäuschung ist die Tatsache, daß das Experiment gescheitert ist, aber ich nehme an, das ist auch nicht so wichtig. Der Brela hätte diese Lösung abgelehnt, selbst wenn sie funktioniert hätte.«

»Warum das, Meister?«

»Weil der Brela... wie soll ich es formulieren?... Blutmagie nicht *billigt*. Wie so viele andere auch glaubt er, daß Blutmagie mit den Dämonen in unsere Welt gelangt ist. Eine alberne Ansicht, ich weiß, aber er will einfach nicht auf die Stimme der Vernunft hören.«

Lynthis achtete diesmal sehr sorgfältig darauf, sich nicht wieder zu ereifern. Noraim hatte gewöhnlich nichts gegen Fragen, solange sie in der Absicht gestellt wurden, Wissen und Verständnis zu vertiefen. »Wollt Ihr damit sagen, daß Ihr wußtet, der Brela würde eine

Lösung ablehnen, die die Verwendung von Blutmagie erforderte, und Ihr dieses Experiment dennoch fortgesetzt habt? Das verstehe ich nicht.«

»Das alles ist Bestandteil der Forschung. Es ist die Suche nach Wissen. Nach einem Verständnis, wie Magie auf bisher noch unbekannte Weise eingesetzt werden kann. Du wolltest doch sicher auch wissen, ob das Experiment erfolgreich sein würde oder nicht.«

»Ja, aber wir hätten es abbrechen können, bevor sie starb!«

»Vielleicht, aber schätzt du den Wert einer Sklavin etwa höher ein als die Suche nach der Wahrheit? Als den erfolgreichen Abschluß dieses Projektes? Vielleicht habe ich mich nicht deutlich genug ausgedrückt, Lynthis. Diese Arbeit genießt absoluten Vorrang. Sie ist wie Unterricht. Deine Studien beschäftigen sich mit dem, was ich anordne. Und du stellst meine Handlungen oder Anordnungen nicht in Frage. Hast du verstanden?«

»Ja. Ich habe verstanden, Meister.«

Lynthis schwieg, während Noraim sie mit unnachgiebigem Blick anstarrte. Seiner Miene konnte Lynthis entnehmen, wie ernst der Magier dieses Projekt nahm. Sie fragte ihn, was sie als nächstes tun würden.

»Zuerst räumen wir hier auf«, sagte er und rief nach den Wachen, die augenblicklich hereinkamen, um die Leiche und alle anderen Spuren, die auf die Existenz dieser Sklavin hinwiesen, aus dem Raum zu entfernen.

Als sie damit fertig waren, setzte sich Noraim an den Tisch, und Lynthis landete neben ihm. »Du hast eine Menge Material über die Dämonen und ihre Magie durchgearbeitet, nicht wahr?«

»Ja, Meister, und es ist faszinierend. Aber je mehr ich lerne, desto mehr Fragen habe ich und desto mehr will ich wissen.«

Noraim lächelte sie zum erstenmal seit langer Zeit an. »Wie gut ich dieses Gefühl kenne – den Segen und zugleich Fluch aller Magier. Unsere Disziplin beruht auf der Grundlage des Wissens, und ich kann dir nur sagen, daß die Sehnsucht nach Wissen im Alter nicht nachläßt. Nein. Wenn möglich, wird sie mit den Jahren nur noch stärker. Nimm einstweilen diesen Text mit nach Hause und lies ihn. Beim nächstenmal werden wir versuchen, ganz genau zu definieren, wie wir unseren Zauber gestalten müssen, so daß er nur auf Dämonen reagiert.«

»Könnt Ihr mir, bevor ich gehe, noch sagen, was das hier ist?« fragte Lynthis, während sie zu der vollgekritzelten Wand flog.

»Das ist möglicherweise der Anfang der Struktur unseres Zaubers. Eine Abwandlung des Astralsinn mit größerer Reichweite und verlängerter Wirkungsdauer.«

Noraim stand auf, ging zur Wand und deutete auf Teile der Strukturgleichung. Teile, von denen Lynthis erst jetzt erkannte, daß sie unvollständig waren.

»An dieser Stelle hoffe ich, eine Methode zur Identifikation von Dämonenmagie einzuweben, so daß der Zauber Dämonen und ihre Magie erkennt.«

»Aber was ist das hier drüben?« fragte Lynthis, indem sie auf einen weiteren unvollständigen Teil der Struktur deutete.

»Dort werde ich den Auslöser und die Energie für den Zauber einweben. Nach den heutigen Ergebnissen habe ich zwar ein paar Ideen, aber ich muß noch darüber nachdenken. Und jetzt, Lynthis, wird es Zeit für dich, nach Hause zu gehen. Ich wünsche dir noch einen guten Tag.«

»Guten Tag, Meister«, erwiderte Lynthis. Sie flog zu ihrem Beutel und hob ihn auf, bevor sie das Haus verließ. War sie zuvor verwirrt gewesen, so war sie jetzt zutiefst erschüttert. Die Mittel, derer sich Noraim zur Erreichung seiner Ziele bediente, ließen sie erschauern.

Doch noch viel beunruhigender war das Wissen,

daß er recht hatte. Der Wissensdurst war stark in ihr. Und sie spürte, wie er wuchs. Sogar während sie zugesehen hatte, wie das Leben aus Nereana gesogen wurde, war Lynthis sich der Tatsache bewußt, daß ihre Neugier fast ebenso groß wie ihr Entsetzen gewesen war. Ihre Neugier bezüglich des Resultats. Gewiß, sie hatte das Experiment beenden wollen, aber tief in ihrem Innern hatte sie auch wissen wollen, ob es funktionierte. Ob es Nereana umbringen oder nur bewußtlos machen würde. Und wieviel Reue sie auch über den verschwenderischen Umgang mit dem Leben empfinden mochte, ihr war außerdem klar, daß sie sich, hätte Nereana überlebt, immer gefragt hätte …

Mit diesen aufwühlenden Gedanken beschäftigt, flog Lynthis mit der Erkenntnis nach Hause, daß sie jetzt mit dem Wissen würde leben müssen, was aus ihr geworden war.

Als die Wache Lynthis mehrere Tage später in Noraims Labor einließ, war der Magier nicht da. Anstatt genau pünktlich war sie zu früh eingetroffen, aber sie hatte damit gerechnet, Noraim bereits bei der Arbeit vorzufinden. Während sie ihre Tasche auspackte, überflog sie mit einem Blick die Bücher auf dem Tisch, die Noraim für seine Forschungsarbeit benutzte und die sie an den Text erinnerte, den sie in der vergangenen Nacht gelesen hatte.

Es war eine Abhandlung über die wissenschaftlichen Aspekte der Geisterbeschwörung, insbesondere der magischen Theorie aus der Sicht der Geisterbeschwörer. Das Buch enthielt außerdem umfangreiches Material über die Dämonen, die für Lynthis langsam zu einer Art Besessenheit wurden. Seit Beginn dieses Projekts mit Noraim hatte sie mehr über Dämonen gelesen und erfahren, als sie je für möglich gehalten hätte. Und dennoch wollte sie noch mehr wissen.

Nachdem sie ihre Sachen auf dem Tisch abgestellt

hatte, flog Lynthis zur Wand, um festzustellen, ob es Veränderungen gab. Die Struktur des Zaubers schien noch umfangreicher geworden zu sein. Bei näherer Betrachtung erkannte sie, daß die Struktur in Wirklichkeit gar nicht so sehr verändert, sondern nur neu niedergeschrieben worden war, und zwar entschieden großzügiger. Das hatte Noraim wohl getan, um mehr Platz für die Erweiterung der Struktur zu haben, die jetzt fast die gesamte Wand bedeckte.

Lynthis flog zum Tisch zurück und nahm den Geisterbeschwörungstext aus ihrer Tasche. Sie legte die Schriftrolle auf den Stapel zurück und suchte nach einer anderen – dem nächsten Schritt in ihrem Streben nach Wissen über die Dämonen. Beim Stöbern durch die Texte wunderte sich Lynthis über das beeindruckende neue Buch, das ein wenig abgesondert von den anderen auf dem Tisch lag.

Während sie in der Luft schwebte, um den Titel des Buchs zu lesen – *Das Wesen der Namensgeber* –, überkam sie ein unbehagliches Gefühl. Lynthis hatte keine Ahnung, woher dieses Buch stammen mochte und zu welchem Zweck es sich hier in Noraims Labor befand. Mehrere Papierstreifen ragten an verschiedenen Stellen aus dem Buch, vermutlich um wichtige Seiten zu kennzeichnen. Immer vier oder fünf Seiten auf einmal nehmend, mußte Lynthis mit beiden Händen kräftig ziehen und dann mit den Seiten in einem kleinen Bogen zum Buchdeckel fliegen, um die schweren Pergamentseiten bis zur ersten Markierung umzublättern.

Die Überschrift dieser Seite lautete ›Windlinge‹, doch sie beschloß, nicht an dieser Stelle innezuhalten. Wieder nahm Lynthis vier oder fünf Seiten und erhob sich in die Luft. Auf diese Weise fuhr sie fort, bis sie zur zweiten markierten Stelle kam. Diese trug die Überschrift ›Windlingssicht‹ und war eine Abhandlung über die Astralsicht, über die alle Windlinge von Geburt an verfügten. Darin hieß es, daß zwar schon viele Forscher versucht hätten, die Fähigkeit zu kopieren oder zu isolieren, dies aber noch niemandem gelungen sei. Die Fähigkeit sei ein Produkt der besonderen Windlingsphysiologie und könne von anderen Rassen nicht reproduziert werden.

Dies lesend, erinnerte sich Lynthis an Noraims Erwähnung ihrer Astralsicht, als sie anfänglich diskutiert hatten, wie ihr astraler Detektor funktionieren könne. Sie hatte die Idee verworfen, weil sie wußte – wie das Buch bestätigte –, daß nur Windlinge diese Fähigkeiten besaßen und sie sich nicht auf andere übertragen ließ. Doch vielleicht war Noraim nicht davon überzeugt oder suchte nach Möglichkeiten, den Astralsinn zu verstärken. Wie er immer wieder betonte: »Was heute noch unmöglich erscheint, ist morgen schon wahrscheinlich.«

Lynthis war so vertieft in ihre Gedanken, daß sie der Klang von Stimmen erschreckt auffahren ließ. Sie flog rasch zu ihrem üblichen Platz auf dem Tisch, während jemand in der Tür erschien. Es war die theranische Wache, die Noraim die Tür öffnete, woraufhin dieser mit einem Bücherstapel in den Händen eintrat.

»Schau, schau, Lynthis. Wie ich sehe, bist du heute sogar zu früh gekommen«, sagte er freundlich. »Sehr gut. Ich hoffe, du hast dich hinsichtlich unseres jüngsten Experiments beruhigt. Ich bin sicher, du hast mittlerweile eingesehen, daß es nötig war.«

Lynthis hielt es für das beste, nicht zu antworten und Noraim denken zu lassen, was er wollte. Sie hatte selbst noch keine Erklärung für ihre verwirrte und widersprüchliche Reaktion auf die Vorgänge bei ihrem letzten Besuch gefunden.

»Ich fasse dein Schweigen entweder als Zustimmung oder als Zeichen dafür auf, daß du nicht weißt, wie du darauf antworten sollst. So oder so werden wir uns jetzt mit einem neuen Experiment beschäftigen.«

Der Magier ging zum Tisch und stellte die Bücher

neben dem Band über die Windlingsmagie ab, den Lynthis in ihrer Hast aufgeschlagen gelassen hatte. Im stillen verfluchte sie sich dafür, nicht daran gedacht zu haben, ihn zu schließen.

»Wie ich sehe, hast du dir dieses Buch angesehen. Faszinierend, nicht wahr? Wir mögen die Wirkungsweisen der Magie bis in alle Ewigkeit studieren, und doch wird es uns vielleicht nie gelingen, die Geheimnisse zu enträtseln, über die die verschiedenen Namensgebenden Rassen von Natur aus verfügen. Die Beschreibungen dessen, was ihr Windlinge mit eurer Astralsicht wahrnehmt, haben mich mächtig neugierig gemacht.«

Lynthis versuchte ihre Erleichterung darüber zu verbergen, daß Noraim ihr ihre Schnüffelei nicht verübelte, als plötzlich vier theranische Soldaten den Raum betraten. Je zwei von ihnen trugen einen langen schmalen Kasten. Beide Kästen bestanden aus einem tiefroten Holz, und Ecken und Kanten waren mit glänzend poliertem Metall beschlagen. Bei beiden Kästen befanden sich auf der einen Seite drei Scharniere, auf der anderen drei Riegel, aber damit endeten die Ähnlichkeiten zwischen den beiden Kästen auch schon.

Der erste Kasten war von eher schlichtem Äußeren. Obwohl gut gearbeitet, war er eher funktionell denn schön. Der andere war sehr kunstvoll gestaltet. Zuerst wurde Lynthis aus den Schnitzereien nicht schlau, mit denen der zweite Kasten übersät war, doch bei näherem Hinsehen erkannte sie, daß es sich dabei im wesentlichen um Runen handelte. Weder um Sprachrunen noch um Schmuckrunen, sondern um Schutzrunen gegen Dämonen – dieselben Runen, die man an den Eingängen zu den unterirdischen Kaers und auf den Kuppeln und Zitadellen finden konnte, die überall in Barsaive in Erwartung der kommenden Plage gebaut wurden. Als sie den Kasten mit ihrer Astralsicht betrachtete, bestätigte sich ihr Verdacht. Der Kasten enthielt mächtige Magie. Schutzmagie, speziell darauf ausgerichtet, den Dämonen und ihrer Magie zu widerstehen. Die Runenstrukturen, die sie sah, ähnelten denjenigen, die in einigen der von ihr kürzlich gelesenen Bücher abgebildet waren.

»Was ist das?« fragte sie.

»Der Grund für meine Verspätung«, sagte Noraim. »Ich mußte den Brela erst dazu überreden, mir diese Kästen für unsere heutige Arbeit aus der Schatzkammer zur Verfügung zu stellen. Wegen seiner zwanghaften Angst vor den Dämonen und ihren Kräften lehnte er zunächst ab, aber als ich ihm erklärte, daß ich sie brauchen würde, um seine Vorrichtung zum Aufspüren von Dämonen zu vollenden, gab er schließlich nach. Sie müssen in drei Stunden zurückgebracht werden, so daß uns nicht viel Zeit bleibt.«

»Was sind das für Kästen?« fragte Lynthis, in der bereits Erregung und Neugier wuchsen.

»Wenn wir die verschiedenen Arten ergründen wollen, wie die Magie unserer Welt und diejenige der Dämonen astral wahrgenommen wird, brauchen wir ein paar Versuchsgegenstände. In jedem dieser Kästen befindet sich ein Schwert. Die Magie des einen Schwerts ist das, was wir als ›natürlich‹ bezeichnen würden. Seine Struktur hat sich durch die Ereignisse, an denen es beteiligt war, entwickelt und geformt. Es ist Benannt und beinhaltet magische Informationen. Die Magie des zweiten Schwerts ist Dämonenmagie. Als die Klinge hier in diese Stadt gelangte, wußte der Brela nicht, was er damit anfangen sollte, und er ließ diesen Kasten bauen, um die Dämonenkräfte einzudämmen. Wir werden beide untersuchen, zuerst jede Waffe für sich und dann beide zusammen, um die beste Methode herauszufinden, die Dämonenmagie zu entdecken. Bist du bereit?«

»Ja«, sagte Lynthis eifrig.

»Gut. Dann laß uns mit der natürlich magischen Klinge beginnen.«

Lynthis drehte sich um und stellte fest, daß die beiden Kästen jetzt am Boden des Labors standen, und zwar ganz in der Nähe der Stelle, wo Nereana gestorben war. Während sie sich konzentrierte, ging Noraim zu dem unscheinbaren Kasten, öffnete die drei Riegel und klappte den Deckel auf.

In dem Kasten lag ein großes Schwert, ein Breitschwert. Dann ging Noraim zu Lynthis, die auf dem Tisch stand.

»Jetzt«, sagte er, »laß uns beide einen Astralsinn-Zauber erwirken und sehen, was wir feststellen.«

Sie erwirkten beide den Zauber und betrachteten das Schwert. Als die Wirkung ihres Zaubers einsetzte, nahm die Struktur des Schwerts vor ihrem geistigen Auge Gestalt an. Während des Unterrichts hatten Lynthis und Noraim dies sehr oft getan, als der Magier die Windlingsfrau angewiesen hatte, wie man nach Informationen suchte, die sich in einer Struktur befanden.

»Versuch dir die Struktur des Schwerts zu merken«, sagte er, »da wir die Unterschiede zwischen beiden Strukturen herausarbeiten müssen. Erst wenn wir die Unterschiede kennen, können wir eine Methode entwickeln, Dämonenmagie inmitten anderer Magiearten aufzuspüren.«

Während Noraim seine Anweisungen gab, versuchte Lynthis sich das Bild vor ihren Augen einzuprägen. Die Struktur war dreieckig, wobei jede Seite aus einer Klinge bestand, die anscheinend aus Spruchfäden gewoben war. Die ›Fäden‹ entsprangen den Spitzen und Heften der Klingen und verbanden sich zu einem spiralförmigen Muster, das das Innere des Dreiecks ausfüllte. Die Spiralen schienen in ständiger Bewegung zu sein. Sie erinnerten Lynthis an Zauberkanne und Illusionen, die von Illusionisten angewandt wurden, wenn sie jemanden zu hypnotisieren versuchten. Nachdem sie sich die Struktur so gut wie möglich gemerkt hatte, ließ sie das Bild vor ihren Augen verblassen, da sie befürchtete, sie werde tatsächlich hypnotisiert, wenn sie die Struktur noch länger betrachtete.

»Jetzt benutze deine Astralsicht«, sagte Noraim, »und wiederhole den Vorgang.«

Nachdem sie sich gesammelt hatte, richtete Lynthis ihre Astralsicht auf die Struktur. Diesmal konnte sie sie viel deutlicher sehen. Die Struktur hatte immer noch die Form eines Dreiecks, und die Klingen waren ebenfalls noch da. Jetzt konnte sie außerdem erkennen, daß ihre ersten Wahrnehmungen von der Struktur genauer gewesen waren, als sie gedacht hatte. Die ›Fäden‹, die von den Heften und Spitzen der Klingen ausgingen, bewegten sich tatsächlich. Sie konnte sie beobachten, wie sie sich durch die Spiralen in der Mitte wanden, dann im Heft eines Schwerts verschwanden und schließlich an der Spitze wieder austraten. Alles in allem hatte sie den Eindruck, als schraubten sich Tausende dieser ›Fäden‹ durch die Struktur.

Dies war das erstemal, daß sie das, was sie mit ihrem magischen Astralsinn sah, und das, was sie mit ihrer Astralsicht wahrnahm, miteinander verglich. Der Unterschied war verblüffend. Die Struktur war vor ihrem astralen Auge mit faszinierender Klarheit und in einem unglaublichen Detailreichtum zum Leben erwacht. Sie betrachtete die Struktur so hingegeben, daß sie Noraims Aufforderung aufzuhören überhörte. Erst als er den Kasten mit dem Schwert schloß, wurde sie jäh in die Welt der faßbaren Wirklichkeit zurückgerissen.

»Es tut mir leid, Meister. Ich war wie verzaubert. Habt Ihr es auch gesehen? Ich habe noch nie zuvor so klar gesehen.«

»Nun, dies ist ein sehr mächtiger Gegenstand, was mit ein Grund für deine Faszination gewesen sein dürfte. Was soll ich auch gesehen haben?«

»Die Struktur. Sie war lebendig. Sie hat sich bewegt. Ständig. Habt Ihr das nicht bemerkt?«

»Nein, ich glaube nicht. Vergiß nicht, daß die durch eine Disziplin erlernte Fähigkeit immer schwächer ist als deine natürliche Begabung. Sag mir, Lynthis, was hast du gesehen? Beschreibe beides.«

So gut sie konnte, beschrieb Lynthis das Aussehen der Struktur unter beiden Bedingungen. Dabei machten sie sich beide Notizen, sie in ihrem Buch und Noraim in seinem sowie auf einigen der wenigen freien Stellen an der Wand. Ein paar Minuten später waren sie bereit, das dämonenbefleckte Schwert zu untersuchen. Noraim rief zwei der Soldaten in den Raum, während er zu dem mit Runen bedeckten Kasten ging.

»Wir werden diesen Gegenstand auf eine Weise erforschen, die uns blind für die Vorgänge um uns herum machen wird«, sagte er zu den Soldaten. »Ihr zwei werdet uns und das Schwert scharf beobachten und den Kasten sofort schließen, wenn irgend etwas Ungewöhnliches geschieht. Habt ihr verstanden?«

»Jawohl, Herr!« sagten die beiden einstimmig, als hätten sie dergleichen schon hundertmal zuvor getan. Was wahrscheinlich auch der Fall war, dachte Lynthis. So war nun mal das Leben im theranischen Militär.

Während sich die Soldaten zu beiden Seiten der zwei Magier postierten, entriegelte Noraim den Kasten und hob den Deckel an. Darin befand sich ein weiteres Breitschwert, das jedoch im Gegensatz zum ersten fast bösartig aussah. Die Klinge war mit einigen der Runen bedeckt, die Lynthis in den Büchern über Dämonen gesehen hatte. Ein rascher Blick auf die Runen verriet ihr, daß sie eine kurze Zusammenfassung der Geschichte des Schwertes darstellten: Wer sein Schöpfer war, sein Schutzdämon, sein erster Benutzer. Lynthis hielt inne, bevor sie sich zu sehr in die Lektüre der Runen vertiefen konnte, da sie es vorzog, von den Informationen der Waffe unbeeinflußt zu bleiben.

»Fertig?« sagte Noraim. »Erwirke deinen Zauber.«

Wiederum beschworen beide Magier den Astralsinn herauf und starrten dann in den offenen Kasten, um die Struktur der Waffe zu betrachten, die sich vor ihrem geistigen Auge zu formen begann.

Die Struktur ähnelte der des anderen Schwertes und war doch ganz anders. Wo die erste Struktur gelblich geleuchtet hatte, war der vorherrschende Farbton dieser Struktur viel dunkler und pulsierte mehr, als daß er leuchtete. Die Struktur war ebenfalls dreieckig, aber die drei Seiten wurden von Leichen anstelle von Klingen gebildet. Auch hier wanden sich ›Fäden‹ durch die Leichen bis in die Mitte des Dreiecks.

Hier war ein weiterer Unterschied. Diese Struktur war in der Mitte nicht spiralförmig. Statt dessen war das Innere des Dreiecks mit einem Wirrwarr von ›Fäden‹ ausgefüllt, die alle miteinander verflochten waren, und zwar auf eine so chaotische Art und Weise, daß eine genauere Betrachtung unmöglich war. Der andere Unterschied bestand darin, daß diese Struktur Tiefe besaß. Die andere Struktur war Lynthis wie ein flaches Dreieck vorgekommen, das sie von oben sah. Die dämonenbefleckte Struktur hingegen war nicht flach, sondern schien aus drei Dreiecken zu bestehen, die zusammen einen pyramidenförmigen Körper bildeten. Die Dreiecke waren identisch, und allen dreien war dasselbe chaotische Innere gemein.

Bevor sie den Zauber verklingen ließ, versuchte Lynthis sich die Struktur zu merken, wie sie es mit der anderen getan hatte, um sie Noraim anschließend beschreiben zu können. Doch als die Struktur zu verblassen begann, glaubte sie zu spüren, wie sie ihren Blick erwiderte. Diese schockierende Empfindung brachte sie jäh in die wirkliche Welt zurück. Noraim saß kopfschüttelnd da, als versuche er einen Gedanken loszuwerden oder ein Bild vor seinem geistigen Auge zu vertreiben.

»Wenn das die Gestalt der Dämonen ist, ist unsere

Angst vor ihnen wahrhaftig begründet«, sagte er lediglich.

Noraim war offenbar bestürzt über das, was er gesehen hatte. Zum erstenmal erlebte Lynthis eine Situation, die der Magier nicht völlig unter Kontrolle zu haben schien. Selbstverständlich war es keine alltägliche Erfahrung, in die Struktur eines dämonenbefleckten Schwertes zu starren. Zwar hatten sie beide schon einmal dämonenbefleckte Strukturen gesehen, aber noch nie unter derartigen Bedingungen.

»Seltsam, daß die Form diesmal so ganz anders war«, sagte Noraim schließlich, wobei er immer noch einen etwas bestürzten Eindruck machte. »Die sternförmige Struktur war viel gekrümmter als das Dreieck, meinst du nicht auch?«

»Aber ich habe nur eine dreieckige Struktur gesehen, Meister. Eigentlich drei Dreiecke, die einen pyramidenförmige Körper bildeten.«

Noraim schüttelte verwirrt den Kopf. »Ich habe einen sechszackigen Stern gesehen. Die Seiten bestanden aus einem Wirrwarr abgetrennter Gliedmaßen.«

»Vielleicht wird die Struktur von jeder Person, die sie betrachtet, anders wahrgenommen. Es könnte aber auch sein, daß wir beide einen anderen Teil der Struktur gesehen haben, wobei die einzelnen Teile weniger enthüllen würden als das Ganze.«

»Das wäre möglich. Doch bevor wir zu theoretisieren beginnen, laß uns das Experiment fortsetzen, ja?«

Lynthis wappnete sich gegen das Kommende. Diese Dämonenstruktur mit ebenso großer Klarheit zu sehen wie die andere Struktur, mochte zuviel für sie sein. Wiederum richtete sie ihre Astralsicht auf das Schwert und betrachtete seine Struktur.

Es war genauso, wie sie erwartet hatte. Die Form der Struktur war dieselbe, nur viel klarer. Diesmal waren es keine Leichen, sondern lebendige Körper, die zu endlosen Qualen verurteilt waren. Die ›Fäden‹, die sich durch die Struktur zogen, waren blutrot und viel ausgeprägter. Die Form war ebenfalls klarer definiert, die Pyramide leichter zu erkennen. Sie stand wie zuvor auf dem Kopf, so daß die Spitze nach unten zeigte. Doch der ungewöhnlichste Unterschied betraf das Innere der Struktur. Die ›Fäden‹, aus denen die Struktur bestand, waren genauso verschlungen wie zuvor, schienen jedoch vor der Stelle, wo sie sich zu einem chaotischen Wirrwarr verstrickten, einer Art Unterstruktur zu folgen. Als befinde sich innerhalb der Struktur dieses Gegenstands eine zweite Struktur. Viel schwächer, aber nichtsdestoweniger vorhanden.

Lynthis starrte angestrengter in die Struktur, in der Hoffnung, diese neue Unterstruktur erfassen zu können. Als sie die Struktur näher heranholte, kristallisierte sich langsam eine Form im Innern der Pyramide heraus.

Haltet sie auf! Packt sie!

Die Struktur schien ein Gesicht zu enthalten.

Macht schon, da rüber! Lynthis, was tust du?

Das Gesicht schien mit ihr zu sprechen, ihren Namen zu rufen.

Schließ den Kasten, du Idiot! Es übernimmt die Herrschaft über sie!

Sie kam dem Gesicht immer näher und wollte gerade danach greifen, als die Struktur plötzlich vor ihrem geistigen Auge verschwand. Anstelle des Gesichts sah sie nur noch Schutzrunen. Sie wechselte auf normale Sicht und bemerkte entsetzt, wo sie sich befand.

Sie schwebte nur noch ein paar Handspannen von dem Kasten entfernt in der Luft, den Arm, den einer der Soldaten festhielt, nach dem Schwert ausgestreckt. Der andere Soldat hatte sein Schwert gezogen und auf sie gerichtet. Noraim kniete am Boden und war immer noch damit beschäftigt, die Riegel des Kastens zu schließen.

»Was ist geschehen?«

»Du bist auf das Schwert zugeflogen. Als du näher kamst, hast du die Hand ausgestreckt, als wolltest du es berühren. Hast du mich nicht rufen hören? Die Wachen mußten dich bändigen, während ich den Kasten schloß. Was hast du darin gesehen?«

»Ich dachte, dasselbe wie beim erstenmal, aber ich war nicht sicher. Dann sah ich ein Gesicht innerhalb der Struktur. Es rief mich. Ich versuchte, sie mir genauer anzusehen, und je näher ich kam, desto genauer wollte ich sie mir ansehen. Es war so, als sei ich gezwungen, desto näher heranzugehen, je mehr ich erfuhr, um immer noch mehr zu erfahren. Ich hätte wahrscheinlich danach gegriffen, wenn Ihr mich nicht aufgehalten hättet. Vielen Dank.«

»Schon gut. Wir konnten doch nicht zulassen, daß ein Dämon von dir Besitz ergreift, oder?«

Noraims Versuch, einen Scherz zu machen, prallte an Lynthis ab. Abgesehen von ihrem Schreck darüber, was gerade geschehen war, war immer noch das Schwert des Soldaten auf sie gerichtet, während sie der andere nach wie vor festhielt.

»Könntet Ihr den Soldaten befehlen, mich loszulassen? Es geht mir gut.«

»Gewiß, gewiß. Laßt sie frei«, befahl Noraim den Wachen. »Und bringt diese Kästen zum Brela zurück. Wir brauchen sie heute nicht mehr.«

»Was ist mit einem direkten Vergleich?« fragte Lynthis.

»Nach allem, was geschehen ist, glaube ich, daß wir für heute genug getan haben.«

»Ja«, sagte sie schwach.

»Ich weiß, es ist unangenehm, aber kannst du mir erzählen, was du beim letztenmal gesehen hast? Wir müssen die Unterschiede zwischen den beiden Strukturen herausarbeiten.«

»Ja, das ist kein Problem. Die erste war statisch, die zweite dynamisch. Die Dämonenstruktur hat vor

Energie pulsiert. Es war, als hause ein Dämon in der Struktur.«

»Nun, das wäre möglich ...«

»Natürlich. Nach all den Studien, die ich in der vergangenen Woche betrieben habe, sollte man meinen, daß ich mich gescheiter anstellen würde. Es ist möglich, daß das Schwert mit einem Dämonenmal versehen ist. Dadurch könnte uns der Dämon bemerken, während wir das Schwert erforschen, und versuchen, seine Kräfte durch das Schwert einzusetzen. Ihr solltet empfehlen, das Schwert zu zerstören.«

»Das ist bereits ohne Erfolg versucht worden. Wie ich schon sagte, es ist möglich, daß ein Dämon in dem Schwert haust, aber wenn das so wäre, hätte er von dir bekommen, was er wollte.«

»Ja«, sagte Lynthis und fuhr dann fort, Noraim die Dämonenstruktur zu beschreiben. Daß die Struktur Tiefe besessen habe und sich Lynthis' Anwesenheit bewußt gewesen zu sein schien, während die andere Struktur einfach nur existiert habe.

Als sie fertig war, machte sie sich rasch ein paar Notizen in ihrem Buch, während Noraim eine Weile einfach nur dasaß und nachzudenken schien.

»Vielleicht war es dein Wissen über die Dämonen, das es dir ermöglicht hat, die Dinge klarer zu sehen als ich. Du hast dich sehr eingehend mit diesem Thema beschäftigt, nicht wahr?« Wie es oft der Fall war, schien Noraim mehr mit sich selbst als mit Lynthis zu sprechen, da er ihre Antwort gar nicht erst abwartete.

»Das könnte der Schlüssel zur Lösung dieses Rätsels sein. Irgendwie müssen wir eine Möglichkeit finden, Wissen über die Dämonen in die Struktur des Zaubers einzuweben, und der Sicht die erforderliche Schärfe verleihen, um tief in die Struktur blicken zu können. Auf diese Weise kann der Zauber bestimmen, ob die astralen Bilder, die er wahrnimmt, dämonenbefleckt sind oder nicht.«

Noraim verfiel wieder in Schweigen und dachte weiter nach. Lynthis unterbrach seinen Gedankengang nicht.

»Die Vorstellung, daß ein Dämon entweder in dem Schwert haust oder in Kontakt mit ihm steht, hat mir eine Idee vermittelt. Was wäre, wenn irgendeine Lebenskraft in die Vorrichtung integriert werden könnte? Vielleicht ließe sich die Lebenskraft auf Dämonenwissen abstimmen oder irgendwie ausrichten, wodurch sie die Feinheiten einer Dämonenbefleckung erkennen könnte.«

»Aber unser erstes Experiment hat gezeigt, daß wir den Träger nicht als Kraftquelle benutzen können. Dadurch würde die Person praktisch sofort getötet«, gab Lynthis zu bedenken.

»Der Faden des Zaubers verband sich mit Nereana, und der Zauber bezog seine Kraft aus ihr anstatt auf normale Weise aus dem Astralraum. Das hat sie getötet. Die Idee besteht darin, eine Lebenskraft *in* die Vorrichtung zu integrieren, so daß sie einen Strukturfaden und keinen Spruchfaden weben kann, der sich mit dem Träger verbindet. Dieser Faden entspräche jenen, die benutzt werden, um die Strukturen von Personen mit denjenigen magischer Gegenstände und ähnlicher Dinge zu verbinden. Die Vorrichtung würde ihre Kraft nicht *aus* dem Träger beziehen sondern *durch* ihn, wie eine magische Waffe.«

»Seid Ihr sicher? Ich… ich meine, wie sollen wir eine Lebenskraft in die Vorrichtung integrieren? Gibt es eine Magie, die so etwas kann?«

Noraim betrachtete Lynthis mit einem nachdenklichen Gesichtsausdruck. »Ich bin nicht sicher. Ich muß noch überlegen. Vielleicht gibt es eine Möglichkeit, aber …«

»Aber?«

»Das braucht nicht deine Sorge zu sein. Wir sind fertig für heute. Geh jetzt nach Hause, Lynthis. Wir treffen uns in drei Tagen wieder, und dann werden wir uns der Frage widmen, wie wir den Astralsinn magisch verändern können, so daß er nur auf die Magie der Dämonen anspricht.«

Als Lynthis drei Tage später zu Noraims Labor flog, ließ sie die letzten Arbeitssitzungen noch einmal vor ihrem geistigen Auge Revue passieren, um sich das, was sie gelernt hatte, fest einzuprägen. Es war nicht leicht für sie. Die Experimente, die sie ausführten, und die Forschung, der sie sich widmeten, waren viel anspruchsvoller als alles, womit sie sich bisher beschäftigt hatte. Noraim erklärte ihr nicht immer alle Einzelheiten und feinen Unterscheidungen, die er anscheinend ihren Sitzungen abgewann, wodurch Lynthis das Gefühl hatte, der Grund dafür sei der, daß ihr Lehrer sie für dieses Projekt als nicht kompetent genug betrachtete. Andererseits hatte er auf ihre Hilfe bestanden, also mußte er ihren Fähigkeiten zumindest *etwas* Vertrauen entgegenbringen.

Bei der nachträglichen Betrachtung ihrer Diskussionen und der Experimente, die sie und Noraim kürzlich unternommen hatten, fiel Lynthis auf, wie bescheiden ihre Rolle gewesen war. Während sie praktisch sämtliche Bemühungen auf das Studium der Geisterbeschwörung und Dämonenmagie konzentriert hatte, schien Noraim auf eine ziemlich planlose Weise voranzuschreiten. Er wandte sich einem Thema zu, führte ein Experiment durch und ging dann zum nächsten über, ohne daß ein logischer Zusammenhang zu erkennen war. Lynthis hatte den Eindruck, daß sie kaum oder gar keine Fortschritte hinsichtlich der Schaffung eines Gegenstands machten, der Dämonen und deren Konstrukte aufspüren konnte. Offenbar war es Noraim gelungen, dem Astralsinn eine größere Reichweite und Wirkungsdauer zu verleihen, aber das war nur ein kleiner Teil der Herausforderung, vor die sie sich gestellt sahen.

Während Lynthis über all das nachsann, fiel ihr plötzlich auf, daß am merkwürdigsten die Tatsache war, daß Noraim tatsächlich mit seinen Fortschritten zufrieden zu sein schien. Er verhielt sich ganz und gar nicht so, als laste irgendein zeitlicher Druck auf ihm, sondern eher so, als liefe alles nach Plan. Aber wie konnte das sein?

Als Lynthis in das Labor flog, notierte sich Noraim gerade etwas in einem großen Buch, und zwar in jenem, in dem er die Fortschritte und Leistungen seiner Schüler festhielt. Während sie zu dem Tisch flog, an dem er saß, sah sie, daß die Formel für die Struktur an der Wand wiederum gewachsen war. Mittlerweile bedeckten die Symbole auch einen Teil des Bodens und wanden sich um die Stelle, wo die Experimente mit der Blutmagie und dem dämonenbefleckten Schwert stattgefunden hatten. Noraim bemerkte, daß Lynthis die auf Wand und Boden gekritzelte Formel für die Struktur betrachtete.

»Wie ich sehe, sind dir die Veränderungen bereits aufgefallen, die ich an den Zauberformeln für die Struktur des Astralsinns vorgenommen habe. Noch ein paar mehr, dann bin ich fertig, glaube ich wenigstens.«

»Ich hätte nicht gedacht, daß Ihr bereits so große Fortschritte gemacht habt, Meister. Wie nah seid Ihr der Lösung des Problems?«

»Näher, als du es dir vorstellen kannst.«

Während sie ihr Notizbuch herausholte, begann Noraim über das Wesen von Zauberstrukturen und etwaige Veränderungsmöglichkeiten zu referieren. Dann stand er auf und ging zu der Stelle an der Wand, wo die Struktur aufgeschrieben war. Lynthis kam das Geschreibsel mehr denn je wie eine Ansammlung von unverständlichen Symbolen vor, vielleicht auch deshalb, weil sie nicht die ganze Formel sehen konnte. Abgesehen von dem Teil auf dem Boden wurde ein anderer Teil von einem Tuch verdeckt, das an einem Haken in der Decke hing.

Lynthis wußte, es mochte sie in Schwierigkeiten bringen, aber sie mußte einfach nach dem verborgenen Teil der Formel fragen.

»Was ist das hinter dem Tuch dort?«

»Nichts, worüber du dir den Kopf zerbrechen müßtest.«

»Aber wenn es ein Teil der Formel für die Struktur des Zaubers ist, muß ich es doch sehen, oder nicht?«

Noraim war offenbar verärgert über ihre Hartnäckigkeit und reagierte entsprechend. »Ich sagte: ES GEHT DICH NICHTS AN, UND DU BRAUCHST DIR NICHT DEN KOPF DESWEGEN ZU ZERBRECHEN!«

»Aber muß ich nicht die Struktur des Zaubers sehen, bevor wir damit beginnen können...«

Der Magier zeigte mit dem Finger auf sie und sprach ein einziges Wort, so daß Lynthis keine Möglichkeit hatte, auf seinen Zauber zu reagieren. Seine Magie traf sie, umhüllte sie einen Augenblick später und ließ sie auf der Stelle erstarren.

»Also, Lynthis, das ist jetzt mein letztes Wort! Ich sagte, du brauchst dir deswegen nicht den Kopf zu zerbrechen. Und es steht dir gewiß nicht zu, mir in dieser Angelegenheit zu widersprechen. Was ich tue und wie ich meine Forschungen betreibe, geht nur mich etwas an. Hast du verstanden?«

Lynthis konnte weder nicken noch sprechen noch gestikulieren. Sie war bewegungsunfähig und gezwungen, sich Noraims Strafpredigt widerspruchslos anzuhören.

»Gut. Es wäre sehr unangenehm, sollte ich die Geduld mit dir verlieren. Also dann...«

So schnell, wie er den Zauber heraufbeschworen hatte, nahm Noraim ihn wieder von ihr. In den zehn Sekunden, in denen sie der Wirkung des Zaubers unterworfen war, hatte Lynthis sich weder bewegen noch sprechen noch atmen können. Sämtliche Körperfunktionen waren erstarrt gewesen. »Ich ... ich ... bitte um Verzeihung. Aber ...«

»Bis jetzt habe ich sehr viel Geduld mit dir gehabt«, sagte Noraim ruhig. »Bei deinem letzten Ausbruch habe ich dich gewarnt. Widersprich mir nicht noch einmal. Ich mache keine leeren Drohungen, und du wärst gut beraten, mich nicht noch mehr zu reizen.«

Lynthis hielt ihre Zunge im Zaum, da sie fürchtete, etwas zu sagen, das sie hinterher bedauern würde. Sie nickte und flog zu der vollgeschriebenen Wand.

Währenddessen begann Noraim die Veränderungen zu erklären, die er an dem Astralsinn-Zauber vorgenommen und auf Wand und Fußboden geschrieben hatte.

»Sieh dir die Struktur dieses Zaubers an. Wie du siehst, sind Reichweite und Wirkungsdauer größer, und die eigentliche Wirkung des Zaubers ist jetzt viel stärker als bei jedem vergleichbaren Zauber. Glaubst du, wir könnten die Struktur weiter verändern, so daß er nur auf Dämonen und dämonenbefleckte Magie anspricht?«

Lynthis studierte angestrengt die Formel für die Struktur des Zaubers, die sich vor ihren Augen ausbreitete. Gleichzeitig sah sie die Struktur vor ihrem geistigen Auge, während sie sich vorzustellen versuchte, wie man sie am besten ändern könnte. Solch ein Unterfangen war normalerweise nicht allzu schwierig, aber diese letzte Konfrontation mit Noraim lastete doch schwer auf ihren Gedanken, und sie fürchtete sich vor dem Zorn, den er noch Augenblicke zuvor an ihr ausgelassen hatte. Sie hatte gewußt, daß Noraim mächtig war, war jedoch noch nie zuvor Zielscheibe seiner Macht gewesen. Plötzlich traf sie die Erkenntnis, wieviel Glück sie hatte, überhaupt noch am Leben zu sein.

Während sie sich in die Struktur vertiefte, erkannte

Lynthis, daß die Teile, die Noraim angesprochen hatte, nicht einfach nur erweitert, sondern tatsächlich verstärkt worden waren, und zwar durch das Wissen um die Wirkungsweise der Magie hinsichtlich des Aufspürens astraler Präsenzen. Je eindringlicher ihre Gedankengänge wurden, desto besser verstand sie die Redensart ›Wissen ist Macht‹. Noraims Wissen darüber, wie Magie funktionierte, hatte ihn in die Lage versetzt, diesen Zauber weit über jenes Maß hinaus zu verbessern, das sie für möglich gehalten hätte.

Und dann, als Lynthis in die Struktur starrte, erkannte sie, daß ihre ursprünglichen Ideen jenen, derer sich ihr Lehrer zur Schaffung dieses neuen Zaubers bedient hatte, weit unterlegen waren. Sofort meldete sie sich zu Wort.

»Nein, ich glaube nicht, daß wir die Struktur verändern können. Aber vielleicht läßt sich Wissen über die Dämonen und ihre Magie hineinweben. Wenn wir solch eine Feinabstimmung vornehmen könnten, sollte es eigentlich möglich sein, Dämonen aufzuspüren.«

Noraim schien über Lynthis Freude darüber, eine Lösung für dieses neue Problem gefunden zu haben, zu kichern. Sie bemerkte seine Belustigung und erinnerte sich daran, daß er sich noch vor wenigen Minuten veranlaßt gesehen hatte, sie mit einem Lähmungs-Zauber zu belegen. Das machte sie verlegen, und sie versuchte den Vorfall zu vergessen. Das galt jedoch nicht für Noraim.

»Wie ich sehe, ist deine Wißbegierde tatsächlich genauso groß wie meine. Noch vor wenigen Augenblicken mußte ich Drohungen ausstoßen, um dich bei der Stange zu halten, und jetzt bist du aufgeregter denn je. Ja, du hast recht. Wir müssen die Struktur derart verändern, daß der Träger der Vorrichtung auf die Entdeckung von Dämonen oder ihrer Brut aufmerksam gemacht wird. Zu diesem Zweck müssen wir Wissen über die Dämonen in die Struktur des Zaubers einweben. Aus diesem Grund habe ich dich die Dämonen und ihre Magie studieren lassen, so daß du die Struktur um dein Wissen bereichern kannst.«

»Aber ich glaube nicht, daß ich dafür genügend Wissen über die Dämonen gesammelt habe. Ich habe bisher nur …«

Noraim unterbrach sie. »Bevor wir uns damit beschäftigen, will ich dir zeigen, wie der Zauber funktionieren wird.«

Er ging zu einem der verschlossenen Schränke an der Wand hinter seiner Werkbank. Er öffnete eine Tür, holte ein kleines Holzkästchen heraus und trug es zu dem Tisch, auf dem Lynthis stand. Er stellte das Kästchen auf den Tisch und öffnete es. Darin befand sich ein Stück Bernstein. Noraim nahm es heraus, zeigte es Lynthis und forderte sie auf, es sich genauer anzusehen.

»Betrachte es mit deiner Astralsicht und sag mir, was du siehst.«

Lynthis tat, wie Noraim sie geheißen. Als sie ihre Astralsicht auf das Stück Bernstein richtete, erfüllte eine magische Aura ihr Blickfeld. Die Aura selbst besaß keine Struktur, zumindest keine, die Lynthis erkannte. Aber sie konnte eine Aura magischer Energie erkennen, die mit Flecken aus strahlendem Licht übersät war wie der Abendhimmel mit Sternen. Sie kehrte zu ihrer normalen Sicht zurück, um die physikalische Beschaffenheit des Bernsteins genauer in Augenschein zu nehmen.

Er war oval, fast eiförmig, aber offensichtlich bearbeitet, drei Fingerbreit hoch und zwei Fingerbreit im Durchmesser. Auf der einen Seite des Bernsteins befand sich eine haardünne Linie aus Metall, einem bronzefarbenen Metall, das Lynthis sofort erkannte.

»Ist das Orichalkum?«

»Ja, das ist es«, bestätigte Noraim rasch. »Sag mir, was du mit deiner Astralsicht gesehen hast.«

Lynthis beschrieb die magische Aura und die Lichtflecken.

»Diese Lichtflecken, wie du sie nennst, sind winzige Mengen elementarer Erde, die in die Struktur des Bernsteins eingewoben wurden. Sie verleihen dem Bernstein in Verbindung mit dem Orichalkumband seine magische Aura. Dies soll der Detektor werden, den sich der Brela so sehnlichst wünscht. Der Bernstein leuchtet auf, wenn der Zauber Dämonen oder Dämonenmagie aufspürt, aber wir müssen die Struktur des Zaubers noch in den Bernstein einarbeiten. Er ist so konstruiert, daß es möglich ist, Zauberstrukturen in ihn einzuweben, aber bevor wir dazu kommen, beachte folgendes.«

Noraim legte den Bernstein auf den Tisch und ging zu einer Stelle an der Wand, die noch sauber war. Dort schrieb er eine verkleinerte Version der Strukturformel nieder, fügte ein Symbol für ›Dämonenwissen‹ in der Mitte ein und erklärte dann, dieses Wissen werde später noch in den Zauber eingewoben. Dann fügte er der Formel einen völlig neuen Teil hinzu, der mit einem losen Spruchfaden endete. An einer anderen Stelle schrieb er das Symbol für ›Bernstein‹ an die Wand und verband den losen Spruchfaden mit diesem neuen Symbol.

»Ich erkläre dir jetzt, wie der Gegenstand funktionieren wird. Der Zauber entdeckt jegliche astrale Präsenz im Umkreis seiner Reichweite. Während die Informationen durch die Struktur des Zaubers fließen, werden sie durch das Dämonenwissen geleitet. Wenn sich die Informationen auf ›normale‹ oder ›nicht dämonenbefleckte‹ Bilder beziehen, funktioniert der Zauber einfach nur unverändert weiter. Wenn der Zauber jedoch dämonenbefleckte Magie entdeckt, leitet er Energie durch diesen Faden, der zu dem Bernstein führt, welcher wiederum so konstruiert wurde, daß er aufleuchtet, wenn dieser Faden Energie führt.«

Lynthis konnte ihrer Verwunderung kaum Herr werden. »Meister«, hauchte sie leise. »Ich hatte ja keine Ahnung, daß wir der Lösung des Problems schon so nah sind.«

»Würde es dir etwas ausmachen, die Vorrichtung auszuprobieren?«

»Nein, aber wie?«

»Es ist wirklich ganz leicht, Lynthis. Zuerst mußt du den magischen Astralsinn heraufbeschwören und dann einen Spruchfaden in den Bernstein einweben. Dann bringen wir einen dämonenbefleckten Gegenstand in deine Nähe, um festzustellen, ob du den Unterschied erkennst und der Bernstein aufleuchtet, wie er sollte.«

Lynthis nickte, wollte jedoch sichergehen, daß sie alles richtig verstanden hatte. »Zuerst erwirke ich den Zauber des Astralsinns, und dann webe ich den Faden in den Bernstein ein?«

»Ja, genau. Aber wir müssen Vorsicht walten lassen. Du mußt dich in die Mitte der Experimentierfläche dort drüben stellen.«

Lynthis flog zur angegebenen Stelle und landete mitten auf der Strukturformel am Boden, den Bernstein in einer ihrer winzigen Hände haltend.

»Und jetzt erwirke den Zauber«, sagte Noraim, dessen Augen vor Aufregung funkelten.

»Aber was ist mit dem Dämonenwissen? Wir haben es noch nicht in die Zauberstruktur eingewoben.«

»Das macht nichts, Lynthis. Der Grund, warum ich dich bitte, dieses Experiment auszuführen, ist dein ausgedehntes Wissen über Dämonen und Dämonenmagie. Das war deine Aufgabe bei diesem Projekt. Wenn der Test funktioniert, weben wir dein Wissen in die Struktur ein. Einstweilen stehst du an der Stelle der Zauberstruktur, die schließlich das Dämonenwissen enthalten wird, und folglich nimmt dein Wissen diesen Platz ein.«

Lynthis machte sich daran, den Spruchfaden für diesen neuen Zauber zu weben, wobei sie bemerkte, daß Noraim sichtlich aufgeregt wurde, während er ihr zusah. Nachdem sie den Faden gewoben hatte, fuhr sie mit dem Erwirken des eigentlichen Zaubers fort. Als dessen Struktur jedoch aktiviert wurde, überwältigte sie die Energie des Zaubers beinahe. Er war viel stärker, als sie gedacht hatte. Sie nahm die astralen Bilder mit stärkerer Intensität und in einem größeren Umkreis wahr als je zuvor.

»Meister, das ist… fast zuviel, um es verarbeiten zu können. Aber brauchen wir nicht etwas Dämonenbeflecktes für einen vollständigen Test? Soll ich jetzt aufhören und es dann später noch einmal versuchen?«

Während Lynthis das sagte, sah sie Noraim wieder zu dem Schrank gehen und diesmal den runenbedeckten Kasten herausholen, der das dämonenbefleckte Schwert enthielt. Ihre normale Sicht wurde vom Ansturm der astralen Bilder und Eindrücke aus dem umgebenden Raum getrübt. Praktisch alles in ihrer Umgebung, sogar die Zauberstruktur, pulsierte vor Magie. Aber gerade sie mußte selbstverständlich pulsieren: Der Zauber war aktiv und wirkte durch sie. Indem sie den magischen Impulsen folgte, die durch die Struktur flossen, konnte sie den Teil an der Wand erkennen, der verdeckt war.

Ein Blick auf diesen ihr noch unbekannten Teil des Zaubers enthüllte eine helixartige Form, die ihr zwar vage bekannt vorkam, die sie jedoch nicht einordnen konnte. Die Form schien eine noch junge Erinnerung anzusprechen, die jedoch zugleich sehr nebelhaft war. Lynthis versuchte sich zu erinnern, wo sie sie schon einmal gesehen hatte, wurde jedoch durch Noraims Stimme aus ihrer Konzentration gerissen.

»Nein, wir setzen das Experiment ohne Unterbrechung fort. Ich habe mir die Freiheit genommen, das dämonenbefleckte Schwert noch einmal auszuleihen.

Aber bevor ich den Kasten öffne, mußt du den Spruchfaden zum Bernstein weben.«

»Aber Ihr habt mir nichts davon gesagt, daß ...«

»Web jetzt den Faden, sage ich! Widersetz dich mir nicht!«

Lynthis wob den Faden zum Bernstein mehr aus Angst vor ihrem Lehrer, denn um der Fortsetzung des Experiments willen. Gleichzeitig versuchte sie den Zauber in seiner Wirkung zu beeinträchtigen. Wenn dieser neue Zauber so mächtig war, wie es den Anschein hatte, würde es zweifellos eine schreckliche Erfahrung für sie werden, dem dämonenbefleckten Schwert ausgesetzt zu sein. Das war der Augenblick, als Lynthis zum erstenmal so etwas wie Angst empfand. Denn so sehr sie sich auch bemühte, den Zauber abzuschwächen und schließlich ganz zu beenden, seine Wirkung wollte einfach nicht nachlassen. Die Verbindung zwischen ihr, der Zauberstruktur und dem Bernstein hielt die volle Wirkung des Zaubers trotz ihrer Bemühungen aufrecht.

»Meister, ich kann den Zauber nicht abbrechen. Was ist schiefgelaufen?«

»Nichts ist schiefgelaufen. Warum solltest du den Zauber jetzt abbrechen? Wir wissen doch noch gar nicht, ob er funktioniert.«

Noch während er das sagte, erwirkte Noraim einen schnellen Zauber, und Lynthis spürte einen stechenden Schmerz in der Hand, mit der sie den Bernstein hielt. Ein winziger Tropfen Blut quoll aus dem kleinen Einstich, den der Zauber des Magiers hervorgerufen hatte. Lynthis starrte wie gebannt auf das Blut und sah, wie der rote Tropfen rasch von dem Bernstein aufgesogen wurde und augenblicklich verschwand. Gleichzeitig wurde die Intensität des Zaubers noch stärker. Während sie den Bernstein in ihrer Hand vor Entsetzen wie versteinert betrachtete, sah sie dieselbe helixartige Form, die sie in dem verborgenen Teil der

Zauberstruktur entdeckt hatte. Die andere Form war komplexer gewesen, als hätte sie mehr Tiefe. Diese war wesentlich einfacher strukturiert.

»Au! Meister, was tut Ihr? Ihr habt nie …«

»Ich stelle lediglich sicher, daß du das Experiment nicht vor seiner Beendigung unterbrichst«, sagte er, indem er den Kasten öffnete, der das dämonenbefleckte Schwert enthielt. Als der Deckel hochklappte, konnte Lynthis spüren, wie die Dämonenmagie in dem Schwert durch ihren Körper kreiste. Und als ihr Blick auf den Bernstein fiel, stellte sie fest, daß er leuchtete. Aus seinem tiefsten Inneren kam ein helles Licht, das sie an das Licht erinnerte, das die elementare Erde abstrahlte, als sie den Bernstein mit ihrer Astralsicht betrachtet hatte.

»Seht nur, Meister! Es funktioniert, es funktioniert tatsächlich! Aber bitte, Meister, könntet ihr den Kasten jetzt nicht schließen und mir dabei helfen, diesen Zauber zu beenden?«

Noraim starrte den Bernstein mit leuchtenden Augen an, während sich einer seiner Mundwinkel zu einem seltsam schiefen Grinsen verzog. »Also funktioniert es tatsächlich«, murmelte er. »Und viel besser als bei all den anderen Versuchspersonen. Es muß die Blutmagie sein, die für die derart gesteigerte Leistung verantwortlich ist.«

Kaum waren ihm diese Worte über die Lippen gekommen, als Lynthis sich erinnerte, wo sie die helixartige Form schon einmal gesehen hatte. Sie war Teil der Struktur gewesen, die sie während des Blutmagie-Experiments vor ein paar Tagen mit ihrer Astralsicht betrachtet hatte. Teil des Experiments, bei der vor ihren Augen eine Frau gestorben war.

Das hatte Noraim also vor ihr verbergen wollen. Die Experimente mit den Sklaven, insbesondere die Blutmagie-Experimente, waren ebenfalls in die Struktur des Zaubers eingewoben worden. Das mußte es sein, was dem Zauber seine unglaubliche Macht gab. Und jetzt war sie diesem Zauber und seinem irrsinnigen Schöpfer hilflos ausgeliefert.

»Andere Versuchspersonen! Welche anderen Versuchspersonen? Ihr sagtet...«

»Ich sagte was? Hast du gedacht, du wärst die erste, die es ausprobiert? Ich hätte doch nicht die letzten Schritte in diesem Projekt unternommen, wenn ich nicht genau gewußt hätte, daß es funktionieren kann, oder?«

»Was meint Ihr mit letzte Schritte? Ihr braucht mich noch, um das Dämonenwissen in die Struktur einzuweben, nicht wahr, Meister? Und Ihr müßt auch noch herausfinden, wie Ihr den Zauber in den Bernstein bekommt. Stimmt das nicht? Ihr seid noch nicht fertig!«

Noraim lachte laut auf. Lynthis wollte fliehen, doch die Dämonenmagie verwirrte sie, so daß sie sich kaum bewegen konnte.

»Erinnerst du dich noch daran, wie ich sagte, daß dieser Zauber wahrscheinlich einer Lebenskraft bedürfe, die ihn aus dem Inneren des Gegenstands aufrechterhalten könnte? Tatsächlich bedarf er einer Quelle, die sowohl die Lebenskraft *als auch* die Fähigkeit besitzt, Feinheiten astraler Strukturen wahrzunehmen. Du, Lynthis, bist diese Quelle. Tatsächlich besitzt du sogar noch eine weitere notwendige Eigenschaft, weil du das Dämonenwissen hast. Jetzt brauche ich nur noch *dich* in den Bernstein zu versetzen, dann hat der Brela seinen Dämonendetektor.«

»Was!« kreischte sie.

Wenngleich fast im Delirium, begann Lynthis mit dem Weben eines Fadens für einen Zauber. Noraim wußte nicht, welchen Zauber sie vorbereitete, aber das spielte auch keine Rolle. Er sah, worauf er wartete, und beschrieb eine Geste, als er das Schlüsselwort sprach, dasselbe Wort, das er noch Minuten zuvor geäußert hatte. Wie zuvor traf der Lähmungs-Zauber die Windlingsfrau und ließ sie erstarren. Und obwohl sie sich weder bewegen noch sprechen noch atmen konnte, spürte sie noch die Dämonenmagie, die das Schwert abstrahlte, durch ihren Körper fließen, so wie sie die Magie des Zaubers in sich, in der Zauberstruktur und in dem Bernstein pulsieren spürte. Und schließlich spürte sie, wie ihre Magie in dem Spruchfaden pulsierte, den sie soeben gewoben hatte, und wie der Faden nach seiner Bestimmung suchte. Es war, als sei die Zeit eingefroren. Sie spürte weder die durch den Zauber und das Weben des Fadens hervorgerufene Erschöpfung, noch empfand sie so etwas wie Atemnot. Noraims Lähmungs-Zauber fror ihre Körperfunktionen ein, ermöglichte der Magie jedoch zugleich, weiter durch sie hindurchzufließen. Als sie den Spruchfaden hin und her schwanken sah, wurde sie an die letzten Augenblicke erinnert, bevor die Sklavin Nereana durch die mißbräuchliche Anwendung von Magie den Tod gefunden hatte. Lynthis befürchtete, daß sie dasselbe Schicksal erwartete.

Während sie sich verzweifelt bemühte, sich zu befreien, wurden ihre schlimmsten Ängste wahr.

»EEEEEEEEEEEEEEEEEEE!«

Der Schrei erscholl nur in ihren Gedanken, aber der Schmerz, der sie durchfuhr, war unbeschreiblich und verband sich mit der Dämonenmagie, die sie immer noch durchfloß, zu einem wirbelnden Strudel der Empfindungen. Lynthis hätte solche Schmerzen nie für möglich gehalten, und sie hatte nicht die geringste Möglichkeit, etwas gegen sie zu unternehmen.

»EEEEEEEEEEEEEEEEEEE!«

Ihr Blick fiel auf Noraim, der offenbar damit beschäftigt war, einen weiteren Zauber zu erwirken. Doch der Noraim, den sie sah, war plötzlich größer als zuvor. Er hatte ihr den Bernstein abgenommen und hielt ihn jetzt in der Hand. Während sie den Bernstein anstarrte, schien auch er größer zu werden.

»EEEEEEEEEEEEEEE!«

Lynthis schrie in Gedanken weiter, während sie immer kleiner wurde. Außerdem hatte sie den Eindruck, daß ihr Körper seine Festigkeit verlor, je näher sie dem Bernstein kam. Und obwohl sich ihr Körper aufzulösen schien, wurden die Schmerzen dadurch nicht geringer, im Gegenteil, sie schienen noch zuzunehmen und größer zu werden als die Welt um sie herum. Der Bernstein leuchtete immer heller, während Lynthis weiterschrumpfte, bis der Bernstein fast so groß wie sie war.

»EEEEEEEEEEEEE!«

Sie mußte einfach immer weiter schreien, als sie sah, wie sie dem Bernstein immer näher rückte. Als ihre Füße von dem Stein aufgesogen wurden, spürte sie, wie eine weitere mächtige Magiequelle in ihre Empfindungswelt eindrang. Ihre normalen Sinne waren jetzt praktisch nutzlos. Sie sah nur noch das Astrale, und in dieser Welt glitt sie durch die Zauberstruktur und in den Bernstein hinein.

»EEEEEEEEEEE!«

Je mehr von ihrem Körper in den Bernstein gesogen wurde, desto heftiger wurde die magische Flut, die auf sie einstürzte. Ihre Sinne waren jetzt nicht mehr als eine wirre Kombination der Schmerzen von Noraims Zauber und der magischen Energien des Bernsteins, die durch ihren Körper flossen. Sie erhaschte noch einen letzten Blick auf Noraim, jetzt ein Gigant, der vor ihrer winzigen Gestalt aufragte. Der Bernstein trieb in einem Strom geheimnisvoller Energien, der sich von einer Hand des Magiers zur anderen spannte. Hoch über dem Bernstein konnte sie Noraims Gesicht erkennen, in tiefste Konzentration versunken, als Lynthis schließlich das wahre Wesen ihres Lehrers enthüllt wurde. Sie schrie wieder. Lautlos. Hilflos. Endlos.

Der Bernstein sank plötzlich ein Stück, als Noraims Zauber Lynthis' Lebenskraft in seine orichalkumverstärkte Form eingeschlossen hatte. Er leuchtete immer noch strahlend hell, und erst da fiel dem Magier wieder ein, daß der runenbedeckte Kasten immer noch geöffnet war, so daß der Bernstein auf die in dem Schwert ruhende Dämonenmagie reagierte. Nachdem er den Kasten geschlossen hatte, verblaßte das Leuchten des Bernsteins. Noraim nahm ihn und hielt ihn gegen einen Lichtquarz. Im Innern konnte er die winzige Gestalt Lynthis' erkennen, scheinbar mitten im Flug, doch für immer erstarrt.

Dann ging er zu dem Schrank, aus dem er sowohl den Bernstein als auch das Schwert geholt hatte. Diesmal entnahm er ihm eine lange Kette, die aus fein geschmiedeten goldenen und silbernen Gliedern bestand. Die Kette hatte keinen Verschluß, war aber so groß, daß jeder mit Ausnahme vielleicht eines Trolls sie sich über den Kopf streifen konnte. An der Kette hing eine Fassung von der Größe des Bernsteins, in dem Lynthis jetzt für alle Ewigkeit eingeschlossen war. Noraim ging mit Kette und Bernstein zu seiner Werkbank und setzte den Stein in die Fassung ein. Er paßte sich tatsächlich so mühelos ein, wie ihm der Juwelier versprochen hatte. Dann legte er das Amulett vorsichtig in ein kleines, mit Stoff gefüttertes Kästchen, verließ sein Labor, ohne sich noch ein einziges Mal umzuschauen, und marschierte raschen Schrittes durch die Straßen Vivanes und zum Palast des Brela.

ALLES HAT SEINEN PREIS

Tom Dowd

In der Zeit kurz vor der Plage wartet das im Schatten der Caucaviaberge gelegene Dorf Vissale voller Angst auf die Ankunft der schrecklichen Dämonen und die langen Jahre der Finsternis, die danach folgen sollen. Das Dorf wartet außerdem auf eine große Karawane aus Thera, die ihre einzige Überlebenschance darstellt.

Einige der Bewohner Vissales warten still und reden weder mit sich selbst noch mit jemand anderem über die bevorstehende Zeit der Finsternis. Manche sind nervös und ergehen sich in sorgenvollen Überlegungen. Andere äußern sich lautstark gegen das Theranische Reich, denn sie können nicht vergessen, was es in der Vergangenheit von Vissale verlangt und genommen hat. Ein paar traurige wenige werden fast verrückt vor Angst. Doch ein Teil der Bewohner Vissales plant und bereitet die Zukunft vor – eine Zukunft, die nur kommen kann, wenn Vissale die Plage übersteht.

Größtenteils gehen die Dörfler wie üblich ihren Beschäftigungen nach. Doch ein paar sitzen hoch oben in den großen schlanken Bäumen, die die Talstraße überblicken. Von den Dorfältesten dorthin gesandt, warten die Beobachter voller Furcht und Ungeduld. Ihre Aufgabe besteht darin, beim ersten Anzeichen der sich nähernden Erlösung Alarm zu geben. Sie sind es, welche die Nachricht ins Dorf tragen werden, daß die Karawane mit den magischen Siegeln und Schutzvorrichtungen endlich eingetroffen ist.

Heute ist Paila auf Beobachtungsposten, die noch nicht ganz erwachsene Tochter eines der Dorfältesten.

Eines Tages wird sie wunderschön sein, aber die Schönheit braucht noch Zeit, um sich zu entfalten. Tevern, ein Jahr jünger und der jüngste Sohn eines Hirten, kann sie bereits in ihr sehen. Er sitzt mit Paila in den höchsten Wipfeln eines Baumes und betrachtet sie insgeheim, während sie auf die Schatten der tiefhängenden Wolken starrt, die langsam durch das Tal ziehen. Sie ist sehr zurückhaltend, viel zurückhaltender, als er sie kennt, und will ihm den Grund dafür nicht nennen. Er wünschte, sie täte es, denn obwohl ihm die Musik des Waldes, der Luft und der Tiere gefällt, ist es eigentlich ihre Stimme, die er hören will. Und dann, plötzlich, hört er sie.

»Denkst du je darüber nach, was sich dort draußen befindet, Tev?« fragt Paila leise, den Blick weiterhin in die Ferne gerichtet.

»Nein«, sagt er. Warum sollte er auch? Hier in Vissale gibt es so viel. Schafe und Schweine sind zu hüten, Gärten und Zäune zu pflegen. Auf dem Bauernhof gibt es immer Arbeit.

»Ich schon«, sagt sie, dann richtet sie sich plötzlich auf, während die langen Strähnen ihrer fast goldenen Haare im Wind flattern. Ihre Augen weiten sich, und sie stößt ein leises Keuchen aus. Er richtet sich ebenfalls auf, und sein Blick sucht, was ihre Augen bereits sehen. Ihr ausgestreckter Finger weist ihm die Richtung, und er sieht: weit unten, weit entfernt, durchdringt ein kupferfarbenes Glitzern das Grün und verschwindet dann wieder.

Aufgeregt fragt Tevern sie: »Glaubst du …?«

Sie nickt, den Blick starr auf die betreffende Stelle gerichtet. Sie darf dieses Licht nicht aus den Augen verlieren. »Sie muß es sein.«

»Wir sollten gehen«, sagt er. »Wir müssen es den anderen sagen.«

Paila antwortet nicht, sondern betrachtet die Lichtspiegelung, die jetzt wieder zu sehen ist, und zwar

LAUBENSTEIN
94

etwas näher als zuvor. Tevern glaubt, Bewegung erkennen zu können, Gestalten. Eine lange Reihe, die auf sie zu marschiert. »Wir müssen es den anderen sagen«, wiederholt er.

Diesmal nickt sie, wendet sich jedoch nicht ab. »Ja«, sagt Paila mit leiser und angespannter Stimme. »Ich gehe. Du bleibst und hältst weiter Wache.«

Tevern erhebt Einwände, aber ihre Entschlossenheit behält die Oberhand. Sie klettert den Baum hinab und hält dann plötzlich inne, bevor sie sehr weit gekommen ist. Sie berührt ihn am Bein, behutsam. Es ist das erstemal, daß sie ihn je berührt hat. Er sieht zu ihr hinab, aber ihr Blick ist abgewandt und auf das Tal gerichtet. »Wir müssen tun, was wir können?« fragt sie. »Alles tun, was wir können, um alle zu retten?«

Tevern weiß nicht genau, was sie meint, nickt aber dennoch. »Ja«, sagt er.

»Es ist nicht falsch zu tun, was wir tun müssen«, fährt sie fort, »so daß alle überleben?« Sie blinzelt. »Oder?«

»Nein«, antwortet er. »Nein, das ist es nicht.«

Sie nickt, dann klettert sie weiter nach unten.

Tevern beobachtet Paila, die sich langsam von ihm entfernt, und fragt sich, was es ist, das er nicht weiß. Dann, als er sich wieder dem schwachen, tanzenden kupferfarbenen Licht zuwendet, empfindet er plötzlich so etwas wie Trauer und eine gänzlich unerwartete Angst.

Der Ort ist klein, zählt nicht mehr als fünfhundert jetzt verstummte Seelen. Sie alle starren auf das, was da zu ihnen gekommen ist – eine kleine Karawane, die aus einer Reihe von einem Dutzend Sklaven besteht, denen sechs majestätische, silbergeschmückte Pferde und Reiter folgen, welche einen Wagen aus Kupfer und Gold eskortieren. Der Wagen schwebt in der Luft, allein von der Kraft der Magie gehalten. Aus metallischen Fäden gewobene Banner flattern in der steten Brise des Windes und des ständigen Schnaubens der Pferde ihrer Träger und fangen die letzten Sonnenstrahlen des Tages ein. Die silber- und kupferfarbenen Rüstungen der Soldaten funkeln im Licht. Die kurzen farbigen Blitze, die über das Dorf huschen, vertreiben selbst die dunkelsten Schatten, wenn auch nur für einen Augenblick. Das Theranische Reich ist nach Vissale zurückgekehrt.

Deavain, *Kedate* und Abgesandter des mächtigen Thera, seufzt und wendet den Blick von den verängstigten, aufwärts gerichteten Gesichtern ab. Statt dessen läßt er sich von den letzten Sonnenstrahlen blenden. Die letzten Strahlen, denkt er, das wird in allzu kurzer Zeit nur allzu wahr sein. Verdunkelt, sagen die Seher und Magier, von Wolken des Bösen. Wolken übler Kreaturen, die aus den tiefsten Schlünden der Niederwelten heraufsteigen. Wolken einer magischen Seuche, die von ihren furchtbaren Taten erschaffen wird. Und Wolken aus Rauch und Asche, die von den letzten brennenden Überresten der Ländereien der Menschheit in den Himmel steigen.

Siebzig Tage. Mehr bleiben ihm nicht. So wenig Zeit, um seine Aufgabe hier und in dem anderen Dorf, Tolpus, zu erledigen, bevor er wieder nach Parlainth und zu den Anfängen der Dekaden der Vorbereitung zurückkehrt. Dort wird er sich vor der Langen Nacht und der Verwüstung des Landes in Sicherheit bringen. Die Reise nach Parlainth ist lang, so daß ihm nur sechs Tage bleiben, um seine Arbeit hier zu vollenden. Sechs Tage, um die Einwohner Vissales davon zu überzeugen, daß ihre Kinder ohne ihn keine Zukunft haben. Die Sonne verschwindet gänzlich hinter den Bergen, und er schließt die Augen.

So viel Zeit an so wenige verschwendet.

Der Pavillon ist nach theranischen Grundsätzen errichtet worden, drei kleinere Zelte, die in einem Dreieck um das größte Zelt angeordnet sind. Die Soldaten stehen mit ihren Bannern auf den Seitenlinien des Dreiecks. Der schwebende Wagen ist mittlerweile gelandet und steht hinter dem Mittelzelt. Daneben wacht ein schreckliches, gigantisches Menschenwesen aus schwarzem und grauem Stein. Es trägt keine Rüstung, jedoch ein Schwert von der Größe eines Frauenkörpers. Es steht, es wartet, es bewacht. Die magischen Geheimnisse der Theraner befinden sich in diesem Wagen, glauben die Dörfler, doch sie wagen nicht, sich ihm zu nähern.

Der Pavillon ist ruhig. Es ist Abend geworden. Ohne Feuer brennende Fackeln beleuchten die Zelte und ihre Wachen. Der Geruch unbekannter Speisen liegt in der Luft, als sich die Dorfältesten in der Nähe in zwei Gruppen versammeln, die Männer auf der einen Seite, die Frauen auf der anderen. Sie beraten miteinander.

Zweimal gehen beide Gruppen zu den Zelten, und zweimal werden sie von den Wachen abgewiesen. Man sagt ihnen, daß der *Kedate*, der Abgesandte des mächtigen Thera, mit ihnen reden wird, wenn er dazu bereit ist. Ist es wahr? fragen die Dorfältesten. Das Ende der Welt steht bevor? Die Wachen lachen. Ja, antworten sie ihnen. Ungeheuer kommen, um eure Seele zu verschlingen. Aber Thera wird euch beschützen, sagen sie. Wenn euer Gold einwandfrei ist.

Im Zelt lächelt ihn das Elfenmädchen namens Nayade, wenn er sich recht erinnert, zurückhaltend an und zieht sich dann zurück. Deavain schwenkt den vergorenen Fruchtsaft in seinem Kelch und kostet dann vorsichtig. Zu warm. Er schüttelt den Kopf, aber diese Angelegenheit kann warten. Andere Dinge sind jetzt dringlicher.

»Der Botengeist war makellos«, sagt sein Gehilfe

Atalin zu ihm. »Er ließ keine Anzeichen eines Makels oder einer Dämonenbefleckung erkennen, trotz der Qualen, die er durchgemacht hat. Ich habe ihn für zukünftige Dienste behalten.«

Deavain nickt. Fast wäre es ihm lieber, wenn der Geist tatsächlich verrückt wäre. Dann gäbe es einen Grund, seine Botschaft anzuzweifeln, in Frage zu stellen. Es ist allgemein bekannt, daß die Botschaften dämonenbefleckter Geister oft einen den Wünschen ihrer neuen, finsteren Herren angepaßten Inhalt haben. So aber kann es keinen Zweifel geben, trotz des Gefühls der Ruhe und Sicherheit hier. Die Botschaft lautete, daß Thera seine Türen vor der Plage geschlossen hat. Nun wird man viele hundert Jahre lang nichts mehr von der Großen Stadt hören. Nicht, solange die Lange Nacht herrscht.

Atalin starrt in die kleine Urne mit dem wahren Kohlefeuer, das das Zelt vor der heranschleichenden Kälte der Nacht schützt. »Offenbar war es ein ziemlicher Kampf, die Siegel zu errichten. Viele Dämonen sind auf die Insel gekommen, manche davon äußerst mächtig und heimtückisch. Sie haben tatsächlich versucht, das letzte Stadium des Rituals zu verhindern. Einige von den Stadträten waren höchst beunruhigt über ihre große Anzahl.«

»Mach deine Rechnung nie ohne die Zauberer, sonst mußt du mit Überraschungen rechnen«, sagt Deavain nickend. »Thera ist das Zentrum der Magie auf der Welt. Eigentlich ist es nur logisch, daß Thera zuerst angegriffen wird.«

»Aber gleich so heftig … mein Onkel sagte, Teile der Küstenlinie seien zerstört worden!«

Deavain zuckt die Achseln und nimmt noch einen Schluck aus seinem Kelch. »Thera wird ebenso überleben wie seine Kinder. Jedenfalls alle, die auf uns hören.«

»Und bezahlen.«

Deavain hört den angespannten Unterton in Atalins Stimme. Der *Kedate* wiederholt das alte Sprichwort: »Nichts ist umsonst. Alles hat seinen Preis.«

Atalins Blick irrt zu Deavains Schlafbereich. »Wir haben noch drei Schriften der Weisheit übrig. Auf dem Rückweg nach Parlainth könnten wir Hollyock noch einmal besuchen. Mittlerweile müßte es mehr Zeichen geben, vielleicht sogar ein paar Manifestationen. Sie könnten ihre Meinung geändert haben.«

Deavain verzieht das Gesicht. »Diese Gegend hat bisher viel zuviel Glück gehabt. Wären die Dämonen hier bereits aufgetaucht, wären wir wahrscheinlich schon längst wieder in Parlainth.«

»Es ist schwierig, die Leute von einer Gefahr zu überzeugen, die sie nicht sehen können.«

»Diese Leute«, schnaubt der *Kedate,* »würden eine Gefahr nicht erkennen, wenn sie sich auf Drachenflügeln auf sie herabsenken würde.«

»Es sind Bauern und Hirten, *Kedate.* Die einzigen Gefahren, die sie kennen, sind Wölfe und Ernteschädlinge.«

Deavain senkt seinen Kelch. »Diese Leute sind viel gescheiter, als sie sich geben, aber sie sind trotzdem dumm ...«

Die Kohlen aus dem wahren Feuer leuchten auf, als plötzlich eine kühle Brise durch das Zelt streicht. Die Erste Wache, Allessaro, tritt durch den Innenvorhang und salutiert, indem er die Hand zuerst ans Ohr und dann aufs Herz legt. »Gerterain sagt, die Dorfbewohner hätten sich Eurer Anordnung entsprechend versammelt. Die Ältesten haben protestiert, aber die Nachricht hat sich rasch verbreitet, und die Leute sind von sich aus gekommen.«

Der *Kedate* nickt. Die Ältesten wollten allein mit den Theranern reden, aber das hätte nicht gereicht. Alle Dorfbewohner müssen von den Gefahren hören. Die Leute müssen in Angst und Schrecken versetzt werden, so daß auch die Ältesten Angst bekommen. Das wird die Verhandlungen erleichtern.

»Danke, *Tearai*. Wir kommen gleich.«

Fackeln flackern im Abendwind, so daß Schatten zwischen den versammelten Dörflern umherhuschen. Die Menge ist laut und erregt, bis Deavain und Atalin mit zwei Eskorten eintreffen. Da wird die Menge still.

Der *Kedate* Theras hat seine Kleidung sehr sorgfältig ausgewählt, da er beeindrucken, aber nicht einschüchtern will. Sein Untergewand ist dunkelrot und grau, die Farben seiner Familie, wenngleich das niemand von den Dörflern weiß oder interessiert. Ein kunstvoll gesticktes Muster verläuft von der rechten Schulter beinahe bis zum Saum an seinen Knöcheln. Das Muster fällt ihnen vielleicht auf, wenn sie die Markenzeichen eines Zauberers kennen, wenngleich er keiner ist. Sein Übergewand besteht aus feinster grauer Nami-Seide und ist mit einem Faden gewoben, der das Licht der Fackeln einfängt und über seinen Körper tanzen läßt. Beide Roben sind nach der gegenwärtigen Mode zweifach mit Kordeln umgürtet, deren Enden zu beiden Seiten seines Körpers herabhängen. Seine Handschuhe und die Paspeln an seinem Übergewand bestehen aus dunklem, glänzendem Chata-Leder mit silbernen Stickereien. Auf der linken Brust trägt Deavain seine Amtsinsignien, die theranische Sonne und eine einzige goldene Tresse.

Er trägt nur ein einziges Schmuckstück: ein jahrhundertealtes Familienerbstück. Es ist ein Amulett, das am Ende einer schwarzgoldenen Kette auf seiner Brust hängt. Das Amulett hat die Größe einer Kinderfaust und besteht aus fast transparentem Bernstein, in dem ein inneres Licht funkelt. Und in den Stein ist die Miniaturgestalt eines weiblichen Windlings eingebettet, die nur ein wenig kleiner als der Stein selbst ist. Nackt und im Flug eingefangen, scheint sich der winzige

Körper manchmal sogar zu bewegen, und Deavain hat sich schon oft eingebildet, den Klang seiner winzigen Stimme in der Stille der Nacht zu hören. Das Amulett, so wurde ihm gesagt, leuchtet auf, wenn ein Dämon in der Nähe ist. Die Geschichte seiner Erschaffung ist am Tag seiner Volljährigkeit zusammen mit dem Amulett an ihn weitergegeben worden. Es ist eine düstere Geschichte, aber nichts im Vergleich zu derjenigen, die er jetzt den Bewohnern Vissales erzählen wird.

Die Leute beobachten ihn. Sie hungern nach seinen Worten, und Deavain weiß, wie er ihren Hunger stillen kann. Es sind zu viele, als daß seine ganz persönliche Magie eine verläßliche Wirkung erzielen könnte. Später kann er seine Kräfte einsetzen, um die wichtigsten Dörfler schwankend zu machen. Einstweilen muß er jedoch mit vordergründigeren Überzeugungsmethoden vorliebnehmen. Er betrachtet nacheinander alle vom Fackellicht beschienenen Gesichter. Heute abend werden sie seine Worte hören und verstehen. Und sie werden wissen, daß sie Thera brauchen.

»Vissaler, ich bin Deavain ne'Sammaran, *Kedate* des großen Thera. Ich danke euch, daß ihr mich in eurem Dorf empfangen habt, obwohl ich zu meinem Bedauern sagen muß, daß ich euch furchtbare Nachrichten bringe.«

Eine Woge der Emotionen erfaßt die Leute, die ängstlich untereinander zu murmeln beginnen. Deavain gönnt ihnen diesen Augenblick, in dem er die Ältesten im Auge behält. Manche wirken sehr ernst. Einige beunruhigt. Andere sind aschfahl. Sie sind uneins, was ihn außerordentlich freut. Vielleicht wird es wider Erwarten doch ein kurzer Aufenthalt hier. Das Gemurmel legt sich, und er fährt fort.

»Die Nachricht von der bevorstehenden Plage hat euch bereits erreicht. Ich bin hier, um euch zu sagen, daß diese Nachricht stimmt. Ich fürchte, daß auch für euch die Zeit der Dämonen sehr bald kommen wird.

Es sind furchtbare und üble Kreaturen, deren Herzen nur von den schlimmsten, widerwärtigsten Verlangen erfüllt sind. Diesen Dämonen sind wir, unsere Familien, unser Land und unsere Kinder gleichgültig. Sie wollen nur unsere Seelen, um ihre abscheuliche Gier zu stillen.« Der *Kedate* läßt den Blick beim Reden über die Menge schweifen. Er sieht eine Frau mit vernarbtem Hals, die ein nervöses Zucken in ihrer Unterlippe nicht beherrschen kann. Eine andere Frau mit grauen Haaren kann nur ungläubig den Kopf schütteln. Ein Mann mit einem roten Vollbart sieht wütend aus.

»Sie kommen als Armee, ergießen sich aus der Luft und aus dem Meer in unsere Welt«, fährt der *Kedate* fort. »Sie sind hinter unseren strahlenden Seelen her wie Jagdhunde: unbarmherzig, unermüdlich, gnadenlos. Es gibt keine Gegenwehr.«

Wieder werden die Leute von einer Woge der Emotionen erfaßt, aber es gibt auch eine andere Reaktion, die Deavain nicht erwartet hat. Der rotbärtige Mann explodiert vor Wut. »Lügner!« ruft er, mit dem Finger auf Deavain zeigend. »Du erzählst uns Schauermärchen, aber nicht die Wahrheit!«

Deavain wendet sich an den Mann und lächelt. Er läßt ein wenig von seiner Magie in seine Stimme einfließen. »Wie heißt du?« fragt er ruhig.

Der wütende Mann ist überrascht. »Fairal«, stottert er einen Augenblick später.

»Fairal, ich sage die Wahrheit.« Deavain breitet die Arme aus. »Welchen Grund sollte ich haben, euch Lügen aufzutischen?«

Der Dörfler zeigt auf ihn. »Ihr wollt unser Land. Ihr wollt unsere Ernte. Und ihr wollt uns als Sklaven.«

Viele Köpfe nicken, andere scheint der Ausbruch jedoch eher zu ängstigen. »Ja, ja«, sagt eine Frau mit quäkender Stimme. »Wie damals.«

Deavain nickt. Er erinnert sich an die Berichte der Karawanen, die den Zehnten eintreiben. Ihre Anführer waren offenbar weder diplomatisch noch eindrucksvoll genug. »Ich belüge euch nicht«, sagt er. »Diesem Dorf sind bis jetzt Heimsuchungen durch die Dämonen erspart geblieben. Das wird nicht mehr lange so bleiben.«

Eine junge Stimme schreit von hinten: »Doog hat vor sechs Tagen etwas aus dem Schlamm getötet!«

»Etwas aus dem Schlamm?« fragt Deavain, wobei er in den Gesichtern in der Menge nach einer Reaktion forscht.

Ein anderer Bauer antwortet. »Es war im Viehstall. Sah aus wie eine große Dreckbeule. Wir haben es getötet, aber vorher hat es noch zwei Mulis gefressen.« Seine Stimme klingt rauh, und seine Augen glänzen. Er hat Angst.

Deavain nickt. »Dann sind die Dämonen auch nach Vissale gekommen.«

»Und wir haben einen getötet!« ruft der bärtige Mann. »Wir können sie bekämpfen!« Die Dörfler murmeln, und der *Kedate* spürt den Umschwung. Er muß sich wieder in den Mittelpunkt rücken. Er ändert seinen Tonfall und läßt soviel wie möglich von seinen Talenten einfließen.

»Ja, Fairal, ihr könnt sie töten. Und Ruhm und Ehre denjenigen, die den Dämon auf Doogs Hof getötet haben. Aber was, wenn es zwei gewesen wären? Oder drei? Oder ein Dutzend? Oder so viele, wie es Bäume im Wald und Vögel am Himmel gibt? Hättet ihr sie dann auch töten können? Hättet ihr sie alle bekämpfen können?«

Er spürt, wie Unsicherheit entsteht und sich ausbreitet. Deavain versucht, jeden einzelnen anzusehen. Die meisten Gesichter erbleichen, wenn sie seinem Blick begegnen. Alle außer einem. Dieses eine gehört einem mutmaßlichen Elf mit dunklen Haaren, hartem Blick und ebenso harten Muskeln. Ein zäher Bursche mit einem Kämpferblick.

»Was, wenn sie Feuer speien?« fährt der *Kedate* fort. »Oder die Knochen eines Helden in Luft verwandeln könnten? Oder euch den Verstand rauben könnten? Schnell wie der Blitz wären? Die Größe eines Bullen hätten? Dächten wie wir Menschen? Unsichtbar wären? Den Elementen befehlen könnten? Eine Mutter gegen ihre Kinder aufbringen könnten? Was dann? Könntet ihr sie auch dann noch bekämpfen?«

Schweigen, und dann sagt jemand: »Thera wird uns beschützen.« Die Stimme gehört einer Frau, und sie klingt gelassen und zuversichtlich. Deavain versucht sie in der Menge auszumachen, während er weiterspricht. »Ja, Thera kann euch beschützen, aber Theras Macht ist auf dieser Welt zwar ohnegleichen, doch die Dämonen kommen aus den Tiefen der Niederwelten.«

Als er die Sprecherin schließlich erblickt, verliert Deavain beinahe die Beherrschung über seine Worte und seine Magie. Zwar steht sie ziemlich weit hinten und ist halb von den Schatten und Falten ihres Umhangs verborgen, aber er kann dennoch erkennen, daß sie wunderschön ist, hellhäutig, aber mit durchdringenden, strahlenden Augen, die mit dem gleißenden Licht wahren Wassers funkeln. Goldene Haarsträhnen fallen ihr ins Gesicht. Sie lächelt und begegnet seinem Blick. Er bezweifelt, daß er bei ihr überhaupt Magie wird anwenden müssen.

»Selbst Thera«, sagt er, »kann die Massen der Dämonen nicht bekämpfen.«

Seufzer der Angst. Er weiß, er sollte den Augenkontakt zu der Frau abbrechen, kann es aber nicht. In ihr ist keine Furcht, sondern etwas anderes. »Vor kaum drei Tagen hat Thera seine Tore geschlossen und sich vor den Dämonen abgeschottet.«

Jemand schreit auf. Ein paar Dörfler rücken näher zusammen. Als die Frau nickt, den Blick abwendet und ihn auf die Ältesten richtet, schweifen Deavains Augen wieder über die Menge. Das Gesicht der Frau hat sich jedoch strahlend hell in seinen Verstand eingebrannt.

»Sie haben Schutzvorrichtungen und Siegel ersonnen, die die Dämonen nicht durchbrechen können. Diese Schranken werden Thera in der Langen Nacht schützen. Erst wenn die Dämonen in Hunderten von Jahren wieder verschwinden, werden sich Theras Tore wieder öffnen.«

»Aber Parlainth!« ruft jemand in das zunehmende Gemurmel hinein. »In Parlainth sind doch theranische Legionen! Die können doch gegen die Dämonen kämpfen!«

»Nein«, sagt Deavain. »Sie werden all jene bekämpfen, die jetzt bereits auftauchen und das Land bedrohen, aber sie können nicht die Horden bekämpfen, die sich später über unsere Welt ergießen werden. Niemand kann das. Noch zu Lebzeiten eurer Kinder wird sich Parlainth ebenfalls gegen die Lange Nacht der Dämonen abschotten. Und danach wird es keine Hilfe mehr von Parlainth geben.«

Ein Tumult bricht aus. Jemand fängt an zu jammern und zu wehklagen. Auf einer Seite bricht ein kleineres Handgemenge aus. Deavain hebt die Hand, doch bevor die Menge sie bemerkt und darauf reagieren kann, erhebt sich eine starke Stimme von hinten. Sie gehört einem der Ältesten, einem großen dunklen Mann mit tonnenförmiger Brust und feiner Kleidung. »Also bist du gekommen, um uns zu sagen, daß das Schicksal unserer Kinder besiegelt ist? Wahrscheinlich wollt ihr sie uns wegnehmen, um sie in Sicherheit zu bringen.«

Die goldhaarige Frau antwortet, bevor Deavain reagieren kann. Ihre Stimme ist klar und klingt wie Musik. »Wenn überhaupt etwas, dann besiegeln deine Worte unser Schicksal. Hört euch an, was der *Kedate* zu verkünden hat. Ich glaube nicht, daß er nur hergekommen ist, um uns mitzuteilen, daß wir alle sozusagen schon tot sind.«

Deavain nickt der Frau zu, und sie erwidert die Geste mit einem zögernden Lächeln. Das Gesicht des Ältesten verfinstert sich. »Tatsächlich«, sagt Deavain, »muß niemand hier sterben oder das Dorf verlassen. Kein einziger.«

Die Dörfler sehen einander mit besorgten Mienen an und richten ihre Aufmerksamkeit dann wieder auf Deavain. Der *Kedate* lächelt innerlich. Seine Magie kann sie nicht alle beeinflussen, aber sie ist zu einigen von ihnen durchgedrungen. »Ich habe die Geheimnisse der Siegel bei mir, den Schutz vor den Dämonen, die Antwort auf die Frage, wie Vissale die Plage überleben kann.«

»Müssen wir ein Loch graben?« ruft jemand. »Wir haben gehört, daß das Dorf in ein Loch verlegt werden und dann abgedeckt werden muß…« Die Stimme verklingt, während ein neuerlicher Tumult ausbricht. Deavain hebt erneut die Hand.

»Ihr werdet Schutz brauchen. Irdene oder steinerne Mauern können die schwächeren Dämonen abhalten. Aber gegen die stärkeren müssen die Mauern mit Sigillen und Zeichen geschützt werden, die die Dämonen nicht ansehen und auch nicht berühren können.«

Die Anwesenheit der Frau lenkt ihn wiederum ab, und er sieht sie beim Reden an. Sie begegnet seinem Blick und öffnet den Mund, als wolle sie etwas sagen, schweigt jedoch.

»Ich habe Schriftrollen der Verzauberung und Beschwörung bei mir, wie sie von den besten Magiern Theras ersonnen wurden. Diese Schriften können euch dabei helfen, euren Zufluchtsort zu bauen, euer Kaer, und die Siegel und Sigillen anzubringen. Diese Schriften können euch vor den Dämonen beschützen. Aber es sind nur Werkzeuge. Ihr müßt die Kraft und den Willen aufbringen und Vissales Kaer bauen. Das wird von jetzt an euer Lebenswerk bis zum Beginn der Langen Nacht sein, aber dadurch sorgt ihr dafür, daß eure

Kinder und Kindeskinder viele Generationen lang in Sicherheit sein werden. Und ihr müßt die Benutzung dieser Schriften lernen.

Diese und andere Dinge werden wir mit euren Ältesten bereden. Aber jetzt wißt ihr alle, was auf dem Spiel steht. Ihr könnt eure Kinder dazu verurteilen, die Plage auf sich allein gestellt zu bekämpfen, aber ich sage euch, daß sie das Ende der Invasion der Dämonen nicht mehr erleben werden. Meine eigenen Kinder, die in Parlainth durch eben diese Magie geschützt sind, hingegen schon.«

Das Lächeln der Frau wird breiter. Er erkennt eine Einladung darin. Deavain sieht und akzeptiert sie. Sie will weg von diesem Ort, von Vissale. Sie will ihn und das, was er ihr geben kann. Er signalisiert ihr seine Bereitschaft mit einer Erwiderung ihres Lächelns. Sie ist jung und wunderschön und wird gewisse Fähigkeiten besitzen.

»Aber die endgültige Entscheidung wird von euren Ältesten getroffen. Sprecht mit ihnen, Vissaler. Sagt ihnen, daß ihr wollt, daß eure Kinder leben, überleben, und es wird geschehen. Denn Thera hat die Macht, sie zu beschützen.«

Deavain läßt seine Blicke ein letztesmal über die Menge schweifen. Viele sehen beunruhigt aus, aber in ihren Augen zeichnet sich bereits eine Art Gewißheit ab. Manche sind verwirrt, andere haben ganz einfach Angst. Die Ältesten, Männer wie Frauen, machen keinen Hehl aus ihrem Zorn. Er hat den Verdacht, daß sie sich in diesem Punkt zum erstenmal seit Jahren alle einig sind.

Er kann weder den jungen Elf noch den bärtigen Mann sehen. Dafür sieht er jemand anderen, einen dunkelhaarigen Jungen, der voller Haß ist. Der Junge mustert ihn finster, und Deavain lächelt ein wenig. Der Junge wendet sich ab.

Die Frau betrachtet ihn jedoch immer noch. Deavain

wendet sich an die Menge. »Ruhm euch allen, und mögen eure Kinder in der Zeit nach der Plage Legenden entstehen lassen. Meine Kinder freuen sich jetzt schon darauf, solche Geschichten zu hören.« Er wendet sich ab, und in der Menge erhebt sich ein tumultartiger Lärm. Ein paar der Dörfler versuchen sich ihm zu nähern, vielleicht um zu reden, vielleicht um sich beruhigen zu lassen, aber die Wachen weisen sie ab.

»Eine interessante Gruppe«, sagt Atalin, der jetzt näher kommt. Er hat die Menge während Deavains Rede beobachtet, sich ein Bild von ihr gemacht.

Der *Kedate* nickt. Auch er beobachtet die Menge noch immer. »Sehr vielschichtig, was Wünsche und Absichten betrifft. Es könnte länger dauern, als wir gehofft haben. Vielleicht bleiben wir ein paar Tage.«

Atalin grinst. »Glaubt Ihr wirklich, Ihr werdet ein paar Tage für die Frau brauchen?«

Deavain stellt fest, daß ihn diese Frage seltsamerweise peinlich berührt. »O nein, gewiß nicht«, sagt er. »Aber die Ältesten werden palavern und feilschen, und wir waren viele Tage lang unterwegs. Die Wachen und die Pferde können die Ruhepause wahrscheinlich gut gebrauchen.«

»Wie rücksichtsvoll, *Kedate*. Kein Wunder, daß Ihr zu denen gerechnet werdet, die als *Tharai* in Frage kommen.«

Deavain schnaubt verächtlich. »In der Tat. Kein Wunder.« Er dreht sich noch einmal zur Menge um und sieht die Frau am Rande stehen. Sie beobachtet ihn. »Geh und rede mit den Ältesten. Sie werden wütend sein, aber du weißt, wie du sie beschwichtigen kannst. Beginne mit den eigentlichen Verhandlungen, was den Preis für unsere Hilfe betrifft, nicht vor morgen. Laß allen Zeit, eine Nacht darüber zu schlafen.«

Atalin betrachtet die Frau. »Schlafen, so so. Also gut, ich werde den Preis nicht vor morgen erwähnen.« Er wendet sich ab und geht durch die Menge zu den Ältesten. Als Deavain ihn aus den Augen verliert, wendet er sich wieder der Frau zu. Sie ist näher gekommen, und eine Wache tritt ihr entgegen und versperrt ihr den Weg.

»Wache, laß sie passieren«, sagt Deavain. Die Wache nickt und tritt zur Seite. Ganz in der Nähe starrt ein kleines Mädchen mit weit aufgerissenen Augen auf das lebende Beispiel theranischer Macht. Der Wächter schenkt ihm keine Beachtung.

Die Frau nähert sich, und Deavain gestattet sich eine eingehendere Betrachtung. Sie ist etwas kleiner als er, aber nicht viel. Ihre Augen sind grün, leuchten wie Juwelen und verleihen einem Gesicht Ausdruck, das vielleicht das schönste ist, welches er je gesehen hat. Als er ein seltsames Kribbeln verspürt, hofft er, daß er nicht errötet ist. Sie hat sich ganz eng in ihren Umhang gewickelt, und er kann nur erkennen, daß sie schlank und für ein Dorf wie dieses relativ gut gekleidet ist. Er steht einen Augenblick schweigend da und kann beinahe spüren, wie ihre Schönheit wie eine Woge über ihm zusammenschlägt.

»Vielen Dank für deine Worte«, sagt er schließlich. »Sie sind bereits gewürdigt worden.«

Ihre Miene erhellt sich, und sie verbeugt sich leicht. »Sie waren wahrscheinlich überflüssig. Die Leute ehren und respektieren Thera.«

Er nickt. »Natürlich.« Und lächelt dann. »Aber ich bin unhöflich. Ich bin Deavain ne'Sammaran aus der *Feata* Astanara in Thera.«

Sie erwidert das Lächeln, und er spürt, wie es ihn in der Kühle der Nacht erwärmt. »Ihr sagtet, Ihr seid *Kedate*, nicht wahr? Was bedeutet das?«

»Wörtlich übersetzt bedeutet es ›Mitarbeiter‹. Ich helfe dem Oberherrn, dem *Brela* von Parlainth, bei der Verwaltung dieses Teils von Barsaive.«

»Dann können wir uns glücklich schätzen, Euch zu haben.«

»Und ich mich, hier zu sein.«

Sie lächelt wieder und sieht für einen Augenblick weg. »Ich sollte gehen. Mein Vater scheint wütend zu sein.«

Deavain folgt ihrem Blick und sieht einen der Ältesten, den bärtigen mit der tonnenförmigen Brust, der zugleich wütend und besorgt aussieht. Er weicht dem Blick des Fremden aus. »Natürlich, aber wir müssen unser Gespräch irgendwann fortsetzen.«

Sie nickt und geht einen Schritt rückwärts. »Ach, das werden wir. Ich habe viele Fragen über Parlainth und andere Orte und Dinge.«

»Dann kann ich nur hoffen, daß ich die Antworten dazu habe.«

»Daran zweifle ich nicht«, sagt sie, während sie mit einem letzten belustigten Blick in der Menge untertaucht. Er läßt sie gehen. Sie ist eine Dörflerin, eine *Maetik,* und er ist ein *Kedate* des großen Thera. Und doch ist Deavain froh, daß die Karawane noch ein paar Tage länger in Vissale bleiben wird.

Am nächsten Tag, nachdem die Sonne über den Rand der umliegenden Berge gestiegen ist und den Bodennebel aufgelöst hat, wandern Deavain und Atalin durch das Dorf, um zu sehen und gesehen zu werden. Doch keiner der Dorfbewohner nähert sich ihnen. Dafür sorgen die beiden prächtig geschmückten Krieger, die den beiden Theranern folgen. Mäßig interessiert beobachten die beiden Theraner die Reparatur einer Scheune und das Aufhängen der Morgenwäsche.

Atalin war heute morgen bereits bei den Ältesten und hat ihnen Theras Preis für die Schriften des Schutzes genannt. Sie beratschlagen jetzt, Männer und Frauen gemeinsam, in einer der Scheunen. Gelegentlich übertönt einer ihrer Rufe das Hämmern des Hufschmieds. Manchmal kann Deavain keinen Unterschied zwischen beidem erkennen. Seine Gedanken sind woanders.

Ihm wird klar, daß er nicht weiß, wie die Frau heißt.

Als die Sonne beinahe ihren höchsten Punkt am Himmel erreicht hat, öffnet sich das Scheunentor, und die Ältesten, die immer noch untereinander in Gespräche vertieft sind, treten hinaus ins Licht. Auf ihren Mienen spiegeln sich Ärger und Besorgnis wider, und es sind etliche feindselige Blicke auf die Theraner gerichtet. Deavain und Atalin ignorieren diese Beleidigung einstweilen und warten, ob einer der Ältesten zu ihnen kommt. Das ist nicht der Fall. Dann tritt die Frau hinter einem der Speicher hervor und geht zu dem Mann, den Deavain für ihren Vater hält. Sofort verstummen die Gespräche. Die Ältesten scheinen sich unbehaglich zu fühlen. Sie treten beiseite und wenden sich ab, wenn sie an ihnen vorbeigeht.

Ist das der Preis, den sie für einen kurzen Wortwechsel mit ihm bezahlen muß? Ist das alles, was diese Leute wert sind, und ist dies der Grad von Achtung, der ihm, dem Abgesandten Theras, erwiesen wird? Er versteht, warum sie den Wunsch haben könnte, dieses Dorf zu verlassen. Er würde so eine Behandlung nicht dulden. Und unter anderen Umständen würde er jetzt auch diese Beleidigung nicht dulden.

Die Frau geht zu ihrem Vater und spricht mit ihm. Der Älteste schaut einmal zu den Theranern herüber, weicht Deavains Blick jedoch rasch aus. Ihre Unterhaltung ist sehr lebhaft.

»Ich verstehe nichts von Provinzpolitik«, sagt Atalin. »Ich respektiere sie. Aber verstehen kann ich sie nicht.«

Deavain nickt, aber seine Blicke ruhen auf dem Mädchen. Er muß sich anstrengen, um so klar zu denken, daß er antworten kann. »Sie denken kleinkariert«, sagt er. »Sie sehen nur die Ernte dieses Jahres und daß heute die Sonne scheint. Sie nehmen an, daß es immer so sein wird. Sie denken nicht daran, daß ihnen das Reich in Jahren der Hungersnot zu essen gibt. Sie denken nicht daran, daß es theranische Heiler sind, die zu ihnen kommen, wenn Krankheiten und Epidemien ausbrechen.«

Atalin sagt etwas, unterbricht sich jedoch sofort, als er sieht, daß sich die Frau von ihrem Vater entfernt. Lächelnd geht sie auf die beiden Theraner zu. »Sie riskiert viel bei ihren Leuten«, sagt Atalin leise.

Deavain lächelt. »Sie begreift, was getan werden muß«, sagt er. »Wären sie doch nur alle so klug.«

Hinter ihr treten die Ältesten wieder zusammen. Es findet eine kurze Unterredung statt, gedämpft, aber doch hitzig, deren Zentrum der Vater der Frau ist. Finstere Blicke folgen ihr, als sie Deavain erreicht.

»Guten Tag, *Kedate*«, sagt sie, um sich dann an Atalin zu wenden. »Verzeiht, daß ich nicht in der Lage bin, Euch mit Eurem Titel anzureden.«

»*Kae'kedate*«, sagt er mit einer leichten Verbeugung.

»Gehilfe des *Kedate*?« fragt sie.

Deavain grinst. »Du hast eine rasche Auffassungsgabe.«

Sie zuckt die Achseln. »Ich habe früher schon einmal Theranisch gehört. Obwohl ich da noch ziemlich jung war.«

»Kommen oft Abgesandte Theras hierher?« fragt Atalin, den ihre Antwort offenbar überrascht hat.

Ein Schatten scheint über ihr Gesicht zu wandern. »Hin und wieder. Ich lerne sehr schnell.«

»Das bezweifle ich nicht«, sagt Deavain. Die Flüssigkeit, mit der sie mit den – wenn auch wenigen – theranischen Worten umgeht, verblüfft ihn. Das läßt auf einen scharfen Verstand schließen, wie man ihn zusammen mit einem so hübschen Gesicht nur selten findet. Man könnte ihr tatsächlich etwas beibringen, denkt er. Um so besser.

»Vielen Dank, *Kedate.*« Sie lächelt ihn an. »Die Ältesten wollen Euch durch mich davon in Kenntnis setzen, daß sie zu einer Entscheidung hinsichtlich Eures Angebots gelangt sind.« Sie wendet sich wiederum halb an Atalin. »Sie möchten, daß Ihr Euch zu ihnen gesellt.«

Atalin schaut an ihr vorbei und zu den Ältesten, die jetzt wieder in die Scheune strömen. »Tatsächlich?« sagt er. »Dann setz die Ältesten davon in Kenntnis, daß …«

Deavain unterbricht ihn. »Dagegen ist nichts einzuwenden. Atalin, geh bitte und nimm ihre Antwort in Empfang.«

Atalins Augen weiten sich. »Ich …«, aber dann sieht er, daß der *Kedate* immer noch die Frau ansieht. Er seufzt. »Na schön.«

Mit einem Kopfnicken geht er zur Scheune. Sie sieht ihm noch einen Augenblick nach, bevor sie sich wieder an Deavain wendet. »Er wird schnell zurückkehren«, sagt sie. »Ich habe den Eindruck, daß die Antwort der Ältesten sehr kurz ausfallen wird.«

»Um so schlimmer«, sagt Deavain. Er geht einen halben Schritt auf sie zu und streicht ihr eine Strähne der goldenen Haare aus dem Gesicht, die der Wind dorthin geweht hat. Dabei beugt sie sich kaum merklich zu ihm vor, und seine Hand berührt ihre Wange. Es ist, als würde er Seide berühren, während ihre Augen wie Feuer glühen.

»Wie rasch der Tag vergangen ist«, sagt sie. »Es ist bereits Mittag vorbei.«

»Ich bin selbst oft überrascht, wie schnell in dieser Gegend die Nacht hereinbricht«, antwortet Deavain. Ihr Gesicht ist makellos. Er kann keinen Schönheitsfehler, keine Narbe, keine Falte entdecken. Keine Spur des harten Landes, in dem sie lebt. In Thera würde ihm ihre Schönheit viel Ehre machen. In Parlainth würde sie ihm Ruhm einbringen, da sie dort einzigartig wäre. »Und die Nächte sind so dunkel und still.«

Sie neigt den Kopf. »Das ist nicht immer so.«

Hinter ihr beendet Atalin sein Gespräch mit den Ältesten mit einer ausdrucksvollen Geste. Er kommt wieder zu ihnen zurück. Deavain weiß, daß er sich jetzt beeilen muß, obwohl er kaum die richtigen Worte findet. Es ist schwierig für ihn, stillzustehen und ruhig zu bleiben. Er will ihr so viel sagen.

»Ich würde heute abend gern mit dir essen«, bringt er schließlich heraus.

Ihr Lächeln vertieft sich. »Es wird mir eine große Ehre sein, *Kedate*.«

»Nein, *Aileara*, die Ehre ist ganz auf meiner Seite.«

Sie will etwas sagen, aber er lächelt und hebt in einer Art Versprechen einen Finger. »Später werde ich dir sagen, was das bedeutet.«

Die Frau tritt einen Schritt zurück, als Atalin zu ihnen stößt. »Dann also bis später«, sagt sie mit einer ehrerbietigen Verbeugung. Sie dreht sich um, verbeugt sich vor Atalin, der nicht reagiert, und geht wieder zu den Ältesten. Einer nach dem anderen kehren sie in die Scheune zurück.

»Sie haben unsere Forderung abgelehnt«, sagt Atalin in wütendem und zugleich etwas bestürztem Tonfall. Deavain sieht ihr nach, beobachtet ihren Gang, die Art, wie sie sich bewegt, wie die Sonne ihr Haar leuchten läßt und ihm einen beinahe überirdischen Glanz verleiht. »Sie befürchten, daß nichts mehr für sie bleibt, wenn sie zusätzlich zu dem regulären Zehnten auch noch unsere Forderung erfüllen.«

Deavain sieht, wie sie sich noch einmal umdreht und ihm einen letzten Blick zuwirft, erhascht noch einmal einen Blick auf ihr strahlendes Lächeln.

»Kedate?«

Sie gesellt sich zu den Ältesten und spricht mit ihnen. Wiederum wird sie von ihnen merkwürdig behandelt. Das erzürnt Deavain. Sie haben kein Recht, sie so zu behandeln. Kein Recht, sie …

»Kedate«, sagt Atalin, indem er Deavains Arm berührt. Der *Kedate* spürt, wie er von ihr abgelenkt wird, wie sein Zorn verraucht. Blinzelnd wendet er sich an Atalin. »Ja … ja … sie haben unsere Forderung abgelehnt.«

Atalin nickt, wobei sich auf seiner Miene Besorgnis abzeichnet. »Sie halten den Preis zusätzlich zu ihren normalen Zehntabgaben an Parlainth für zu hoch.«

»Die Alternativen?« fragt Deavain. »Hast du ihnen die Alternativen genannt?«

»Es hat mir noch nie zugestanden, über den Preis zu verhandeln, ohne zuvor Rücksprache mit Euch zu nehmen, *Kedate.*«

Deavain nickt. »Gewiß. Aber wissen sie, daß es Alternativen gibt? Man muß ihnen zu verstehen geben, daß welche existieren.«

»Das ist geschehen, auf sehr subtile Weise. Sie müßten meine Absicht begriffen haben, aber ich glaube nicht, daß sich die Alternativen als annehmbarer erweisen werden.«

»So?«

»Das sind arme Leute, *Kedate*. Ich habe mir ihre Felder und Speicher angesehen. Sie haben wenig, nicht einmal annähernd das, was sie brauchten, um den Preis zu zahlen, den wir von ihnen verlangen.«

Deavain schnaubt verächtlich. »Diese Leute sind gar nicht so arm, wie sie dich glauben machen wollen. Sieh dir nur die Kleidung der Ältesten an.«

»Feine *Maetik*-Kleidung, das stimmt, aber selbst für die Armenviertel Parlainths noch armselig.«

Deavain schüttelt den Kopf und zeigt auf einen Dörfler, der an einem der Viehpferche lehnt. Er erkennt den jungen Elf mit den Kämpferaugen aus der vergangenen Nacht wieder. »Da, siehst du den Elf? Sieh dir seine Stiefel an. Das sind nicht die Stiefel eines

Dörflers. Sie sind aus gutem Material und speziell für das Reisen gefertigt. Wie könnte sich ein einfacher Dörfler solche Stiefel leisten? Jeder Händler oder Kaufmann, der durch diese Berge reist, würde einen Preis dafür verlangen, den er sich nicht leisten könnte, wenn er so arm wäre, wie du sagst.«

»Vielleicht ist er auf einer Reise in ihren Besitz gelangt. Er könnte sie direkt beim Schuhmacher gekauft haben«, wendet Atalin ein.

»Auf einer Reise? Diese Leute reisen nicht. Sie leben im Schatten dieser Berge und glauben, daß sie hier in Sicherheit sind. Nein, das sind die Stiefel eines Mannes, der etwas besitzt«, sagt Deavain, wobei er sich forschend im Dorf umsieht. »Und dies ist auch ein Dorf, das etwas besitzt.« Schließlich fällt sein Blick auf die Tür, durch die er die Frau hat gehen sehen. »Unterschätze sie nicht.«

In dieser Nacht weht der Wind stärker als in der Nacht zuvor. Deavain hört ihn durch das Lager rauschen und denkt an die alte Geschichte von den Geistern, die mit dem Nachtwind reiten und die Seelen schlafender Babys rauben. Er ißt allein. Die Frau hat eine Botschaft geschickt, die besagt, daß sich die Dorfältesten versammeln, um über die Alternativen zu reden, die Atalin ihnen präsentiert hat. Ihr Vater bestehe darauf, daß sie an der Besprechung teilnehme. Deavain kann die Abneigung in ihren Worten gar nicht mißverstehen. Sie haßt diese Leute. Sie haßt diesen Ort. Sie wird mit ihm gehen.

Er sitzt da und denkt an den Ausbau seines Hauses, den er für sie vornehmen wird, an den Balkon und den neuen Garten. Er denkt daran, was Freunde wie Feinde sagen werden. Er denkt an ihre Schönheit und sieht ihre Augen vor sich.

Doch was er sieht, ist nur eine Erinnerung, die zwar immer noch strahlt, mit fortschreitender Zeit aber auch immer mehr verblaßt. Er will sie so vor sich sehen, wie sie jetzt ist.

Er erhebt sich und geht durch das Zelt zu der kleinen Holztruhe, die neben seinem Schlaflager steht. Er berührt die Gravuren, tastet mit den Fingern über die eingearbeiteten Wirbel, öffnet den Deckel. In der Truhe befindet sich die Magie, die er im Laufe der Jahre gesammelt hat. Er greift hinein und holt ein kleines Kästchen heraus. Während die große Truhe aus hellem Holz besteht, ist das Kästchen dunkel, fast schwarz. Er schließt die Truhe und stellt das kleine Kästchen, das nicht viel größer als seine Hand ist, darauf.

Das kleine Kästchen läßt sich mühelos öffnen und enthüllt ein Seidentuch, in das etwas von der halben Größe des Kästchens gewickelt ist. Er wickelt das Tuch ab, das mit seltsamen Zeichen und Markierungen bedeckt ist. Außerdem ist ein Gesicht darauf gemalt, das eines Tieres oder anderen Wesens. Die Umrisse des Gesichts sind schwarz und grau, aber die Augen sind hellblau und reflektieren sogar das wenige Licht im Zelt.

Was in das Tuch gewickelt war, hält er jetzt in der rechten Hand. Es ist die kleine Skulptur eines Tieres, vielleicht eines Käfers. Sein Gesicht entspricht demjenigen auf dem Tuch, und es macht ein Geräusch wie getrocknete Blätter, die im Wind rascheln, als es sich in seiner Hand bewegt. Deavain lächelt. Erschaffen in einem Land noch jenseits des weitesten Berges, wo die Leute Bäume aus Feuer anbeten, die sich hoch in den Himmel recken, kann es ausgesandt werden, um jene zu betrachten, deren Bild er vor seinem geistigen Auge heraufbeschwören kann. Wenn er sich das Tuch so um den Kopf legt, daß das Gesicht seines bedeckt, dessen Augen auf seinen, dessen Ohren über seinen, kann er sehen und hören, was das Wesen sieht und hört, wenngleich das Wesen selbst unsichtbar bleibt. Er wird es aussenden, um die Frau zu suchen. Er wird sie so lange betrachten, wie er die damit verbundene Anstrengung ertragen kann.

Er streicht über den Rücken des Wesens, wie es ihm beigebracht wurde, und es bewegt sich wieder. Er streichelt es noch einmal auf die vorgeschrieben Weise, bis die grauen Flügel auf dem Rücken flattern. Es ist bereit.

Deavain denkt an die Frau und stellt sie sich in Gedanken vor. Es bereitet ihm nicht die geringste Mühe, ihr Bild heraufzubeschwören. *»Mkkk-raaratk allklo«*, flüstert er. »Finde sie, finde meinen Traum von Schönheit, finde sie.«

Das Wesen verschwindet aus seiner Hand.

Deavain greift nach unten und nimmt das Tuch. Er legt es sich so auf den Kopf, daß das Gesicht auf dem Tuch deckungsgleich mit seinem eigenen ist. Er sieht das Wesen suchen, sieht seine unsichtbare Gestalt mit unvorstellbarer Geschwindigkeit durch das Lager rasen. Deavain kann kaum Gesichter und Gestalten erkennen, während das Wesen von einer Person zur anderen huscht – und da erhascht er einen flüchtigen Blick auf sie, doch dann fliegt das Wesen weiter und immer weiter. Es sucht. Und es kehrt zurück.

Er nimmt das Tuch ab und starrt den Schatz an. Er hat sie doch gesehen, oder nicht, und doch hat das Wesen nicht angehalten. Er schüttelt den Kopf. Wenn er nach Parlainth zurückkehrt, wird er einen *theranischen* Magier damit beauftragen, ihm einen neuen Schatz anzufertigen. Einen, der jedesmal funktioniert.

Er schickt das Wesen noch einmal los. Und wieder sucht es. Und wieder kehrt es zurück, ohne anzuhalten. Diesmal hat er nicht einmal einen flüchtigen Blick auf sie erhascht.

Enttäuscht läßt er es noch einmal fliegen. Diesmal denkt er an den Vater der Frau, an den Ältesten. Sie wird in seiner Nähe sein, glaubt Deavain. Der Schatz sucht – ein verschwommener Wirrwarr aus Licht, Dunkelheit und Gesichtern –, und dann hält er an.

Er sieht den Vater, der in einem düsteren Raum sitzt und das Gesicht in den Händen vergraben hat. Ärgerliche Worte werden ausgetauscht, aber Deavain kann sie nicht richtig verstehen. Hinter dem Ältesten glaubt er sie zu sehen. Sie scheint ebenfalls zu sitzen, ist aber in dem schlechten Licht kaum zu erkennen. In ihrer Nähe halten sich noch andere Gestalten auf, hochgewachsene Gestalten von schlanker Statur, Gestalten, die er nicht kennt. Er wünscht sich mehr Licht und nur ihr Gesicht.

»Wir haben ihren Preis schon einmal bezahlt«, sagt ihr Vater, »aber diesmal bleibt uns vielleicht keine Wahl.« Deavain sieht an ihm vorbei, sieht die nervöse Bewegung ihrer kleinen Hand auf der Armlehne des Sessels. Der Blick des Wesens ist jedoch starr auf ihren Vater gerichtet.

Eine andere Stimme sagt etwas über Alternativen.

Der Vater wird ärgerlicher. »Wir waren uns einig, daß dies unser allerletztes Mittel sein muß«, sagt er.

Eine Frauenstimme erinnert ihn daran, wie hoch der Preis ist, den die Theraner verlangen. Deavain spürt, wie sich sein Rücken immer mehr anspannt. Die Erschöpfung, die die Sicht des Wesens bei ihm hervorruft, wird immer größer.

Der Mann steht auf, und das Wesen verändert seine Stellung, um den Blick weiter auf ihn richten zu können. Deavain kann kaum das Gold in den Haaren der Frau sehen. Ihr Vater ist sichtbar verärgert und erschüttert. »Erzählt mir nichts von hohen Preisen. Habe ich nicht ebensoviel bezahlt wie jeder andere in diesem Dorf? War nicht einer von den sechsen mein Sohn? Mein Erbe?«

Die Anspannung krampft Deavains Rücken so stark zusammen, daß er die Arme nicht mehr bewegen kann. Er kämpft gegen den Schmerz in seinem Kopf an, der immer stärker wird. Er widersteht ihm. Er muß sie sehen.

Jemand sagt etwas in der Art, daß man sich auf das Schlimmste vorbereiten müsse. Der Vater ringt die Hände. »Der Preis!« ruft er. »Der Preis! Ihr redet immer von Preisen, aber was ist mit den *Kosten?* Was ist mit den Kosten für uns? Was ist mit den Kosten für meine Familie? Die Theraner haben meinen einzigen Sohn. Und ihr wollt ihnen auch noch Paila geben? Meine einzige ...«

Paila! denkt Deavain, als die Schmerzen unerträglich werden. Sein Körper sackt nach vorn, und das Tuch rutscht ihm vom Kopf. Er kann noch einen letzten Blick auf sie werfen, so jung ist sie, fast noch ein Kind, und so wunderschön, aber der Schmerz, der ihn überwältigt, tritt vor dem einen Gedanken in den Hintergrund, der ihn verzehrt. *Paila. Sie heißt Paila!*

Der Morgen kommt, und das Elfenmädchen Nayade nimmt sich Deavains Schmerzen an. Mag er ihre Berührung früher als entspannend und vielleicht sogar erregend empfunden haben, so interessiert sie ihn nun nicht mehr sonderlich. Er begrüßt die Art und Weise, wie ihre Talente ihn von seinen Schmerzen befreien, aber er schickt sie weg, als sie ihm danach anbietet, was er ihrer Ansicht nach erwartet. Sie ist es nicht, nach der er sich sehnt.

Atalin hat eine Zeitlang dagesessen und den *Kedate* beobachtet, nachdem er den Versuch aufgegeben hat, mit ihm ins Gespräch zu kommen. Nun, da das Elfenmädchen gegangen ist, spürt er Deavains Aufmerksamkeit wieder erwachen.

»*Kedate*«, sagt er.

»Ja, Atalin. Du hast sehr viel Geduld mit mir gehabt.«

»Es war mir eine Ehre.«

»Gewiß. Haben die Ältesten unseren Preis angenommen?«

»Nein, *Kedate*, das haben sie nicht.«

Deavain öffnet die Augen und sieht Atalin an. »Warum nicht?«

Atalin ist verblüfft. »Das haben wir doch bereits besprochen. Sie finden unseren Preis zu hoch.«

»Was ist mit den Alternativen?« hakt Deavain nach.

»Das sind Dorfbewohner«, erwidert Atalin, der sichtlich um die passenden Worte bemüht ist. »Sie besitzen keine Magie, keine seltenen Elemente, nichts Einzigartiges oder Legendäres. Sie haben nur das Land und die Leute, die es bestellen.«

»Nun gut«, sagt Deavain. »Laß sie wissen, daß sie noch bis morgen Zeit haben, unser Angebot anzunehmen. Wir brechen in der Frühe auf.«

Atalin nickt und verkneift sich die Worte, von denen er weiß, daß er sie nicht aussprechen darf. »Ich werde es den Ältesten mitteilen.« Er erhebt sich und macht Anstalten zu gehen.

»Augenblick noch«, sagt Deavain, und Atalin wendet sich noch einmal zu ihm um. »Schicke Allessaro herein. Ich habe eine Aufgabe für ihn.«

Atalin nickt und tritt durch den Vorhang, der das Quartier seines Herrn vom Rest des Lagers trennt. Deavain schließt die Augen und sitzt in der ihn umgebenden Stille einfach nur so da, während er die mittlerweile gedämpften Schmerzen in seinem Körper spürt und nur Pailas Gesicht vor sich sieht. Der Vorhang wird wieder zur Seite geschlagen, und Deavain spürt die beginnende Tageshitze, die die Erste Wache mitbringt.

Allessaro salutiert, indem er eine Hand an das Ohr und dann zum Herzen führt. »Ihr habt mich rufen lassen, *Kedate*.«

Deavain nickt, ohne die Augen zu öffnen. »Du hast die Frau gesehen?«

»Ja, *Kedate.*«

»Überbring ihr die Nachricht, daß ich sie zum Abendessen gegen Sonnenuntergang um ihre Gesellschaft ersuche.«

»Betrachtet es als erledigt, *Kedate.*«

»Finde heraus, wo sie wohnt – bei ihrem Vater, dem Ältesten, nehme ich an. Bei Sonnenuntergang begleitest du sie hierher. Das ist alles, aber laß den Haushofmeister zu mir bringen. Es müssen einige Vorbereitungen getroffen werden.«

Die Erste Wache verbeugt sich. »Es soll geschehen, wie Ihr befohlen habt.«

Deavain nickt noch einmal, während Allessaro eine zackige Kehrtwendung vollzieht und durch den Vorhang verschwindet. Danach lauscht er der Stille. In ihr kann er Paila lachen hören. Er seufzt. Soll das Dorf ruhig verfaulen, sie wird mit mir nach Parlainth gehen. Morgen.

Atalin ist gekommen, um ihm mitzuteilen, daß sich die Ältesten wieder beraten. Er hat ihnen die Botschaft des Gesandten überbracht, und sie haben Angst bekommen. Atalin nimmt an, daß sie bis zum Morgen nachgegeben haben werden. Deavain ist das gleichgültig.

Er trägt jetzt eine graue, fast schwarze Tunika und eine gleichfarbige Hose in der traditionellen theranischen Machart. Sie ist in sechzehn Rottönen umsäumt und bestickt. Darüber trägt er ein ärmelloses Übergewand, das von den Elfen von Shosara angefertigt wurde, ein Geschenk, das ihm während eines Besuchs vor ein paar Jahren überreicht worden ist. An Schmuck trägt er den Wappenring seiner Familie, an jedem Arm einen Armreif aus Ebenholz und Orichalkum sowie das Windling-im-Bernstein-Amulett. Er trägt es, obwohl es sich heute kalt anfühlt. Weder hat er es je leuchten noch den Windling darin sich bewegen sehen.

Der *Kedate* wartet. Kerzen aus wahrem Feuer tauchen den abgeschlossenen Raum in ein weiches gelbrotes Glühen. Das Licht funkelt auf dem feinen Silbergeschirr und den Körben mit seltenen Früchten.

Er wartet. Ein Liedgeist schwebt in einer Ecke und singt leise aus hundertfacher Kehle. Er singt die Geschichte des theranischen Helden Mealados und seiner lebenslangen Suche nach einer Frau mit silbernen Augen. Einer Frau, die er nur im Traum gesehen hat.

Deavain wartet.

Die Sonne ist untergegangen. Er kann ihre Hitze nicht mehr durch die Zeltwände spüren. Die Kälte der Nacht zieht langsam herauf, wenngleich ihn das Feuer warm halten wird.

Er wartet, aber er wird langsam ungeduldig.

Dann, kurz bevor ihn die Unruhe zum Handeln treibt, spürt er eine leichte Brise Nachtluft in das Zelt wehen.

»Kedate«, hört er Allessaros Stimme von der anderen Seite des Vorhangs.

Deavain atmet wieder. Endlich. »Herein«, sagt er.

Der Vorhang teilt sich, und die erste Wache tritt ein. Er sagt etwas, aber Deavain hat nur Augen für Paila, die in dem trüben Licht hinter dem Wächter steht. Sie tritt vor, und das Licht des wahren Feuers fällt auf sie und läßt ihr Haar und das feine weiße Kleid glänzen.

»Es tut mir leid, wenn ich mich verspätet habe«, sagt sie. »Mein Vater wollte nicht, daß ich komme.«

Deavain nimmt Allessaro zum erstenmal richtig wahr. Er bemerkt die leichte Unordnung seiner Uniform und den dünnen Schweißrand am Hals. »Kein Grund zur Besorgnis, *Kedate*«, sagt die Erste Wache. »Es ist alles geregelt worden.«

Deavain nickt, obwohl es ihm egal ist. Sie ist jetzt hier, und alles andere ist unwichtig. »Das ist alles. Sag allen, daß die Karawane bei Tagesanbruch nach Parlainth aufbricht.«

Die Erste Wache nickt und wirft noch einen Blick auf Paila. »Es wird erledigt«, sagt er und verschwindet durch den Vorhang.

Paila lächelt ihn offen an, wendet dann schüchtern den Blick ab und richtet ihn auf das Essen. Ihre Augen weiten sich vor Überraschung und Freude. »Oh!« sagt sie. »Ich wußte nicht ...«

»Die Karawane ist gut mit Vorräten versorgt«, sagt Deavain, indem er einen Schritt auf sie zugeht. »Wir müssen auf alle Eventualitäten vorbereitet sein.«

Sie lächelt wieder, und er sieht, daß sich ihre Wangen mit einer leichten Röte überziehen. »Ich habe noch nie so viel ... Ich wüßte gar nicht, womit ich anfangen sollte«, sagt sie.

Deavain lächelt. »Zuerst«, sagt er, »trinken wir etwas.«

Sie trinken einen fast farblosen Wein aus den Nördlichen Königreichen und betonen seinen Geschmack durch kleine dunkle Früchten von den Berghängen der Insel Uilos nahe bei Thera. Er beobachtet sie dabei, wie sie Geschmacksvariationen und Düfte genießt, die ihr unbekannt sind. Er leitet sie an, wobei er seine milde Belustigung über die Unsicherheit verbirgt, mit der sie das feine Tischbesteck benutzt. Er nennt ihr das Herkunftsland jeder Speise und erzählt eine kurze Geschichte darüber. Er sieht, wie ihre Gedanken zu diesen Orten abschweifen, und er weiß, daß ihr seine Worte nicht reichen. Sie will sie selbst sehen.

Sie beenden das Essen und gehen zu den Kissen und Polstern in der Mitte des Zelts. Deavain befiehlt dem Liedgeist, von der großen Romanze zwischen Cerrain Diamantfrost und Aelya von der Sonne zu singen. Er beobachtet Paila, die sich von der Erhabenheit der Musik und ihren Verheißungen verzaubern läßt.

Das eindrucksvolle Lied endet, und der Geist singt leise von Frühlingswinden und den Regenfällen, die sie mit sich bringen. Paila lauscht noch eine Weile verträumt, dann fragt sie ihn nach Parlainth, und er erzählt ihr von der Schönheit und Macht dieser Stadt. Er erzählt ihr, daß es die größte Stadt ist, die er außerhalb Theras je gesehen hat. Und er erzählt ihr von allem, was es in der Stadt gibt, von ihrer Vollkommenheit.

Er erwartet, daß sie darüber glücklich ist, daß sie sich von den majestätischen Bildern davontragen läßt wie zuvor, aber statt dessen sieht er, wie ihre Augen einen abwesenden Ausdruck annehmen, je mehr er erzählt. Irgend etwas – Furcht, Sorge – verbirgt sich dahinter. Er unterbricht sich, da er selbst ein Gefühl der Beklemmung verspürt. Sie hat den Blick abgewandt, und er streckt den Arm aus und dreht sanft ihren Kopf zu sich herum. In ihren Augen glänzen Tränen.

»Liebste Paila«, sagt er leise, während er ihr die Tränen aus den Augenwinkeln streicht. »Was habe ich gesagt, das dich so traurig gemacht hat? Sag es mir, und ich werde die Worte zurücknehmen und sie nie wieder aussprechen.«

Sie lächelt, und ihm wird wieder warm. »Es ist nichts, was Ihr gesagt habt. Und doch alles.«

»Das verstehe ich nicht …«

»Ich habe solche Sehnsucht danach, diese Orte zu sehen, die Ihr beschrieben habt. Sie mit Euch zu sehen.« Bei diesen Worten wendet sie sich schüchtern ab, nicht in der Lage, seinem Blick standzuhalten. »Aber …«

Deavain hört das Blut in seinen Ohren rauschen und spürt sein Herz in der Brust hämmern, als sie diese letzten Worte sagt. Er wird keinen Widerstand dulden. Sie wird morgen früh mit ihm gehen.

»Es gibt kein Aber, liebste Paila«, sagt er, wobei er sich sehr zusammennehmen muß, um der Rührung in seiner Stimme Herr zu werden. »Wenn du mit mir gehen willst, dann soll es so sein.«

Sie schüttelt den Kopf, und wieder bilden sich Tränen in ihren Augen, aber diesmal rinnen sie ihr hemmungslos über die Wangen. »Aber ich kann nicht.«

Er springt auf, und Wut schüttelt ihn. »Dein Vater kann es nicht verhindern. Du bist volljährig und kannst deine eigenen Entscheidungen treffen.« Er sieht, wie sie zusammenzuckt, fährt aber gleich fort. »Ich bin *Kedate* von Thera. Er kann mich nicht abweisen. Ich spreche im Namen des Oberherrn.«

Sie schüttelt wiederum den Kopf. »Es liegt nicht daran, daß er es mir verbietet«, sagt sie. »Es ist meine Entscheidung.«

Deavain versteift sich. »Deine Entscheidung ...«

»Ich kann meinen Vater und mein Dorf nicht verlassen, weil ich weiß, daß sie alle sterben werden, wenn ich es tue.«

Deavain blinzelt. »Sie können doch nicht so dumm sein und sich weigern, den Preis zu bezahlen.«

Ihre Stimme bricht. »Sie können Euren Preis nicht akzeptieren, *Kedate*. Er ist zu hoch. Wir produzieren gerade genug, um uns selbst zu ernähren und unseren Tribut an Parlainth zahlen zu können. Wir haben nicht mehr.«

»Es gibt Alternativen ...«

»Wir besitzen keine Magie, keine Elemente, keine Artefakte und keine Schätze. Wir besitzen nichts, das Thera von uns haben wollte.« Sie sieht zu ihm auf. »Wir besitzen nichts außer unseren Körpern und unserem Leben. Und wenn wir Thera das geben, wird niemand mehr zur Ernte hier sein. Niemand wird die Herden hüten, und das Kaer wird nicht gebaut werden können. Und dann wird auch niemand die Lange Nacht überleben.«

Bei ihren Worten wird ihm kalt. Die neuen Zimmer und der Balkon an seinem Haus, all das, was er für sie in Gedanken bereits gebaut hat, zerfällt zu Staub. Das darf er nicht zulassen.

»Du wirst mit mir kommen, Paila. Welche Entscheidung deine Leute treffen, ist ihre Sache. Du hast deine bereits gefällt.«

Sie schüttelt den Kopf. »Ich kann nicht. Gewiß, Ihr könntet mich zwingen. Niemand hier kann es mit Euren Soldaten und dem Obsidianer aufnehmen.« Sie starrt ihn an, und er kann die Angst und die Furcht in ihren Augen erkennen, aber auch die Kraft und die Entschlossenheit. »Aber wenn Ihr das tätet, würde ich Euch auf ewig hassen. Ich wäre niemals das, was Ihr Euch wünscht, was Ihr braucht. Mit der Zeit würdet Ihr mich so hassen, daß Ihr mich schließlich töten würdet.«

Deavains Gedanken überschlagen sich. Nein, nein, nein. So darf es nicht enden. Sie muß mit ihm nach Parlainth kommen. Er ist es, der sterben wird, wenn sie nicht mit ihm geht. Wenn die Ältesten den theranischen Preis nicht akzeptieren wollen, muß er ihn eben ändern. Er muß einen Preis festsetzen, den sie nicht ablehnen können.

Er kniet sich neben sie. »Paila«, sagt er. »Du bist mir wichtiger als alles, was ich je gekannt habe. Ich könnte es nicht ertragen, wenn du mich haßtest.«

Sie sieht ihn nicht an, sondern wendet sich nur ab und schließt die Augen.

»Ich werde einen neuen Preis festsetzen, Paila. Einen neuen Preis für die theranischen Schutzgeheimnisse. Ich werde dich dafür verlangen.«

Ihre Augen öffnen und weiten sich, die Überraschung zeigt sich eindeutig auf ihrem Gesicht. Sie rückt näher, und er drückt sie an sich, völlig berauscht vom Duft ihrer Haare. Er spürt, wie sie zittert, als sie wieder zu weinen beginnt. Die Schluchzer werden heftiger, unbeherrscht, und plötzlich wird ihm klar, daß sie nicht vor Freude weint. Er läßt sie los und lehnt sich zurück. Ihr Gesicht ist gerötet und tränenüberströmt.

»Du bist mehr als genug, um den Preis aufzuwiegen, den das Dorf für die Schriften hätte zahlen sollen.«

Sie schluchzt wieder und bemüht sich dann sichtlich, dem Tränenstrom Einhalt zu gebieten. Er hält sie, beschwichtigt sie, streichelt sie sanft, bis sie sich wieder beruhigt hat. Schließlich löst sie sich von ihm. Er weiß nicht, warum er da ist, aber er sieht den Schmerz in ihren Augen. Ihre Stimme klingt seltsam gelassen.

»Euer Mann, Atalin, hat uns erzählt, daß wir jemanden brauchen, der mit den Schriften umgehen kann. Jemanden mit Intelligenz, Kreativität, Geduld und Bildung.«

»Ja, gewiß«, sagt Deavain. »Magie erfordert all diese Dinge nun einmal.«

Sie schließt die Augen. »Wir sind ein kleines Dorf. Ich bin die einzige von uns allen, die diese Dinge tun kann.«

Deavain ist wie vom Donner gerührt. »Das ist absurd. Ich kann nicht akzeptieren, daß ...«

Er unterbricht sich, als sie ihn unverwandt und offen ansieht. »Ich bin die einzige hier im Dorf, die lesen kann. Ein Händler, der wegen einer Verletzung eine Zeitlang in unserem Dorf bleiben mußte, hat es mir vor ein paar Jahren beigebracht.«

»Man muß nur ganz wenig lesen können«, sagt er. »Es muß doch noch andere geben, die ...«

Sie schüttelt den Kopf. »Nein. Es gibt niemanden. Ich bin die einzige. Das ist auch der Grund, warum ich bei allen Zusammenkünften der Ältesten dabei war. Ich werde eines Tages zu den Ältesten gehören, und ich werde den Bau unseres Kaers leiten.«

»Nein, Paila, ich kann einem von euch in wenigen Tagen genug beibringen. Er kann sich den Klang der Worte merken.«

Wiederum schüttelt sie den Kopf. »Wie könnte ich mich darauf verlassen? Wie könnte ich das Leben all derer, die ich liebe, dem Gedächtnis einer einzigen Person anvertrauen?« fragt sie ihn.

»Es ließe sich einiges tun. Die Sache ist wirklich ganz einfach. Die Magier wußten, für wen sie die Schriftrollen vorbereiteten.«

»Wie einfach?« fragt sie. Ihre Stimme klingt schmerzerfüllt, traurig. »Wie einfach?«

»Sehr einfach. Ein paar Zeilen zu Beginn jeder Schriftrolle. Ich könnte einen Botengeist zurücklassen, der die Zeilen rezitiert, und derjenige, der die Schriftrolle hält, könnte sie dann wiederholen.«

Sie sieht verwirrt aus, verzweifelt, und er spürt ihren Kummer ganz tief in seinem Herzen. »Könnte ich doch nur sicher sein, daß es wirklich so einfach ist. Könnte ich doch nur sicher sein ...«

Er kniet sich rasch neben sie und nimmt ihre Hände. Sie sind kalt und zittern ein wenig. »Du kannst sicher sein«, sagt er. »Ich werde es dir zeigen.«

Er steht auf und geht zu seinem Schlaflager. Dort bückt er sich und streckt die Hand aus, während er Worte spricht, die sie nicht versteht. Er versteht sie auch nicht, aber es sind die Worte, die man ihn gelehrt hat. *»A'sshark-kajroi alsow alniut«,* sagt er, und die Macht der Worte läßt seine Stimme heiser und ausgedörrt klingen.

Paila keucht auf, und Deavain erhebt sich und tritt zurück, als plötzlich ein dunkler Holzschrank aus dem Nichts auftaucht. Der Schrank ist mit dem großen Siegel Theras in Gold geschmückt. Devain streckt die Hand aus und berührt seine glatte, warme Oberfläche. Der Schrank spürt ihn, erkennt ihn und öffnet sich.

Paila steht auf und sieht fassungslos zu. In dem Schrank befinden sich Schriftrollen, Beutel, Flaschen und versiegelte Tuben.

»Die Ritualien und Materialien des Schutzes«, sagt er. Er greift hinein und nimmt eines von insgesamt drei großen Bündeln heraus. »Das ist das Exemplar für dein Dorf. Das andere ist für Tolpus.«

»Und das dritte war für Hollyock«, sagt sie mit leiser Stimme.

Er nickt, während er sorgfältig die Bänder aufknüpft, die das Bündel zusammenhalten. »Ja«, sagt er. »Dort hat man unseren Preis nicht akzeptiert. Atalin hat vorgeschlagen, daß wir es auf dem Rückweg nach Parlainth dort noch einmal versuchen. Vielleicht werden wir das auch. Jetzt hätten wir genug Zeit.«

Sie weicht einen Schritt zurück und preßt eine Hand an die Brust, aber er bemerkt es nicht. »Jede Schriftrolle erfordert das Lesen von lediglich zwei Zeilen, die ganz oben auf der Seite stehen«, sagt Deavain, indem er die Schriftrolle in die Hand nimmt. »Dadurch werden Schriftgeister freigesetzt, die euch sagen, wie man ...« Er dreht sich zu ihr um und sieht, daß sie aschfahl geworden und auf die Knie gesunken ist. Sofort kniet er sich neben sie.

»Paila«, sagt er, in der einen Hand die Schriftrolle und die andere auf ihrem Arm.

Sie sieht ihn an, und er ist überrascht über die Röte ihrer Augen und das Zittern ihrer Lippen. Plötzlich kommt sie ihm sehr jung vor. »Sie sagten, Ihr hättet sie vernichtet.«

»Sie vernichtet?«

»Die Schriftrollen, die Hollyock zu teuer waren«, sagt sie wegschauend.

»Ich ... ich verstehe nicht.«

»Sie sagten, am Ende hättet Ihr den Preis immer mehr angehoben, und als sich das Dorf geweigert hätte, ihn zu bezahlen, hättet Ihr die Schriftrollen vor ihren Augen vernichtet ... und Euch dann die Bezahlung genommen ...«

Deavain schüttelt den Kopf. Er hat plötzlich Kopfschmerzen, die rasch stärker werden. Er begreift nicht, was sie da sagt. »Vernichtet? Wer hat das gesagt?«

Sie wendet sich ihm zu, und er sieht ein leichtes Zittern in ihrem Gesicht und spürt es auch im Boden. Er schaut auf, als sie sagt: »Die Elfen.«

Draußen vor dem Zelt blitzt ein Licht auf, strahlend, grün und lautlos. Der Lärm ertönt einen Augenblick später, als etwas Metallenes zerbricht und jemand aufschreit. Deavain eilt zu ihr, um sie zu schützen, um sie vor jeder Gefahr abzuschirmen.

Noch einmal blitzt Magie auf, und die einfachen, in den Zeltstoff eingewobenen Schutzvorrichtungen versagen. Ein Schwert, auf dem frisches Blut glänzt, schneidet durch die Zeltwand und läßt die Nachtluft und die Geräusche eines Kampfes ein. Deavain stellt sich so, daß er zwischen Paila und dem Riß steht. Der elfische Schwertmeister, der durch den Riß stürmt, fegt ihn achtlos beiseite. Dann ergreift er Paila und zieht sie auf die Beine.

Ein weiterer Elf betritt das Zelt. Er trägt eine leichte Rüstung und die Reisekleidung eines Magiers. Er betrachtet zuerst Deavain, der sich mühsam aufrappelt, dann den Schwertmeister und das Mädchen. Er lächelt.

Deavain geht auf Paila zu, doch die Waffe des Schwertmeisters zuckt einmal durch die Luft, und Blut tropft aus Deavains Hals. Deavain bleibt wie vom Donner gerührt stehen. Er erkennt in dem Schwertmeister den Elf mit den harten Augen und den Reisestiefeln wieder.

Der Magier schnippt mit den Fingern und sagt zu Paila: »Zu mir!« Sie zuckt zusammen, ihr Haar glänzt wie Öl. Der Glanz löst sich von ihrem Haar, so daß es matter wird, und schwebt auf den Magier zu. Der Elf lacht, als sich der Glanz auf seinem ausgestreckten Arm niederläßt.

Ein weiterer Elf betritt das Zelt, groß, majestätisch, prächtig gekleidet, begleitet von einer Frau. Sie grinst sowohl Deavain als auch Paila, die wieder erbleicht ist, höhnisch an. »Und?« sagt die Frau.

Der Magier grinst. »Der Geist hat alles gehört, was wir wissen müssen«, sagt er. »Es gibt drei Exemplare der Riten des Schutzes, eine hier und die beiden anderen in dem Schrank.«

Sie nickt. »Dann brauchen wir also den Theraner nicht.«

»Nein«, sagt der Magier.

Paila schreit auf, als die Frau eine rasche Handbewegung vollführt und sich ein langer Dolch mit schmaler Klinge aus ihrer Hand löst, der einen Augenblick später Deavains linkes Auge durchbohrt. Der einzige Laut im Zelt wird von der Luft verursacht, die seinen Lungen entweicht, als er zu Boden stürzt. Dann fängt Paila an zu jammern und eilt zu ihm. Sie sinkt auf die Knie und umfaßt seinen Kopf.

»Dummes Mädchen«, sagt die Elfe. »Laß ihn.«

»Ihr sagtet ...«, stöhnt Paila. »Ihr habt mir versprochen, ich würde das Dorf verlassen!«

Die Elfe schnaubt verächtlich. »Du hast gehört, was du hören wolltest, Mädchen.« Sie wendet sich an den Schwertmeister, der gerade damit beschäftigt ist, das Blut von seiner Waffe zu wischen. »Nimm die Schriftrollen und sieh nach, ob es hier sonst noch etwas gibt, das wir brauchen können.«

Paila zieht Deavains Kopf an sich, achtet nicht auf das Blut. »Ihr hättet ihn nicht töten müssen! Wie soll ich jetzt von hier wegkommen?«

Die Elfe schenkte ihr keine Beachtung, während zwei weitere Gestalten durch den Riß in das Zelt treten. Die erste ist ein weiterer Elfenkrieger, der müde und abgekämpft aussieht. »Die Haut des Obsidianers gehört mir«, verkündet er grinsend. Sie nickt und wendet sich dem zweiten Mann zu, der eintritt. Es ist Pailas Vater, sauber und makellos herausgeputzt, und in seinen Augen steht das Leuchten des Sieges. Die Frau lächelt ihn an.

»Alles ist perfekt gelaufen«, sagt sie zu ihm. »Wir haben drei Exemplare von den Ritualen und Schriftrollen.«

»Ihr wißt, wie man sie benutzt?« fragt er.

Sie nickt. »Unser Geist hat alles gehört. Ich werde die entsprechenden Anweisungen für dein Dorf aufschreiben.« Sie deutet auf die schluchzende Paila. »Deine Tochter hat ebenfalls alles mitangehört und kann bezeugen, daß wir nicht lügen.«

Der Schwertmeister tritt vor und überreicht dem Ältesten eine der Schriftrollen und einen der Materialsätze. Die Elfe nickt wieder. »Dies ist das Exemplar für dein Dorf. Unserer Vereinbarung entsprechend nehmen wir die anderen mit.«

»Vater!« jammert Paila. »Sieh doch nur, sie haben ihn umgebracht!«

Er sieht kaum in ihre Richtung. »Natürlich haben sie das. So lautete die Abmachung. Wir haben unsere Rache.«

»Aber die Schriftrollen ...«

»Ihnen etwas mit List abzutrotzen, was sie uns eigentlich schenken müßten, ist keine richtige Rache für das, was sie uns angetan haben.« Er ballt vor Wut die Fäuste und schüttelt sie. *»Sie haben deinen Bruder mitgenommen.«*

Paila weicht seinem Blick aus. Das Blut aus dem Kopf des Fremden läuft jetzt nicht mehr über ihr Kleid.

Ihr Vater läßt die Hände sinken. »Und du wärst mit ihm gegangen«, sagt er leise.

»Ich wollte andere Dinge kennenlernen«, sagt Paila mit geschlossenen Augen.

»Und das wirst du auch«, sagt die Elfe, »denn ich bezweifle, daß du noch länger in Vissale leben kannst.« Sie wirft einen Blick auf Deavains Leiche. »Wenn man bedenkt, was du getan hast.«

Dann wendet sie sich an den abgekämpften Elfenkrieger. »Nimm die Leiche des Theraners und bring sie zu den anderen.«

Der Elf nickt und geht zu Paila, die jammert und Deavains Körper noch fester an sich drückt.

Die Elfe schüttelt den Kopf. »Kind, sei nicht dumm. Er hat sich nichts aus dir gemacht.«

Paila wird wütend. Sie weiß, daß das nicht stimmt. Sie hat seine Worte gehört und sein Gesicht gesehen. »Das ist gelogen!« schreit sie. »Woher willst du das wissen? Wie kannst du das sagen?«

Die Elfe sieht den Magier an und nickt. Mit einem Lächeln beschreibt dieser ein paar seltsame Gesten mit den Händen.

Paila verspürt ein Kribbeln, als sie sich verwandelt. Verschwunden ist die Fülle ihrer Haare, das Leuchten in ihren Augen, die Schönheit ihres Lächelns, verschwunden sind auch die verführerischen Rundungen ihres Körpers. Sie ist wieder das, was sie vorher war, fast noch ein Kind. Das blutige Kleid hängt ihr von den Schultern, als sei es nie für sie bestimmt gewesen.

»Der Theraner hat sich nichts aus dir gemacht, Paila«, sagt die Elfe, indem sie sich neben sie kniet. »Gewiß, er dachte, er täte es. Aber es war dieselbe Magie, die dich verschönt hat, welche ihn glauben ließ, daß er dich liebt.«

Pailas Augen weiten sich. »Du hast gesagt, ihr würdet keine Magie …«

»Ich konnte mich bei dieser Aufgabe nicht allein auf den unerprobten Charme eines so jungen Mädchens wie du verlassen. Gewiß, du warst willig und sogar eifrig, aber du bist noch nicht Frau genug, als daß du ihn ganz auf dich allein gestellt für dich hättest gewinnen können.«

Paila starrt sie nur an.

»Weine nicht um ihn«, sagt die Elfe, wobei sie sanft zu lächeln versucht. »Spar dir deine Gefühle für jemanden, der dich wirklich liebt. Er hat es nicht getan.«

Sie greift nach unten und hievt Deavains Leiche aus ihrem Schoß. Als sich die Leiche bewegt und Paila sie losläßt, glitzert etwas golden. Das Windling-Amulett fällt aus den Falten seiner Kleidung und hängt glänzend im Feuerschein. Die Elfe zieht es ihm über den Kopf und starrt es an. Es leuchtet ein wenig in ihrer Hand und wird dann matt.

»Schau, schau«, sagt sie. »Wie interessant.« Sie dreht sich zu Paila um. »Wir brechen morgen früh auf. Du kannst uns gerne bis Dangard begleiten.«

Paila fällt nichts ein, was sie darauf sagen könnte.

Die Elfe betrachtet wieder das Amulett, dann streckt sie die Hand aus und hilft Paila auf die Beine, die noch etwas unsicher sind. »Ich nehme an, daß dieses Amulett magische Fähigkeiten besitzt, aber ich habe weder die Lust noch die Zeit, theranische Magie zu enträtseln.« Sie läßt das Amulett an seiner Kette baumeln und reicht es Paila. Es leuchtet leicht auf, als es den Besitzer wechselt. »Nimm es. Vielleicht gelingt es dir eines Tages, sein Geheimnis zu ergründen oder jemanden zu finden, der das kann.«

»Ich will es nicht«, flüstert Paila.

Die Elfe schüttelt den Kopf. »Nimm es für das, was du heute abend getan hast. Zumindest hat es einen gewissen Wert. Das Sprichwort ist alt und theranisch, aber es stimmt trotzdem: Nichts ist umsonst und alles hat seinen Preis.«

Paila starrt das Amulett an. Sie hat es nicht leuchten sehen, als er es getragen hat, doch nun, da sie es in der Hand hält, kann sie ein schwaches Licht tief im Innern erkennen. Es ist ein Licht, das an Geheimnisse erinnert und an Orte, die jenseits der Berge liegen. Ein Licht, dem sie jetzt folgen muß. Koste es, was es wolle.

BEVOR DAS LEBEN ENDET

Christopher Kubasik

Miram weinte, leise, um ihren Mann und die Kinder nicht zu wecken. Während sie auf dem Boden kniete und dabei sanft hin und her schwankte, fragte sie sich, ob sie sich ein Ungeheuer suchen sollte.

Ein Riß bildete sich im Gefüge des Universums. Er schwebte direkt über den Spitzen des hohen Grases und leuchtete an den Rändern violett, während er langsam wuchs. Weit oben standen die Sterne am Himmel, klar, silbrig und zahllos. Auf der Erde schliefen die Tiere wegen der drückenden Hitze der Nacht sehr unruhig.

Während sich der Riß vergrößerte, schoß plötzlich eine Stichflamme aus violettem Licht durch den Riß und über die Savanne, und ihr grelles Licht verwandelte das hohe Gras in ein endloses Dornenmeer.

Auf einer kleinen Anhöhe schlief ein Löwenrudel, nach erfolgreicher Jagd und ob der Hitze vollgefressen und träge. Angesichts des jähen Blitzes aus einer anderen Welt hoben mehrere Löwen den Kopf, betrachteten das seltsame Licht und fragten sich auf ihre verschwommene Art und Weise, ob Zauberer in der Nähe waren. Ein Löwe erhob sich und streckte die Nase in den leichten Wind, um zu schnüffeln. Das sandfarbene Fell um seine Nase kräuselte sich.

Selbst der Löwe wußte sofort, daß irgend etwas ganz furchtbar schiefgegangen war.

Miram schlug die Arme um sich und senkte den Kopf, bis die Stirn den Lehmboden der Hütte berührte. Das

Sternenlicht, das durch die Ritzen in den Bambuswänden fiel, nahm die Gestalt von Schlangen an, die sich über ihren Körper wanden, während sie vor sich hin schluchzte. Sie machte sich noch kleiner, um niemanden aufzuwecken. Alles an ihr mußte klein sein, winzig. Ihr Mann, die Kinder, alle liefen herum und verlangten von ihr, daß sie der Inbegriff der Ordnung und Sachlichkeit war, daß sie keinen Lärm machte und keine Gefühle zeigte, daß …

Sie wollte nicht in dieses verdammte Loch steigen. Wenn sie nur daran dachte, verfinsterten sich ihre Gedanken wie Wasser, in das Tinte tropft; es war eine Finsternis, die auf leisen Sohlen geschlichen kam.

Und jegliche Hoffnung verzehrte.

Sie würden Jahre in den dunklen Höhlen verbringen. Nein, mehr als das. Den Rest ihres Lebens bis zum Tode. Die Höhlen zu betreten, bedeutete, sie nie wieder zu verlassen. Das Ende ihres Lebens. Worauf konnte sie sich nach der Versiegelung überhaupt noch freuen? Sie würden die Jahre damit verbringen, auf den Tod zu warten.

Zukünftige Generationen und so weiter und so weiter … Aber sie würde tot sein, ihre Knochen vergessen, und Hunderte von Jahren später, wenn der Eingang des Kaer geöffnet würde und die Leute wieder ins Sonnenlicht traten, würde sich niemand mehr an die ersten erinnern, die unter die Erde und in die Finsternis gegangen waren.

Die Tränen versiegten, und sie hob den Kopf. Ihre Atmung beschleunigte sich. Sie schlug sich die Hände vors Gesicht, während ihre Fingerspitzen hektisch über die Haut rieben. Sie war nicht mehr traurig oder aufgeregt. Sie war in Panik.

Zwei Tage noch. Und dann für immer.

Die Freundlichkeit ihres Mannes. Der Lärm ihrer Kinder. Für immer und ewig bis zum Tod.

Gewiß, es gab die schönen Augenblicke, aber sie

wies sie alle von sich, ließ den Kopf sinken und die Stirn auf die zusammengelegten Handflächen fallen.

Sie hatte sich das alles schon oft überlegt. Es war nicht so, daß etwas nicht in Ordnung war. Das war nicht der Punkt.

Sollte das etwa *alles* sein?

Sie konnte es nicht. In zwei Tagen erwartete man von ihr, daß sie dieses Loch im Berg betrat und den Rest ihres Lebens ohne Sonne verbrachte, ohne jemals irgend jemanden zu sehen, der nicht aus ihrem Dorf stammte, ohne jede Hoffnung, diesem Loch jemals entkommen zu können...

Ihr Blick irrte zu Bormise, der auf seiner Matte schlief. Längliches Gesicht. Freundlich. Schwarzer Bart. Sanft.

Unbewußt strich sie über ihr linkes Handgelenk, durch das sie sich vor zwei Jahren eine Messerklinge gezogen hatte, und zwar so tief, daß die Nerven in der Hand durchschnitten worden waren und sie in Daumen und Handfläche jegliches Gefühl verloren hatte. Aber am Ende war sie gerettet worden. Bormise hatte sie gefunden und zum Heiler des Dorfes gebracht.

Miram wußte selbst nicht genau, was in jener Nacht eigentlich geschehen war. Der Drang nach der Leere des Todes. Ein seltsamer Entschluß, sich das Leben zu nehmen! Als stolpere man über einen Stein. Ein Fehltritt, und das war es. Ein endloser Sturz.

Und jetzt würde sie sich in einem Loch lebendig begraben lassen.

Warum? Weil man ihr gesagt hatte, sie müsse es tun. Wegen der Warnungen vor Ungeheuern, die kommen würden, um die Erde zu verschlingen. Weil die Logik gebot, man solle glücklich und zufrieden sein, daß man noch lebte.

Sie dachte an einen Händler, der gelegentlich in das Dorf kam. Sein Wagen war immer mit Dschungelfrüchten beladen. Manchmal bot er auch einen Zauberstab zum Verkauf an. Einen Zauberstab, mit dem man einen Zauber erwirken konnte, der die Pflanzen schneller wachsen ließ oder die Fruchtbarkeit von Männern und Frauen erhöhte. Er war drei Jahre jünger als Miram, ein Questor Jasprees. Miram lächelte, als sie sich sein Gesicht vorstellte: rundlich und stets lächelnd. In den letzten Monaten war sie ein- oder zweimal zu ihm gegangen, hatte seine Waren begutachtet und versucht, seinem Blick zu begegnen. Manchmal kam es vor, daß die beiden einander ansahen, nur durch ein paar Ellen voneinander getrennt. Dann hielt sie unwillkürlich den Atem an. Sie wollte so gerne die Haare auf seiner Brust berühren …

Dann pflegte er immer an ihr vorbeizuschauen und ihre Kinder zu betrachten, die mit den anderen Kindern spielten: er lächelte und widmete sich wieder seiner Arbeit, dem Aushandeln von Preisen.

Wo würde er sich verstecken? Vielleicht traf er in den nächsten zwei Tagen ein und brauchte Hilfe. Einen Platz, wo er sein Leben weiterleben konnte. Oder vielleicht jemand anderen. Eigentlich war es unwichtig. Für Miram war einfach die Vorstellung unerträglich, daß sie in Gesellschaft derselben Leute leben und sterben würde, die sie bereits kannte, wo sie doch immer gedacht hatte, es müsse noch etwas … anderes geben. Jemanden, dem sie noch nicht begegnet war.

Die Ungeheuer. Was waren sie wirklich? Mußte sie sich wirklich vor ihnen verstecken?

Aus dem violetten Riß im Universum schlängelte sich die Spitze von – etwas Rosafarbenem. Ein Tentakel.

Neugierig tastete er sich langsam vor, sondierte die würzige Luft. An der Spitze nur einen Fingerbreit im Durchmesser, wurde er dicker, je weiter er in die Welt hineinglitt.

Der Tentakel rieb über den Rand des Risses. Dann schob sich ein zweiter Tentakel heraus, dann ein dritter. Die Tentakel packten die Ränder des Risses, wickelten sich herum, verankerten sich an den violetten Rändern, die mitten in der Luft hingen. Die Muskeln strafften sich, und das Ding zog sich vorwärts.

Das Sternenlicht glitzerte rosafarben auf der feuchten Haut.

Die meisten Löwen waren mittlerweile aufgestanden und hatten Witterung aufgenommen. Sie marschierten in engen Kreisen hin und her, wobei sie manchmal stehenblieben, um die Kreatur zu betrachten, die in der Ferne aus dem Riß kletterte. Die Löwen wußten nichts von der Invasion, konnten es auch gar nicht wissen. Sie waren nicht gewarnt worden. Sie kannten keine Geschichten, mit denen sie ihre Jungen ängstigen konnten. Doch sie wußten auf eine Weise, die nur ihnen vorbehalten war, daß das, was sich da näherte, den sicheren Tod bedeutete. Die Jungen wurden aus ihrem tiefen Schlaf gerissen. Eines nach dem anderen rannten die Tiere fort, bis das Rudel hinter einem Hügel verschwunden und nur noch regloses hohes Gras in einer windstillen feuchten Nacht übrig war.

Die Tentakel krochen über den Boden und bohrten sich dann in die Erde. Als die Tentakel auf diese Weise fest im Boden verankert waren, glitt der aufgeblähte rosafarbene Leib vorwärts und schob dabei die violetten Ränder des Risses noch weiter auseinander.

Mit einem feuchten *Plopp* glitt das Ding durch die Ränder, ließ sich an langen Tentakeln in das hohe Gras hinab und verschwand außer Sicht.

Das Ding entfernte sich von dem Portal, wobei es sonderbare, uralte Impulse erfuhr, die von der neuen Umgebung ausgelöst wurden.

Die Impulse in seinem Verstand waren kaum mehr als ein Grunzen.

Finde ein Versteck.

Bring dich in Sicherheit.

In jener Nacht wollte sie ihrer Seele noch etwas einverleiben, das sie mit in das Kaer nehmen konnte. Eine Erinnerung, die sie in den bevorstehenden Jahrzehnten unter der Erde bewahren konnte. Leise verließ sie die Hütte, ihre Familie, das Dorf und erklomm den Hügel im Norden. Die Sterne waren wie silberne Steine auf einem schwarzen Sandstrand, zahllos, und sie lockten sie zu einem Leben, das größer war als das, welches sie kannte.

Als sie den Kamm des Hügels erreichte, schwebte Miram einen Moment lang zwischen den Sternen, wobei sie sich langsam und mit halb geschlossenen Augen einmal um sich selbst drehte. Dann hielt sie inne und schaute nach unten auf Tarfal, ihr Dorf, das am Fuße des Hügels lag. Blaues Sternenlicht tanzte schwerelos auf den Strohdächern. Die Häuser waren einfach, aber geräumig. Reis- und Obstgärten, die in ordentlich eingedämmten Reihen auf dem Hang angelegt waren, versorgten das Dorf mit ausreichender Nahrung.

Sie wandte sich ab. Auf der anderen Seite des Dorfes waren die endlosen Weiten der Steppe. Noch weiter dahinter die finsteren Dschungel, die voller Geheimnisse und Leben waren. Fruchtbare Erde. All die Erträge des Landes. Hoffnung. Möglichkeiten.

Hinter ihr ein entferntes Geräusch: das Seufzen schweren Atems. Sie drehte sich um und sah Bormise Schritt für Schritt den Hügel erklimmen. Die feuchte Erde quoll unter seinen Füßen hervor, und sein Aufstieg wirkte plump und unbeholfen.

Ihre Kehle verengte sich, und sie wollte losrennen und in der Nacht untertauchen, bevor er sie erreichte. Spurlos verschwinden. Wie bei einem Zaubertrick.

Ja, Magie. Magie wäre nötig gewesen, um zu verschwinden, ohne jemandem weh zu tun. Gedanken, wie die Kinder Bormise fragten: »Wo ist Mami?« Und natürlich Bormises eigener Kummer. So ein freundlicher Mann. So freundlich. Zu freundlich für eine Frau, die ein Messer gegen die eigene Hand richtete. Diese Gedanken trieben durch ihren Verstand, so wie verwelkte Blätter von einem Bach mitgerissen werden, und sie sah die Welt nicht mehr. Die Zeit verstrich, ohne daß sie es zur Kenntnis nahm.

»Ein angenehmer Abend«, sagte Bormise.

Sie drehte sich nicht sofort um, aus Angst, auf ihrer Miene würde sich zuviel von der Wahrheit widerspiegeln. Als sie sich dann doch umdrehte, stand in seinen Augen derselbe fragende Ausdruck, den sie in dem Jahrzehnt ihrer Ehe so gut kennengelernt hatte. Jahre zuvor hatte sie gedacht, bei ihm sei es Liebe, Sehnsucht und Mitgefühl. Mit der Zeit war ihr klar geworden, daß es in Wirklichkeit ein Mangel an Verstehen war. Und jetzt, am Vorabend der Invasion, erkannte sie etwas Neues. Seine Augen verrieten, daß er sie wirklich verstehen wollte. In seinem forschenden Blick lag – was? Hunger? Eifersucht? Bis jetzt hatte sie ihn lediglich für höflich, für verbindlich gehalten, aber er wollte wirklich mehr.

Ihr Herz verhärtete sich. Dafür war es jetzt zu spät. Sie wandte sich wieder von ihm ab. »Ja, Bormise, eine schöne Nacht.« Sie sog die Sterne in sich auf. Die Finsternis der regenfeuchten Dschungel. Das Unendliche, das sich im Unbekannten verbarg.

Er ging zu ihr und nahm ihre Hand. »Ich liebe dich«, sagte Bormise, dessen Berührung heute nacht seltsamer war als sonst, sanfter und doch fordernder. Sie spürte, wie er versuchte, sie wieder für sich zu gewinnen.

»Ja«, sagte sie, wobei sie sich ihm eine Winzigkeit näherte.

»Die Kinder waren sehr lieb heute abend.«

Sie blieb stehen. »Ja.« Das alte Lied. Immer ein Anflug von Leidenschaft und dann der hastige Rückzug auf die Sicherheit der Freundlichkeit.

In der Ferne blitzte plötzlich etwas auf, violett wie farbenprächtige Dschungelblumen, aber viel zu grell. Schatten des Graslandes wuchsen wie Speere aus einem uralten Krieg aus dem Boden. Was die Quelle der Leuchterscheinung betraf, konnte sie lediglich ein silbrig funkelndes Licht ausmachen.

»Was ...?« begann Bormise, unfähig, seine ehrfürchtige Scheu in Worte zu kleiden.

»Die Invasion«, antwortete Miram, die sofort Bescheid wußte.

»Ja, die Invasion«, sagte Bormise gedehnt, da er Mühe hatte, die Erkenntnis zu verarbeiten, obwohl er sie aussprach. Er legte ihr beschützend die Hände auf die Schultern. In diesem Augenblick wollte sie mehr, wollte sich an ihn lehnen. Wollte es aber nicht von sich aus, aus eigener Initiative tun. Zieh mich an dich, dachte sie. Ein Blitz der Gewalt schnitt durch ihre Gedanken, eine zerrissene Bluse. Die Vorstellung erregte sie. Sie blinzelte und schaute überrascht nach oben zu den Sternen.

Seine Hände rieben nur ganz leicht ihre Schultern, dann drehte er sie zu sich um. Seine Miene verriet Besorgnis, so viel Besorgnis. Er wollte sie beschützen. Und die Geister wußten, daß sie beschützt werden mußte, und sei es auch nur vor ihr selbst, und das hatte er einigermaßen geschafft.

Der Atem blieb ihr im Halse stecken. Wie beschützt man sich vor sich selbst?

Was hatte sie erreichen wollen, als sie sich die Pulsadern aufgeschnitten hatte? Hätte ihr das auch jemand anderer, eine fremde Person, geben können? Hätte sie vermeiden können, fast zu sterben?

Brachte Bormises Liebe sie um?

»Miram?«

Sie sah ihm in die Augen. Wieder dieses eindeutige Verlangen. Würde er sie endlich das fragen, was ihm in all den Jahren auf der Seele gelegen hatte? Würde er endlich einfach nur irgend etwas sagen, sich zu irgend etwas bekennen? »Ja?« sagte sie ermutigend.

»Wir sollten zurückgehen. Die Ungeheuer ... Wir müssen es den anderen sagen. Die Dämonen sind da.«

Sie spitzte die Lippen. Schaute zu Boden. »Ja. Ja, das sind sie.«

Die Tentakel des Dings schlängelten sich über den Boden wie Blutfäden, die langsam aus einer Leiche rannen. Wenn sie voll ausgefahren waren, gruben sich ihre Spitzen tief in den Boden und verankerten sich. Dann, wenn sich die Muskeln in den Tentakeln zusammenzogen, glitt der aufgeblähte Leib vorwärts. Dieser Vorgang wiederholte sich immer wieder, denn das Ding wußte, daß es sich von dem Licht des Risses im Gefüge des Universums entfernen mußte. Soviel wußte es.

Schließlich fand es Finsternis in dem hohen Gras. Eine Finsternis, die beinahe so tief und undurchdringlich war wie die in seiner eigenen Astralebene – einem Ort der grellen Blitze und zerklüfteten Berge. Wo scharfkantige Steine über den Boden flitzten und die Bäuche jener Tiere aufschlitzten, die zu alt oder krank waren, um sich schnell bewegen zu können.

Im Geist des Dings öffneten sich Türen zu Gedanken und Erinnerungen. Mit rostigem Kreischen erklärten sich Blutinstinkte, die um des Überlebens willen in das Fleisch eingebrannt worden waren.

»Such Nahrung«, grunzte der Verstand des Dings.

»Leid«, seufzte sein Verstand.

Obwohl nicht in Worte gekleidet, erinnerte es sich, daß es in dieser Welt Dinge gab, die es noch nie probiert hatte. Dinge, die es essen mußte. Sich zusammenrollend wie eine feuchte, knollenförmige Katze, fett und klebrig, schlang es die Tentakel um seinen Körper und bohrte sich ein wenig in den Boden. Derart verborgen, einstweilen sicher in dem hohen Gras, ließ es seine Gedanken ausschwärmen.

Die Gedanken konnten weder sehen noch hören, weder tasten noch riechen noch schmecken. Daher bot das Gras, das den Geist umgab, nichts von Interesse. Eine schwarze Leere ohne Geschmack. Die Welt schien nicht mehr zu sein, als ein von innen heraus leuchtender Nebel, weiß und entfernt.

Der Geist glitt weiter über das Feld.

Da! Etwas ...

Der Geist hielt inne, zog sich überrascht zurück. Die Empfindungen glühten förmlich, leuchteten rot, fast wie Augen, die sehen können. Unsicher. Notleidend. Hungrig. Seltsame Empfindungen. Verschwommen. Eine ganze Gruppe, die jene seltsamen Farben in einen ständigen Wirbel versetzte.

Der Geist trieb durch ein Loch im Gestein – das kalt für den Geist war, kalt und fest, selbst für die immaterielle Wesenlosigkeit des Geistes.

Der Geist glitt in den Verstand eines der Schakaljungen.

In der Welt außerhalb der Sinne des Geistes, in der Welt der Anblicke und Geräusche und des konkreten Fleisches, fiepte das Junge in dem dunklen Loch, wo es mit dem Rest des Wurfes auf die Rückkehr der Mutter wartete. Jetzt stach ihnen ein seltsames, durchdringendes Licht in die Augen. Einen Moment lang durchzuckte es ein Gedankenblitz, da der Geist des Dämons das Bewußtsein des Jungen auf eine Ebene hob, die seinem eigenen beschränkten Verstand entsprach. Das Junge wurde sich seiner Verlassenheit *bewußt*, und zwar nicht in Form eines Hungers nach Fleisch oder einem Bedürfnis nach der Mutter um des Überlebens willen, sondern in Form eines Verlustempfindens.

Die Erkenntnis, daß die für selbstverständlich gehaltene Liebe spröde und zerbrechlich war.

Der Dämon sog die Empfindung auf. Die jähe Enttäuschung des Jungen lieferte einen Geschmack, den das Ding noch nie zuvor gekostet hatte. Schwach, kaum vorhanden, aber trotzdem köstlich. In seinem ganzen Leben hatte das Ding noch nichts Köstlicheres geschmeckt. Die Wesen seiner Ebene erreichten die Höhen des Leids und damit des Vergnügens nur in ihrem körperlichen Leben. Die Vorstellung von Einsamkeit. Von vergeblicher Hoffnung. All das zerrte an den Gedanken des Dings und weckte Instinkte, die lange untätig gewesen waren.

Der Geist krümmte und wand sich im Verstand des Jungen, um mehr von dieser köstlichen Nahrung aus seinen Gedanken zu wringen. Doch das Tier, dem der Verstand fehlte, um mehr als ein Minimum emotionalen Verständnisses aufzubringen, bellte nur in verwirrtem Schmerz.

Das Ding war wütend und enttäuscht. Es hatte etwas geschmeckt, das so anders war, und jetzt wollte es *mehr*. Sein Geist glitt von einem Jungem zum anderen, wühlte sich durch ihren Verstand. Darin fand es die verschwommenen Vorstellungen von ihrer Mutter, die Rückstände ihres Geruchs, und es aktivierte sie. Sie waren verwirrt, glaubten, ihre Mutter sei endlich zurückgekehrt, und erkannten dann, daß der Anblick und der Geruch eine Lüge waren.

Der Appetit des Dings wuchs ständig. Es würde nehmen, was es kriegen konnte. Sein Geist zog sich in seinen Körper zurück, und mit schwerfälligen, mühsamen Bewegungen zog es sich über die grasbewachsene Steppe auf die Jungen zu, geleitet vom roten Leuchtfeuer des Hungers und der Angst in der Ferne.

Als er das rote Leuchtfeuer erreichte, ließ er einen Tentakel nach unten in die kleine Höhle gleiten.

Die Schakaljungen, die jetzt merkten, daß etwas nicht stimmte, fiepten und bewegten sich voller Unruhe und Nervosität. Eines der Jungen, das älteste, versuchte die anderen tiefer in die kleine Höhle zu treiben. Doch zwei von ihnen konnten nichts weiter tun, als bellen und im Kreis herumspringen. Als die

Tentakel nach ihnen griffen, bellten sie wie wild in der Hoffnung, sie dadurch zu verscheuchen.

Sie starben als erste, da das Ding sie anhand ihrer Gedanken fand. Ein Aufblitzen roten Entsetzens und schwarzer Unsicherheit. Die Farben dieser Empfindungen schmiegten sich eng an das Ding. Ein Appetithappen.

Das Ding griff nach den beiden Jungen, ein Tentakel war groß genug, um beide Jungen zu umschlingen. Die anderen beiden Tentakel legten sich um die Jungen und suchten nach einer Möglichkeit, um sie zu töten. Als sich die Tentakel um den Hals legten, wuchs die Angst der Jungen ins Unbeschreibliche. Ein rotes Pulsieren. Nun, da es die Farbe des Todes kannte, verstärkte das Ding seinen Griff, bis es schließlich den Jungen das Genick brach und alle Furcht und Panik jäh endete.

Die anderen Jungen, insgesamt vier, rasten vorwärts, da sie die rote Witterung des Todes zur Raserei trieb. Sie schnappten nach den Tentakeln, bissen Stücke bitter schmeckenden Fleisches heraus.

Das konnte das Ding nicht sehen, aber die Kampfeswut der Jungen erschien ihm als ein wirbelndes und gezacktes Smaragdgrün. Es peitschte mit seinen Tentakeln, und augenblicklich verwandelte sich die kleine Höhle in einen wilden Tumult aus Schlägen und Bissen und Knurren.

Die Tentakel ergriffen ein Junges nach dem anderen, schleuderten sie immer wieder gegen die Höhlenwände, bis ihre jungen Knochen und Schädel brachen.

Das Erstgeborene war das letzte. Schließlich, als alles verloren war, formte sich in seinem verängstigten schlichten Verstand die Absicht, einen letzten verzweifelten Ausfall nach draußen in die Freiheit zu unternehmen. Das Junge warf sich an den Tentakeln vorbei und den kleinen Anstieg hinauf, der aus der Höhle führte. Doch anstatt des Sternenlichts fand es dort nur einen aufgeblähten Schatten vor, der ihm den Weg versperrte. Das Junge riß das Maul auf und versuchte sich einen Weg in die Freiheit zu beißen, aber die Tentakel zuckten so schnell wie Peitschenschnüre zurück, ergriffen es und rissen es auseinander.

Nun, da alle tot waren, insbesondere das letzte, weckte und verstärkte das subtile Begreifen der Jungen im letzten Augenblick seines Lebens das Hungergefühl des Dings.

Der Geschmack dieser merkwürdigen Empfindungs-Tiere war gut gewesen, aber jetzt gierte es nach mehr. Neue Verlangen formten sich in seinem beschränkten Denken, alte Begierden, die lange verschüttet gewesen waren. Hier in dieser seltsamen neuen Welt spürte es unbekannte Perspektiven des Leids, die auf es warteten.

Es zog sich durch das Loch und in die Höhle, und als es in ihr in Sicherheit war, schickte es seinen Geist auf die Suche nach …

Mehr.

»Ich gehe Yrash wecken«, sagte Bormise.

»Ja, tu das«, antwortete sie. Ihre Hände zitterten. »Ich hole Mawlbegash.« Sie wandte sich rasch ab.

»Ja, und dann müssen wir die anderen wecken. Vielleicht sollten wir heute nacht schon in das Kaer übersiedeln. Alle holen und sofort überwechseln …«

Miram unterbrach ihn, da sie endlich anfangen wollte. »Ja, ja. Das wäre ganz sinnvoll. Ja, ich weiß … Ja. Ich wecke die anderen.«

Sie trennten sich. Ihre Haut fühlte sich schrecklich kalt an, und Miram fragte sich, ob sie sich irgendwie ein Fieber zugezogen hatte. Konnte ein Schuldgefühl so etwas bewirken?

Sie schlich zur Hütte der Magierin, wobei sie sich alle Mühe gab, leise zu sein, aber sie hatte kein Talent, sich lautlos zu bewegen. Sie war keine Adeptin. Nur ein ganz normaler Mensch, der verzweifelt versuchte, im plötzlichen Ende des Lebens, wie sie es immer gekannt hatte, einen Sinn zu sehen.

Die Hütte lag finster und trutzig am Ende des Dorfes. Obwohl nur aus Bambus errichtet, machte sie einen massiven Eindruck, fast wie eine Krypta. Die einzige Beleuchtung war das sanfte Funkeln des Sternenlichts.

Sie verharrte in der Tür, die geöffnet war. Immer geöffnet war. Geschützt, aber nicht vor den Dorfbewohnern. »Für die Dorfbewohner ist diese Tür immer offen«, pflegte Mawlbegash zu sagen. »Ich will nicht, daß jemand zu mir gelaufen kommt, um mich zu holen, und dann von Magie getötet wird. Ihr könnt alle jederzeit zu mir kommen.« Natürlich waren magische Schutzvorrichtungen unnötig gewesen. Niemand hatte die Hütte jemals in böser Absicht betreten. Wer auch? Sie stammten alle aus demselben Dorf. Niemand würde versuchen, der Dorfmagierin ein Leid zuzufügen oder sie zu bestehlen.

Bis jetzt.

Durch die offene Tür sah Miram die alte Frau auf ihrer Matte schlafen. Sie konnte nur einen schwachen Schatten erkennen, der an einem Ende in langen, silberweißen Haaren endete. Der Schatten atmete tief und gleichmäßig, doch obwohl Mawlbegash schlief, blieb Miram noch stehen und paßte ihren Atemrhythmus demjenigen der Magierin an.

Sie warf einen Blick auf die andere Seite der Hütte, vorbei an den Tischen, auf denen sich Becher voller seltsamer Pulver, Greifenklauen, Schriftrollen und uralte Pergamente stapelten. Dort lag auf einer viel kleineren Matte die Frau, die mit der Nachricht von der bevorstehenden Invasion und mit dem Amulett zu ihnen gekommen war. Seit ihrer Ankunft hatte sie sich mehr oder weniger in Mawlbegashs Hütte versteckt und sich der Magierin als Gegenleistung für einen

Platz in ihrem Kaer als Gehilfin angeboten. Dabei traute sie sich nur dann in das eigentliche Dorf, wenn sie etwas für ihre Meisterin erledigen mußte.

Miram seufzte, als sie die Fremde schlafen sah. Sie war *gereist*. Sie war herumgekommen, hatte gesehen, was sie gesehen hatte, und war *dann* in Mirams Dorf gekommen.

Miram hatte ihr Heimatdorf nie verlassen. Dafür hatte weder eine Notwendigkeit bestanden, noch war je die Zeit dafür gewesen. Sie hatte noch nicht einmal sehr viel darüber nachgedacht – über die Welt dort draußen, andere Leute, Möglichkeiten... Nun aber, da sie wußte, daß es keine Möglichkeit mehr geben würde, das Kaer zu verlassen, sobald sie einmal darin war, wollte sie plötzlich das, was die seltsame Frau ohne Zweifel gehabt hatte.

Ein bewegtes Leben.

Ihr Blick wanderte wieder zum Tisch zurück, suchte rasch nach dem Amulett. Als sie es nicht fand, stellte sie sich auf die Zehenspitzen in der Hoffnung, es vielleicht doch noch hinter einer Schriftrolle oder einem Becher zu entdecken.

Nichts. Sie mußte weiter hineingehen.

Zögernd hob sie einen Fuß und schob ihn durch die Tür, ließ ihn dann jedoch über dem Boden schweben. Die Magierin hatte gesagt, es gäbe keine Schutzvorrichtungen gegen die Dorfbewohner. Hatte sie die Wahrheit gesagt? Vorstellungen davon, was die Kunst der Magierin ihr antun könnte, schossen ihr durch den Kopf wie Sternschnuppen über den Himmel – wie ihr die Haut in schrecklichem Feuer von den Knochen gerissen wurde, wie blaue Strahlen aus knisternder Energie sie von innen her auseinanderrissen. Zwar hatte sie die alte Frau solche Dinge niemals tun sehen, aber niemand bezweifelte ihre Fähigkeit, einer Person schreckliche, gräßliche Dinge antun zu können.

Gleich nach der Angst kam jedoch die Erregung. Ja.

Das Risiko des Todes. Endlich, der Sprung ins volle Leben.

Die Andeutung eines Lächelns spielte um ihre Mundwinkel. Sie stellte den Fuß auf den Boden, stampfte ihn beinahe auf den Lehm, forderte das Schicksal heraus. Als nichts geschah, sah sie sich um, hielt den Atem an.

Nichts.

Sie trat vor, ging auf den Tisch zu. Die seltsame Erregung wuchs, und Miram empfand eine Leichtigkeit in der Brust, als treibe sie von allem weg, was sie bisher gekannt hatte.

Sie erreichte den Tisch, fast ohne daß es ihr bewußt wurde, und einen Moment lang stand sie nur da, während ihre Fingerspitzen auf der Tischkante ruhten. Bilder von Sonnenuntergängen und Gewitterwolken, von mächtigen belaubten Bäumen, die kaum wahrnehmbar in einer leichten Brise schwankten, gingen ihr durch den Kopf. All das war für immer vorbei, wenn sie in das Kaer übersiedelten und es hinter sich versiegelten.

Wie konnten sie einen derart drastischen Schritt nur auf der Grundlage von Gerüchten vollziehen?

Miram betrachtete die Magierin, dann ihre Gehilfin, um sich zu vergewissern, daß beide noch schliefen. Ja, das taten sie, und sie empfand ein sonderbares Machtgefühl, als sie sich klar machte, daß die beiden nicht ahnten, wie nah sie bei ihnen war.

Doch jetzt zu ihrem Vorhaben. Das Amulett befand sich hier irgendwo, und sie mußte es finden. Leise und vorsichtig schob Miram auf der Suche nach dem Bernsteinamulett einen Glaskrug und Schädel und Kerzenhalter nach dem anderen beiseite, hob die Gegenstände hoch und lugte darunter.

Doch sie fand es nicht und mußte ihre Suche immer weiter fortsetzen, als hinter ihr plötzlich ein Geräusch ertönte. Miram fuhr herum und sah, wie sich die Magierin mit geschlossenen Augen reckte und streckte. Unter Herzklopfen – das ihr plötzlich sehr laut vorkam – beobachtete Miram die Magierin, die sich umdrehte und rasch wieder in tiefen Schlaf versank.

Nachdem sie auch bei ihrer zweiten gründlichen Untersuchung des Tisches das Amulett nicht gefunden hatte, richtete Miram ihre Aufmerksamkeit auf den Rest der Hütte. Ihr Blick schweifte durch den Raum auf der Suche nach ihrer Beute. Sie wußte, daß das Amulett hier war. Sie brauchte sich nur Zeit zu lassen und sich das Amulett vor ihrem geistigen Auge vorzustellen, dann würde sie es auch finden. Ihr Atem wurde flach, so stark konzentrierte sie sich.

Dann zuckte ihr eine Erinnerung an etwas, das nur wenige Augenblicke zurücklag, durch den Kopf. Ein schwaches Funkeln von Bernstein, als sich die Magierin umgedreht hatte.

Sie betrachtete die schlafende Gestalt – und da war es: Das Amulett hing um Mawlbegashs Hals. Schwaches Sternenlicht fiel durch die Bambuswände und beleuchtete den glattpolierten Bernstein.

Sie ging zur Schlafmatte der Magierin. Mawlbegash drehte sich im Schlaf zu ihr um, und jetzt, aus der Nähe, konnte Miram die gelben Zähne und die wirren Strähnen ihrer silbergrauen Haare sehen. Mit ihren langen Fingern griff Miram nach unten und nahm das Amulett. Der Bernstein fühlte sich kalt und irgendwie glitschig an. Aus der Nähe konnte sie den Miniaturwindling erkennen, der im Bernstein gefangen war. Gefangen, gefangen, gefangen. Miram nahm das Amulett in beide Hände und zog der Magierin die Kette vorsichtig über den Kopf.

Die Bewegung der Kette mußte Mawlbegash ein wenig gekitzelt haben, da sich die alte Frau wiederum umdrehte und eine Hand an die Brust hob, als wolle sie die Empfindung wegwischen. Miram wollte sich erheben und sich davonmachen, aber dann fiel ihr ein, daß sie nicht weit kommen würde. Sie bückte sich erneut und zog das Amulett und die Kette vorsichtig an der Hand vorbei, wobei sie dieselbe Behutsamkeit walten ließ, mit der sie ihrem Sohn einen Splitter aus dem Fuß gezogen hätte.

Als Mawlbegash sich ganz auf die andere Seite drehte, hob sie den Kopf ein wenig und gab Miram damit Gelegenheit, ihr die Kette über den Kopf zu streifen.

Sie erhob sich und drehte sich um, während das Amulett hin und her schwang, ein neues seltsames Gewicht in ihrem Leben. Nun konnte sie einfach nach Hause zurückkehren und sich wieder in das Leben einfügen, das sie kannte …

»Was machst du da?«

Miram hielt den Atem an. Ihre Schultern spannten sich. Für einen Augenblick erstarrte sie, als würde sie dadurch, daß sie völlig reglos blieb, unsichtbar und nicht erwischt. Dann fuhr sie herum und sah, daß sich die Gehilfin der Magierin auf einen Ellbogen gestützt hatte.

»Ich wollte … Ich bin … Ich habe ein Licht gesehen. Es könnte ein Dämon sein. Mein Mann und ich … ich bin gekommen, um das Amulett zu holen.«

Die Frau richtete sich auf. Das Sternenlicht, das durch die Bambuswände fiel, verfing sich in ihrem langen goldenen Haar, das ihr liebliches Gesicht einrahmte.

»Warum hast du uns nicht geweckt?« Die Frau flüsterte, offenbar um die Magierin nicht zu wecken.

Miram zögerte. War die Frau eine Gefahr oder eine Verbündete? »Ich brauchte das Amulett.«

»Wofür?«

»Um einen Dämon zu finden. Wir haben ein Licht in der Steppe auf der anderen Seite des Hügels gesehen. Ich muß einen Dämon sehen … um zu wissen, wovor ich davonlaufe.«

Ein seltsamer Funke glomm in den Augen der Frau. »Ich bin vor den Dämonen in meinem Leben davongelaufen.«

»Das kann ich nicht.«

Der Körper der Frau sank ein wenig in sich zusammen, als sei sie plötzlich um einige Jahrzehnte gealtert. Sie betrachtete Miram mit einem Ausdruck des Neids. Miram sog den Neid förmlich in sich ein und fühlte sich plötzlich beschwingt. Sie war so viele Wochen lang eifersüchtig auf diese Frau gewesen, und jetzt wirkte sie so schwach und zerbrechlich.

»Es ist sehr gefährlich«, sagte die Frau. »Gehst du allein?«

»Niemand würde mitkommen wollen...« Doch kaum hatte sie die Worte ausgesprochen, als Miram klar wurde, daß das vielleicht nicht stimmte. Sie dachte an den Ausdruck in Bormises Augen. Vielleicht wollte er an ihren geheimsten Gedanken teilhaben, wenngleich ihm das vielleicht nicht unbedingt bewußt war. Zumindest konnte er seine Wünsche nicht laut äußern. Würde er ihr folgen? Wenn sie die Führung übernähme, würde er mitkommen?

»Laß mich mitkommen«, sagte die Frau mit einem Anflug von Verzweiflung in der Stimme.

»Nein.«

Ein Ausdruck der Verschlagenheit huschte über die Miene der Frau, und Miram erkannte, daß sie als Mädchen sehr schlau gewesen sein mußte. »Ohne meine Hilfe wirst du nicht weit kommen.«

»Ich will einen Dämon suchen. Verstehst du das nicht?«

Die Verschlagenheit wich. »Ich muß es auch wissen.«

Miram dachte einen Augenblick lang, daß es vielleicht ganz gut wäre, jemanden bei sich zu haben, den sie kannte. Oder vielleicht noch besser eine Fremde. Aber ein einziges Mal wollte sie allein in die Welt hinauslaufen und sehen, was geschah. Sie drehte sich um.

»Bleib stehen!« sagte die Frau schroff und sprang auf. Mawlbegash drehte sich um, da ihr Schlaf durch die leise Auseinandersetzung ein wenig gestört worden war. Miram rannte zur Tür. Hinter ihr rief die Frau Mawlbegashs Namen.

Miram rannte durch den kleinen Garten vor der Hütte der Magierin. Das Amulett in ihrer Hand schwang an der Kette heftig hin und her und glitzerte dabei, als sauge es das Sternenlicht in sich auf.

Am Boden breitete sich violettes Licht um sie herum aus. Ihr Schatten wurde lang und länger und erstreckte sich vorwärts bis zum Rand des Dschungels. Immer noch rennend, wandte sie den Kopf, um sich nach dem Ursprung des Lichts umzusehen, wobei sie beinahe auf der lockeren Erde gestolpert wäre.

Mawlbegash stand im Eingang der Hütte, und ein seltsames Knistern violetter Energie wand sich wie eine Schlange in der Luft zwischen ihren Händen. »Miram!« rief sie. »Was ist in dich gefahren?« Ihre Stimme schien sogar die Erde zu erschüttern, als sei alles, was Miram je gekannt hatte, unter ihr in Aufruhr geraten. Sehr bald würde es keinen vertrauten Boden mehr geben, auf dem sie stehen konnte. Tränen rannen ihr über das Gesicht, doch anstatt zu weinen, fing sie an zu lachen.

»Miram!« rief die Magierin. »Bleib stehen! Bleib sofort stehen!«

Doch Miram blieb nicht stehen, zögerte nicht. Sie rannte und rannte, so schnell sie konnte.

Und dann war es so, als ginge hinter ihr die Sonne auf. Der Schatten vor ihr am Boden war plötzlich messerscharf umrissen, um dann zu verschwimmen, als ein hellorangefarbenes Licht von hinten auf sie zu raste. Der Geruch nach Magie lag in der Luft, und in diesem Augenblick war Miram sicher, daß sie sterben würde.

Ihre Beine schmerzten, die magische Flamme war in ihrem Rücken, und die Luft, die sie ein- und ausatmete, fühlte sich an, als sei sie mit Widerhaken besetzt. Kurzum, alles schien schiefzugehen, und in diesem letzten Augenblick wurde ihr Lachen noch lauter, und die Tränen, die ihr über die Wangen kullerten, wurden noch dicker. Die Tränen ließen alles vor ihren Augen undeutlich werden und verschwimmen. Sie stolperte. Grellweiße Gedankenblitze vom Ende ihres Lebens schossen ihr durch den Kopf, und es gefiel ihr. Weil ihre *Handlungen* es herbeigeführt hatten.

Doch die letzten, unveränderlichen Instinkte erwachten zum Leben, jagten ihre Impulse durch ihre Muskeln und bewirkten, daß sie sich zu Boden warf. Der Feuerball traf ihre rechte Schulter. Einen Augenblick lang spürte sie gar nichts, und sie rollte über die feuchte Erde des Gartens, während sich kleine Lehmbrocken vom Boden lösten und an Gesicht und Armen haften blieben. Das Schwindelgefühl, das sich durch das Herumwirbeln einstellte, dämpfte ihre Erregung, und plötzlich schoß der Schmerz von verbrannter Haut und versengtem Fleisch durch Schulter und Rücken.

Miram stieß einen Schrei aus, rappelte sich jedoch sofort auf. Die Kühnheit ihrer Taten spornte sie weiter an, ließ sie vorwärtstaumeln. Sie kroch ein paar Schritte auf allen vieren und war dann endgültig wieder auf den Beinen. Sie lief weiter, wobei sie versuchte, sich irgendwie um ihre Wunde zu kümmern. Doch vergeblich. Die Schmerzen waren zu stark. Sie rannte immer schneller und schließlich in den Dschungel. Dunkelheit umfing sie wie die Umarmung ihrer Mutter. Sie entspannte sich einen Augenblick und suchte sich dann einen Weg durch den Irrgarten der Bäume, der sie zur Steppe führte.

Mawlbegash und die Frau folgten ihr, wobei sie ständig ihren Namen riefen. Die Magierin erwirkte einen Zauber, durch den grünliche Lichter hinter ihr her flogen. Miram verbarg sich im Schatten, glitt hinter Bäume und wich so dem Zauber der Magierin aus. Obwohl ihre Schulter entsetzlich schmerzte, verhielt sie sich ruhig. Manchmal wurden die Schmerzen so stark, daß sie aufgeben wollte und nur noch von dem Wunsch besessen war, der Schmerz möge aufhören. Doch sie verhielt sich auch weiterhin still. Vielleicht zum erstenmal in ihrem Leben hatte sie etwas ohne Zustimmung, Unterstützung und Wissen zumindest einer anderen Person im Dorf unternommen. Und das gefiel ihr.

Wußten sie wirklich, daß die Dämonen eine Gefahr waren? Sie kannten nur die Geschichten der Theraner, die gewiß gute Gründe hatten, jedermann in Angst und Schrecken zu versetzen. Sie dachte an ihre Ehe, die so langweilig und erstickend war – die Schmerzen in ihrer Schulter schienen ihre Verbitterung noch zu vertiefen. Sie fragte sich, wie es ihr überhaupt gelungen war, so lange zu überleben. Doch sie wußte ganz genau, daß sie sie niemals würde brechen können. Ihre Ehe.

Warum nicht?

Weil man es ihr gesagt hatte. Und wer hatte es ihr gesagt? Sie hatte keine Ahnung. Das gehörte eben auch zu diesen Dingen. Ein dumpfes Gefühl, was richtig und was falsch war, doch ohne eindeutig bestimmbaren Ursprung.

Sie haßte dieses Gefühl. Es hatte sie ihr Leben lang geplagt. Sie wollte Freiheit.

Mit großer Vorsicht schlich sie auf der Suche nach dem Dämon durch den Dschungel. Sie mußte das kennenlernen, was alle anderen fürchteten. Sie konnte den Grund dafür nicht in Worte fassen, aber sie mußte die Regeln ihres Lebens übertreten.

Sie schleppte sich vorwärts wie ein gejagtes, verwundetes Tier. Andere Dorfbewohner beteiligten sich an der Suche. Sie kamen ihr oft sehr nah, aber sie war geduldig, da sie wegen ihrer Verbrennungen ohnehin oft Pausen einlegen mußte, und schließlich konnte sie ihnen tatsächlich entwischen.

Die letzte Stimme, die an ihre Ohren drang, gehörte Bormise, der ihren Namen rief. Er klang traurig, so traurig.

Die Vibrationen des Denkens zogen das Ding hierhin und dorthin. Blitze hell strahlenden Hungers und pulsierender Furcht zuckten über den dunklen Horizont. Doch wenn es sich diesen Brennpunkten mentaler Energie näherte, fand es nur Tiere, dumme, stumpfsinnige Tiere ohne jenes komplexe Denken, nach dem sich sein Hunger so sehnte.

Sein Geist wanderte weiter.

Einmal sah es vor dem dunklen Meer eines Berggipfels einen vielfarbigen Regenbogen durch die Dunkelheit sprühen. Es näherte sich ihm, doch dann prallte es gegen eine Steinmauer. Es konnte die Empfindungen dahinter spüren, konnte jedoch nicht zu den Gedanken vordringen. Das Ding wurde ärgerlich, und die Wut brodelte in seinem einfältigen Verstand. Er warf sich mit seinem Geist immer wieder gegen den dunklen Stein des Berges. Meistens konnte das Ding jeden Stein durchdringen, wenn es sich große Mühe gab, aber diesmal war es unmöglich.

Nach einer Weile, als es ermüdete, wurde dem Ding klar, daß sich die Empfindungs-Tiere ebenso wie es selbst in einer Höhle versteckten. Es brauchte nur den Eingang zu finden.

Sein Geist kroch über die Oberfläche des Berges, wobei er winzigen Insekten begegnete, deren Empfindungen nicht mehr waren als trübe bernsteinfarbene Flecke. Blaues Leuchten von Vögeln flog über ihn hinweg, doch das Ding ließ seinen Geist keinen Augenblick innehalten, da es das vielfarbige Leuchten all der schmackhaften Empfindungs-Tiere sah, die in der Höhle auf es warteten. Fände es doch nur den Eingang.

Ein Stück weiter hörte es etwas, das einen häßlichen, blauvioletten Lärm ausstieß. Ängstlich, aber doch neugierig, da der Lärm etwas mit den Empfindungs-Tieren zu tun haben mochte, näherte sich der Geist. Als er zu einem Vorsprung schwebte, der den Lärm abstrahlte, wurde er von einem schmerzhaften Licht geblendet, das so intensiv war, daß er glaubte, er müsse sich ganz einfach auflösen.

Er zog sich zurück, sank unter den Vorsprung. Dort zitterte der Geist von dem Schmerz, den das Licht ausgelöst hatte. So etwas hatte er noch nie gesehen. Doch das Ding wußte sofort, daß es von den Empfindungs-Tieren verursacht worden war. Von den leckeren, schlauen Empfindungs-Tieren. Angesichts dieser Erkenntnis heulte der Geist des Dings auf und raste himmelwärts. Es mußte die Empfindungs-Tiere finden, die es *erreichen* konnte. Sein Blick strich forschend über den Boden.

Doch das Ding sah nur die trüben Lichter stumpfsinniger Wesen. Die Welt wimmelte von ihnen. Befriedigung war verfügbar, zumindest eine gewisse Art Befriedigung. Doch das Ding hungerte nach mehr. Was verfügbar war, reichte nicht aus. Die Empfindungs-Tiere. Das war es, was es wollte. Es konnte sie sich vorstellen, sich vorstellen, wie wunderbar es sein mußte, ihnen zu begegnen. Würden sie wirklich so sein? Das Ding mußte es herausfinden.

Dann sah es ein strahlendes Licht unter sich, das sich über den Boden bewegte. Einen heftigen Wirbel aus Violettönen, der mit düsterem Schwarz und grellem Rot durchsetzt war. Die Farben stachen ihm in die Sinne, wie Nadeln durch ein Auge.

Sie war allen entkommen und wanderte nun über die grasbewachsene Ebene dem violetten Licht entgegen,

LAUBENSTEIN.94

das sie früher am Abend gesehen hatte. Zwar war es mittlerweile verschwunden, aber Miram schlug einfach die ungefähre Richtung ein. Wenn sie den Blick über die Ebene schweifen ließ, konnte sie lediglich ein Meer aus hohem Gras sehen, das von den Sternen beschienen wurde. Das Gras bewegte sich nicht, da kein Wind wehte. Schweiß rann ihr über Gesicht und Arme. Sie zitterte, ihre Zähne klapperten, und obwohl sie den Gedanken zu verdrängen versuchte, wußte sie doch ganz genau, daß ihre verbrannte Schulter mittlerweile völlig gefühllos war.

Das Denken fiel ihr immer schwerer. Ihr Blick verlor an Schärfe, und sie glaubte Dinge am Boden zu sehen, die sich bewegten. Sie glitt aus, stolperte, zuerst mit dem linken, dann mit dem rechten Fuß, da sie versuchte, den eingebildeten Jägern zu entkommen. Sie entfernten sich von ihr, um immer wieder zurückzukehren.

Hin und wieder, wenn sie daran dachte, hielt sie sich das Amulett vors Gesicht und betrachtete es. Es schwang an der Kette und funkelte im Sternenlicht. Zum erstenmal sah sie das Amulett aus der Nähe, und sie fragte sich, wer wohl den Miniaturwindling in dem transparenten Bernstein empfangen haben mochte.

Er leuchtete, strahlte von innen heraus ein seltsames Licht ab.

Sie blieb stehen, wich stolpernd einen halben Schritt zurück, holte schnell und rasselnd Atem. Ein leichtes Schimmern, sehr leicht.

Und dann fiel es über sie her.

Wogen violetter Qual brandeten gegen die Sinne des Dings an. Mit seinem Un-Mund trank es Schmerzen, süße Schmerzen, sog die Verzweiflung durch seine astralen Poren ein. Es schwelgte im Unwohlsein des Empfindungs-Tiers, räkelte sich darin, beinahe augenblicklich trunken vom Elend.

Dieses Vergnügen, das offensichtliche, hätte beinahe seinen Geschmack für die subtileren Schätze abgestumpft, die sich ihm darboten. Denn innerhalb des tiefdunklen Violetts körperlicher Schmerzen gab es kleine Inseln aus zarten Rot-, Blau- und Orangetönen, die wie Blumen immer wieder aufblühten und verwelkten, aufblühten und verwelkten. Das Ding schluckte und schlang, sein seltsamer Geifer löste zahllose Schutzschichten auf, unter denen Mirams Kummer und Sehnsüchte und enttäuschte Hoffnungen und Erwartungen begraben waren. Die erste Schicht war leicht zu durchbrechen, und das Ding weidete sich an Gedanken, die an der Oberfläche lagen. Träume von einem seltsamen Mann mit einem Karren, der ständig kam und ging; das Geschrei ihrer Kinder gerade dann, wenn sie dringend Ruhe brauchte; die Sehnsucht nach einer Berührung, nach der richtigen Berührung, die weder beängstigend grob noch zu zaghaft war.

Das Ding ging dem Kummer energischer auf den Grund, durchbrach die harten Rottöne und legte zarte Linien in satten Grüntönen frei – Schichten, wo aus Trauer Verbitterung geworden war. Giftige Verbitterung. Mörderische Verbitterung.

Das Ding erlebte Erinnerungen nach und sah durch diese Erinnerungen Bilder einer Welt, die es normalerweise nicht erfahren konnte. Vater. Mutter. Kleine Schwester. Großer Bruder. Eine Katze mit tiefschwarzem Fell, das im Kerzenlicht glänzte. Ein Sturz. Eine Schramme. Gelächter. Tränen.

Ein Junge. Sympathisches Lächeln, eine bestimmte Art zu reden. Mit Leidenschaft. Das hatte sie gewollt, ein wenig von seiner Leidenschaft. Ein Kuß, Lippen die sich aufeinander pressen, die Verbindung der Seelen – glaubt sie. Stückwerk. Und endlich zu einem Ganzen vereint. Ein Gespräch. Er zieht sie auf die Seite. Ist ernst. Berührt mit den Fingern ganz leicht ihre Hände. Wendet sich ab. Der Schmerz eines gebrochenen Herzens.

Kompromisse.

Familiengründung.

Das zögernde Akzeptieren des stetigen, sicheren, bodenständigen Weges.

Das Ding wälzt sich frohlockend herum wie ein Nilpferd in einem schlammigen Teich, da es in ihren Qualen schwelgt. Diese Qualen sind nicht so scharf wie körperliche Schmerzen. Nicht so sättigend. Nicht so offensichtlich. Dennoch …

Etwas anderes.

Klebriger. Geschmackvoller.

Wahr.

Das Ding wird langsamer, verzehrt auch die Krümel eines jeden Bildes. Welch absonderliche Welt! Die Frau greift immer wieder nach anderen Menschen, mit Worten, mit ihren Händen. Sie hält einen Säugling. Sie berührt den Mann auf dem Wagen mit den Augen.

Sie greift zu, und manchmal stellt sie eine Berührung her. Aber so flüchtig, so flüchtig. Dann ist sie plötzlich wieder allein, und das Verlangen überfällt sie wieder von neuem.

Mit den rasiermesserscharfen Zähnen seines Geistes knackt das Ding eine der harten roten Qualen im Zentrum. Ihre Leiden bluten förmlich durch ihre Gedanken.

Das Ding trinkt sie, kann die Ursache für ihre Qualen jetzt eindeutig erkennen. Ein dunkler Fleck in einem Steinbrocken. Es ist sich vage bewußt, daß diese Bilder nicht nur Gedanken sind. Es sind physikalische Manifestationen ihrer Welt. Ihre Welt ist so! Physikalische Manifestationen werden gesehen, geschmeckt, ertastet, gerochen und gehört. Über Empfindungen ihrer Umgebung können sie Vermutungen anstellen, *aber das Wissen fehlt ihnen*. Sie sind blind und leben nur in der Welt ihrer eigenen Empfindungen.

Die Frau stand vor dem dunklen Loch, in der Hand Werkzeuge, um seltsame Symbole in den Stein zu meißeln. Ein Mann näherte sich ihr, während sie am Eingang der Höhle arbeitete und die magischen Symbole einmeißelte. »Ich liebe dich«, sagte er zu ihr. Das Ding hatte noch nie zuvor Worte gehört, besaß keine Ohren für sie, konnte sich ihren Sinn aber aus den Empfindungen der Frau zusammensetzen, die mit ihren Erinnerungen verwoben waren.

Als Reaktion auf diese Worte explodierte der Verstand der Frau förmlich in grellen Farbmustern – Grüntöne des Bedauerns, Rottöne der Wut. Sie wollte so sehr – die Worte erwidern, ›gut‹ sein.

Außerdem wollte sie vor dem Mann davonlaufen.

Die Bilder waren so lebendig und überwältigend, daß das Ding einen Moment brauchte, um sich daran zu erinnern, daß es – und folglich auch das Empfindungs-Tier – auf einer kahlen Ebene mitten im Nichts stand. Kein anderes Wesen als nur die Frau war in der Nähe. Die Erinnerung war kein Leiden der Gegenwart, wie dies körperlicher Schmerz war. Körperlicher Schmerz kam und ging als Realität des Fleisches. Doch die Schmerzen des Geistes überdauerten Zeit und Raum.

Der schwarze Fleck in der Erinnerung erregte die Aufmerksamkeit des Dings. Irgend etwas daran kam ihm vertraut vor. Die Form des Lochs, die Symbole auf den Steinen, manche davon von der Frau persönlich eingraviert.

Muster bildeten sich, nicht von Empfindungen, sondern von Orten. Von einer Sache, die wie eine andere war. Für das Ding war Wahrnehmung bisher etwas Unmittelbares gewesen, und eine Sache war eine Sache, aber es betrachtete eine Sache nur selten als etwas, das einer anderen glich. Das Ding wankte, als die neuen Gedanken sein Wesen überfluteten.

Jetzt empfand das Wesen kein Entzücken mehr, sondern Schmerz, da die Bilder und Vorstellungen die Kapazität seines Geistes auf Gebiete ausdehnten, die es nie zuvor erfahren hatte. Es wollte sich vor den schwierigen Gedanken zurückziehen, aber es konnte nicht. Was geschah, war zu interessant. Das Ding mußte dem auf den Grund gehen. Dieses Empfindungs-Tier besaß Dinge, die es wollte. Brauchte.

Erinnerungen.

Worte.

Abstraktion.

Das Ding erinnerte sich an die Höhle, die es hatte betreten wollen.

Langsam bildete sich eine Erkenntnis. Das Loch, an dem die Frau gearbeitet hatte, war dasselbe, welches das Ding zu betreten versucht hatte. Der Gedanke schlängelte sich durch seinen dumpfen Verstand, stach seinen Geist mit kleinen Nadeln der Unlogik.

Nein. Sie hatte sich darin befunden. Alle in dem Loch hatten sich darin befunden.

Vielleicht hatte sie an einem anderen gearbeitet. Vielleicht mußte es erst noch versiegelt werden. Sie war draußen. Vielleicht konnte es sich einschleichen. Sie würde bald hineingehen. Sie hatten es für einen ganz bestimmten Zweck errichtet ... Um sich zu verstecken. Ja. Bald würden sie sich verstecken. Und das Ding konnte mit hinein ...

Es konnte das Loch jedoch nicht so einfach betreten. Der sich langsam ausdehnende Verstand des Dings begriff das. Es würde schlau sein und sich verstecken müssen. In der Frau. Die Schutzvorrichtungen würden es abwehren, wenn es sich zu nähern versuchte, aber vielleicht konnte es sich in ihr verstecken und war dann sicher vor den Schutzvorrichtungen, weil ihr Fleisch es schützte. Wenn es klappte, konnte es sich an all den anderen nähren, nachdem sie die Höhle betreten und hinter sich versiegelt hatten. Denn solange sie lebten, war sein Körper in der kleinen Höhle der Schakaljungen sicher, und sein Geist würde die Höhle durchstreifen und sich langsam an den köstlichen Empfindungs-Tieren mästen.

Miram lag am Boden und wand sich. Das hohe Gras schwang hin und her, da sie vor Kummer wild um sich schlug.

Etwas war in ihrem Kopf.

Etwas zog ihren Kummer ans Tageslicht und betrachtete ihn, wie ein Edelsteinschleifer Juwelen betrachten mochte. Indem es jeden einzelnen ans Licht hielt, wobei die Lichtbrechung ein grelles silberblaues Funkeln erzeugte.

Erinnerungen an tote Freunde und zerschlagene Hoffnungen rasten durch ihren Verstand und entfalteten sich vor ihr, nur um von noch quälenderen Gedanken und unerfüllten Träumen verdrängt zu werden.

Ihre verbrannte Schulter bohrte sich in das Erdreich, aber der Schmerz war nichts im Vergleich zu den Qualen ihrer Seele.

Und dann hörte der Schmerz auf.

Sie lag am Boden, ihr Körper zitterte, das Herz hämmerte in ihrer Brust.

Einen Augenblick lang wartete sie einfach, gestattete sich, Luft zu holen, fragte sich, ob die Atempause ein Trick war. Doch dann, als auch nach mehreren Augenblicken nichts geschah, erhob sie sich. Wiederum wartete sie.

Und wiederum nichts.

Ihr fiel das Amulett in ihrer Hand wieder ein, und sie warf einen Blick darauf. Sein Kern aus Bernstein strahlte ein sanftes Licht aus. Sie fuhr herum, suchte in der Dunkelheit nach einer Spur des Dings, das sie angegriffen hatte.

War das einer der Dämonen gewesen, der durch ihren Geist gezogen war? War es das, was die Dämonen taten? Wartete das Ding jetzt im hohen Gras, daß sie wieder näher kam?

Sie drehte sich um und schlug den Weg nach Hause ein, wobei sie hin und wieder einen Blick auf das Amulett warf, um festzustellen, ob das Licht erloschen war. Sie wußte nicht, wie die Leute reagieren würden, aber sie brauchte wieder die Sicherheit, die Bormise ihr bot. Sie war weggelaufen, um einen Dämon zu finden, und das war ihr gelungen. Jetzt mußte sie zurückgehen und die anderen warnen. Ihr Abenteuer war weit genug gegangen. Die Erinnerungen an das Ding in ihrem Kopf würden sie noch Jahre verfolgen.

Dann geschah etwas Sonderbares. Ein Laut in ihren Gedanken wie das Knirschen von Stein auf Stein. Der Laut war eindeutig *in* ihrem Kopf ertönt, und die Seltsamkeit dieser Tatsache ließ sie wie angewurzelt stehenbleiben, während sich panikerfüllte Gedanken in ihrem Kopf überschlugen. Die Laute setzten sich fort, eine Art Räuspern, aber das Räuspern einer Kehle, die so verstopft vom Schlamm des Alters war, daß der Laut eher wie ein langgezogenes Grollen klang. Schließlich sagte der Laut: »Warte.«

Sie schrie auf. Ein Schrei, der durch die Nacht drang.

Bormise hielt seinen Leuchtstein hoch und zur Seite, um nicht von dem Schein geblendet zu werden. Er hatte sich von den anderen abgesondert, war nicht einmal sicher, ob die anderen noch suchten. Ein Gefühl drohenden Verhängnisses hatte das Dorf seit ihrem Diebstahl erfaßt, und jene, die nicht nach Miram suchten, hatten angefangen, ihre Sachen zu packen, um noch in dieser Nacht ins Kaer überzusiedeln.

Jeder im Dorf glaubte, sie sei von einem Dämon besessen. Hatten die Theraner nicht erklärt, daß diese üblen Kreaturen genau das taten? Selbst wenn die Dorfbewohner sie fanden, wußten sie nach allem, was die Theraner ihnen erzählt hatten, daß sie gezwungen waren, sie auf jeden Fall zu töten.

Aber Bormise mußte seine Frau finden. Nur er wußte, daß sie nicht allein deshalb davongelaufen war, weil ein Dämon von ihr Besitz ergriffen hatte. Wie viele Jahre spürte er jetzt schon ihr Verlangen, sich von ihm zu trennen? Ihr Blick schien immer in die Ferne gerichtet zu sein, ins Unbekannte, weit über die vertrauten Hügel ihrer Heimat hinaus. Vermutlich seit ihrem Hochzeitstag. Und war das nicht auch etwas gewesen, das sie für ihn so anziehend gemacht hatte, die Herausforderung, sie zufriedenzustellen und zu versuchen, ihre Wanderlust durch seine Liebe zu ersetzen? Nun, da er durch die Dunkelheit stolperte und nach Geräuschen nicht nur von ihr, sondern auch von Wesen aus einer anderen Welt lauschte, wurde ihm klar, daß es ihm nie gelungen war, sie auch nur im geringsten zu beruhigen, sie auf seinen Pfad zu ziehen. Im Gegenteil, sie hatte ihn auf den ihren gezogen.

Ja. Seltsam, aber wahr. Er war allein im Dschungel und wußte nicht, ob ihm bei seiner Rückkehr der Weg ins Kaer noch offenstand oder er von allen Leuten, die er sein Leben lang kannte, abgeschnitten war, und jetzt erst gestand sich Bormise die Erkenntnis ein, die er so lange in die Tiefen seines Unterbewußtseins verdrängt hatte.

Miram hatte ihn gezogen.

Und er hatte Angst gehabt, ihr zu folgen.

Er blieb stehen und starrte blicklos in den Dschungel. Es kam ihm sonderbar vor, daß er die ganze Zeit gedacht hatte, sie sei schließlich doch zufrieden damit, sich häuslich niederzulassen und zur Ruhe zu kommen, während in Wirklichkeit er es gewesen war, der ihr in die Wildnis hatte folgen wollen. Miram wollte unbekannte Landstriche betreten. Genau wie er, nur daß er zu ängstlich war. Befürchtet hatte, daß ihnen der Halt fehlen und sich ihre Ehe auflösen würde. Daß sie etwas tun würden, das sie – was? Umbringen würde? Irgend etwas in der Art, nahm er an.

In all den Jahren hatte er geglaubt, er helfe Miram, versuche sie zu beschwichtigen. Tatsächlich hatte er nur seine Angst vor dem Unbekannten hinter der Maske des guten Willens verborgen.

In der stillen Finsternis des Dschungels zitterte er am ganzen Leib, als ihm plötzlich bewußt wurde, wie hohl ihre Ehe gewesen war und wieviel Zeit sie vergeudet hatte.

Der Schrei, der an seine Ohren drang, war leise und schien aus weiter Ferne zu kommen.

Er zögerte keinen Augenblick.

Sie war auf den Knien, keuchte, schnappte nach Luft wie jemand, der im Augenblick des Ertrinkens aus dem Wasser gezogen worden war. Ihre Hände, ihre Fingerspitzen, strichen sachte über ihre Brüste, das Hemd lag zerrissen im Gras. Keine Schmerzen mehr. Etwas Neues. Etwas Schönes.

Das Ding in ihren Gedanken schickte ein stetiges Summen der Wonne durch ihre Muskeln. Alles an ihr und in ihr war jetzt lebendig. Alles. Nach so vielen Jahren des Abgestorbenseins. Plötzlich war ihr ganzer Körper lebendig und mehr als das. Außergewöhnlich. In der warmen Nacht ließ der Schweiß auf ihrem Körper das Sternenlicht auf ihrer Haut glänzen.

Es war nicht nur die Wonne. Obwohl die schön war. Sehr schön. Schön, schön und nochmals schön. Das Ding tat etwas mit ihr, erforschte ihre Erinnerungen, fand alles Glück, das sie je besessen hatte, und jagte es durch ihren Körper. Schön. Schön. Schön. Ihre Hände strichen über ihre Beine, streichelten die Innenseite ihrer Oberschenkel.

Schön. Schön. Schön.

Nein. Mehr als schön. Weg von Bormise. Weg von allen. Unter den Sternen. Mit … mit was?

Scharfe, stechende Impulse überfluteten ihren Körper. Sie hob die Arme an den Mund, fuhr mit dem Arm über ihre Zähne. Fand das Handgelenk, dessen Nerven sie durchtrennt hatte. Nagte daran.

Schmerzen. Wonne. Das Gefühl war in ihre Hand zurückgekehrt. Sie lachte. Wälzte sich auf den Rücken. Das tote trockene Gras auf dem Boden preßte sich hart gegen ihre Haut, und sie seufzte vor Vergnügen. Das Ding ahmte die Empfindung nach, ein Gefühl wie Krallen, die ihr den Rücken zerkratzten. Sie krümmte sich, lechzte keuchend nach mehr.

»Miram?«

Sie sah auf. Da stand Bormise, seine Miene drückte stupide Besorgnis aus.

Sie hatte keine angemessene Antwort. Nackt und verdreht, wie sie dalag, konnte sie im Augenblick nicht mehr tun, als den Atem anzuhalten. Sie wollte etwas sagen, doch dafür empfand sie tief in sich ein viel zu großes Entzücken. Sie wollte mehr. Immer mehr.

Sie streckte die nackten Arme aus, und ihre Hände umfaßten seine Knöchel. Als er sich nicht bewegte, zog sie sich an ihn heran, wobei ihr Körper über den Boden rutschte.

Er hielt sie zurück. Immer, immer hielt er sie zurück. Kniete sich neben sie.

»Miram, was ...«

Ihr fehlten die Worte, und sie kannte nur noch die Berührung. Sie griff nach oben und legte sich seufzend seine Hände auf die Brüste. Er versuchte sie wegzuziehen. Immer nur weg. Sie packte seine Arme, stand auf, wand sich an ihm hoch.

»Deine Schulter ...«

Sie legte seine Arme um sich, küßte ihn, Lippen, Lippen, Lippen. Zungen, die sich verbanden. Glitt mit den Zähnen über seinen Hals, biß spielerisch zu. Über seine Schulter sah sie das Amulett, dessen Kette immer noch um ihre Hand gewickelt war. Der Stein leuchtete nach wie vor. Sie wußte, daß das Ding immer noch da war. Sich immer noch in den Winkeln ihres Verstandes verbarg und wartete, beobachtete, erlebte.

»Miram, wir müssen ...«

Sie versuchte zu reden und gab dann auf. Sprache war zu unbeholfen für das, was sie mitteilen wollte. Sie küßte ihn wieder, riß sein Hemd auf, streifte es ihm ab.

Er protestierte noch einmal, noch zweimal. Und ergab sich dann. Unter den Sternen. Auf der Erde. Auf einer Welt, die auf einer Bahn durch das All zog und auf der sich Portale zu einer Ebene der Qual geöffnet hatten, durch die sich Kreaturen auf diesen Planet ergossen, auf dem es vor Leben wimmelte. Sie liebten sich gegen alle Vergeblichkeit des Überlebens und identifizierten den Akt nicht als Qual oder Entzücken, sondern als Lecken und Kratzen, als untrennbar miteinander verbundenen Mischmasch aus Schmerz und Wonne. Unmittelbarkeit. Intensität. Leidenschaft.

Und als sie fertig waren, ihre Körper mit Blut, Speichel und Samen bedeckt, standen sie auf wie in Trance und gingen nach Hause.

Das Dorf war leer. Miram war das egal. Sie hatte sie ohnehin alle ziemlich ermüdend und langweilig gefunden. Doch das Ding in ihrem Kopf murmelte: »Schutz.«

Sie wiederholte das Wort irgendwie mechanisch, als sei sie betrunken.

Bormise war weitaus mehr auf der Hut. Sie sah, wie er sich veränderte: Sein Körper wurde steif, sein Blick irrte umher. In Sekundenschnelle vom Liebhaber zum guten Nachbarn. Zuerst schleifte er sie mit zu ihrem Haus, säuberte sie beide, so gut er konnte, zog sie an. Dabei lachte sie die ganze Zeit. Er musterte sie immer wieder mit besorgten Blicken, doch sie sagte kein Wort.

Als er sie wieder für vorzeigbar hielt, führte er sie zum Kaer. Er hielt ihre Hand, nicht zu fest, nicht zu locker. Es hatte ihr immer gefallen, wenn er ihre Hand hielt. Irgend etwas in ihr wollte immer getröstet werden. Und die Berührung seiner Hand vermittelte ihr genau das: Trost. Ihr Fehler war nur gewesen zu glauben, sie wolle *nur* Trost.

Als sie sich dem Eingang zum Kaer näherten, glitt das Ding in ihrem Kopf aufgeregt hin und her. In ihren Gedanken hörte Miram, wie es sich auf der Suche nach einem weiteren Wort das uralte Hirn zermarterte und dabei auf ihren Verstand zurückgriff. »Handeln«, erinnerte es sie.

»Ja«, antwortete sie.

Mehrere Leute hatten sich am Eingang versammelt. Sie sah, daß die Schutzvorrichtungen in aller Eile vollendet worden waren. Aber immerhin waren sie fertig. Als die anderen sie und Bormise sahen, drängten sie in die Höhle zurück und verschanzten sich hinter der unsichtbaren Barriere der theranischen Magie. Rufe hallten durch die Gänge und drangen nach draußen. Mawlbegash erschien im Eingang, aber auch sie blieb innerhalb der Barriere. Die Gruppe starrte das Paar ungläubig an. Zuerst wußte Miram nicht, warum, aber dann fiel ihr ein, daß sie und Bormise zwar saubere Kleidung trugen, Gesicht, Arme und Hals aber mit Kratzern und Schrammen übersät waren. Wiederum hätte sie beinahe gelacht, aber diesmal gelang es gerade noch, sich zu beherrschen.

»Hinein!« sagte das Ding in ihrem Kopf.

»Ich kann euch nicht einlassen«, sagte die Magierin.

Miram schwang das Amulett, dessen gelbes Licht sanft leuchtete, so daß sich die Kette von ihrer Hand abwickelte. »Das werdet ihr brauchen«, sagte sie, indem sie es über die Schwelle des Kaer warf.

Die wachsame, harte Miene der Magierin wurde etwas weicher. »Miram«, sagte sie mit echter Anteilnahme. »Erzähl mir, was geschehen ist. Ich könnte ...«

Doch Miram bewegte sich bereits. Sie packte Bormises Arm, zog, wirbelte ihn mit aller Kraft herum und ließ im richtigen Augenblick los. Bormise schrie überrascht auf, als er durch den Eingang des Kaer stolperte. Das Ding in Mirams Kopf gurgelte verwirrt.

Die Dörfler, die sich im Eingang versammelt hatten, wichen entsetzt zurück. »Habt keine Angst«, sagte Miram zu ihnen. »Er ist sauber. Ich trage den Dämon in meinem Kopf …«

Schmerzen schossen jetzt durch ihren Körper, Schmerzen, so schrecklich und süß wie das Leben, ihr Leben. So seltsam, so schön zu leben. Trotz allem, so schön. Sie sank auf die Knie. »Versiegelt das Kaer«, sagte sie, unter den verführerischen Zärtlichkeiten und furchtbaren Hieben des Dings keuchend, da sie die erotische Spannung feucht werden ließ. »Sie brauchen einen von uns, um hereinzukommen …«

Bormise machte einen Schritt auf sie zu, doch die anderen packten ihn und hielten ihn zurück. »Bleib«, sagte sie beinahe schluchzend. »Die Kinder. Sie sind mehr deine als …« Und da kamen ihr die Tränen. Schwankend richtete sie sich auf. »Du gehörst hierher. Du wirst hier in Sicherheit sein. Und die Kinder auch.«

»Miram!«

Sie hob die Hände an den Kopf. »Ich will nicht … will nicht … Ich will nicht in Sicherheit sein. Das kann ich nicht besonders gut.« Mit der letzten ihr noch verbliebenen Kraft fuhr Miram herum und lief, stolperte davon. Noch lange, nachdem sie verschwunden war, rief Bormise hinter ihr her; er mußte von sechs kräftigen Dorfbewohnern gehalten werden, und schließlich wurde seine Stimme heiser, während er immer wieder ihren Namen rief.

Sie lag sterbend am Rand der Klippe, da ihr Körper die Belastung nicht mehr ertragen konnte. Das Ding jagte Schmerz- und Wonneimpulse durch ihre Nerven und zerstörte dabei ihren Körper. Muskeln spannten sich und rissen. Die Muskeln bewegten sich so heftig, so ruckartig, daß sie den Kopf nicht mehr bewegen konnte, der in einer nach links gedrehten Stellung erstarrt war. Der rechte Arm war ihr hoch auf den Rücken gedreht, und sie vermochte ihn nicht zu bewegen.

Im Osten ging die Sonne auf. Die Wolken hatten rote und goldene Streifen, was sie in sonderbare Kolosse verwandelte. Ihre Augen füllten sich mit Tränen, und die Farben verliefen ineinander. Instinktiv versuchte sie die Hände zu heben, um die Tränen wegzuwischen, aber sie bekam sie nicht mehr hoch genug.

Der Himmel, der noch Augenblicke zuvor dunkelviolett gewesen war, erstrahlte jetzt in hellblauen Tönen, die sich jenseits des Berges ausbreiteten. Plötzlich erschien auch die Sonne über dem Berggipfel und tauchte ihn in Scharlachrot. Miram keuchte angesichts der Schönheit dieses Anblicks, obwohl ihr Rücken schmerzte und sie ihre Seufzer der Qual schwindlig machten.

Einen Augenblick lang dachte sie an die Gänge innerhalb des Kaer. Nein. Nein. Nicht für sie. Das Wissen, daß sie innerhalb dieser geschlossenen Gänge sterben würde, das Wissen, daß das kein Platz für sie war, hätte sie noch zu Lebzeiten umgebracht. Besser, wirklich und wahrhaftig tot zu sein.

Sie bedauerte nur, daß man sie für eine Heldin halten mochte, weil sie mit dem Ungeheuer fortgerannt war. Sie bezweifelte, daß auch nur einer von ihnen verstand, daß manche Leute eben einfach so waren.

»So liebt ihr, nicht wahr?« sagte Miram zu dem Ding in ihrem Kopf.

Das Ding unterbrach seine Folter für einen Augenblick, und sie wußte, daß sie recht hatte.

AUSWEGLOS

SCOTT JENKINS

Es wartete. Die anderen hatten Rast gemacht und sich gesättigt und waren dann weitergezogen, aber es saß nur da und wartete.

Es hatte sich nicht die Mühe gemacht und gezählt, wie oft die Sonne aufgegangen war oder wie viele Winter gekommen und gegangen waren. Das hätte keinen Sinn gehabt. Das waren nur Augenblicke, nur Zeit, die verstrich. Zeit war wie die anderen: Sie verzehrten, was da war, die Bäume, das Gras und das Leben, und ließen nichts übrig. Dann zogen sie weiter, und die Bäume, das Gras und das Leben kamen irgendwann wieder. Dunkelheit wurde nicht von denen erreicht, die weiterzogen. Dunkelheit wurde von denen erreicht, die warteten.

Also wartete es.

Im Schatten der Berge.

Dela empfand das übliche Schuldgefühl, als sie die Tür öffnete, machte sich dann jedoch rasch noch einmal klar, daß der ganze Sinn und Zweck darin bestand, überhaupt nichts deswegen zu empfinden. Der ganze Sinn und Zweck bestand darin, es zu tun, Spaß daran zu haben und sich hinterher deswegen nicht schuldig zu fühlen. Der ganze Sinn und Zweck bestand darin, Spannung abzubauen, das war es. Dies war ein Saal der Questoren Astendars. Astendar war die Passion der Liebe, der Kunst und der Musik. Dela war hier, um sich ihrer Suche anzuschließen. Dem Liebesteil. Oder wenigstens einem Teil des Liebesteils.

Im Saal war es fast völlig dunkel, da dies eines der

wenigen Gebäude des Kaers war, das eine Decke und ein Dach besaß, eines der wenigen Gebäude, die nicht nach oben hin offen waren, so daß das Licht des Kristalls, der in der Kuppel des Kaer hing, nicht einfallen konnte. Obwohl es Mitternacht und draußen dunkel war, und obwohl die vom Kristall erzeugte Helligkeit ihren Tiefstand hatte, dauerte es einen Augenblick, bis sich ihre Augen an das Dämmerlicht gewöhnt hatten und sie sich wieder in Bewegung setzte. Sie ging ein kleines Stück, und dann konnte sie eine Gestalt vor sich erkennen: eine Person mit schlankem Körperbau und unbestimmtem Geschlecht, die auf einer Bank saß.

»Hallo?« sagte sie. »Ich bin …«, aber die Person bedeutete ihr mit einer Geste zu schweigen. Sofort kam sie sich dumm und albern vor, weil ihr das jedesmal passierte und sie dennoch immer wieder das Bedürfnis verspürte, sich einem dunklen Raum vorzustellen. Die Person erhob sich, wobei sie die Geste durch ein gedämpftes »Psst« unterstrich – einem sehr männlich klingenden »Psst«, fand sie –, dann ihre Hand nahm und sie tiefer in die Dunkelheit führte.

Sie schritten durch einen Türbogen und betraten einen größeren Raum, wobei der Mann sofort nach dem Eintreten scharf nach rechts abbog. Niedrige Wände mit zwei in Brusthöhe angebrachten Reihen von Haken und Bänken davor teilten den Raum der Länge nach. Jetzt bog er nach links ab und führte sie in einen der so entstandenen Gänge. Dann zog er sie an sich, so daß sie direkt vor ihm stand, und begann mit starken Händen, die ihr für seine Größe riesig vorkamen, ihre Schultern zu reiben. Sie brauchte das. Er wußte es. Er massierte die Spannung weg, die sie immer mit hierherbrachte. Dann öffnete er den Verschluß ihres Umhangs, der leise zu Boden fiel. Er hielt inne, um ihn aufzuheben und an einen der abgerundeten Holzhaken an der Wand zu hängen. Weiter den

Gang entlang waren die Haken bereits mit Kleidungsstücken behangen. Näher zum Eingang waren die Haken noch frei. Heute nacht waren viele Leute da. Morgen würde sich niemand, Dela eingeschlossen, noch dazu bekennen.

Sie zog ihre übrigen Kleider aus und hängte sie an den Haken unter ihrem Umhang. Dann stellte sie ihre Sandalen ordentlich nebeneinander darunter auf den Boden. Ihr schweigender Begleiter half ihr und wollte gerade den Verschluß der Kette um ihren Hals öffnen, als sie ihm die Hand auf seine starken, warmen Arme legte.

»Ich will das anbehalten«, sagte sie, und seine Hände ließen die Kette in schweigendem Gehorsam los. An der Kette hing das Amulett, ein Bernstein mit der winzigen Gestalt eines Windlings im Flug darin. Dela hatte noch nie einen echten Windling gesehen, aber die zarte Schönheit der Figur rührte sie an und gab ihr das Gefühl, daß noch etwas anderes dort draußen existierte, jenseits der unterirdischen Stadt, in der sie und ihre Eltern und Großeltern ihr ganzes Leben verbracht hatten. Etwas jenseits ihrer Welt, ihres Käfigs. Sie hatte das Amulett als Kind von ihrer Großmutter geschenkt bekommen und trug es seitdem immer.

Abgesehen von dem Amulett war sie jetzt nackt, und ihr Begleiter fuhr fort, die Spannung aus Rücken und Schultern herauszumassieren. Er preßte die Daumen tief in die Druckpunkte entlang ihres Rückgrats, und sie schmolz dahin, die Anspannung wich von ihr, und es gab nur noch die Festigkeit seiner Finger, die sich in ihre Muskeln drückten, und die Wärme seiner Hände, die über ihren Körper strichen, bis ihre Haut wußte, wo seine Hände waren und ihre Berührung ersehnte. Er hielt inne und führte sie tiefer in den Raum, durch einen Vorhang und in eine große Kammer ohne Dach, so daß das gedämpfte Licht des Kristalls hineinfiel, der hoch oben in der Kuppel über ihnen hing. In der Kammer waren Geräusche zu hören: Leises Stöhnen und hastiges Atmen.

Ihr Begleiter führte sie ein Stück außen um die Kammer herum und dann zur Mitte. Der Boden war hier sehr weich, als ginge man über ein Federbett. Der Mann blieb stehen und ließ seine starken, warmen Hände wiederum über ihre Haut gleiten, wiederum so lange, bis sich ihre Haut nach seiner Berührung sehnte. Ein weiteres Paar Hände gesellte sich zu seinem, dann noch eines und noch eines. Sie stöhnte, ihre Haut reagierte auf die Wärme der streichelnden Hände, und aus ihrem Stöhnen wurde ein Schnurren, als sich zu den Händen Lippen gesellten, die sie küßten, und sie gab der Wärme nach und sank in ein Meer warmer Körper. Sie ließ sich gehen, küßte, wurde geküßt, streichelte, wurde gestreichelt, schmeckte, wurde geschmeckt. Sie war nicht mehr sie selbst, sondern jemand anders, kein denkendes Wesen mehr, sondern ein fühlendes, und die Wogen dieses Gefühls trugen sie in die Höhe und sanft wieder herab.

Sie war ein wenig benommen und ließ sich ganz zurücksinken, um das weiche Licht in der Kuppel zu betrachten. Sie war nahe daran, wieder Gedanken zu formen, als zwei große, starke, warme Hände anfingen, ihre Füße zu reiben, dann ihre Knöchel, dann ihre Schenkel. An die Stelle der Hände traten Lippen, die sanft über ihre Haut strichen und sich langsam nach oben vortasteten. Zähne jetzt, als der Betreffende zärtlich an ihr zu nagen begann, bis er an ihren Ohrläppchen angelangt war und sich dann wieder abwärts und zu ihrem Hals hin orientierte. Sehr rasch, fast zu rasch, jagte ihr jede Berührung, jeder zarte Biß Schauer durch den Körper. Aber es fühlte sich so schön an, daß Dela den Hals reckte, um ihm den Zugang zu erleichtern. Er berührte das Amulett, um es sanft beiseite zu schieben, und plötzlich blitzte ein grellweißes Licht auf, das den ganzen Saal erfüllte. In dem Licht sah sie sein Gesicht, bevor sich seine Hand um das Amulett schloß und das Licht verbarg. Dela keuchte, dann schossen seine Zähne herab und drückten ihr die Luftröhre ein.

Sie versuchte zu schreien, sie versuchte zu atmen: nichts. Sie versuchte ihn zu kratzen, doch er setzte sich rittlings auf ihre Brust, nagelte ihr mit den Beinen die Arme an den Seiten fest und beugte sich vor. Seine Hände packten ihren Kopf, und sie spürte, wie das Amulett gegen ihre Schläfe geschmettert wurde. Seine Lippen fanden ihr Gesicht, und in dem Licht, das durch seine Finger drang, sah sie, wie sich seine Lippen, seine Zunge, ihren Augen näherten. Ein nasser Blitz aus grellweißem Schmerz zuckte durch ihren Körper, dann noch einer. Sie befand sich bereits im Schockzustand, als er seine Daumen in ihre Augenhöhlen bohrte, so daß sie das schmerzhafte Knacken nicht mehr spürte, als er ihren Kopf herumriß und ihre Welt für immer schwarz wurde.

Später …

Ein leiser Gong. Der Kristall in der Kuppelspitze leuchtete eine Idee heller.

Später …

Wieder erklang der Gong. Ein wenig lauter diesmal. Der Kristall leuchtete heller.

Später …

Wieder erklang der Gong. Lauter, beharrlicher. In der Kammer war es jetzt fast hell genug, um die Dinge klar sehen zu können. Es befanden sich immer noch Leute in der Kammer.

Niemand bewegte sich.

Pol war todunglücklich. Er fühlte sich so, als hätte ihm jemand das Herz und die Eingeweide herausgerissen. Nein, das Herz war noch da. Er spürte es in der Brust schlagen, als er wegrannte, wegstolperte, weg aus der Kammer, weg vor dem Dämon.

»Wohin willst du?« schnitt die kalte Rasiermesserstimme durch seinen Verstand, und Pol fiel auf die Knie.

»Weg, irgendwohin … nur weg …«

»Wir befinden uns in einem Kaer, Dummerchen. Du kannst nirgendwohin. Geh nach Hause. Dort entlang.« Der Dämon drehte Pols Kopf nach links und zog ihn dann auf die Beine. »Ich will nicht, daß dich irgend jemand so sieht.«

Es war immer noch dunkel, und er hielt sich von den Nachtlichtern fern, so daß niemand sehen konnte, daß er über und über mit Blut besudelt war. Er stolperte nach Hause, weil die Stimme ihm sagte, daß dies die am wenigsten schmerzhafte Alternative für ihn war. Dort angelangt, schleppte er sich irgendwie ins Badezimmer, ohne jemanden zu wecken. Er ließ sich ein Bad ein und mobilisierte seine letzten Kraftreserven, um sich ins Wasser gleiten zu lassen.

»Warum hast du das getan?« fragte Pol.

»*Du* hast es getan.«

»Du hast mich gezwungen …« Mehr bekam Pol nicht heraus, bevor jede Sehne seines Körpers in tausend verschiedene Richtungen gezerrt wurde. So plötzlich, wie der Schmerz gekommen war, ließ er auch wieder nach, wich einem raschen Aufblinken intensiven Vergnügens.

»Wer hat es getan?« fragte die Stimme in seinem Kopf.

»Ich«, sagte Pol, der nicht mehr kämpfen konnte. »Warum habe ich es getan?«

»Das war doch gar nichts. Das war nur der Anfang.«

»Wovon?« fragte Pol, aber das Ding wollte nicht mehr sagen.

Später ließ Pol das Wasser aus der Wanne und säuberte sie. Er nahm seine blutverschmierten Kleider, wickelte sie in ein paar Lappen und trug sie zum Abfallhaufen. Er fand noch mehr Lappen und wischte mit ihnen den Boden des Badezimmers, während er hörte, wie seine Schwester langsam erwachte. Er war so gut wie fertig, als sie ins Badezimmer kam.

Kryn, seine Schwester, sagte nichts, sondern blieb einfach in der Badezimmertür stehen und musterte ihn.

»Ich bin gleich fertig«, sagte Pol zu ihr. Sie sagte nichts, verzog keine Miene. Kryn stand einfach nur da und wartete.

Pol wußte nicht, wer ihn mehr störte, sein ›Gast‹ oder seine Schwester. Kryn und er hatten sich ihr Leben lang sehr nahe gestanden, bis zu dem Tag, an dem sie das Studium der Geisterbeschwörung aufgenommen hatte. Jetzt kam es ihm so vor, als hörte er ihre Stimme nur noch, wenn sie mit irgendeinem verfluchten Ding aus dem Astralraum sprach. Sie richtete kaum noch ein Wort an ihn. Ihre Mutter war bei Kryns Geburt gestorben, so daß seine Schwester sie nie kennengelernt hatte. Pol, der nur fünf Jahre älter war, konnte sich auch kaum noch an sie erinnern, aber zumindest hatte er noch eine Vorstellung davon, wie ihre Mutter gewesen war. Nach dem Tod ihres Vaters war die Verantwortung für Kryn auf Pol übergegangen, der keine Ahnung gehabt hatte, wie er ihr gerecht werden sollte. Er wußte lediglich, daß es wichtig war, etwas zu essen auf dem Tisch zu haben, das Haus einigermaßen sauberzuhalten und für Kryn da zu sein, wenn sie ihn brauchte.

Der Rat hatte ihnen kurz darauf befohlen, zur Familie von Tor dem Schmied zu ziehen, und das Haus ihres Vaters wurde einer anderen Familie zugesprochen. Damit waren sie sechs Personen im Hause Tors, so daß es nie genug zu essen und nie genug Platz gab. Die Arbeiten, die Pol für Benton den Magier verrichtete, würden eines Tages alles zum Besseren wenden und ihm und Kryn mehr Platz und mehr zu essen verschaffen. Andererseits war eben jene Arbeit bei Benton schuld an der Stimme in seinem Kopf. An der Stimme und an dem Dämon.

»Das war erst der Anfang«, sagte er.

Pol erhob sich und ließ seine Schwester ins Badezimmer. Nachdem sie die Tür hinter sich geschlossen hatte, brach er mit pochendem Schädel auf seinem Bett zusammen.

Kryn lehnte sich gegen die geschlossene Tür des Badezimmers und seufzte. Manchmal war es schwer. Nein, bei allen Geistern, es war *immer* schwer. Sie tat, was sie konnte, um den Tag zu überstehen, und in der Nacht blieb ihr nichts anderes übrig, als sich das Geschwätz ihres Bruders über seinen Tag anzuhören. Am schlimmsten waren Situationen wie diese jetzt, bevor sie ihren Tee getrunken und ihr Ritual ausgeführt hatte, wenn er sich im Haus zu schaffen machte und mit ihr über alles und nichts reden wollte.

Kryn war erschöpft. In letzter Zeit kam es ihr so vor, als sei das Schlafen eine härtere Arbeit als alles andere, was sie im Laufe des Tages tat. Es war schon schlimm genug gewesen, als Pol und sie gezwungen gewesen waren, aus dem Haus auszuziehen, in dem sie ihr Leben lang gewohnt hatten, aber mit Tor, seiner Frau und ihren Kindern zusammenzuleben, war eine einzige Tortur. Sie hockten immer aufeinander, standen sich ständig gegenseitig im Weg.

Hinzu kam das Problem, daß sie vom Rand ins Zentrum des Kaer gezogen waren und sich die Hänseleien und die Blicke ihrer neuen Familie und deren Nachbarn gefallen lassen mußten. Natürlich wußte Kryn, daß Tor und der Rest nur Stampfer waren, die nichts für ihre Art konnten. Stampfer waren Leute, die nicht in der Nähe der umliegenden Bergwände lebten – plattfüßige Esel, die jeden Tag aus ihren Häusern stampften, um sich die Morgenration Essen zu holen, und wieder zurückstampften, wenn sie fertig waren. Stampfer waren Kriecher, die niemals das Gefühl der Freiheit erleben würden, das sich beim Erklettern der Wände einstellte, wenn man so mutig war, alles zu riskieren, sich hoch über das Kaer zu erheben und den Kristall zu berühren, der ihre Sonne war. Nicht, daß Kryn oder irgend jemand, den sie kannte, es je geschafft hätte, den ganzen Weg bis hinauf in die Kuppelspitze zu klettern, um ihn tatsächlich anzufassen, aber es gab Geschichten.

Wenn es möglich gewesen wäre, in ein anderes Haus zu ziehen, hätte Kryn das schon vor Jahren getan. Aber es gab nie genug Platz für eine junge Einzelperson. Vielleicht war es vor langer Zeit einmal anders gewesen, als die Menschen noch auf der Erde anstatt unter ihr gelebt hatten. Doch jetzt herrschten auf der Oberfläche die Dämonen, und Dämonen waren ein schlimmeres Schicksal als der Tod.

Man hatte ihnen alles über die Plage beigebracht, wie die Magie der Welt einen Grad erreicht hatte, der es den Dämonen gestattete, ihre Niederwelten zu verlassen und in die physikalische Ebene einzudringen, und wie selbst der kleinste Dämon noch mit Leichtigkeit eine ganze Stadt verschlingen konnte. Und als wäre das nicht schon schlimm genug, fungierten die Angst und die Panik, die ein Dämon hervorrufen konnte, als eine Art Leuchtfeuer, das weitere Dämonen anlockte, intelligente Dämonen, die Ränke schmiedeten und planten und sich von der Angst und den Qualen ihrer Opfer nährten. Dämonen, die einer Person die Haut abziehen oder sie vor Angst erstarren lassen oder ihr sogar alle Knochen im Leib brechen konnten, und das alles nur kraft ihrer Gedanken.

Also hatte man in ganz Barsaive beschlossen, die Städte zu nehmen und sie und ihre Bewohner zu verstecken, bis die Plage vorüber und die Dämonen nicht mehr da waren. Kaers wurden gebaut, riesige unterirdische Höhlen, deren runenbedeckte Tore die Leute, so hofften sie, vor den Dämonen schützen würden. Nach und nach verschwand die Bevölkerung von Orten, Dörfern und ganzen Städten an der Oberfläche Barsaives, und so hatte die lange dunkle Nacht begonnen.

Und das Warten dauerte Jahre, Jahrzehnte, Jahrhunderte. Menschen wurden geboren, alterten und starben, ohne jemals die Sonne gesehen, frische Luft geatmet und Wind und Regen auf dem Gesicht gespürt zu haben. Es gab Bücher, die von der Welt draußen berichteten, doch mit der Zeit wurde es für die Leute immer schwieriger, sie sich vorzustellen.

Doch wo es Leben gab, da gab es auch Hoffnung. Überall in Barsaive hatten Generationen in ihren Zitadellen und unterirdischen Kaers auf den Tag gewartet, an dem es wieder sicher sein würde, ins Sonnenlicht zu treten. Falls es überhaupt noch eine Sonne gab, dachte Kryn. Niemand wußte, was dort oben geschah. Vielleicht warteten tausend hungrige Dämonen geduldig draußen vor dem Eingang ihres Kaer. Niemand wußte es.

Sie konnten nur warten.

Unter der Erde.

Und aufeinander hocken.

Vom Augenblick der Geburt bis zum Augenblick des Todes war man von Menschen umgeben. Man lebte den Erwartungen der Gemeinschaft entsprechend. Man lebte bei seiner Familie, bis man heiratete, dann bezog man mit seinem Ehepartner ein eigenes Haus. Man bekam zwei Kinder, und sie wuchsen auf, und man selbst wurde älter, bis die Kinder schließlich heirateten und auszogen, während man selbst älter und immer älter wurde, bis man schließlich starb. Die Familie übernahm das Eigentum der Verstorbenen, und der Rat gab das Haus an das nächste jungverheiratete Paar weiter.

Jede Abweichung von der Norm wurde mit Mißtrauen betrachtet. Zeichen der Unzufriedenheit waren Zeichen für Probleme. Alle waren beständig auf der Hut und achteten auf etwaige Anzeichen dafür, daß sich ein Dämon irgendwie in jemandes Gedanken eingenistet hatte. Trotz ihrer Wachsamkeit lebten die Leute in ständiger Angst vor den Dämonen und voreinander. Jede verdächtige Regung, und sei sie auch noch so geringfügig, wurde rasch und brutal verfolgt. Zum Wohl des Kaer, lautete die Litanei.

Kryn war eine Geisterbeschwörerin, was bedeutete, das sie sich am Rande der Norm bewegte. In dem Augenblick, als Pol und sie zu der Stampferfamilie gezogen waren, hatte sie beschlossen, sich eben jener Disziplin zu widmen. Sie wußte, daß dies eine Methode war, um die Leute auf Distanz zu halten, und genau das war ihr auch gelungen.

Und vielleicht, nur vielleicht, wenn sie gut genug war, gelänge es ihr eines Tages, mit ihrer Mutter in Verbindung zu treten. Sie brannte darauf zu wissen, wie ihre Mutter gewesen war. Ihr Vater hatte zu seinen Lebzeiten nie von ihr gesprochen. Die Leute hatten gesagt, ihr Tod habe ihm etwas geraubt, etwas, das ihm niemand je zurückgeben könne. Kryn fragte sich auch, wie er wohl gewesen sein mochte, als er noch voller Leben gesteckt, als ihm die Tage noch etwas bedeutet hatten. Mit ihrer Geisterbeschwörerei mochte sie es eines Tages herausfinden.

Von tausend Personen im Kaer wurde diese Disziplin nur von einer Handvoll praktiziert. Geisterbeschwörer wurden zwar mit Mißtrauen, aber dennoch als notwendiges Übel betrachtet. Sie waren diejenigen, die angeblich ein wachsames Auge auf die Astralebene halten sollten, da man auf diese Weise etwas über die Dämonen in Erfahrung zu bringen hoffte. Doch da sich auch die Geisterbeschwörer in einem Kaer aufhielten und somit sowohl körperlich als auch astral von der Außenwelt abgeschnitten waren, erwies sich ihre ›Pflicht‹ als bloße Fiktion. Was Kryn betraf, so war ihr die Geisterbeschwörerei ein Trost und bewirkte, daß sie sich nicht so eingesperrt vorkam. Nun, von Stampfern umgeben, war das wichtig. Nun, da sie nicht mehr in der Nähe der Wände wohnte, war sie kein Kletterer mehr, konnte sie ihre Zehen nicht mehr in die Erdwände graben und sich hoch über das Kaer erheben. Der Nachteil der Geisterbeschwörung bestand darin, daß sie eine Heirat für Kryn sehr unwahrscheinlich machte, was bedeutete, daß sie auf unbestimmte Zeit mit dieser Stampferfamilie und ihrem Bruder zusammenleben mußte. Pol war Lehrling bei einem Magier, und obgleich es sich bei dem Magier um Benton handelte, der nur Gareth über sich hatte, verschaffte ihnen diese Tatsache keine Vorteile bei der Nahrungs- und Häuserverteilung.

Kryn seufzte wieder, ging zum Waschbecken und begann mit ihrer Morgenwäsche.

Als sie fertig war, ging sie am Schlafzimmer vorbei. Pol lag im Bett, aber die anderen Betten waren leer. Tor fing normalerweise sehr früh in der Schmiede an, und Olyv, seine Frau, half ihm. Die Kinder standen wahrscheinlich bereits um die Lebensmittelrationen an und warteten darauf, daß Olyv mit ihrer Morgenarbeit fertig wurde und sie ablöste. Kryn wußte nicht, ob Pol schlief, und es war ihr auch gleichgültig. Er war dankenswerterweise still.

Sie machte sich andächtig ihren Morgentee, indem sie das Feuer anzündete, Wasser aufsetzte und das Teegeschirr aus dem Schrank holte, den sie als Teil ihrer Einweihung in die Wissenschaft der Geisterbeschwörung gefertigt hatte. Sie füllte neun Quentchen Teeblätter aus dem Krug in die Kanne. Sie mochte ihren Tee stark. Als das Wasser im Kessel kochte, füllte sie vier Tassen in die Kanne. Dann, während der Tee zog, beruhigte sich Kryn und konzentrierte sich auf sich selbst.

»Gnädiges Fräulein«, sagte eine Stimme.

»Dra«, antwortete Kryn. »Willst du mit mir Tee trinken?«

»Natürlich«, sagte die Stimme, und die Luft verdichtete sich zu einem Nebel, der die Gestalt eines jungen Mädchens annahm, das stehen blieb, bis Kryn ihm bedeutete, Platz zu nehmen. Dra war ein Dienstbarer Geist, den Dela, Kryns Mentor, beschworen hatte, um Kryn bei ihrem Morgenritual Gesellschaft zu leisten, bis der Tag kam, an dem Kryn mächtig genug war, um ihren eigenen Dienstbaren Geist zu beschwören. Dies war die einzige Arbeit, die Dra ausführte, und das würde auch so bleiben, bis Kryn selbst in der Lage war, ihr Befehle zu erteilen. Dra kam jeden Morgen zu Kryn, und obwohl Kryn es nicht einmal vor sich selbst zugab, war der Dienstbare Geist so etwas wie eine Freundin für sie – und noch dazu die einzige in ihrem Leben.

»Soll ich eingießen?« fragte Dra wie jeden Morgen.

»Bitte.« Kryn wartete, bis beide Tassen voll waren. »Wie steht es in der Welt?«

»Es gibt Ärger. Geister sind aus ihren Hüllen freigesetzt worden.«

Kryn nippte an ihrem Tee. »Hier im Kaer?«

»Ja.«

»Wie?«

»Das weiß man nicht.«

»Durch wen?«

»Das ist ebenfalls noch ungewiß. Ich kann Dela nicht finden.«

Kryn sah auf. Das war tatsächlich beunruhigend. Sie hatte noch nicht einmal ihre erste Tasse ausgetrunken und mußte noch zwei weitere leeren, bevor das Ritual vorbei war. Im Haus rührte sich etwas: Tor oder Olyv oder eines der kreischenden Kinder war vielleicht zurückgekommen. Sie mußte fertig werden. Rasch. Sie konzentrierte sich. »Ich werde nach ihr suchen.«

»Dafür danke ich dir.«

Kryn wußte nicht genau, was sie tun mußte, dann beschloß sie, genau das zu tun, was sie immer nach dem Ritual tat. Sie würde zu Delas Haus gehen, wo sie den Großteil ihrer Studien unternahm. Dadurch bekam sie vielleicht einen Hinweis auf den Verbleib ihrer Lehrerin. Andererseits, da sie alle im Kaer lebten, wie weit konnte Dela kommen? Tatsächlich nahm Kryn das Schlimmste an – daß Dela tot war. Ansonsten hätte Dra sie mühelos gefunden. Kryn nahm diese Möglichkeit einfach als Tatsache hin. Trauern und Wehklagen gehörte nicht zu ihrer Disziplin.

Morgen.

Manchmal fragte sich Toroco, ob es tatsächlich Morgen war. Ob es stimmte, daß der Kristall, der in der Kuppelspitze hing, heller leuchtete, wenn draußen die Sonne aufging und sowohl über als auch unter der Erde den neuen Tag ankündigte. Toroco las viel über die Außenwelt und hörte ehrfürchtig zu, wenn ein Troubadour eine Geschichte vom Leben auf der Erde spann.

Nicht nur von der Sonne, von vielen Dingen hatte er nur erzählen hören. Toroco hatte wie sein Vater, sein Großvater und mehrere Generationen vor ihnen sein ganzes Leben im Kaer verbracht. Torocos Welt hatte einen Himmel, den man berühren konnte, kein blaues Gewölbe, das für immer und ewig außer Reichweite war. Torocos Welt hatte einen Kristall, der unter dem Dach des Kaers hing und ihnen Licht und Wärme spendete, keine Sonne, die so unerreichbar wie der Himmel war, über den sie zog, keine Sonne, die am Morgen auf- und am Abend unterging, wenn sich der Himmel verdunkelte, bis nur noch das Leuchten unzähliger Sterne zu sehen war, Lichtpunkte, die einem dabei halfen, die Richtung zu halten, sowie ein Mond – eine leuchtende Kugel, die ebenfalls über den

Himmel zog und dabei half, das Verstreichen der Zeit zu messen – es war zu phantastisch. Zuviel zum Nachdenken. Zu groß.

Toroco schüttelte diese Gedanken ab und machte sich an sein Morgenwerk, das er jeden Morgen verrichtete. Als Waffenmann des Kaer war es seine Aufgabe, den Frieden in der wartenden Schlange zu bewahren, wenn die Nahrungsrationen für den Tag verteilt wurden. Es war ein gewaltiges Unternehmen, das von Gareth dem Ältesten geleitet wurde und die Koordination Dutzender von Menschen erforderlich machte.

Normalerweise ließen sich die Dinge recht gut an. Die Leute, die es schafften, einen Platz an vorderster Front zu bekommen, waren immer dankbar, wenn Gareth Toroco das Zeichen gab, mit der Verteilung zu beginnen. Diese Leute schickten gewöhnlich früh am Morgen ihre Kinder her, so daß ihnen die friedlichen Morgenstunden blieben, um ihr Morgenwerk zu verrichten. Die Kinder rannten von zu Hause durch das Kaer zum Marktplatz, und jedes nahm seinen Platz in der Schlange ein und wartete dort, so lange es nötig war. Die Eltern tauchten gewöhnlich kurz vor Beginn der Verteilung auf, nahmen den Platz der Kinder in der Schlange ein und überließen diese den Streichen, die sie aushecken mochten.

In jenen Stunden, bevor die Verteilung begann, bestand Torocos größtes Problem darin, zu verhindern, daß sich die Kinder zu sehr langweilten. Langeweile war die Hauptursache für Ärger im Kaer, und gelangweilte Kinder kannten keine Grenzen, also gab sich Toroco größte Mühe, für alle eine Beschäftigung zu finden. Jenen, die eine entsprechende Veranlagung besaßen, gab er Bücher zu lesen oder kleine, mit Sand gefüllte Kästchen und Stäbchen, um Bilder zu malen. Andere Kinder wurden dazu angehalten, zu nähen oder zu schnitzen oder eine neue Fertigkeit zu erlernen.

Doch jeden Tag, Stunde um Stunde, baten ihn Kinder in allen Schlangen: »Erzähl uns eine Geschichte, Toroco«, und er kam ihren Bitten nach und erzählte ihnen von der Oberfläche mit Himmel und Sternen, von Wesen wie Windlingen, Orks und Elfen und von Schwertmeistern, wie er einer war, die auf der Straße Fremden begegneten, Fremden mit blitzenden Augen und einer Haut aus Stein, die dem Schwertmeister und seinem Stahl dennoch nicht gewachsen waren. Und wenn er diese Geschichten erzählte, stellte er die Kämpfe nach: Sein Schwert klirrte, wenn es die Scheide verließ, blitzte, wenn das Licht des Kristalls darauf fiel, pfiff, wenn es die Luft durchschnitt und den Schurken erlegte.

Toroco verfügte über einen endlosen Vorrat an Geschichten, oder vielleicht hatte seine Geschichte auch nur unzählige Variationen, die Geschichte eines Helden, der mit einer unüberwindlichen Übermacht konfrontiert wurde, die er jedoch immer irgendwie besiegte. Die Kinder liebten seine Geschichten, und wenn hin und wieder ein Erwachsener eine Geschichte hören wollte, erkannte ihn Toroco als eines der ehemaligen Kinder, die vor Jahren in der Schlange gestanden hatten.

Das war der angenehme Teil seiner Arbeit.

Der unangenehme Teil kam ebenso regelmäßig vor. Jene Leute, die keine Kinder hatten oder deren Kinder zu jung waren, um sich früh anzustellen, endeten am Ende der Schlange. Das waren die Leute, die ebenfalls etwas zu essen brauchten, sich aber außerdem um ihr Haus oder um kranke oder altersschwache Eltern kümmern mußten, Leute, die einfach nicht die Zeit hatten, die vielen Stunden in der Schlange zu stehen, die es dauerte, um ihren Anteil zu bekommen.

An manchen Tagen, insbesondere in den letzten paar Jahren, hatte es einfach nicht genug Nahrung gegeben. Es war schon schlimm genug, wenn die Leute am Ende der Schlange Essen bekamen, das von minderwertiger Qualität war, oder versuchen mußten, eine sechs- oder gar achtköpfige Familie mit Rationen für vier Personen, der Zuteilungsobergrenze für jeden Haushalt, durchzufüttern. Aber noch schlimmer war es, wenn jemand stundenlang anstand und wartete, nur um dann mit leeren Händen zu jenen sechs oder acht Personen zurückkehren zu müssen.

Tatsächlich waren die meisten Verbrechen im Kaer nahrungsbezogen: Essensdiebstähle und Handgreiflichkeiten wegen Nahrung. Die Übeltäter mußten zur Strafe immer ein paar Tage hungern. Die anderen verbreiteten Verbrechen waren das natürliche Ergebnis der Tatsache, daß die Leute im Kaer so dicht aufeinanderhockten. Toroco hatte freie Hand, nach eigenem Ermessen Bestrafungen vorzunehmen, was er mit fester, aber auch gerechter Hand tat. Zum Wohl des Kaer.

Dieser Morgen war bisher friedlich verlaufen. Die Kinder benahmen sich anständig, und zwischen den Erwachsenen in der Schlange waren keine Streitereien ausgebrochen. Die Nahrung für heute war bereits eingetroffen, aber Toroco, der ein Auge dafür hatte, schien die Menge nicht ausreichend zu sein. Er marschierte langsam zum Ende der Schlange, um festzustellen, ob einer oder mehrere der üblichen Unruhestifter anwesend waren. Sie waren. Rina und Cody, zwei Kletterer aus dem Nordsektor, ein Mädchen und ein Junge, die immer noch auf der zornigen Seite des Erwachsenwerdens standen. Kletterer war die Kurzform für Wandkletterer, jene, die abseits des Zentrums in der Nähe der Wände des Kaer wohnten. Zwar konnten die Leute, die in der Nähe des Zentrums lebten, keine gesellschaftliche Überlegenheit für sich in Anspruch nehmen, aber die Kletterer waren dennoch Gegenstand nicht völlig aus der Luft gegriffener Witze hinsichtlich persönlicher Hygiene und Intelligenz.

Manchmal konnte Toroco den ständigen Zustand der Gereiztheit durchaus verstehen, in dem die Kletterer zu leben schienen. Sie mußten weiter laufen als die anderen, um sich ihr Essen zu holen, was bedeutete, daß sie ihre Behausung eher verlassen mußten, was wiederum weniger Schlaf und geringere Produktivität zur Folge hatte und überdies meist noch darin gipfelte, daß sie mit dem vorliebnehmen mußten, was übrigblieb. Toroco hatte schon oft vorgeschlagen, daß der Rat mehrere Austeilungsstellen einrichten sollte, aber die Mitglieder lehnten seinen Vorschlag jedesmal mit geheimnisvollen und weitschweifigen Erklärungen über Effektivität und Arbeitskräfte ab.

»Guten Morgen, Toroco«, sagte Cody. Toroco und der große, schlanke Junge mit dem strähnigen Haar hatten sich schon oft wilde Verfolgungsjagden geliefert. In jungen Jahren war Cody ein frecher kleiner Dieb gewesen, aber in letzter Zeit schien er zu dem Schluß gekommen zu sein, daß das Terrorisieren kleiner Kinder und alter Leute eine bessere Methode war, um an ihr Essen zu kommen.

Warum gibt sich Cody überhaupt damit ab? fragte sich Toroco. Der Junge war bei seinen potentiellen Opfern so gut bekannt, daß sie sich nur von ihm fernzuhalten brauchten. Und doch hatte Cody ab und zu Erfolg, und dann schrie das Opfer um Hilfe, und Toroco machte sich auf die Verfolgung Codys.

Cody pflegte wie ein Hase zu rennen, indem er Haken schlug, und dann mit Höchstgeschwindigkeit durch eine Sackgasse zu jagen und über eine Mauer zu klettern. Manchmal rannte er einen Vorsprung entlang, manchmal sprang er auch von oben in ein Haus, verursachte dort einen Tumult und flitzte dann zur Vordertür hinaus. Er nahm niemals denselben Weg zweimal, schuf immer ein Maximum an Verwirrung und ließ das Essensbündel immer fallen, kurz bevor Toroco ihn einholte – was unvermeidlich war. Sie befanden sich schließlich in einem Kaer. An diesem Ort konnte man sich nirgendwo verstecken und nirgendwohin fliehen.

Toroco kam zu dem Schluß, daß dem Jungen die Verfolgungsjagden gefielen, und manchmal machten sie auch Toroco Spaß. Sie lenkten ihn von der traurigen Wirklichkeit ab, wenn es zuwenig Essen für alle gab.

Cody schien ein ganz bestimmtes Motto zu haben: Lauf niemals geradeaus. Dadurch dauerte die Verfolgungsjagd manchmal stundenlang. Aber irgendwann war sie immer zu Ende, und Cody wurde immer erwischt und immer mit drei Tagen Hunger für den Diebstahl und den Tumult bestraft. Dann führte Rina immer eine Besprechung unter vier Augen mit Gareth herbei, die damit endete, daß sie ein paar zusätzliche Rationen für diese Dreitagesperiode bekam. So war das Leben im Kaer.

»Guten Morgen, Cody«, sagte Toroco. »Und auch dir einen guten Morgen, Rina.«

»Toroco«, sagte Rina.

»Reichen die Rationen heute?« fragte Cody.

»Im Augenblick ja«, sagte Toroco, dem schon vor dem Ende der Schlange graute. Die Leute würden ihn traurig ansehen und um Essen betteln, aber weder er noch sonst jemand konnte ihnen helfen. Dann würde er diese beiden und noch ein paar andere im Auge behalten müssen, um dafür zu sorgen, daß diejenigen, die Essen bekommen hatten, es auch tatsächlich nach Hause brachten.

»Gut zu wissen«, sagte Cody. Toroco nickte und ging weiter.

Vorne in der Schlange ging alles glatt. Die erste Person legte ihren Korb auf den Tisch, während Arbeiter von Kiste zu Kiste gingen und Wurzeln, Eier, Getreide und Gemüse in solchen Portionen abmaßen, daß sie für vier Erwachsene reichten. Diese Portionen wurden wiederum dem Verteiler gegeben, der die Hausnummer auf seiner Liste vermerkte und der Person das Essen in den Korb legte.

Toroco musterte die Kisten mit den Lebensmitteln und dann das Ende der Schlange. Sonya, eine Verteilerin, schien seinem Gedankengang zu folgen und bedachte ihn mit einem grimmigen, wissenden Blick.

Delas Haus stand jenseits des Ackerlandes in der Nähe der Westwand des Kaer. Niemand lebte gerne so weit draußen, und in der Nähe des Ackerlandes zu leben, hieß, dem Viehgestank nah zu sein. Aber für Dela war es genau richtig, da ihr nicht viel an der Gesellschaft anderer lag. Hier draußen zu leben, bedeutete, daß nur dann Leute zu ihr kamen, wenn es absolut unumgänglich war. Niemand kam vorbei, um einfach nur guten Tag zu sagen oder weil er zufällig gerade in der Gegend war.

Delas Haus war eine kleine gemütliche Hütte mit einem Dach, um einerseits Wasser abzuweisen und andererseits so etwas wie eine Privatsphäre zu schaffen. Die Fenster hatten nicht nur Vorhänge, sondern auch hölzerne Läden, die geschlossen werden konnten. Das Dach schützte sie vor Geröll, das von den Kaerwänden rieselte, und vor den neugierigen Augen der Kletterer. Dela lebte allein, weil sie eine Geisterbeschwörerin war, was offen gesagt die meisten Leute, mit denen sie Bekanntschaft machte, abschreckte. Außerdem hatte es mit der Tatsache zu tun, daß sie und Gareth ein Verhältnis hatten – eine Tatsache, die jedermann bekannt war, zu der sich aber niemand äußerte. Auch erwähnte niemand, daß Dela eine der ganz wenigen Personen im Kaer war, der das Essen (vom Besten, was die Kisten hergaben) gebracht wurde.

Kryn betrat die Hütte. Obwohl sie aufgeräumt war, wirkte sie wegen der unzähligen, mit Büchern, Fetischen, Statuen und vielgestaltigen Flaschen mit Flüssigkeiten in allen Farben vollgestopften Regale auf den ersten Blick unordentlich. Die Hütte schien aus vier Wänden mit Krempel zu bestehen, unterbrochen nur von einem Fenster oder Möbelstück, bis dem Besucher auffiel, daß alles seinen Platz zu haben und eine ganz bestimmte Ordnung zu herrschen schien. Das Haus war wie sein Besitzer, was nichts anderes hieß, als daß es durch seinen extremen Utilitarismus nicht gerade einen freundlichen Eindruck machte. Doch es war einer der ganz wenigen Orte, an denen sich Kryn wohl fühlte.

Ein großer Tisch in der Mitte des Raums diente als Schreibtisch, Werkbank und Eßtisch, und die Stellen, an denen die verschiedenen Aktivitäten stattfanden, waren getrennt und leicht voneinander zu unterscheiden. Auf einer Seite des Tisches stand ein Stuhl, der von zwei kleineren Tischen flankiert wurde, auf denen Bücher und alle Gegenstände lagen, die Dela bei ihren gegenwärtigen Projekten benutzte. Auf dem großen Tisch lag ein aufgeschlagenes, in Leder gebundenes Buch neben einer Feder und einem Tintenfaß. Die aufgeschlagenen Seiten waren in einer fließenden, und doch präzisen Handschrift beschrieben, die offenbar zur Erläuterung angefügten Diagramme sauber und ordentlich gezeichnet.

Kryn griff nach dem Buch, dann schwebte ihre Hand zögernd darüber, bevor sie es berührte. Ob es Furcht oder Scheu war, der Augenblick verstrich, und sie nahm das Buch und schob es in den bestickten Beutel, den Dela dafür angefertigt hatte.

Dies war Delas Zauberbuch, das Kryn in den vergangenen Jahren häufig gesehen und studiert und über das sie sehr viel nachgedacht hatte. Mit diesem Buch konnte Kryn ihre Lehrerin finden. Das Zauberbuch war der Gegenstand, der am meisten auf Delas Lebenskraft abgestimmt war, und selbst wenn sie tot war, blieb noch genug von dieser Kraft in der Leiche, um Kryn zu ihr zu führen. Dann erst würde der wirklich unangenehme Teil beginnen, da Kryn Delas Tod nacherleben mußte.

Es war genug zu essen da. Mehr als genug. Und das bedeutete, daß etwas nicht stimmte. Es war nicht so, daß niemals etwas übrigblieb, aber niemals in diesem Ausmaß. Normalerweise endete die Verteilung damit, daß alle Kisten leer waren oder höchstens noch eine winziger Rest blieb. Das Kaer hatte nur eine bestimmte Anzahl von Behausungen, was die Verteilung zu einer Art Kunst, wenn nicht gar Wissenschaft machte. Einen derart großen Überschuß hatte es seit drei Jahren nicht mehr gegeben.

Die Verteiler sahen die Kisten an und die Packer die Verteiler. Dann sahen alle Gareth an.

Gareth war älter als die meisten Leute im Kaer. Er hatte sich durch die bloße Kraft seiner Persönlichkeit vom Träger zum Packer und zum Verteiler und schließlich zu seiner jetzigen Stellung als Leiter der Nahrungsmittelverteilung hochgearbeitet. Ohne Zweifel war dies die mit der größten Macht verbundene Stellung im Kaer, und Gareth setzte diese Macht zu seinem Vorteil ein. Toroco war in seiner Eigenschaft als Waffenmann in erster Linie mit der Nahrungsmittelverteilung beschäftigt, und in dieser Rolle hatte er Leute gesehen, die bereit waren, alles für ihr Essen zu tun. Alles für Gareth.

Bei vielen Gelegenheiten bekamen die Mütter von Kindern, welche Toroco beim Stehlen erwischt hatte, oft zusätzliche Lebensmittel – anstelle der üblichen verringerten Zuteilung –, in der Regel nach einer Besprechung mit Gareth unter vier Augen. Es waren auch nicht nur Mütter. Eine attraktive ältere Schwester reichte auch. Die Tatsache, daß Essen das dringendste Grundbedürfnis der Leute war, nährte Gareths dringendstes Grundbedürfnis, nämlich Macht.

»Vor einer Stunde hat es noch so ausgesehen, als sei es zu wenig. Ich fürchtete schon, wir würden es nicht schaffen«, sagte Toroco.

Gareth stimmte ihm zu. »Offenbar gibt es einige, die heute morgen nicht herkommen konnten.«

»Ich habe aber von keiner Krankheit gehört«, sagte Toroco.

»Prüft die Bücher«, verkündete Gareth. »Macht eine Liste aller Häuser, die heute niemanden zum Essenholen geschickt haben. Macht Essenspakete fertig, die wir dann zu den betreffenden Häusern bringen.« Die Aktivitäten hatten bereits begonnen, bevor Gareth ausgeredet hatte. »Zum Wohl des Kaer«, sagte er.

»Zum Wohl des Kaer«, wiederholten alle.

Während die Essenspakete vorbereitet und auf die Wagen geladen wurden, prüfte Toroco die Listen und eilte den Verteilern voraus, um bei den Haushalten, die niemanden zum Essenholen geschickt hatten, nach dem Rechten zu sehen.

Nachdem er sich nach der Gesundheit aller Hausbewohner erkundigt hatte, fragte Toroco behutsam nach dem Grund dafür, warum niemand gekommen war, um die Rationen abzuholen. Hatten sie verschlafen? Gab es irgendein Problem? In dieser Art. Die überall gleichlautende Antwort war die, daß die Mitglieder sämtlicher betroffener Haushalte glaubten, ein anderes Mitglied sei sehr früh aufgestanden, um sich anzustellen, weil die betreffende Person morgens nicht dagewesen sei. Toroco riet ihnen, sich keine Sorgen zu machen, da der Wagen mit ihren Essensrationen bald käme.

Von einigen der verschwundenen Personen wußte er mit Bestimmtheit, daß sie die Halle Astendars besuchten und sich den Ritualen anschlossen – mehr um des Genusses als um der Suche willen. Doch Toroco sah darin nichts Verwerfliches. Er selbst hatte die Halle mehr als einmal aufgesucht und sich dabei gründlich amüsiert. Die Leute zogen es nur vor, nicht darüber zu reden, das war alles.

Toroco riet den besorgten Parteien, Diskretion walten zu lassen, da die fehlenden Familienmitglieder wahrscheinlich sehr bald auftauchen würden. Er konnte sich denken, wo sich die meisten vermißten Personen befanden, und ging daher zur Halle Astendars.

Es war sehr ruhig dort, wie immer tagsüber. Nur in der Nacht war der Lärm manchmal so groß, daß sich die Nachbarn beschwerten. Am Tage war es dort so still wie in einer Totengruft, da sich die ›Gesellschafter‹ normalerweise zurückzogen, um es den Besuchern der vergangenen Nacht zu gestatten, den Ort so diskret und anonym wie möglich zu verlassen. Dennoch hätte Toroco jemandem begegnen müssen, der fegte oder sich um die Pflanzen kümmerte... Doch da war niemand.

Er ging zur Tür und öffnete sie. »Hallo? Ich bin's, Toroco!« rief er in die Dunkelheit hinein. Dann trat er ein und wartete, bis sich seine Augen an die Finsternis gewöhnt hatten. Er haßte Häuser mit einem Dach. Sie waren beengend und ungemütlich. Man konnte nicht zur Kuppel aufschauen, wenn es in jeder anderen Richtung zu überfüllt war. Er ließ die Tür offen, damit Licht in den Raum fiel, und ging weiter, wobei er beinahe mit dem Schienbein gegen eine Bank stieß. »Das reicht jetzt«, sagte er, sein Schwert zückend, um sich damit einen Weg durch die Dunkelheit zu ertasten.

Er ging durch einen Türbogen und gelangte in einen größeren Raum, dem Raum der Umhänge. An den Haken hingen noch Kleider, was ihn nicht überraschte. Heute waren noch keine nackten Leute durch die Straßen gelaufen. Er sah Licht aus der großen Halle dringen, die keine Decke hatte. Toroco ging zum Eingang und warf einen Blick hinein.

Pol hatte sich verspätet. In den letzten Tagen hatte er sich jedesmal verspätet, aber sobald er eintraf, arbeitete er wie ein Pferd. Was der Grund dafür war, warum Benton ihm keine Vorhaltungen machte. Aber Pols Verspätungen wurden langsam zu einem Ärgernis. Benton haßte es, auf irgend etwas warten zu müssen. Er kam zu dem Schluß, daß er heute morgen etwas sagen mußte, um dem Jungen den Kopf zurechtzurücken. Es war schlicht und einfach eine Frage des Respekts, und für einen Lehrling war Respekt zu lernen ebenso wichtig wie die eigentliche Arbeit.

Insbesondere bei dieser Aufgabe, die wahrscheinlich die wichtigste im Kaer war, wichtiger noch als Gareths Essenszuteilung. Von Bentons Arbeit hing das Leben des Kaer ab.

Als die Leute vor Jahrhunderten in das Kaer übergesiedelt waren, hatte es mehr als genug Platz und Nahrung für alle Bewohner sowie reichlich Raum für Wachstum gegeben.

Die theranischen Zauberformelsammlungen und Schriften waren kostspielig gewesen, aber sie hatten sich bezahlt gemacht. Mit ihrer Hilfe war es den Einwohnern Tarfals gelungen, eine riesige Höhle in den Berg zu hauen. Das Innere des Kaer wurde von einem umfassenden Zauber geschützt, der sich aus einer Reihe eng miteinander verwobener Schutzvorrichtungen zusammensetzte, welche die Kuppel füllten. Der Eingang war durch Sackgassen, Steinschläge und eine besondere Falle geschützt, von der die Legende behauptete, daß sie selbst den übelsten Dämon fangen und festhalten könne.

Die Theraner hatten sie sogar mit Zauberbüchern versorgt, die ihnen gestatteten, das Innere des Kaer beständig zu verbessern. Und das hatten sie auch getan: Das Leuchtmoos, das anfangs für eine ständig gleichbleibende Beleuchtung gesorgt hatte, war durch einen Kristall ersetzt worden, der heller und dunkler leuchtete und dem Kaer damit einen Tageszyklus bescherte. Neue Behausungen waren gebaut worden, bis jeder Fingerbreit des Kaer entweder von Behausungen, Straßen oder Gebieten bedeckt war, die der Nahrungsmittelproduktion dienten.

Doch das Leben und die Zeit waren nicht stehengeblieben, und die Bevölkerung war gewachsen. Trotz aller Gefahren, die für Mutter und Kind mit einer Geburt verbunden waren, gebaren die Frauen Kinder, die aufwuchsen, um ihrerseits Kinder zu gebären. Je größer die Bevölkerung des Kaer wurde, desto größer wurde auch der Bedarf an Nahrungsmitteln. Sie waren gezwungen gewesen, die Brachzeiten des Ackerlands immer mehr zu verkürzen, was schließlich die Erntequalität herabgesetzt hatte.

Es gab keine Baumaterialien, um mehr Häuser zu bauen, also mußten die Leute in ihren Häusern enger zusammenrücken. Von Sonderfällen abgesehen, wurden jedem Haus mit weniger als sechs Bewohnern weitere Bewohner zugeteilt, bis die Anzahl mindestens sechs betrug.

Und die Bevölkerung wuchs immer noch.

Vor einigen Jahren hatte eine hitzige Ratsdebatte stattgefunden, bei der es zwischen ihm selbst, Gareth und Toroco hoch hergegangen war. Die Geburtenrate hatte alarmierende Proportionen erreicht, und die Besorgnis hinsichtlich der Fähigkeit des Kaer, alle diese Kinder zu ernähren, wuchs ständig.

Torocos Vorschlag, man solle kurze Stücke Lammdarm nehmen und sie an einem Ende verknoten, um die Geburt von Kindern zu verhindern, hatte Gareth verwirrt, bis Toroco ihm erklärte, auf welche Weise sie von den Jüngern Astendars in deren Halle benutzt wurden. Der Gedanke, Lammdärme dergestalt zu benutzen, hatte Gareth so angewidert, daß er ihre Benutzung sofort verboten hatte, bis sich die Jünger Astendars beschwert hatten, sie seien ein notwendiger Bestandteil ihres Rituals. Das Verbot wurde aufgehoben, aber das Problem blieb. Wie sich herausstellte, benutzte niemand außer den Jüngern Astendars diese Dinger wirklich gerne.

Eine Beschränkung der Familiengröße war ebenfalls diskutiert worden, und Toroco hatte gefragt, wie diese Beschränkung durchgesetzt werden sollte.

»Was willst du mit den Leuten machen, die bereits mehr als die erlaubte Anzahl Kinder haben?« hatte Toroco gefragt. »Willst du die überzähligen umbringen? Und wer soll sterben? Die ältesten? Die jüngsten? Wen würdest du auswählen? Und was würdest du mit den Familien machen, die trotz Beschränkung noch ein Kind bekommen? Sollte ich dann etwa die Neugeborenen töten? Doch wohl nicht.«

Er hatte seinen Dolch gezogen und ihn Gareth gereicht. »Es ist deine Idee. Dann bring du auch die Kinder um.«

Benton hatte sich zu Wort gemeldet. »Vielleicht sollten wir eine Ausweitung der Höhle in Erwägung ziehen.«

Damals war ihnen die Idee so abwegig erschienen, daß seine Bemerkung die anderen beiden erst einmal zum Verstummen gebracht hatte, was Benton Gelegenheit gegeben hatte fortzufahren.

»Die Zauberbücher der Theraner enthalten genügend Informationen, was den Vorgang als solchen betrifft. Vielleicht gelingt es mir, einen Weg zu finden, die Strukturen der Schutzvorrichtungen auszudehnen, ohne sie dadurch zu schwächen.«

Benton hatte die Grundlagen seines Plans skizziert, an dem er bereits seit Wochen arbeitete. Eine Ausdehnung der Schutzvorrichtungen tiefer in den Berg hinein würde dem Kaer weiteren Raum zum Wachsen geben, und aus den Wänden des Kaer, die dabei abgebaut würden, konnte das für Neubauten erforderliche Rohmaterial gewonnen werden.

Man hatte Benton Zeit eingeräumt, um die theranischen Bücher zu studieren, womit er insgeheim bereits einen Monat zuvor begonnen hatte. Es war eine anstrengende Arbeit, den mächtigen Zauber zu weben und ihn unter der Wandoberfläche zum Wirken zu bringen. Ein Großteil der Arbeit beruhte auf Schätzungen, aber immerhin handelte es sich um verläßliche und begründete Schätzungen. Bald waren die gröberen Arbeiten getan.

Und an dieser Stelle war Pol ins Spiel gekommen. Als Lehrling gehörte es zu seinen Aufgaben, die astralen Auswirkungen der Ausdehnung zu beobachten und nach Sprüngen und möglichen Schwachstellen zu suchen. Dann erstattete er Benton Bericht, und dann verrichteten sie gemeinsam die Arbeit, die erforderlich war, um das Problem zu beseitigen.

Diese Arbeit hätten auch Dienstbare Geister erledigen können, aber offen gesagt traute Benton ihnen nicht. Seiner Ansicht nach mangelte es den Geistern am Durchblick, um entscheiden zu können, ob etwas eine Schwachstelle oder nur ein astrales Wabern war, und ihm fehlte ganz einfach die Zeit, jedes Wabern persönlich zu überprüfen. Ein Dämon konnte jeden Sprung, jede Schwachstelle ausnutzen, um in das Kaer einzudringen, und ein Dämon im Kaer war ein schlimmeres Schicksal als der Tod. Pols Arbeit war nicht weniger anstrengend als Bentons, und Benton wußte, daß er ohne jemanden wie Pol, der ihn unterstützte, hilflos gewesen wäre.

Als Pol eintraf, sah er ziemlich mitgenommen aus. »Du siehst aus, als hättest du dich auf eine Schlägerei mit ein paar Orks eingelassen«, bemerkte Benton trocken. Obwohl keiner von ihnen je einen Ork gesehen hatte – und zu Lebzeiten wahrscheinlich auch keinen sehen würde –, war die Bedeutung seiner Bemerkung klar.

»Entschuldigt die Verspätung, Meister. Ich habe die

ganze Nacht gearbeitet und heute morgen verschlafen. Aber da ist etwas, das Ihr Euch ansehen solltet.«

Augenblicklich erwachte in Benton der Stolz auf Pols Fleiß und die Besorgnis angesichts eines neuen Problems. Beides zusammen ließ ihn seine Verärgerung über Pols Unpünktlichkeit rasch vergessen.

»Vorsichtig«, sagte die Stimme in Pols Kopf. »Wenn du irgend etwas versuchst, wirst du größere Schmerzen erleiden, als du dir vorstellen kannst.«

Die Stimme sprach aus, was ihm einerseits am fernsten lag und andererseits am schwersten auf ihm lastete.

»Was hast du entdeckt?« fragte Benton.

»Ich muß es Euch zeigen«, sagte Pol.

»Natürlich«, sagte Benton.

»Ausgezeichnet«, sagte die Stimme in Pols Kopf.

Der Boden, die Wände, die Polster, die Leichen, alles war blutbesudelt. Sie Leichen zu nennen, war eine Übertreibung. Es gab Rümpfe, es gab Köpfe, es gab Gliedmaßen.

Und da war Kryn, die Schwester von Bentons Lehrling. Sie kniete in der Mitte des runden Raums auf einem Polster inmitten einer Blutlache.

»Ich habe zweiunddreißig Köpfe gezählt«, sagte Kryn. »Alles andere war nicht vollständig genug, um eine Identifizierung zu ermöglichen.«

Ihre Direktheit brachte ihn aus der Fassung, aber bei dem vielen Blut blieb ihm fast das Herz stehen. Als Toroco schließlich in der Lage war, etwas zu sagen, kamen die Worte als heiseres Krächzen heraus. »Was ist hier geschehen?«

»Sobald ich es herausgefunden habe, sage ich es dir.« Kryn betrachtete ihn eingehend. Toroco war groß und muskulös und trug knappe, engsitzende Lederkleidung. Nun war es zwar nicht so, daß das Wetter im Kaer feste Kleidung erforderte, aber es gab Grenzen des Anstands. Vielleicht bedingte aus irgendeinem Grund seine Disziplin diese Beinahe-Nacktheit – möglicherweise ungehinderte Bewegungsfreiheit? –, aber sie war eigentlich der Ansicht, daß ein Mann gerade in der Enge eines Kaer ein wenig Schutz dagegen haben sollte, sich die Schienbeine aufzuschlagen oder sich mit heißem Tee zu begießen. Aber was konnte man schon von einem Stampfer erwarten?

»Was machst du hier?« fragte Toroco, während er zu ihr ging. Die Polster unter seinen Füßen gluckten feucht unter seinen Füßen, und in seinen Fußabdrücken sammelte sich das Blut.

»Ich habe nach Dela gesucht, meiner Lehrerin«, sagte Kryn gelassen. »Und ich habe sie gefunden.«

Dann erzählte sie Toroco von Dra, dem Dienstbaren Geist, dem es nicht gelungen war, Dela zu finden. Und davon, wie sie Delas Grimoir benutzt hatte und sich von ihm hatte hierher führen lassen. Und schließlich davon, was sie vorgefunden hatte.

Delas Kopf war an den Seiten zerschmettert, ihre Augenhöhlen waren leer, ihr Hals wies Bißmale um die Luftröhre auf. Da ihr zwar beide Beine fehlten, aber nur ein Arm, war sie eine der am wenigsten verstümmelten Leichen. Kryn hatte sie an der Art erkannt, wie ihr langes schwarzes Haar geflochten war.

Kryn saß mit gekreuzten Beinen neben der Leiche auf einem Polster, auf dem sich Blut zu einer Lache gesammelt hatte, die sie wie eine Pfütze umgab. Sie zog das Zauberbuch aus dem Beutel und öffnete es auf ihrem Schoß. Sie blätterte die Seiten durch, bis sie den Zauber gefunden hatte, den sie suchte.

Toroco setzte sich neben sie. »Kann ich dir irgendwie helfen?« fragte er, obwohl er ganz genau wußte, daß er es nicht konnte.

Kryn schüttelte den Kopf, während sie auf die Seite starrte und ihre bewußten Gedanken in den Hintergrund drängte. Das Buch war alles, was sie sah und fühlte. Die Seite war alles, was sie sah und fühlte. Das Licht fiel auf die Seite, und das Licht fiel auf sie. Die Energien der Welt flossen, und die Energien des Buchs flossen, und die Energien der Seite flossen, und sie schloß sich dem Fluß an, und sie trieb in der Energie, und sie trieb in der Seite, und die Seite trieb in ihr. Sie schaukelte in den sanften Wellen der Macht der Seite, während die Energie sie und sie die Energie durchströmte.

Sie hob sich die Hände vors Gesicht und bewegte die Finger im Einklang mit den Wellen und dem Meer der Energie, das sie umgab und sie war, und hauchdünne Fäden umspielten ihre Fingerspitzen. Ihre Arme bewegten sich, als besäßen sie ein Eigenleben, und zogen ihre Hände, und ihre Hände bewegten die Finger, die wiederum die Fäden bewegten, sie verbanden, sie verwoben, eine Struktur bildeten, die reine Struktur, die Struktur der Seite, die Struktur der Magie.

Und ein Loch öffnete sich, und die Kraft pulsierte hindurch, und ...

... Hände berührten sie, streichelten sie, Lippen liebkosten sie, küßten sie, und sie küßte und berührte und nagte und biß, und sie war ein reines Gefühlswesen, ein Instinktwesen, und ihre Haut zuckte unter den Berührungen der Hände und Lippen und Körper, und Selbstbeherrschung war nicht mehr möglich, und ihr Körper wand sich und schwankte in den Wogen der Leidenschaft, und sie ließ sich benommen zurücksinken, und die Lippen kehrten zurück, und die Hände kehrten zurück und arbeiteten sich ihren Körper hinauf, und plötzlich blitzte ein Licht auf, und dann bohrte sich ein Gesicht in ihren Hals, und sie empfand Schmerzen und versuchte zu schreien, und da war nichts, nur das Gewicht auf ihrer Brust, dann ein Lichtblitz und Schmerzen in einem Auge, dann auch im anderen, und dann der abschließende Druck vor dem Abstieg in die Dunkelheit ...

Eine Dunkelheit, die Kryn zu verschlucken schien und sie hinabzog, hinab und immer tiefer hinab …

Die Farben veränderten sich, und Benton spürte den Schauer der Energie, der bedeutete, daß er jetzt mit seinem Astralsinn wahrnahm. Was ihm zuerst auffiel, war etwas Seltsames an Pol, wenngleich er nicht genau wußte, was es war. Der Schimmer, der astrale Abdruck, der Pols Aura war, kam ihm irgendwie verändert vor. Farben hatten eine besondere Bedeutung bei dieser Art der Wahrnehmung. Sie waren Darstellungen von Energiefeldern. Vielleicht waren Pols Farben ein wenig verändert. Das mochte an Pols Erschöpfung liegen, konnte jedoch auch tieferliegende Ursachen haben. Was es auch war, Benton machte sich im Augenblick keine Sorgen deswegen. Er war mehr an dem interessiert, was sein Lehrling für so wichtig hielt, daß er es sich ansehen sollte.

Pol war bereits unterwegs zur Wand und bedeutete Benton, ihm zu folgen. Sie gingen zum Südrand des Bogens der Erweiterung, und Pol zeigte auf die Stelle, wo sich die beiden Matrizen trafen.

Benton trat näher.

Ein schwarzer Faden arbeitete sich langsam durch die Nahtstelle. Er waberte und wand sich im Gleichklang mit Pol und Benton und hing ansonsten träge in der Luft. Pol und Benton wechselten einen Blick, dann sah Benton sich den Faden aus der Nähe an.

Plötzlich versteifte sich der Faden, schien ein Eigenleben zu entwickeln. Er schoß Benton direkt zwischen die Augen und bohrte sich in seinen Kopf, wo er in Tausende von Ranken aus eisig schwarzem Stahl zerfiel.

Der Schmerz riß Benton augenblicklich in die wirkliche Welt zurück und ließ ihn bewußtlos werden.

Und so nahm die Stimme in Bentons Kopf ihren Anfang.

Kryn öffnete die Augen. Sie bewegte sich, wurde von Toroco getragen.

Dunkelheit.

Kryn öffnete die Augen. Über ihr war Licht.

Dunkelheit.

Kryn öffnete die Augen. Sie befand sich in einem kleinen Raum, in einem Bett. Um ihren Kopf waren naßkalte Handtücher gewickelt. Ihr Mund war völlig ausgetrocknet. Sie wollte um etwas Wasser bitten, aber das Sprechen tat ihr so weh, daß sie augenblicklich starke Kopfschmerzen bekam.

Eine massige Frau mit kurzgeschnittenem Haar bedeutete ihr zu schweigen, dann beugte sie sich zu ihr herunter, legte ihr einen kräftigen Arm um den Nacken und stützte sie, so daß sie trinken konnte. Es war Marta die Heilerin. »Du solltest nicht sprechen. Entspann dich nur. Du hast einen Schock erlitten. Du wirst dich erholen, aber jetzt mußt du dich ausruhen. Nicke, wenn du mich verstehst.«

Kryn nickte.

»Sie kommt wieder in Ordnung«, sagte Marta, indem sie Kryns Kopf langsam auf das Kissen zurücksinken ließ. »Jetzt geh, ich kümmere mich um sie.« Sie redete mit Toroco.

»Ich gehe, wenn sie wieder auf den Beinen ist«, sagte Toroco, den Kryn hinter Marta stehen sah. Er beugte sich über Kryn. »Ich bin hier«, sagte er lächelnd.

Kryn versank wieder in der Dunkelheit, die diesmal durch ein Lächeln erhellt wurde.

Kryn erwachte zum Licht der Morgendämmerung und zum Geräusch kurzer, rascher Atemzüge und geflüsterter höhnischer Bemerkungen. Sie öffnete die Augen und sah Toroco, dessen Schwert im Morgenlicht blitzte, springen, schlagen, schwitzen, stoßen. Der Schwertmeister zischte unsichtbare Gegner an, verspottete sie, duckte sich geschmeidig, vollführte Ausweichbewegungen, wobei seine spöttischen Bemerkungen nur geflüstert waren und seine Handlungen nur die Luft durcheinanderwirbelten. Er beendete sein Ritual, holte tief Luft und entspannte sich. Sein Körper war schweißüberströmt.

»Ich brauche nur Tee zu trinken«, sagte Kryn schwach lächelnd.

»Ich hätte auch gern welchen«, sagte Toroco.

»Ich muß ihn mit einem Diener trinken.«

Toroco sank auf ein Knie und neigte den Kopf. »Zu Euren Diensten.« Er hob die Augenbrauen, sah sie an und lächelte.

Kryn erwiderte das Lächeln, und in diesem Augenblick trat Marta ein. »Ich dachte, ich hätte Stimmen gehört. Wie fühlst du dich?« sagte sie zu Kryn und dann zu Toroco: »Steh auf. Dein Schweiß tropft auf meine Teppiche.«

»Ich fühle mich gut«, sagte Kryn.

»Gut genug, um aufzustehen?« fragte Toroco.

»Es gibt nur einen Weg, das herauszufinden«, antwortete sie.

Bei Kryn zu Hause schlief ihr Bruder noch. Tor war heute morgen in der Schmiede, und Olyv hatte die Kinder zur Essensverteilung begleitet. Im Kaer kursierten zahllose Gerüchte über das Blutbad, und Eltern befahlen ihren Kindern, in Sichtweite zu bleiben. Seit gestern nachmittag ging niemand mehr allein durch das Kaer, und alle blieben möglichst in der Nähe ihrer Behausungen. Alle waren bewaffnet. Toroco hatte Myk und Sharyn, die kräftigsten, bärbeißigsten Schwertmeister des Kaer, zu seinen Stellvertretern ernannt. Sie sollten ein wachsames Auge auf alles haben, während er Kryn bewachte.

»Als Pol hörte, du seist krank, ist er gleich zu Marta gekommen und hat bis weit nach Mitternacht bei dir gesessen«, sagte Toroco. »Dann ist mir aufgefallen, wie schlecht er aussah, und ich habe ihn von Myk und Sharyn nach Hause bringen lassen.«

Kryn goß sich und Toroco Tee ein. »Sehr schmackhaft«, sagte Toroco. »Vielen Dank.«

»Keine Ursache«, sagte sie mit einem ungewohnten Gefühl der Freude ob des Lobs. »Aber sag, was ist eigentlich geschehen?«

»Ich hoffte, das könntest du mir sagen. Ich nehme an, dein Zauber hat gewirkt, dich aber auch ziemlich erschöpft.«

Kryn wollte etwas sagen, fuhr aber angesichts des Geräusches zusammen, das aus dem rückwärtigen Teil des Hauses drang. »Du scheinst ziemlich nervös zu sein«, sagte Toroco.

Kryn zuckte die Achseln. »Ich habe Delas Tod nacherlebt, Toroco. Und ich kann nicht gerade behaupten, daß diese Erfahrung besonders angenehm war.«

»Das kann ich mir vorstellen«, sagte der Waffenmann. »Aber eines Tages macht jeder diese Erfahrung, schätze ich.«

Kryn prostete ihm mit der Teetasse zu. »Wir wollen hoffen, daß dieser Tag noch fern ist.«

»Für uns beide«, sagte Toroco, der seine Tasse ebenfalls hob. Sie berührten sich an der Stirn und tranken dann einen tiefen Schluck. »Ich habe dich zu Marta gebracht und bin geblieben, um über dich zu wachen.«

»Ich weiß«, sagte Kryn.

»Und habe Befehl gegeben, die Halle Astendars zu durchsuchen. Myk und Sharyn haben sich die Kleidungsstücke vorgenommen und nichts Ungewöhnliches gefunden. Auch nicht in der großen Halle. Danach habe ich den Questoren die Erlaubnis erteilt, den Tempel zu betreten und mit Säubern und Aufräumen zu beginnen. Sie werden eine ganze Weile brauchen.«

»Ja«, sagte Kryn, »das kann ich mir vorstellen.«

»Die Leichen werden heute verbrannt. Gareth wird die Zeremonie leiten.«

Kryn nippte an ihrem Tee und schwieg.

»Womit wir bei dir angelangt wären«, sagte Toroco. »Was hast du gesehen?«

... Hände, Lippen, Zungen, Körper, schmecken, berühren, küssen ...

»Ich ...«

... ein Lichtblitz und ein Gesicht ...

»War es ein Dämon?« fragte Toroco.

... das Gesicht ihres Bruders. Pols Gesicht ...

»Es war ein menschliches Gesicht, das Gesicht eines Mannes.«

»Konntest du erkennen, wer es war?«

... es war Pol ...

»Nein.«

»Glaubst du, daß du ihn erkennst, wenn du ihn wiedersiehst?«

»Ich bin nicht sicher.«

»Nun zumindest wissen wir, daß es ein Mensch war. Ein Mann. Das ist ein Anfang«, sagte Toroco. »Ich werde ihn kriegen.«

Kryn begleitete ihn zur Tür. »Einstweilen muß ich aber die Essensverteilung überwachen«, sagte Toroco. »Heute wird es nicht leicht sein. Die Leute sind heute morgen besonders gereizt.«

Er nahm Kryns Hand und drückte sie beruhigend.

»Paß auf dich auf, Kryn«, sagte er.

Sie mußte einen Fehler bei der Durchführung des Zaubers gemacht haben. Sie war unkonzentriert gewesen und hatte sich ihren Bruder vorgestellt, während sie sich auf Delas Empfindungen hätte einstellen müssen. Das Licht aus dem Amulett hatte das Gesicht wahrscheinlich verzerrt.

Das Amulett.

Sie kannte es gut, weil Dela es niemals absetzte.

Tatsächlich hatte sie sich sogar darauf eingestimmt, um zu versuchen, seine Geschichte in Erfahrung zu bringen.

Wo war es dann aber?

… er berührte das Amulett, um es sanft beiseite zu schieben, und plötzlich blitzte ein grellweißes Licht auf, das den ganzen Saal erfüllte. In dem Licht sah sie sein Gesicht, bevor sich seine Hand um das Amulett schloß und das Licht verbarg …

… seine Hände packten ihren Kopf, und sie spürte, wie das Amulett gegen ihre Schläfe geschmettert wurde …

Es war in seinen Händen. Der Mörder hielt das Amulett. Es leuchtete weiß auf, und er mußte etwas tun, um es zu verbergen.

Sie sah zur Schlafzimmertür und fragte sich, ob sich das Amulett dort befand. Sie konnte sofort hineingehen und danach suchen. Pol schlief immer sehr fest und würde nicht aufwachen, während sie suchte. Außerdem wußte sie, daß er ihr nichts tun würde, selbst wenn er aufwachte. Sie waren Bruder und Schwester, und er hatte immer versucht, auf sie achtzugeben. Wenn Pol ein Mörder wäre, hätte er schon tausend Möglichkeiten gehabt, sie im Schlaf zu töten.

Und doch fehlte Kryn der Mut, zur Tür zu gehen, sie zu öffnen und das Zimmer zu durchsuchen, weil sie eine ganz bestimmte Frage beschäftigte. Hatte Pol letzte Nacht an ihrem Bett gesessen, weil er sich Sorgen um sie machte oder weil er sie ebenfalls umbringen wollte?

Unfähig, ihre eigenen Gedanken zu ertragen, lief Kryn aus dem Haus.

Als Pol erwachte, fiel sein Blick auf Benton, der am Fußende seines Bettes stand. Sein Lehrer sah abgespannt aus: Ringe unter den Augen, verfilztes Haar, rasselnder Atem, schweißbedeckt.

»Benton war in der Lehre«, sagte die Stimme in Pols

Kopf. Offensichtlich hörte Benton dieselbe innere Stimme. »Ja«, sagte er. »In der Lehre.«

»Sitz, Benton«, sagte die Stimme. Benton setzte sich auf die Bettkante. »Richte dich auf, Pol«, ging es weiter, und Pol richtete sich auf. »Gut. Heute werden wir unseren Freundeskreis um einen erweitern: Gareth. Bringt ihn her. Sofort.«

»Niemand zu Hause, Stampfer«, erscholl eine spöttische Männerstimme über Delas Haus. Nicht vom Dach, sondern von weiter oben, von der Kaerwand.

»Selber Stampfer, Plattnase. Ich klettere«, sagte Kryn.

»Wo bleibt der Beweis? Du latscht auf der Erde herum, Stampfer.«

Kryn ging zur Rückseite von Delas Haus und zur Kaerwand, die sich bis zum Kristall erstreckte. Sie rieb sich die Hände und wischte sie dann an ihrer Bluse ab. Dann zog sie ihre Sandalen aus und griff nach dem ersten Vorsprung. Der Halt war gut. Es war ein fester Halt. Sie vertraute ihm ihr Gewicht an und kletterte an der Wand hoch, Hand über Hand, Fuß über Fuß, immer in Rückenlage, da sich die Wand mit steigender Höhe nach innen wölbte. Nach kurzer Zeit erfaßte sie wieder die Freude am Klettern, und sie roch den Duft des Mooses, während ihre Hände und Füße Halt in Spalten und Vertiefungen fanden und sie die Wand immer höher emporkletterte.

Der Geruch löste Erinnerungen aus, rief ihr die alten Regeln ins Gedächtnis, die sie davor warnten, das Moos anzufassen, das feucht war und ihre Hände zum Leuchten bringen und glitschig machen würde, so daß sie abrutschen und abstürzen konnte. Erinnerungen an tote Kletterer mit leuchtenden Händen und Füßen. Ihr fiel wieder ein, daß sie nicht heruntersehen durfte, indem sie sich zurücklehnte, sondern nur unter den Armen durch auf den Boden schauen durfte, wenn sich ein Blick nach unten nicht vermeiden ließ. Aus dieser Perspektive sahen die Stampfer noch lustiger aus als sonst.

Sie kletterte immer höher und fühlte sich dabei von Sekunde zu Sekunde jünger, war zugleich vorsichtig und leichtsinnig. Kryns Peiniger kletterte nach links, und sie folgte ihm, Griff um Griff, Zug um Zug, bis sie ihn schließlich hoch über dem Boden einholte. Er hatte eine Hand sicher zwischen zwei Felsvorsprüngen verankert.

»Ich bin ein geborener Kletterer, Plattnase«, sagte Kryn.

»Nenn mich nicht Plattnase«, sagte ihr Peiniger.

»Nenn du mich nicht Stampfer«, sagte Kryn. »Wie geht's dir, Cody? Versuchst du immer noch, die Sonne zu berühren?«

»Und wenn ich es schaffe, werden sich die Leute bis in alle Ewigkeit an mich erinnern«, sagte er, träge herumschwingend. »Die Frage ist, wie geht es dir? Ich habe von Dela gehört. Tut mir leid. Ich mochte sie. Ich habe oft ihr Haus beobachtet.«

»Ist irgend jemand gekommen?«

»Nein. Die Leute meiden ihr Haus immer noch. Sogar die Kletterer.«

»Vielleicht geben sie es mir«, sagte Kryn. »Mir hat es dort immer gefallen.«

»Dann bist du die einzige. Aber es wäre schon schön, wenn du wieder in der Nähe wärst.«

»Ja. Wie geht es Rina?«

Cody grinste albern. »Rina geht's gut. Rina geht's besser als gut.«

»Dann paß auf, daß es so bleibt. Ohne sie wärst du längst verhungert.« Plötzlich überfiel sie ein Gefühl der Trauer. »Cody?«

»Ja?«

Kryn zögerte. Cody, Pol und sie kannten sich schon ihr Leben lang, hatten schon unzählige Male zusammen in der Klemme gesteckt und sich wieder daraus befreit. Sie glaubte, daß sie ihm vertrauen konnte, und er alles für sie tun würde, ebenso wie sie für Pol ein hohes Risiko einging. Es war nur so schwierig, die Worte herauszubringen.

»Pol ist in Schwierigkeiten«, sagte Kryn. »Irgendwas stimmt nicht mit ihm.«

»Was meinst du mit Schwierigkeiten?«

»Das kann ich nicht sagen. Um deinetwillen. Sag mir nur, ob ich auf dich zählen kann, wenn ich dich brauche.«

»Ich tue, was ich kann«, sagte Cody. »Hat er die Astendarier umgebracht?«

»Vielleicht«, sagte Kryn.

»Ich tue, was ich kann«, wiederholte Cody.

Später betrat Kryn Delas Haus. Es roch nach ihr, und fast hatte es den Anschein, als hielte es den Atem an, zögerte, wartete, bis es durch Delas Anwesenheit neu belebt würde. Kryn beschloß endgültig, den Rat darum zu bitten, ihr das Haus zuzuweisen. Ihre Chancen, es zu bekommen, standen wahrscheinlich gar nicht so schlecht: Das Haus war zu abseits gelegen, um wirklich reizvoll zu sein, und man hatte es schon einmal einer Einzelperson zugeteilt.

Sie ging zu Delas Arbeitstisch und setzte sich. Ihr gingen so viele Fragen durch den Kopf, die einer Antwort bedurften. Warum hatte sie in der Vision Pols Gesicht gesehen? Und wenn es wirklich Pol gewesen war, warum sollte er solch ein unfaßbares Verbrechen begehen? Und warum hatte Delas Windling-Amulett in den Augenblicken vor ihrem Tod aufgeleuchtet? Dela hatte das Amulett von Kindheit an getragen, doch Kryn gegenüber nicht einmal erwähnt, daß es magische Eigenschaften besaß.

Das Amulett schien der Schlüssel für dieses Rätsel zu sein. Kryn mußte es finden.

Doch alles zu seiner Zeit. Das wichtigste war jetzt das Vollziehen ihres Morgenrituals, und dafür brauchte sie einen Diener. Dela konnte ihr den Dienstbaren Geist nicht mehr zur Verfügung stellen, also würde sie die Durchführung des Zaubers erlernen müssen.

Sie blätterte Delas Zauberbuch durch, bis sie die entsprechende Formel fand, dann schlug sie in ihrem eigenen eine leere Seite auf. Sie konzentrierte sich, klärte ihren Verstand und begann zu lesen. Trotz Delas logischer, hochorganisierter Art und Weise, eine Zauberformel aufzuschreiben, war es außerordentlich schwierig, eine neue zu erlernen. Am wichtigsten war die Struktur, da sie die rohe Magie in die notwendige Gestalt preßte. Wenn einem die Struktur gelang, schuf man damit ein kleines Loch, das es der Magie ermöglichte, in der richtigen Weise einzusickern. Wenn die Struktur nicht funktionierte, konnte alles mögliche geschehen. Wenn man Glück hatte, verlief der Zauber einfach im Sande. Wenn nicht, hatte man ein Loch in den Astralraum gerissen, das einen der Gefahr aussetzte, von einem Dämon angegriffen zu werden.

Alle Formeln hatten gewisse grundlegende Gemeinsamkeiten, die es einem leichtmachten, jeden Zauber zu erwirken, für den man stark genug war. Je besser man wurde, je öfter man einen Zauber erwirkt hatte, desto schärfer wurde das Auge für die Feinheiten des Zaubers, und schließlich gelangte man zu einer reineren, stärkeren Version.

Kryn war eine Geisterbeschwörerin des Zweiten Kreises, die versuchte, einen Zauber des Vierten Kreises zu erlernen. Der Zauber war äußerst wichtig für sie, also gab sie sich alle nur erdenkliche Mühe.

Stunden später war das Licht des Kristalls matter geworden, und der Raum lag in fast völliger Finsternis. Wie Kryn befürchtet hatte, war es ein schwieriges

Unterfangen gewesen, aber sie glaubte jetzt, daß sie die Grundlagen des Zaubers beherrschte.

Mit einem von Delas Holzstäben zeichnete sie einen Kreis auf dem Boden vor der Hütte. In den Kreis schrieb sie den Namen ›Dra‹.

Sie ging ins Haus zurück, machte sich rasch einen Teller Suppe und setzte sich wieder an den Arbeitstisch. Sie schloß beide Zauberbücher und legte sie auf den kleinen Nebentisch. Dann öffnete sie Delas Tagebuch und las die Einträge in umgekehrter Reihenfolge. Sie ging einen Monat zurück, ohne etwas Interessantes zu finden. Nichts über das Amulett. Dela mußte so vertraut mit ihm gewesen sein, daß sie sich nie die Mühe gemacht hatte, es auf magische Eigenschaften zu untersuchen.

Das einzige, was Kryn darüber wußte, war die Tatsache, daß es bei Pols Berührung aufgeleuchtet hatte.

Sie mußte es finden.

Kryn räumte auf, indem sie alles wieder an seinen ursprünglichen Platz stellte, dann sah sie sich noch einmal gründlich um, bevor sie sich auf den Heimweg machte.

Pol hatte so starke Kopfschmerzen, daß er glaubte, der Schädel müsse ihm zerspringen. Er blieb die meiste Zeit über im Bett und stand nur hin und wieder auf, um seine Grundbedürfnisse zu befriedigen. Er erwartete keine Hilfe von Tor, Olyv und den schreienden Kindern, insbesondere nicht jetzt. Kryns Hilfe hätte er begrüßt, aber sie war so unnahbar und geistesabwesend, daß er nicht einmal sicher sein konnte, ob sie überhaupt da war. Und das war wahrscheinlich auch besser so, da er immer noch nicht wußte, was er zu ihr sagen sollte.

»Vergiß das Reden. Töte sie.«

»Ich kann nicht«, sagte Pol, und sein Körper explodierte förmlich vor Schmerzen. Er wartete darauf, daß sie nachließen, aber das taten sie nicht. Statt dessen wurden sie stärker, aber er blieb bei Bewußtsein. Die Schmerzen steigerten sich, rissen, zerrten in tausend, zehntausend Richtungen, ein äußerliches Reißen, während sein Inneres von glühenden Messerklingen zerfetzt zu werden schien. Die Empfindungen vereinigten sich zu einem eiskalten und zugleich glühendheißen Schmerzcrescendo, das zunahm, konstant blieb, schwächer wurde, konstant blieb, und dann gänzlich nachließ, bis nur noch die Kopfschmerzen übrig waren.

»Du wirst tun, was ich sage. Töte sie.«

Das Geräusch der Haustür, die sich öffnete.

Kryn war aufmerksam genug, um zu merken, daß etwas in der Luft lag. Die Leute musterten einander und sie mit größerem Mißtrauen als sonst üblich. Wegen ihrer ziellos umherirrenden Gedanken brauchte sie für den Nachhauseweg länger als notwendig.

... Hände, Lippen, Zungen, Körper, schmecken, berühren, küssen ...

Von dort wanderten ihre Gedanken zu Toroco. Warum hatte sie es so lächerlich gefunden, daß er nur mit diesem Lendentuch bekleidet herumlief? Es war ein Teil dessen, was ihn zu Toroco machte, zu eben jener freundlichen, beschützenden Person, die sie kennengelernt hatte. Was machte es schon, daß er ein Lendentuch trug? Die Kleidung einer Person machte sie nicht zu dem, was sie war, sie gehörte nur zum Gesamtbild. Das war es. Das Gesamtbild.

... springen, schlagen, schwitzen, stoßen ...

Sie verdrängte das Bild aus ihren Gedanken. Was, beim Todesmeer, glaubte sie eigentlich? Toroco war der Waffenmann des Kaer und darüber hinaus auch schon alt. Er mußte mindestens dreißig Jahre älter als sie sein. Vielleicht sogar noch mehr.

Dann fiel ihr ein Seitenblick auf, der ihr zugeworfen wurde. Ihr ging auf, daß es nicht der erste auf ihrem Nachhauseweg war, obwohl sie nicht anders aussah und sich auch nicht anders verhielt als sonst. Kryn kam zu dem Schluß, daß es mit den Toten in der Halle Astendars zu tun haben mußte, Morde, mit denen sie jetzt in Verbindung gebracht wurde – ob ihr das gefiel oder nicht. Doch woher sollten die Leute das wissen? Hatte Cody etwas gesagt? Nun, da sie darauf achtete, fiel ihr auf, daß niemand ihrem Blick begegnete und die Leute lieber auf die andere Straßenseite wechselten, als an ihr vorbeizugehen. Man begegnete ihr mit offenem Mißtrauen.

Das Haus war dunkel, als Kryn dort eintraf, und die Finsternis entsprach ihrer Laune. Sie aktivierte den Lichtkristall im Wohnzimmer und stürmte in die Küche. Wo war Tor und der Rest seiner Stampfer-Familie? Sie zündete das Feuer an und setzte einen Kessel Wasser auf.

Das ist doch lächerlich, dachte sie und öffnete die Schlafzimmertür. Sie wollte den Lichtkristall aktivieren, doch er funktionierte nicht. Egal. Sie betrat das Zimmer und ließ die Tür so weit offen, daß Licht aus der Küche hineinfiel. Sie tastete sich zum Tisch vor und dann mit den Fingern darüber. Ihre Finger stießen gegen etwas, einen ovalen Gegenstand, der glatt und warm war. Ihre Schultern sanken herab. Es war das Amulett.

Im Raum wurde es heller. Großartig, dachte sie, der Lichtkristall funktioniert mit Verzögerung. Er müßte aufgeladen werden. Dann wurde ihr klar, daß das Licht von dem Amulett kam. Diese Erkenntnis überfiel sie im gleichen Augenblick wie der Geruch, und als sie herumwirbelte, sah sie Pol hinter sich. Sie schrie auf und sprang so rasch zur Seite, daß sie dem vernichtenden Schlag des Hammers ausweichen konnte.

Es war Tors Hammer, der schwere, den er in der

Schmiede benutzte. Pol, der stark schwitzte, hob ihn unsicher zu einem weiteren Hieb. Das Amulett leuchtete heller, und in seinem Licht sah Kryn Tor und Olyv und die Kinder, deren blutüberströmte Leichen auf dem Bett lagen. Ihre Köpfe waren zu Brei zermalmt.

»Tu's nicht, Pol«, rief sie. Dann schrie er auf, und der Hammer fiel zu Boden.

Und das Ding in seinem Kopf dachte finstere Gedanken, und Pols Körper explodierte vor Schmerzen. Er fiel zu Boden, und sein Körper verkrampfte sich, da er zu starke Schmerzen empfand, um sich noch hin und her zu winden. Kryn kniete sich neben ihn und rief seinen Namen, als plötzlich Toroco mit gezogenem Schwert in das Zimmer stürmte.

»Geh weg von ihm«, sagte Toroco, zum Schlag bereit.

»Nein«, sagte Kryn.

»Dann muß ich euch beide töten«, sagte Toroco. »Zum Wohl des Kaer.«

»Zum Wohl des ...«, begann Kryn. Was sagte sie da? »Nein ...«

Und er hätte sie beide getötet, wären Gareth und Benton nicht eingeschritten.

»Toroco, warte«, sagte Gareth. »Das darfst du nicht.«

»Wir brauchen sie«, sagte Benton. »Zum Wohl des Kaer.«

Das Amulett leuchtete jetzt noch heller und erfüllte den Raum mit Tageslicht.

»Warum?« fragte Toroco. »Das ist der Mörder.«

»Zum Wohl des Kaer«, wiederholte Gareth. »Wir nehmen sie mit.«

Kryn erhob sich langsam und half Pol auf die Beine. Sie nahm das Amulett und steckte es in ihren Beutel.

»Brauchst du einen Lichtkristall?« fragte Toroco.

»Er hat Dela gehört«, sagte Kryn.

»Beweg dich«, sagte Toroco.

Gareth und Benton führten die Prozession an, und als sie den Marktplatz erreichten, wurden sie dort bereits von einer ansehnlichen Menschenmenge erwartet. Toroco hatte Myk und Sharyn, seine bärbeißigen Gehilfen, holen lassen, um die Menge im Auge zu behalten und dafür zu sorgen, daß die Dinge nicht außer Kontrolle gerieten.

Die Menge war unruhig, verstummte jedoch, als Gareth die Hände hob und zu reden begann. »Meine Freunde. Ihr wißt alle von dem gräßlichen Verbrechen, das begangen worden ist. Zweiunddreißig unserer geliebten Mitbürger sind brutal ermordet worden. Was ihr vielleicht nicht wißt, ist die Tatsache, daß sich diese Zahl mittlerweile auf sechsunddreißig erhöht hat. Die Familie Tors des Schmieds ...«

Seine nächsten Worte gingen in dem daraufhin einsetzenden Tumult unter.

»Bitte, bitte, meine Freunde! Da ist noch mehr. Im Zuge dieser schrecklichen Ereignisse haben wir herausgefunden, daß es sich bei dem Täter nicht um einen gewöhnlichen Unhold handelt. Wir haben ihn erwischt ...«

Wiederum erhob sich ein Tumult, doch Gareth sprach weiter, lauter jetzt. »Wir haben ihn erwischt, und unser Verdacht wurde bestätigt. Pol, der Mörder, ist dämonenbefleckt.«

Schreie wurden laut, und die Menge wich zurück. Myk und Sharyn sahen einander an und hofften, daß sie etwas tun konnten, wenn es schlimmer wurde.

Ein Ruf wurde laut. »Tötet Pol! Tötet Pol!« Er wurde rasch zu einem Schlachtruf, den die Menge begeistert aufnahm und immer lauter brüllte.

Toroco nahm das zum Anlaß, sein Schwert zu ziehen.

»Wartet!« sagte Benton. »Als Ältester und Magier muß ich euch sagen, daß sich das Problem nicht so einfach lösen läßt.« Er wartete, bis sich die Menge beruhigt hatte, bevor er fortfuhr. »Ich habe die theranischen Bücher gelesen und herausgefunden, daß uns allen ein noch schlimmeres Schicksal droht, wenn wir ihn einfach töten. Zum Wohl des Kaer, um unser aller Leben willen, müssen beide verbannt werden, denn sie sind beide dämonenbefleckt.«

Er ließ seine Worte erst einmal einsinken, während die Menge fassungslos schwieg.

Gareth meldete sich wieder zu Wort. »Dies soll beim ersten Licht des neuen Tages geschehen. Zum Wohl des Kaer.«

»Zum Wohl des Kaer«, wiederholten alle außer Kryn, Pol und Toroco.

Pol und Kryn wurden in einen Raum mit Decke und ohne Fenster eingesperrt. Myk und Sharyn standen Wache.

Toroco traf sich mit Gareth und Benton in der Ratskammer. »Seid ihr wahnsinnig geworden? Sie zu verbannen bedeutet, die Tore des Kaer zu öffnen. Ihr glaubt, ihr hättet jetzt ein Problem. Aber wir haben keine Ahnung, was uns draußen erwartet.«

»Sie müssen verbannt werden«, sagte Benton. »Ihre Körper dürfen nicht im Kaer bleiben. Zum Wohl des Kaer.«

»Zum Wohl des Kaer«, wiederholte Gareth leiernd.

»Das Kaer ist doch angeblich sicher«, sagte Toroco. »Wie ist Pol überhaupt mit einem Dämon in Berührung gekommen?«

»Bedauerlicherweise«, sagte Benton, »gab es bei unseren Bemühungen, die magische Matrix des Kaer zu erweitern, eine Schwachstelle. Pol, der mir geholfen hat, fand sie. Ebenso wie der Dämon. Die Bresche ist wieder versiegelt worden, aber der Schaden ist bereits angerichtet.«

»Das heißt also, daß ein Dämon vor dem Kaer hockt«, sagte Toroco.

»Und zwei Dämonenbefleckte im Kaer«, sagte Gareth.

»Aber wenn wir die Schutzvorrichtungen außer Kraft setzen und die Tore öffnen ...«

»Wir können die Dämonenbefleckten aussetzen und unser Leben ungestört fortsetzen«, sagte Gareth. »Es kommt mir so vor, als hättest du Einwände dagegen, die Dämonenbrut zu verbannen. Gibt es etwas, das du uns verschweigst? Irgendeinen Grund, warum du dieses Übel willkommen heißt?«

Toroco war wie vor den Kopf geschlagen. »Nein«, sagte er kleinlaut. »Überhaupt keinen.«

»Dann ist es entschieden«, sagte Gareth. »Beim ersten Licht des neuen Tages werden wir dieses Übel aus unserer Mitte verbannen. Zum Wohl des Kaer.«

»Zum Wohl des Kaer«, wiederholten Benton und Toroco.

Pol war jetzt bei Bewußtsein, aber zu schwach, um sich zu bewegen. Kryn saß neben ihm am Boden und hatte seinen Kopf in ihren Schoß gelegt.

»Ich habe einen Dämon im Kopf«, sagte Pol. »Er will, daß ich dich töte. Selbst jetzt noch.«

»Er hat dich dazu angestachelt, jeden in der Halle zu töten.«

»Ja.«

»Und Tor und Olyv und die Kinder.«

»Ja, aber ich kann mich an nichts davon erinnern.«

»Du hast Dela getötet.«

»Das tut mir leid.«

»Mir auch. Was machen wir jetzt?«

»Ich weiß es nicht. Du bist nicht sicher in meiner Gegenwart. Niemand ist das.«

»Ich schon.«

»Ich hätte dich beinahe umgebracht.«

»Aber du hast es nicht getan.«

Sie schwiegen eine Weile.

»Sie werden uns verbannen«, sagte Pol.

Wieder schwiegen sie eine Weile.

»Zumindest sehen wir den Himmel«, sagte Kryn.

»Und du wirst versuchen, ihn zu erklimmen.«

»Ich werde den Himmel erklimmen. Wie schwer kann das wohl sein?«

»Dann versuch es. Sobald wir draußen sind, mußt du klettern. Sieh zu, daß du dich so weit wie möglich von mir entfernst.«

»Nein ...«

»Ich bin dämonenbefleckt. Der Dämon wird wissen, wo ich bin. Zumindest hast du eine Chance.«

»Ich lasse dich nicht allein.«

»Du mußt.«

»Ich lasse dich nicht allein.« Kryn hob den Kopf ihres Bruders, so daß sie ihm in die Augen sehen konnte. Zwischen ihnen leuchtete das Amulett.

»Kryn?«

»Ja?«

»Warum hilfst du mir? Ich bin dämonenbefleckt.«

»Du hast versucht, dich um mich zu kümmern, als ich noch klein war. Jetzt kann ich vielleicht etwas für dich tun.«

»Kannst du das?« fragte Pol.

»Ich weiß es nicht.«

»Gareth und Benton sind auch dämonenbefleckt.«

»Ich weiß.«

»Woher?«

»Durch Delas Amulett. Es leuchtet, wenn du in der Nähe bist. Es leuchtet heller, wenn sie auch dabei sind. Es hat wohl seine Macht noch nie gezeigt, weil das Kaer bisher sicher war.«

»Dieses Kaer ist tot«, sagte Pol.

»Ich weiß«, sagte Kryn.

Sie hielten einander und versuchten vergeblich zu schlafen.

Am Morgen, bevor Myk und Sharyn kamen, um sie wegzubringen, erschien Dra, Kryns Dienstbarer Geist.

»Gnädiges Fräulein«, sagte sie.

»Dra?«

»Es tut mir leid, gnädiges Fräulein. Ich kann Euch keinen Tee bringen.«

»Schon gut, Dra«, sagte Kryn. »Aber da ist noch ein letzter Gefallen, den du mir tun kannst.«

»Was Ihr wollt, gnädiges Fräulein.«

Kryn hob Pols Kopf an und legte ihn sanft zu Boden. Dann stand sie auf und ging durch den Raum, so daß das Ding in Pols Kopf sie nicht hören konnte.

Sie flüsterte Dra zu: »Dieses Kaer wird in wenigen Minuten tot sein. Sie werden einen Dämon hereinlassen, und er wird uns alle umbringen. Es gibt nichts, was wir dagegen tun können. Sag es Cody. Sag es jedem, aber sag es insbesondere Cody.«

»Ja, gnädiges Fräulein.«

»Und rette dich selbst, wenn du kannst.«

»Wenn ich kann, gnädiges Fräulein.«

»Vielen Dank, Dra. Du bist eine wahre Freundin.«

»Und ich schätze Eure Freundschaft ebenfalls sehr – Kryn.«

Die Tür öffnete sich, und Toroco trat ein, flankiert von Myk und Sharyn.

»Geh jetzt«, sagte Kryn, und Dra verschwand.

Gareth und Benton führten die Prozession an, wobei Benton das Buch des Kaer trug. Hinter ihnen kamen Toroco, dann Pol und Kryn, dann Sharyn und Myk und schließlich alle anderen Bewohner des Kaer. Die Prozession ging nach Norden zum ersten Tunnel der versiegelten Türen auf dem langen Weg zu den großen Steintoren, die das Kaer mit der Außenwelt verbanden.

An der Tunnelmündung blieb Benton stehen, murmelte etwas und erwirkte einen Zauber, der seine Hand aufleuchten ließ. Er schob die Hand durch die

Illusion der Felswand in ein Loch, erwirkte noch einen Zauber und zog die Hand wieder heraus.

»Wir können weitergehen«, sagte er.

»Nein«, sagte Pol. »Toroco, sie sind befleckt, ebenso wie ich. Ich habe einen Hirnwurm im...« Pol unterbrach sich selbst, indem er laut aufschrie, während er sich krümmte und zu Boden fiel. Der Wurm krempelte sein Inneres nach außen, und der Schmerz wuchs.

»Bringt sie weg«, sagte Gareth. »Zum Tor.«

Einen Augenblick lang rührte sich niemand, während Pol sich am Boden wand.

»Ich sagte, bringt sie weg.«

Toroco bedeutete Myk und Sharyn, den Gefangenen zu helfen.

Benton und Gareth gingen voraus, wobei Gareth einen Lichtkristall hielt und Benton das Buch las. Kryn konnte nicht sehen, was sie taten, nur daß der Tunnel plötzlich eine Biegung in eine noch tiefere Finsternis beschrieb. Gareth und Benton gingen voraus und öffneten, während sie durch jeden Raum gingen, nacheinander die vier riesigen Steintore, die den Tunnel magisch und physikalisch schützten.

Die lange, gewundene Prozession der Menschen ging durch die Dunkelheit, durch steinerne Kammern, die seit Jahrhunderten nicht geöffnet worden waren, und folgte Benton und Gareth, die wußten, wie man die großen Steintore öffnete und die Falle außer Kraft setzte, die diesen Teil des Tunnels bewachte.

Sie gingen über eine Stunde lang. Wenige Leute sprachen, eine ernste, feierliche Prozession, bevor sie schließlich den nächsten Wendepunkt erreichten. Der Weg bog nach rechts in einen weiteren langen dunklen Tunnel ab, der von einer weiteren Falle geschützt wurde. Sie gingen und gingen, Hände tasteten sich die Wände entlang oder klammerten sich an die Kleidung der Leute voraus, um nicht zu stolpern und zu fallen. Eine weitere Stunde verstrich, bevor sie die nächste

Abzweigung erreichten, diesmal nach links und in einen weiteren Tunnel, der steil aufwärts und schließlich zur letzten Geheimtür führte.

Zur Linken war ein blaues Leuchten, und Kryn fragte sich, ob das der Himmel war.

Doch nein, Benton und Gareth wandten sich nach rechts. Das mußte der Weg zum Tor sein. Zum Haupttor, dem Tor, durch das sie aus der unterirdischen Welt des Kaer in das unbekannte Land ihrer Vorfahren treten würden.

»Toroco«, flehte Kryn, »töte uns. Du kannst es ruhig tun. Schnell oder langsam, das ist uns einerlei. Töte uns. Aber öffne nicht die Tore. Bitte, Toroco! Der Rat ist befleckt. Bitte. Toroco, zu deinem Wohl und zum Wohl aller im Kaer, töte uns. Aber laß nicht zu, daß sie das Tor öffnen.«

Toroco schwieg. »Bitte, Toroco«, wiederholte sie.

»Schweig.« Er fuhr zu ihr herum und schrie sie förmlich an. »Das hast du dir alles selbst zuzuschreiben. Wärst du ehrlich gewesen und hättest mir gesagt, was du gesehen hast, hätte ich vielleicht etwas tun können. Vielleicht hätte ich helfen können.«

»Ich konnte einfach nicht. Als ich das Gesicht meines Bruders sah, mißtraute ich der Vision ...«

»Schweig«, zischte er und wandte sich wieder ab.

Als sie schließlich nach einem weiteren längeren Marsch das Haupttor erreichten, war Pols Anfall vorüber. Er war geschwächt und völlig verdreckt, und Myk mußte ihn stützen.

Das Tor war mit einer magischen Schutzvorrichtung gesichert, die nur mit dem richtigen Zauber entfernt werden konnte. Benton stimmte einen leisen Singsang an.

»Zum letztenmal«, sagte Kryn, »tut es nicht.«

»Vergewissert euch zumindest vorher, daß es ungefährlich ist«, flüsterte Pol heiser.

»Davon hat sich Benton persönlich überzeugt«, sagte Gareth.

»Wann?« fragte Kryn, doch es war zu spät. Die Matrix bildete sich bereits, da Bentons Hände komplizierte Muster beschrieben und den Faden woben, der sich an seinen Fingerspitzen bildete, während er immer noch sang. Ein Loch öffnete sich im Äther, und die Energie floß hindurch und wurde durch die Struktur des Zaubers gefiltert. Spalten öffneten sich im Fels, und Sonnenlicht fiel hindurch.

Die Erde bewegte sich und schwankte, die Luft waberte, und das riesige Steintor, das mehr als zwei Jahrhunderte den Kaer von der Außenwelt getrennt hatte, öffnete sich langsam. Ein Strahl Sonnenlicht fiel in den Tunnel, und Pols Mund klaffte vor ehrfürchtiger Scheu sperrangelweit auf. Die Menge hinter ihm schwieg, da alle auf diesen seltensten Anblick starrten, der sich ihren Augen je geboten hatte.

Der Himmel war blau. Toroco sah voller Ehrfurcht zu ihm auf und erblickte die Wolken. Wolken. Die vergaß er immer in seinen Geschichten. Sie waren wunderschön.

Eine Brise wehte herein und umschmeichelte ihre Leiber. Sie war kühl und frisch.

Und sie brachte den Geruch von tausend Jahren Tod mit sich.

Das Amulett brannte ein Loch durch Kryns Robe und schmolz die Kette, an der es um ihren Hals hing. Es fiel zu Boden, und Kryn schrie ob des Schmerzes der Brandwunde auf ihrer Brust auf.

Bevor irgend jemand wußte, was geschah, schoß eine feuchtglänzende, knollenförmige, rosafarbene Gestalt durch die Luft und wickelte ihre Tentakel um Gareths Kopf. Eine Blutfontäne explodierte förmlich und regnete auf die Menge nieder. Toroco zog sein Schwert und sprang dem Dämon entgegen, aber das Ding war zu schnell. Es glitt von Gareth zu Benton und in die

LAUBENSTEIN·94.

Menge, wobei es die Knochen von allen, die es berührte, zu Pulver zermalmte.

»Befreie uns«, rief Kryn. Toroco musterte sie einen Moment lang, dann durchtrennte er ihre Fesseln. »Seht zu, daß ihr einen Weg findet, das Tor zu schließen«, rief er. »Und tötet jeden, der befleckt ist.«

Toroco sah Pol an. Ihre Blicke trafen sich.

»Diese Klinge wird den Dämon töten«, sagte Pol. »Das schwöre ich bei meinem Blut.« Er sprang vor und spießte sich auf Torocos Schwert auf.

Toroco ließ ihn zu Boden gleiten. »Das ist meine Buße«, sagte Pol. »Sorg dafür, daß sie nicht umsonst ist.«

Toroco zog die Klinge aus Pols Körper, dann fuhr er sich damit über das eigene Gesicht und fügte sich einen Schnitt in der Wange zu. »Und ich bekräftige den Eid mit meinem Blut: Diese Klinge wird den Dämon töten.«

Kryn war beim Eindringen des Dämons umgestoßen worden. Die panikerfüllte Menge hatte kehrtgemacht, und jetzt rannten und stolperten die Leute den Weg zurück, den sie gekommen waren. Der Dämon folgte ihnen ins Kaer, und der Tod war sein Begleiter. Die Leute wollten rennen, und ihre Haut nahm ein Eigenleben an, riß sich von ihrem Fleisch los und bewegte sich auf ihren Körpern scheinbar ganz von allein. Einige der gequälten Schreie erstarben sehr rasch. Die meisten hielten jedoch an.

»Ich versuche, den Dämon aufzuhalten«, sagte Kryn zu Toroco. »Du folgst ihm. Du wirst das Amulett brauchen.«

Toroco betrachtete das Amulett. Es leuchtete immer noch, aber nicht so hell wie zuvor. Er griff danach und stellte fest, daß es überraschend kühl war. Er zog eine Lederschnur aus seinem Beutel und befestigte das Amulett am Heft seines Schwerts.

Cody sah auf das Gemetzel unter sich. Nachdem Dra ihm Kryns Botschaft überbracht hatte, war er an einen Ort gegangen, wo er sich sicher fühlte: Nach oben in die Wand. Und jetzt erlebte er den Tod des Kaer.

Er hatte jegliche Hoffnung verloren, aber in seiner Verzweiflung wußte er, was er tun mußte.

Die Sache, die er niemals schaffen konnte.

Er würde die Sonne berühren.

Er fing an zu klettern. Zuerst war es leicht, da er sein Leben lang geklettert war. Rasch hatte er die Hälfte geschafft, aber er atmete bereits schwer. Der Schweiß lief ihm in die Augen und erschwerte ihm die Sicht, aber er wischte sich die Hände am Hemd ab und kletterte weiter.

Immer höher, höher, als er je zuvor gekommen war, das Dach des Kaer hinauf. Er konnte das ganze Dorf unter sich sehen, vom Tor bis zum Ackerland und zu der Stelle, wo Delas Haus stand. Im Dorfkern konnte er die Menschenmengen sehen, die vor dem Dämon flohen. Der Kristall, der hier oben immer heller leuchtete, blendete ihn fast. Das Klettern wurde zunehmend schwieriger, da sich die Wand immer mehr nach innen wölbte.

Cody hangelte sich mit geschlossenen Augen das Dach des Kaer entlang. Dann spürte er etwas Feuchtes. Es war kein Schweiß. Er öffnete die Augen und betrachtete seine Hände. So nah beim Kristall, der so früh am Morgen nicht mit voller Kraft leuchtete, war es schwierig zu erkennen. Aber er konnte es sehen. Er wußte Bescheid.

Seine Hände leuchteten.

Er war dem Tod geweiht.

Andererseits war er ohnehin schon so gut wie tot.

Das entfachte in ihm den Willen weiterzuklettern. Cody machte sich keine Gedanken darüber, wie er wieder herunterkommen würde. Auf die eine oder andere Art würde er früher oder später unten ankommen.

Toroco dachte nicht daran, was er tun würde, wenn er den Dämon einholte. Er wußte nur, daß er ihn einholen mußte. Er war schnell, aber nicht annähernd so schnell wie dieses groteske, tentakelbehaftete Ding, das sich anders bewegte als alles, was er bisher gesehen hatte. Es durchschnitt das Dorf rascher als sein bester Schwerthieb. Er würde ihm hoffnungslos unterlegen sein, aber Toroco mußte es wenigstens versuchen. Vielleicht konnte er das Ding so sehr schwächen, daß ein anderer es erledigen konnte. Er hatte keinen Plan. Er wußte nur, daß er in Bewegung bleiben mußte.

Der Dämon bewegte sich rasch, so rasch, daß die Menschen stillzustehen schienen. Er schoß durch die Straßen des Kaer und machte dabei eine Bestandsaufnahme der Menschen. Er hatte seit Jahrzehnten kein lebendes Wesen mehr gesehen, und es war ebenso berauschend wie köstlich. Warum innehalten? dachte er. Er weidete sich an allem. Er konnte später immer noch langsamer werden.

Kryn ging durch den Tunnel auf das Leuchten zu.

Es war eine Kristallspitze. Das Ende der Spitze war unendlich scharf und schwebte eine Haaresbreite über dem Boden. Der Kristall selbst erhob sich über zwanzig Ellen bis zur Decke. Doch was stellte diese Kristallspitze dar, und warum war sie hier?

Sie betrachtete den Kristall und drehte sich dann zum Tor um. Wenn etwas die Schutzvorrichtungen am Tor durchbrach, würde dieses Etwas natürlicherweise diesen Weg beschreiten – dem Licht entgegen und weg von dem tatsächlichen Abstieg ins Kaer. Der Kristall war eine Falle.

Eine Falle, um Dämonen darin zu fangen.

Sie mußte das Ding hierher bringen, zur Falle. Doch es war bereits im Kaer.

Was konnte sie als Köder benutzen?

Cody erreichte den Kristall. Er schob seine Beine durch die Maschen des Netzes, das den Kristall unter dem Dach des Kaer hielt, und ruhte sich aus. Er hatte es bis hierher geschafft, indem er seine geballten Fäuste in Spalten und Risse geklemmt und sich der Lichtquelle dadurch schmerzhaft langsam genähert hatte. Seine Hände, auf denen das Öl des Mooses leuchtete, waren nutzlos. Den Abstieg würde er niemals schaffen.

Er würde sterben, weil es keine Möglichkeit gab, sich die Hände zu waschen. Als Cody diese Erkenntnis kam, lachte er laut auf. Vielleicht konnte er dem Dämon zurufen, ihm Wasser und Seife heraufzuschicken. Der Dämon ...

Ob hier oben oder dort unten, Cody würde zusammen mit allen anderen sterben.

Cody stellte sich den Dämon dort unten vor, wie er sein Festmahl betrachtete, seine Zauber erwirkte und mehr Leute umbrachte, als er je berühren konnte.

Cody kam eine Idee, von der er glaubte, sie könne ihnen vielleicht etwas Zeit verschaffen und bewirken, daß sich die Leute immer an ihn erinnern würden. Vielleicht konnten sich ein paar retten, wenn sie der Dämon nicht mehr sehen konnte ... Er zog sein Messer und fing an, die Schnüre des Netzes durchzuschneiden.

Es gab wirklich nur einen Köder, den Kryn benutzen konnte: sich selbst.

Sie würde mit roher Magie arbeiten müssen.

Sie hatte keine Ahnung, was geschehen würde.

Abgesehen davon, daß der Dämon sie augenblicklich wahrnehmen und sich über sie hermachen würde.

Sie konnte laufen, zu Delas Haus laufen und ein Buch suchen, das ihr die Standorte anderer Kaers verriet, und …

Sie konnte nirgendwohin laufen.

Sie konnte sich nirgendwo verstecken.

Das Kaer war offen, und ein Dämon vertilgte alles, was sie je gekannt hatte.

Sie konzentrierte sich. Sie sammelte sich. Sie spürte die Wellen der Energien um sich herum und in ihrem Inneren. Sie bewegte die Hände, bis die Fäden erschienen. Und sie bildete die Struktur eines offenen Lochs.

Dann riß sie ein Loch in den Astralraum.

Rohe Energie durchschlug sie wie eine Faust ein Blatt Papier und sandte ein Leuchtfeuer durch den Astralraum, das heller als die Sonne war.

Toroco rannte, so schnell er konnte, aber der aufgeblähte, tentakelbewehrte Dämon enteilte ihm immer weiter. Plötzlich hielt er inne. Er ruhte sich eine Weile aus und schien sich umzusehen. Seine Gestalt waberte und schlotterte, dann änderte er die Richtung und schoß direkt auf ihn zu. Toroco ging hinter einer Hauswand in Deckung und hielt einfach sein Schwert nach draußen, als der Dämon an ihm vorbeischoß. Das Schwert schnitt durch den schleimigen Körper des Dings, das herumgeschleudert wurde und gegen eine Hauswand auf der anderen Straßenseite prallte. Dort blieb der Dämon benommen liegen, während er versuchte, sein Gleichgewicht wiederzufinden, doch Toroco warf sich auf ihn und hieb und stach mit seinem Schwert, was das Zeug hielt.

Und der Dämon, der am Boden lag und Schmerzen litt, wehrte sich. Tentakel schlängelten sich unter seinem Körper hervor, zuckten hoch und packten Toroco. Sie zerrten ihn von seinem Rücken, und dann fiel der Dämon über ihn her und sog das Leben aus ihm heraus.

Cody hatte den größten Teil des Netzes durchschnitten, und der Kristall fiel, und dann fiel Cody auch, und er wußte, daß man sich ewig an diesen Augenblick erinnern würde.

Der Kristall schlug auf dem Boden auf und zerbrach in Millionen Splitter. Es gab einen blendenden Blitz, und dann herrschte völlige Dunkelheit.

Der Dämon, der sich von Angst nährte, war von der Furcht, die die Explosion und die Finsternis mit sich brachten, wie benommen. Die Angst entwickelte ein Eigenleben, und der Dämon badete darin, und es war reine Furcht, nicht getrübt durch Liebe oder Haß oder Besorgnis oder religiösen Eifer, sondern schlicht und rein und so zäh wie Treibsand.

Der Dämon nahm alles in sich auf, und seine Gedanken und Bewegungen wurden träger, schleppender.

Und er spürte das Loch im Astralraum.

Jemand wandte rohe Magie an.

Das würde köstlicher sein als alles andere, was er bis jetzt erlebt hatte.

Es gab kein Halten mehr. Er würde sich daran ergötzen. *Er* würde die Finsternis sein.

Seine Tentakel zuckten vor, und er glitt dem Verursacher des Lochs im Astralraum entgegen.

Das Loch hatte auch weiterhin Bestand. Die Energien aus dem Astralraum strömten durch Kryn und hüllten sie ein. Sie war verloren. Die Strömung der Magie war zu stark für sie. Sie schwemmte sie fort, ihre Gedanken, ihr Wesen, jedoch nicht ihren Körper.

Während sie sich verzweifelt an das letzte Fünkchen ihres Ichs klammerte, sah sie den Dämon auf sie zu stürzen, ein aufgeblähtes, rosafarbenes glitschiges Ding. Es sah sie, und es sprang, und dann fiel es über sie her, und sie betrachtete es fast gleichgültig, als sein

Schwung sie beide mitriß und sie in das Licht des blauen Kristalls fielen.

Und das Licht hielt sie fest, und sie betrachtete den Dämon und sich selbst, während sich die Welt um sie herum ausdehnte – nein, während sie schrumpften und ihre Körper vernichtet, doch ihr Bewußtsein, ihre Seelen auf das spitze Ende des Kristalls aufgespießt wurden und zwischen der astralen und der physikalischen Welt festgehalten wurden. Erstarrt. Für immer.

Es hatte lange Zeit gewartet, zu lange.

Und jetzt war es gezwungen, wiederum zu warten.

Diesmal hatte es jedoch etwas, von dem es sich nähren konnte, etwas, das so lange bei ihm bleiben würde, wie es wartete.

In dieser Zeit würde es nachdenken. Darüber, warum es schiefgegangen war.

Und darüber, was es als nächstes tun würde.

IN DUNKLEM BERNSTEIN

Jak Koke

Mein Schlangenhirn ruft mich und saugt mich aus der ausgedehnten Weite des Astralraums in die winzige Kristallspitze, die mich in der Welt des Körperlichen festhält. Ich werde dort hineingezwängt, obwohl ich nicht ganz hineinpasse, aber mein Schlangenhirn ist aus irgendeinem Grund ganz aufgeregt.

Ich sehe mich rasch um, da ich weiß, daß ich nicht lange bleiben kann.

Tief in den Gängen in der Nähe meiner Kristallspitze sehe ich eine Gruppe von Menschen. Schlangenhirn riecht sie.

Der riesige Berg ist für mich so durchsichtig wie braunes Glas, als ich mich auf die Beobachtung der drei Menschen konzentriere, die durch die dunklen Tunnel gehen. Sie tragen eine Fackel, die den Weg erhellt und Schatten an die rauhen Felswände und die gewölbte Decke werfen.

Einer der Menschen trägt einen magischen Gegenstand. In dem Gegenstand befindet sich eine Windlingsgestalt – das kleine geflügelte Wesen ist in der Zeit erstarrt und in eine fast statische Matrix eingewoben, die viel stabiler als meine Kristallspitze ist. Viel mehr Mana.

Der Gegenstand ist in das Heft eines Schwerts eingearbeitet. Ich kenne diesen Talisman. Und ich kenne dieses Schwert. Nur allzu gut.

Es ist jenes Schwert, das mir schwer zugesetzt hat, bevor mein Körper aus der Welt der Menschen verbannt wurde. Doch jetzt könnte es mir dabei helfen, mich in diese Welt zurückzubringen.

LAUBENSTEIN·94

Schlangenhirn hatte recht. Ich kann ewig in diesem Windling leben. Ich passe vollständig hinein. Kein Warten mehr auf Schlangenhirns Ruf. Ich werde mich wieder in der körperlichen Welt bewegen können. Oh, wie ich darauf gewartet habe! Seit sich diese Astralgestalt von der körperlichen abgespalten hat, waren die Perioden vollständigen Bewußtseins kurz und unbefriedigend. Durch mein Schlangenhirn in dieser winzigen Kristallspitze verankert.

Ich muß diese Menschen dazu veranlassen, zu mir zu kommen. Einen Weg finden, sie dazu zu bewegen, mir diesen Gegenstand zu bringen.

Die drei sukkulenten Wesen gehen durch einen Steintunnel, der an die Oberfläche führt. Sie kommen immer näher, wobei sie dicht beieinander und im Zentrum der gelben Insel aus Fackellicht bleiben.

Die Frau an der Spitze schreit plötzlich auf. Sie ist auf eine Druckplatte im Boden getreten. Sie versuchen zu rennen, aber die Decke des Tunnels öffnet sich, und eine Felslawine prasselt auf die drei Menschen herunter. Staub steigt auf und überlagert den süßen Geruch der Menschen, als die herabstürzenden Steine ihre zerbrechlichen Leiber übel zurichtet. Sie sterben nicht sofort, sitzen aber in der Falle, da sich der Tunnel mit Steinen füllt.

Der Gegenstand sitzt mit ihnen in der Falle.

Verdammt!

Die Schmerzen, die sie im Tod erleiden, sind zu weit von mir entfernt, als daß ich mich wirklich daran erfreuen könnte. Und der Gegenstand ist zu weit von mir entfernt, als daß ich mich hätte hineinzwängen können.

Ich kehre in den Astralraum zurück und lasse mein Schlangenhirn als Anker und zum Beobachten in der Kristallspitze zurück. Es wird mich rufen, wenn weitere Menschen kommen. In der Zwischenzeit werde ich die Struktur dieses Windlings im Bernstein erforschen.

Ich werde alle Vorbereitungen treffen, um ihn zu meinem neuen Heim zu machen.

Bis zur Zeremonie des Aufschließens blieben nur noch fünfzehn Minuten, als Matrina ihr Ritual begann. Sie brauchte Ruhe und Konzentration, bevor die Zeremonie begann, und sie würde die Expedition nach draußen führen.

Sie trat in die Mitte des Übungsraums und spürte, wie sich die Energie in ihr aufbaute. Kristallaternen, die in zerbröckelndem Mauerwerk eingesetzt waren, beleuchteten die grüne, braune und weiße Bodenbemalung, die einen blühenden Hartriegelbaum darstellte. Das Bild war gesprungen und matt von langen Jahren der Abnutzung, verfallen wie alles andere im Kaer.

Die Leere des Übungsraumes erweckte ein Gefühl der Fremdartigkeit in Matrina, das sie auf ihre Nervosität wegen der bevorstehenden Zeremonie zurückführte. Mittlerweile mußten sich die anderen Waffenmänner bereits um einen guten Platz auf dem Markt streiten.

Die Laternen ließen den frischpolierten Stahl von Matrinas Langschwert aufblitzen, als sie es aus der Scheide zog und in der Hand bewegte, da sie das vertraute Behagen seines Gewichts spürte. Die Sicherheit seiner Ausgewogenheit im Arm.

Magische Energie durchflutete sie, als sie sich Feinde vor ihrem geistigen Auge vorstellte, deren Gestalten sie umringten. Erst einer, dann noch einer.

Einer schlug augenblicklich zu, ein rascher, auf den Bauch gezielter Hieb. Der andere umkreiste sie.

Matrina beschrieb eine Vierteldrehung, um den Hieb zu parieren. Dann eine Riposte. Ein rascher Stoß gegen den Hals. Sie traf, und die Gestalt verschwand.

Die Energie durchfloß sie auch weiterhin, als sie zur Mitte des Zimmers herumfuhr. Die Papierdiagramme an der Wand verschwammen im Hintergrund, als sie sich drehte, um der Gestalt zu begegnen, die sie umkreiste. Ihre Klinge war auf ihr Gegenüber ausgerichtet, die Spitze zeigte direkt auf seine Brust. Sie wartete nicht auf den Angriff.

Matrina unternahm einen Ausfallschritt. Eine Finte. Wartete eine halbe Sekunde, bis der andere die Finte parierte.

Hieb!

Sie durchschnitt die Gestalt vom Kopf bis zum Schritt.

Mehr Feinde nahmen Gestalt an, und Matrina bekämpfte sie, wobei sie aus der Magie in ihr Kraft und Schnelligkeit bezog. Sie wirbelte herum und wich aus, stieß zu und parierte, berechnete jedes Manöver und führte es mit äußerster Präzision aus. Ihr Ritual beschleunigte sich, bis ihre gesamte nervöse Energie verbraucht war und sie sauber und gereinigt zurückblieb.

Sie war müde und schweißüberströmt, als sie ihr Langschwert zurück in die Scheide schob, den Rucksack und ihr zweites Schwert aufhob und sich auf den Weg zum Marktplatz machte, um sich den anderen aus ihrer Gruppe anzuschließen.

Der Marktplatz befand sich auf Bodenniveau direkt unter dem höchsten Bogen der Höhlendecke sechzig oder siebzig Schritte darüber. Auf der gewölbten Felswand strahlten Flecken von Leuchtmoos ein trübes Licht ab. Das Moos war gezüchtet worden, um die Kristallsonne nach der totalen Finsternis vor vielen Jahren zu ersetzen, als Matrina noch ein Kind gewesen war. Das Moos wuchs sehr langsam und sorgte für eine eher spärliche Beleuchtung, doch Kaer Tarfals künstliche Sonne war unwiderruflich zerstört worden.

Als sie den Blick hob, sah sie viele Gesichter von den baufälligen Balkonen oberhalb des Platzes auf die Bühne starren. Die Gesichter wiesen verhärmte Züge und hohle Wangen auf. Brave Seelen, die gezwungen waren, ein Leben mit zuwenig genießbarer Nahrung und reinem Wasser zu führen. Einige der jüngeren wetteiferten um Sitzplätze auf den schwankenden Seilbrücken, die die oberen Geschosse aneinandergrenzender Häuser miteinander verbanden.

Matrina spürte, wie ihre Nervosität wieder zunahm, als der Geschichtsforscher mit hoher, wehklagender Stimme über die schwindenden Wasservorräte zu reden begann und verkündete, daß die Rationierung nur noch ein oder zwei Jahre aufrechterhalten werden könne, weil dann kein Wasser mehr übrig sei. Der Geschichtsforscher war ein alter Mann mit einer Glatze und einigen Büscheln grauer Haare, die ihm aus Nase und Ohren wuchsen. Sein kahler Kopf glänzte matt im weißen Rampenlicht, das die hellen Kristallaternen der Häuser über ihm warfen, während er über die Stabilisierung der magischen Energie sprach und damit dieselbe Geschichte wie im letzten Jahr erzählte.

»Der rituelle Anzeiger für das Ende der Plage – eine Kugel aus wahrer Erde, die auf magische Weise frei in der Luft und über einer mit wahrem Wasser gefüllten Schale hängt – verrät uns, daß der Grad der Manakonzentration jetzt seit vier Jahren unverändert ist«, sagte er. »Die Konzentration ist noch zu hoch, um als sicher betrachtet werden zu können, und die Risiken, das Kaer zu öffnen, sind zahlreich. Es besteht die Gefahr katastrophaler Begegnungen mit Dämonen und mit anderen, kriegslüsternen Rassen. Orks und Trollen und allerlei anderen Wesen, die wir nur aus alten Schriften und Überlieferungen kennen.

Und doch hat der Rat beschlossen, daß unser Wasser- und Nahrungsmangel das Risiko, das Kaer jetzt zum zweitenmal zu öffnen, um eine Expedition auszusenden, mehr als aufwiegt«, fuhr er fort. »Vier unserer hervorragendsten Mitbürger verlassen ihr Heim und alles, was ihnen lieb und teuer ist, um ins Unbekannte vorzudringen und einen Ort des Friedens und der Harmonie zu finden, wo wir alle leben können. Wir wünschen ihnen viel Glück.«

Der alte Mann fuhr fort, darüber zu reden, daß Matrina und Bozryn die beiden besten Waffenkämpfer im Kaer waren und wie hervorragend ausgebildet die Gruppe war, die sie zusammengestellt hatte. Matrina freute sich über die Anerkennung. Sie hatten alle hart gearbeitet, um sich angemessen auf die Expedition vorzubereiten. Und doch wurde sie das Gefühl nicht los, daß keiner von ihnen je zurückkehren würde. Wenn die vorangegangene Expedition gescheitert war, wie konnte dann ihre auf Erfolg hoffen? Und doch mußten sie Erfolg haben. Das Kaer starb. Alle wußten das. Sie waren verzweifelt und wollten nach draußen. Verzweifelt und ängstlich.

Als die Zeremonie vorüber war, gingen die meisten Leute rasch auseinander und nach Hause, da sie sich davor fürchteten, ein Dämon oder irgendein anderes Ungeheuer würde augenblicklich in das Kaer eindringen, sobald Schutzvorrichtungen und Fallen außer Kraft gesetzt waren.

Und vielleicht hatten sie recht. Matrina wußte es nicht. Niemand wußte es.

Hatte das Kaer nicht bereits eine Expedition verloren?

Es war fast ein Jahr her, seit ihr Bruder Pindre durch dieselbe Tür geschritten war, durch die Matrina bald gehen würde. Ein Jahr der Vorbereitungen auf diesen Tag. Die Möglichkeit herauszufinden, was mit ihm geschehen war.

Sie erinnerte sich an sein glänzendes braunes Haar und an das freundliche Lächeln. Alle sagten immer, Matrina sei eine jüngere Ausgabe von Pindre, vielleicht mit etwas helleren Haaren, doch dafür mit denselben grünen Augen und demselben feinen Knochenbau. Dieselbe aufwärts gerichtete Nase und dieselbe energische Kinnlinie. Sie hatte sogar die Andeutung eines Grübchens im Kinn.

Außer Pindre hatte sie keine Familie gehabt. Er hatte sich um sie gekümmert. Er hatte ihre Hand während der totalen Finsternis vor vielen Jahren gehalten, bei der ihre Eltern ums Leben gekommen waren. Matrina hatte Pindre zu seinen Übungsstunden begleitet, und er war es gewesen, der sie dazu ermutigt hatte, ihren Traum, eine Adeptin zu werden, weiterzuverfolgen. Sie hatte so sein wollen wie Toroco. Sie wollte eine Heldin sein.

Pindre hatte sie Yuna vorgestellt, einer der besten Schwertmeisterinnen im Kaer. Yuna hatte Matrina die Feinheiten im Umgang mit der Klinge beigebracht und ihr die Balance und das Tempo von gehärtetem Stahl und die Geschmeidigkeit eines gut ausgeführten Hiebs gezeigt. Und das Karma von Schärfe und Schneide.

Pindre hatte für Matrinas Ernennung zur Waffenkämpferin den Weg bereitet. Als Waffenkämpferin hatte sie die Aufgabe, den strikten Gesetzen des Rates Geltung zu verschaffen. Viele Jahre lang war sie in ihrer Arbeit und ihrer Disziplin aufgegangen und hatte sich bemüht, die beste Schwertmeisterin unter Yuna zu sein und dabei zu helfen, den Frieden zu bewahren. Zufrieden mit ihrer Existenz mied sie in der Regel gesellschaftliche Ereignisse, da sie die Einsamkeit oder nur die Gesellschaft ihres Bruders vorzog.

Seit Pindres Aufbruch vor einem Jahr fühlte sich Matrina jedoch ziemlich allein. Einsam. Sie wußte nicht, wie sie ohne Pindre und auf sich allein gestellt überleben sollte. Sie war als Mitglied seiner – nun verschollenen – Expedition vorgesehen gewesen, doch er hatte mit ihr gestritten und behauptet, sie sei noch nicht so weit. Er war zum Rat gegangen und hatte ihn überzeugt, sie zum Bleiben zu bewegen. Das hatte sie ihm immer noch nicht verziehen. Und würde es vielleicht auch nie tun.

Während die Menge der Sicherheit und Behaglichkeit entgegenstrebte, versuchte Matrina, die Erinnerung an ihren Bruder zu verdrängen. Sie konnte sich im Augenblick keine emotionalen Belastungen leisten. Sie holte ein paarmal tief Luft und sagte mehrmals im Geiste ihr Mantra auf. *Disziplin ist der Weg. Der Weg zu einem konzentrierten Geist und einem starken Körper. Der Weg zur Macht über dich selbst und durch dich selbst über andere.*

Während sie die Worte im Geist hörte, ging sie die Schläge, Finten und Paraden ihres Rituals durch. Sie benutzte die bildliche Vorstellung des Rituals als Hilfsmittel, um sich zu sammeln, um Gefühle in den Hintergrund zu schieben und sich auf das Hier und Jetzt zu konzentrieren. Das war eine der ersten Lektionen gewesen, die Yuna sie gelehrt hatte.

Der Geschichtsforscher schwang die Arme in weitem Bogen vor der Steinwand, in der sich die Tür nach draußen verbarg, und sang leise vor sich hin.

Währenddessen spürte Matrina, wie ihr Mantra Wirkung zeigte. Ihre Vorahnung war plötzlich wie weggeblasen. Sie spürte den rauhen Stoff ihrer Tunika über den lebendigen Kristall kratzen, der in ihrer Haut wuchs, die schwere Last ihres Rucksacks und den vertrauten Druck ihrer beiden Schwerter und Dolche, die an dem Ledergürtel um ihrer Taille hingen. Die Trageriemen des Rucksacks gruben Furchen in ihre Schultermuskeln, und die Spitze ihres langen Dolches streifte beim Gehen die Falten ihrer Hose.

Die lebende Kristallrüstung war ein Geschenk Yunas, die sagte, der Waffenschmied sei ihr noch einen Gefallen schuldig. Auch nach zwei Wochen fühlte sie sich wegen der Starrheit ihrer Haut noch ein wenig unbehaglich.

Der alte Mann hob plötzlich die Stimme und sagte ein paar Worte in einer seltsamen Sprache.

Dünne, haarfeine Risse bildeten sich in dem Bogen

vor ihm, und ein Abschnitt der grob behauenen Wand schwang lautlos nach innen. Die Tür war gewaltig, ihr symmetrischer Bogen mindestens fünfzehn Ellen hoch und fünf Ellen dick. Matrina roch abgestandene Luft, während ihr der alte Mann vorzutreten bedeutete.

»Zuerst kommt ein schmaler Raum«, sagte er. »Dann noch eine versiegelte Tür wie diese, dann ein weiterer Raum mit Tür und dann noch einer. Insgesamt sind es vier. Beeilt euch! Ich darf das Kaer nicht lange offen lassen.« Er nahm eine Kristallaterne vom Haken und führte die Gruppe durch die Tür.

Matrina wandte den Kopf, um noch einen letzten Blick auf ihre Heimat zu werfen, bevor sie durch die Tür schritt. Vor ihr erhob sich die steile Außenwand des Kaer, deren grob behauener Fels stellenweise mit Leuchtmoos bewachsen war. Die baufälligen und halb verfallenen Häuser des Kaer füllten den Raum vollständig aus, wobei die oberen Etagen durch improvisierte Leitern und Brücken miteinander verbunden waren. Sie und Pindre hatten in den oberen Etagen immer Fangen auf den Brücken gespielt.

Matrina kannte kein anderes Leben als das innerhalb der riesigen Höhle, aber sie hatte die fabelhaften Geschichten von draußen gehört – Geschichten von unendlich viel Raum und von einem blauen Himmel, der sich Tausende von Ellen hoch erhob. Seit dem Augenblick, als sie die alten Gemälde zum erstenmal gesehen hatte, sehnte sie sich insgeheim danach, das ›Draußen‹ zu besuchen.

Die Menge hatte sich jetzt zerstreut. Übrig waren nur noch die Neugierigen und die Familien der Expeditionsmitglieder. Matrina war dankbar, daß Yuna nicht geblieben war. Sie hatte einen sentimentalen Abschied befürchtet.

Jetzt wurde es Zeit, dem Geschichtsforscher durch die Tür zu folgen. Bozryns massige Gestalt war neben ihr und ließ sie kleiner wirken, als sie eigentlich war.

Bozryn war der größte Mann, den Matrina kannte. Um die Hälfte größer als sie, schien sein Körper nur aus Muskeln zu bestehen, die jetzt mit seinen neuesten Tätowierungen bedeckt waren. Der Rüstmeister hatte ein Mosaik aus kleinen grünen und violetten Kieseln in Bozryns Haut eingearbeitet. Das Mosaik begann auf seinem kahlen Schädel und zog sich dann in Streifen über Nacken und Rücken, was ihm das Aussehen einer riesigen humanoiden Echse verlieh. In den Zwischenräumen zwischen den Kieseln schien das ursprüngliche Rosa seiner Haut durch. Der Rüstmeister war kein Künstler, aber die Wirkung war dennoch beeindruckend.

Sobald sie die Steintür durchschritten hatten, schwang sie hinter ihnen zu und verschmolz mit einem kaum wahrnehmbaren Geräusch mit der Felswand. Der Geschichtsforscher belegte die Tür mit einer provisorischen Schutzvorrichtung, bevor er den Öffnungsvorgang für die nächste Tür wiederholte.

Sie brauchten eine halbe Stunde, bis sie schließlich vor der letzten Tür standen. Der Geschichtsforscher richtete das Wort an sie. »Paßt bitte genau auf. Das ist die letzte Tür. Wenn ich den Entriegelungszauber erwirkt habe, halte ich die Tür nur so lange offen, wie ihr braucht, um hindurchzugehen. Dann versiegele ich das Kaer hinter euch, erneuere alle außer Kraft gesetzten Schutzvorrichtungen und füge obendrein noch ein paar neue hinzu. In vier Tagen öffne ich das Kaer wieder, und wenn ihr bis dahin nicht zurückgekehrt seid, öffne ich es zwei Wochen später zum letztenmal.« Dann wandte sich der alte Mann der Tür zu und begann mit seinem Singsang.

Matrina zog ihr Langschwert aus der Scheide und prüfte automatisch Gewicht und Ausgewogenheit, während sie ihre Gruppe begutachtete. Neru, Fier und Bozryn waren eine gute Truppe. Diszipliniert und bestens ausgebildet.

Neru trat in seinem langen schwarzen Umhang nervös von einem Fuß auf den anderen. Auf seinen dünnen Schultern lastete ein kleiner Rucksack. Er starrte die Tür an, und seine blauen Augen glitzerten dunkel unter kohlschwarzen Brauen, da sein bärtiges Gesicht von der Kapuze seines Umhangs überschattet wurde. Die mit Borten besetzte Schnur, die seinen Umhang zusammenhielt, zeigte, wie schmalhüftig und wie schmächtig gebaut Neru war. An seinem Gürtel hingen ein kleiner Beutel und ein Streitkolben in Gestalt einer geballten Faust, und Matrina entging auch die massive Kette aus purem Gold nicht, die er um den Hals trug.

Sie kannte Neru seit ihrer Kindheit. Er war mit Pindre befreundet gewesen und hatte sich einmal mit der Erforschung des magischen Schwerts, Torocos Schwerts, beschäftigt. Neru war sehr wütend geworden, als ihm die Ältesten das Schwert abgenommen und es statt dessen ihrem Bruder gegeben hatten.

Die zwei hatten erbittert um das Schwert gekämpft. Neru glaubte, er sei kurz davor gewesen, eine mächtige verborgene Magie in dem Schwert zu entdecken, und wollte die Expedition verschieben, bis er mehr Einblick gewonnen hätte. Als Pindre auf der planmäßigen Durchführung der Expedition bestanden hatte, wandte sich Neru an die Ältesten.

Der Rat hatte seinen Antrag abgelehnt, und aus Protest hatte Neru daraufhin die Expedition boykottiert.

Diesmal wollte er mitgehen, und obwohl Matrina ihn oft arrogant fand und er sie ziemlich verunsicherte, war Neru doch auch einer der besten Geisterbeschwörer im Kaer. Sie hatte seine Teilnahme nur unter der Bedingung akzeptiert, daß er der Gruppe Treue schwor. Und in den vergangenen zwei Wochen intensiver Übungen hatte sie ihm seine Arroganz und seinen Widerwillen gegen das Ausführen von Befehlen gründlich ausgetrieben.

Der Geschichtsforscher erhob wieder seine Stimme, und die Tür nach draußen öffnete sich mit einem Zischen eindringender kalter und abgestandener Luft einen Spaltbreit. »Schnell jetzt«, flüsterte der alte Mann, als lausche möglicherweise ein wartender Dämon.

Die Steintür schwang in ihren magischen Angeln, die Matrina nicht sehen konnte, lautlos nach außen. Sobald der Spalt breit genug war, bedeutete sie Fier hindurchzugehen.

Fier war eigentlich noch sehr jung, ein Junge, der gerade volljährig geworden war. Drei Jahre lang war er der beste Spion des Rats gewesen. Er war schnell und lautlos und arbeitete gut mit Matrina und den anderen zusammen. Fier huschte durch die Tür. In seinen dunklen Seidengewändern und den weichen Stiefeln bewegte er sich völlig lautlos. Unter seinem breiten Stoffgürtel war die Andeutung eines oder mehrerer Dolche zu sehen. Matrina beobachtete, wie die schwarzgekleidete Gestalt um eine Ecke glitt und in der Dunkelheit verschwand.

Ein paar Sekunden später tauchte der Kopf des Jungen wieder auf. Er lächelte, ein weißes Band auf einer schwarzen Fläche. »Alles klar.«

Matrina folgte ihm gemeinsam mit Neru und bedeutete Bozryn, den Abschluß zu bilden. Der kahle Schädel des großen Mannes glitzerte im Licht der Kristallaterne grün und violett, als er ihnen folgte, wobei er bereits eine Fackel aus seinem riesigen Rucksack zog.

Es war ein Trost, Bozryn hinter sich zu wissen. Er war praktisch unverwüstlich und ein geübter Krieger. Diagonal über seine nackte Brust hing ein Ledergurt, in dem Wurfbeile steckten, und in einer Schlaufe an seinem Gürtel steckte eine Streitaxt, die auch einem Troll gut in der Hand gelegen hätte.

Matrina trat kühn durch die große Steintür und in die kalte, moderige Dunkelheit des Ganges dahinter.

Das kristalline Weiß der Laterne in dem Raum hinter ihnen fiel durch die schmale Öffnung und beleuchtete einen hohen Tunnel, der in zwei Richtungen führte, nach links und nach rechts.

Matrina blieb kurz stehen, um sich die genaue Lage der Tür zu merken. Ihre Anweisungen hinsichtlich ihrer Rückkehr waren klar. Sie durfte keine Zeichen hinterlassen, die den Standort des Kaer verraten konnten. Den Passionen sei Dank hatte sie ein ausgezeichnetes Gedächtnis.

Neru ging hinter ihr hindurch, wobei ihm der am Boden liegende Staub um Stiefel und Beine wirbelte. Bozryn bildete den Abschluß. Die Fackel brannte jetzt und warf einen gelblichen Schein, der flackernde Schatten auf die Tunnelwand warf, wenn Bozryn sich bewegte.

»Wir treffen uns in vier Tagen«, flüsterte der alte Geschichtsforscher. »Möge Floranuus eure Schritte leiten.« Dann trat er zurück, und die riesige Steintür schloß sich hinter ihnen mit einem leisen Rumpeln. Für das bloße Auge war die Tür jetzt unsichtbar.

Sie waren allein. Allein und außerhalb des Kaer.

Kalter Schweiß lief Matrina den Rücken herunter, als sich die lautlose Leere des Tunnels drückend auf ihr Gemüt legte. Hatte Pindre dieselbe Furcht empfunden? War sie tatsächlich geeignet, diese Leute in ein Schicksal zu führen, das mit ihrer aller Tod enden mochte? War sie selbst bereit zu sterben?

Sie holte ein paarmal tief Luft. *Disziplin*, dachte sie, *ist der Weg. Der Weg zu einem konzentrierten Geist und einem starken Körper. Der Weg zur Macht über dich selbst und durch dich selbst über andere.*

Als sie wieder von gelassenem Selbstvertrauen erfüllt war, wandte sie sich an ihre Gruppe. Ihre Gesichter flackerten gelblich im Fackelschein, da sie auf ihren Befehl warteten.

»Also gut«, sagte sie, während sie sich die Wegbeschreibung ins Gedächtnis rief, die ihr die Ältesten gegeben hatten. »Wir gehen nach rechts. Vorwärts.« Sie bedeutete Fier, die Spitze zu übernehmen, und so begann ihr Marsch nach draußen.

Schlangenhirn ruft mich. Es erwacht, da es spürt, wie etwas kommt, wie irgend etwas aus dem Nichts plötzlich da ist. Aus dem Kaer herauskommt.

Frisches Fleisch im Wind. Tropfendes Fett und Öl. Mmm.

Ich beschließe, mich wieder in die Kristallspitze zu zwängen. Ich muß feststellen, ob das die Chance ist, auf die ich gewartet habe.

Wiederum Menschen. Ja. Vier kann ich sehen. Und sie kommen auf mich zu.

Vielleicht finden sie den Gegenstand und bringen ihn mir. Ja, ich kann ihnen dabei helfen, das Schwert zu finden, in dem sich die Windling-Struktur befindet. Ah, bald werde ich wieder frei sein.

Diesmal müssen die Menschen es schaffen. Sie müssen mich erreichen und mir den Gegenstand bringen.

Und wenn sie das tun, werde ich ihren köstlichen Verstand in Qualen ertränken.

Süßen Qualen.

Matrina und die anderen marschierten durch einen Gang, in dem überall Überreste zerschmetterter Skelette lagen. Bei jedem Skelett blieb sie stehen, um den Staub zu entfernen, wobei sie verzweifelt hoffte, unter ihnen nicht auch Pindre zu finden. Doch die Knochen waren zu alt, zu brüchig und zu trocken, um von ihrem Bruder zu stammen.

Das gelbe Fackellicht beleuchtete einen roh behauenen Tunnel, dessen abgestandene, trockene Luft mit jedem Schritt der Gruppe staubiger wurde. Der durch ihre Bewegungen aufgewirbelte feine Staubnebel ließ ihre Augen tränen, und sie mußten durch vorgehaltene Tücher atmen, um nicht ständig zu husten.

Die Gruppe war erst ein paar Minuten marschiert, als sie auf eine Einsturzstelle stieß. Vor ihnen erhob sich ein Haufen faustgroßer Geröllbrocken, der die gesamte Breite des Tunnels versperrte.

Fier bedeutete Bozryn, die Fackel näher an die Einsturzstelle zu halten. »Das ist kein natürlicher Steinschlag«, sagte er. »Die Felsbrocken sind zu gleichmäßig, alle haben in etwa dieselbe Größe. Wahrscheinlich stehen wir vor einer Steinschlagfalle, die zugeschnappt ist.«

»Können wir uns hindurchgraben?« fragte Matrina durch das Halstuch, das sie sich um Mund und Nase gebunden hatte. »Was glaubst du, wie weit ist es bis zur anderen Seite?«

»Der gesamte Tunnel ist jedenfalls nicht versperrt.« Nerus Stimme klang weit entfernt, als spräche er durch eine Schicht Wasser. Astral. »Ich sehe eine Lücke in der Nähe der Spitze. Wenn wir graben, können wir hindurchkommen.«

»Gut, dann laßt uns ...«

»Da ist noch etwas anderes.« Neru wandte sich direkt an Matrina. »Ich glaube, dies ist die Stelle, an der Pindre gestorben ist.«

»Was? Woher willst du das wissen?«

»Unter den Felsbrocken liegen Leichen, die bei weitem nicht so lange tot sind wie die anderen Skelette, auf die wir gestoßen sind. Insgesamt sind es drei.«

Also war Pindre nur ein paar Minuten nach Verlassen des Kaer gestorben. Man würde seiner als Opfer eines Steinschlags gedenken. Wie bedeutungslos.

»Und das Schwert ist ebenfalls hier.«

»Torocos Schwert?«

»Ja.«

»Wo ist es?«

»Es ist hier begraben«, sagte Neru, indem er auf eine

Stelle in der Nähe der rechten Tunnelwand zeigte, »ungefähr sechs Ellen weiter vorne und ziemlich dicht am Boden.«

Matrina wandte sich an Bozryn. »Du und ich werden nach dem Schwert graben. Neru und Fier, ihr versucht die Öffnung zu erweitern, so daß wir hindurchkommen.«

Fier zog einen kleinen Leuchtkristall aus einer Geheimtasche in seiner Schärpe und kletterte den Geröllhügel mit Leichtigkeit empor. Neru zögerte und starrte Matrina an, als wolle er sich ihrem Befehl widersetzen.

Sie erwiderte den Blick, hart und unnachgiebig.

Er drehte sich um und kletterte dem Jungen hinterher.

Bozryn klemmte die Fackel zwischen zwei Felsen ein und lehnte seinen Rucksack an die Tunnelwand. Dann ging er zu der Stelle, auf die Neru gezeigt hatte, und fing an, ganze Armevoll Felsbrocken wegzuräumen.

Matrina schloß sich ihm an, und die beiden arbeiteten Seite an Seite, wobei sie ständig nachrutschenden Felsbrocken auswichen. Nach etwa einer halben Stunde fand Bozryn etwas, das dicht am Boden begraben war.

»Eine Leiche«, sagte er.

Matrina kam näher, um nachzusehen. »Wie sieht sie aus?«

Neru hörte auf zu arbeiten, kletterte zu ihnen herunter und stellte sich neben sie.

»Ist es Pindre?« fragte sie leise.

»Schwer zu sagen.« Bozryn räumte ein paar Felsbrocken um Rumpf und Schädel beiseite.

Matrina holte die brennende Fackel und brachte sie näher heran. Ein augenloses Gesicht starrte sie an. Die Haut des Mannes war getrocknet und lag ganz eng am Schädel an, Lippen und anderes weicheres Gewebe waren praktisch nicht mehr vorhanden. An den Stellen, wo die Haut aufgeplatzt war, schien weißer Knochen durch, und die Zähne des Mannes deuteten ein unheimliches Grinsen an, das Matrina einen Schauder über den Rücken jagte.

Fetzen eines schmutzigen braunen Umhangs bedeckten einen deformierten, unbrauchbaren Kettenpanzer, da sich die Kettenglieder dort, wo der Mann von der Steinlawine getroffen worden war, in Brust und Bauch gebohrt hatten. Die Tätowierung an seinem Hals war zu einem nichtssagenden Grau verblaßt, aber sie war immer noch da, unter einer Staubschicht rissig und ausgetrocknet.

Matrina berührte die Stelle an ihrem Hals, wo ein identisches Motiv eintätowiert war – gekreuzte Klingen vor einem blühenden Hartriegelbaum. Ihre Gedanken irrten zurück zu dem Tag, als sie sich die Motive in die Haut hatten stechen lassen.

Etwas über ein Jahr, bevor Pindre die erste Expedition aus dem Kaer geführt hatte, waren er und Matrina zum Tätowierer gegangen. Es war ein Geschenk Pindres für Matrina anläßlich ihres Erreichens des Zweiten Kreises, aber für sie war der eigentliche Grund zum Feiern die Beherrschung gewesen, die sie über ihre Gefühle erlangt hatte. Die Disziplin.

Disziplin war im Kaer von überragender Bedeutung. Insbesondere für einen Waffenkämpfer.

Matrina hatte manchmal Schwierigkeiten, ihre Gefühle zu unterdrücken. Sie war schnell übermäßig erregt oder glücklich, hüpfte vor Freude herum, lachte. Manchmal weinte sie in der Öffentlichkeit, und gelegentlich explodierte sie vor Wut. Einmal hatte sie völlig die Beherrschung über sich verloren und einen Jungen verprügelt, der sie auf dem Marktplatz zunächst gehänselt und dann als Eishure und Schwertdirne beschimpft hatte.

Danach war sie vom Rat auf Anzeichen für Dämonenbefleckung geprüft worden, während die übrigen

Bewohner des Kaer sie gemieden hatten. Schließlich hatten die Ältesten Matrina für unbedenklich erklärt, da sie sie für rein und unbefleckt hielten, sie jedoch vor künftigen Ausfällen dieser Art gewarnt.

Danach hatte Yuna mehr Zeit damit verbracht, sie in der Disziplin zu unterweisen. Yuna hatte Matrina das Mantra geschenkt und sie gelehrt, sich auf ihr Ritual zu konzentrieren, sobald ihre Gefühle sie zu überwältigen drohten. Matrina glaubte das Problem etwa zu der Zeit gelöst zu haben, als Pindre sie mit zum Tätowierer genommen hatte, um sich und ihr die gekreuzten Schwerter eintätowieren zu lassen.

Jetzt starrte sie auf die staubbedeckten Überreste ihres Bruders, und sie erinnerte sich an den warmen Griff seiner starken, schwieligen Hände, als der Tätowierer ihren Nacken mit der Nadel bearbeitet hatte. Sie war stolz auf sich gewesen, weil Pindre stolz auf sie war.

Dann dachte sie zum hundertstenmal an den Streit, den sie gehabt hatten, als Pindre verkündete, sie könne ihn bei der Expedition nicht begleiten. Daran, wie wütend und enttäuscht sie gewesen war, weil er ohne ihr Wissen zu den Ältesten gegangen war. Ritual und Mantra hatten nicht gereicht, ihre Wut zu unterdrücken, und sie war auf ihn losgegangen und hatte ihn geschlagen und getreten.

Er war zurückgewichen, wobei er erfolglos versucht hatte, ihren Tritten und Schlägen auszuweichen, dann war er aus dem Haus geflohen und hatte sie allein gelassen. Matrina hatte ihre Wut an Möbeln und Wänden abreagiert, aber seitdem war sie allein. Als Pindre am nächsten Tag aufbrach, war der Abschied gezwungen und unpersönlich und ohne jede Gefühlsäußerung vonstatten gegangen.

Bozryn meldete sich zu Wort und holte sie damit wieder in den Tunnel und den Staub zurück. »Da ist das Schwert«, sagte er. Er hatte den rechten Arm der Leiche mittlerweile völlig freigelegt.

»Torocos Schwert?«

Bozryn griff nach unten und zog die Waffe aus der Scheide. Die lange Klinge glänzte im Fackellicht wie weißglühendes Silber. Das zweihändige Heft sah in Bozryns Hand klein aus, doch der Talisman war nicht zu übersehen. Goldener Bernstein, der im Licht der Fackel funkelte. In den Bernstein war die Miniatur eines Windlings eingelassen, die lebensechteste Darstellung eines dieser kleinen geflügelten Wesen, die Matrina je gesehen hatte. Sie wußte nicht, wie ein echter Windling aussah, aber die Bilder in den Büchern kamen der Detailfülle der kleinen Gestalt im Bernstein nicht annähernd nahe.

»Gib es mir«, sagte sie. Torocos Schwert war an Pindre weitergegeben worden, und jetzt würde es ihr gehören. In der Legende, die sich um Toroco rankte, hieß es, der Talisman sei angeblich in der Lage, die Anwesenheit von Dämonen zu spüren. Falls die Legende stimmte, mochte er sich noch als sehr nützlich erweisen.

Bozryn gab ihr das Schwert. »Was ist mit der Scheide?«

»Kannst du sie herausholen?«

Bozryn bückte sich und schnallte den Riemen von Pindres knöchernem Rücken ab. »Da liegt noch ein weiterer Zweihänder.«

»Laß das andere Schwert hier«, sagte sie. »Pindre hat immer zwei Schwerter getragen.«

Bozryn zog die Scheide aus dem Geröll und gab sie Matrina. Die in das schwarze Leder eingearbeiteten Intarsien aus gegossenem Silber und Gold funkelten gelblich, als sie die Scheide nahm. Sie setzte ihren Rucksack ab, schlang sich die Scheide über die Schultern und befestigte sie so, daß das Schwert quer über ihrem Rücken lag, damit die Spitze nicht über den Boden schleifte.

»Was soll ich mit der Leiche machen?«

»Neru, was meinst du dazu?«

»Ich meine, ich sollte das Schwert nehmen«, sagte er. »Ich kenne die Magie des Talismans. Ich habe bereits Fäden mit seiner Struktur verwoben. Es wurde mir abgenommen, als Pindre zum Anführer der letzten Expedition ernannt wurde.«

Matrina drehte sich zu Neru um. »Ich meinte eigentlich, was wir deiner Ansicht nach mit Pindres Leiche machen sollen.« Sie würde das Schwert ihres Bruders niemals abgeben. Das Schwert war alles, was ihr noch von ihm geblieben war, und sie würde es tragen. »Das Schicksal des Schwerts steht nicht zur Debatte.«

Nerus Anmaßung ärgerte sie. Sie nahm das große Schwert in beide Hände, machte sich mit seinem Gewicht vertraut und schwang es vorsichtig. »Außerdem, *Geisterbeschwörer*«, sagte sie, »was willst du mit einem Zweihänder? Wie willst du das Schwert tragen? Schwingen? Hast du auch nur die geringste Ahnung, wie man eine Waffe wie diese führt?«

Neru seufzte und versuchte sichtbar, sich zu beruhigen. »Dieser Tunnel ist sehr trocken, die Leiche kann so bleiben, wie sie ist. Wenn ihr wollt, könnt ihr sie aber auch wieder mit Steinen bedecken.« Er wandte sich ab, während Bozryn die Fackel hob, warf jedoch zuvor noch einen grimmigen Blick auf ihn und Matrina.

Fier rief von oben: »Ich glaube, der Durchschlupf ist jetzt breit genug, obwohl es für Bozryn ziemlich eng werden könnte.«

Matrina löste den Blick von der Leiche ihres Bruders. »Gut.« Sie ging zu einer Stelle des Tunnels zurück, die ihr einigermaßen Bewegungsfreiheit bot, und prüfte die Ausgewogenheit von Torocos Schwert. Matrina zog die Genauigkeit des Langschwerts der rohen, unbeholfenen Wucht des Zweihänders vor. Dieses Schwert war jedoch sehr leicht für seine Größe und außergewöhnlich gut ausbalanciert, wenngleich sie noch lange üben mußte, bis sie sich daran gewöhnt haben würde.

Neru legte ihr die Hand auf die Schulter, was sie erschreckt zusammenfahren ließ. »Du machst einen Fehler«, sagte er. »Der in das Heft eingearbeitete Talisman ist weitaus mächtiger als das eigentliche Schwert.«

Matrina spürte, wie ein Draht in ihrem Kopf fest angespannt wurde. Sie holte tief Luft und schob das Schwert in die Scheide auf ihrem Rücken. Es war eine ungewohnte Bewegung, aber mit der Zeit würde sie sich daran gewöhnen.

»Ich bin der einzige, der sich mit der Magie des Talismans auskennt«, sagte Neru. »Und ich kann sie zu unserem Vorteil nutzen.«

»Die Antwort lautet nein«, sagte sie, indem sie seine Hand abschüttelte. »Ich trage das Schwert.« Matrina wollte sich abwenden, doch Neru hielt sie am Arm fest.

»Der Talisman ist mir unrechtmäßig aberkannt worden«, sagte er. »Von Rechts wegen sollte ich ihn haben.«

Der gespannte Draht in Matrinas Kopf riß, und sie befreite sich aus seinem Griff, wirbelte in einer raschen magischen Drehung herum. Nerus Hand umklammerte nur noch Luft, während sie blitzschnell herantänzelte und ihn kraftvoll ins Gesicht schlug. Einen Augenblick später befand sie sich wieder außerhalb seiner Reichweite. »Ich sagte *nein*, und dabei bleibt es. Wage es nicht noch einmal, meine Befehlsgewalt in Frage zu stellen.«

Nerus Hand fuhr über sein Gesicht. Matrinas Finger zeichneten sich rot auf seiner Wange ab. »Das war unangebracht«, sagte er.

Matrina atmete ein paarmal tief durch und sah Neru an. »Solange der Talisman an einem Schwert – und dazu noch einem sehr guten – befestigt ist, sollte *ich* ihn tragen.« Sie spürte, wie ihre Erregung langsam nachließ. »Sollten die Umstände es erforderlich machen, daß du eine seiner besonderen Fähigkeiten einsetzen mußt, werde ich dir das Schwert gerne überlassen.«

Neru war offenbar eingeschnappt und kehrte ihr den Rücken zu. »Wir wollen hoffen, daß diese Umstände nie eintreten«, sagte er, indem er die Felsbrocken zum Durchschlupf hinaufkletterte.

»Ja.« Matrina war wütend auf sich selbst, weil sie Neru geschlagen hatte, wütend deshalb, weil sie sich dazu hatte hinreißen lassen. Ein Anführer sollte immer kühlen Kopf bewahren und seine Leute angemessen behandeln. Sicherheit und Selbstvertrauen ausstrahlen. »Ich glaube, Pindre hier gefunden zu haben, ist doch ein größerer Schock für mich gewesen, als ich gedacht habe. Ich hatte gehofft... ich weiß es nicht genau...«

Bozryn vollendete den Satz für sie: »Daß er kämpfend gestorben sei, mutig und seiner Legende würdig.«

»Ja.«

Neru verschwand durch das schwarze Loch in der Spitze des Steinhaufens. Fier war nirgendwo zu sehen.

»Bozryn, könntest du mir dabei helfen, Pindre wieder mit Steinen zu bedecken?«

»Natürlich.« Bozryn bedachte sie mit einem breiten Grinsen, bei dem seine Zähne im Fackellicht gelblich flackerten.

Matrina erwiderte das Lächeln. Sie war dankbar für seine Gesellschaft, als sie die Steine wieder aufschichteten. Für sein Verständnis.

Sie waren gerade fertig geworden, als Fier durch den Durchschlupf gekrochen kam. »Noch mehr Tote voraus«, sagte er. »Ihr beeilt euch besser, bevor unser Geisterbeschwörer ob dieser illustren Gesellschaft durchdreht.«

Ein Scherz, um seine Furcht zu verbergen.

Matrina und Bozryn packten zusammen und folgten Fier die Felsbrocken hinauf und durch den schmalen Durchschlupf.

Die Menschen haben den Gegenstand geborgen. Diejenige, die sich als Anführerin bezeichnet, trägt ihn. Aber es gibt Meinungsverschiedenheiten in ihren Reihen.

Meinungsverschiedenheiten, die ich ausnutzen kann.

Bald, grunzt Schlangenhirn, wird es wieder menschliche Seelen geben, die gequält werden können. Köstliche Hirne in Leid und Feuer. Ah, ja.

Einer von ihnen ist anfällig, vielleicht sogar zwei. Ich werde sie rufen, wenn sie sich mir nähern. Ihnen den Verstand verdrehen wie weiches Metall. Wie sich eine Made durch frisches Fleisch bohrt. Mmm.

Der Gegenstand spürt meine tastende Anwesenheit und leuchtet auf. Schlau. Aber die Anführerin hat sich das Schwert auf den Rücken geschnallt, und sie kann die Warnung nicht sehen.

Ich ziehe mich aus dem Wahrnehmungskreis des Windlings zurück. Ich bin geduldig. Ich kann warten. Wenn sie so nah sind, daß sie von meiner Anwesenheit erfahren, habe ich sie. Dann werde ich ihren armseligen Verstand mit meinen Schmarotzern infizieren. Parasiten, um sie zu beherrschen.

Die Anführerin hat jedoch einen starken Willen und widersteht meinem Wurm vielleicht. Egal, ich werde eine Ablenkung heraufbeschwören, wenn sie sich nicht gleich unterwirft. Eine tödliche Ablenkung.

Die Beute kommt zum Jäger. Wie Lämmer zur Schlachtbank.

Wie Lämmer.

Matrinas Gruppe hatte die Steinlawine höchstens fünfzig Schritte hinter sich gelassen, als Fier rief: »Stop! Niemand rührt sich.«

Matrina erstarrte. »Was?«

Fiers Kopf ruckte hierhin und dorthin und musterte sorgfältig den Boden. »Ich spüre eine verborgene …« Sein suchender Blick verharrte auf einer Stelle am Boden drei oder vier Schritte vor Matrina. »Wir stehen direkt unter einer zweiten Erdrutsch-Falle. Der Auslöser ist dort.«

Matrina holte tief Luft und atmete dann langsam aus. »Wie breit ist er?«

Fier tänzelte hin und her. »Von hier aus kann ich das nur schätzen, aber ich würde sagen, er umfaßt diese Reihe von Steinplatten.« Er zeigte auf ein Stück Mauerwerk, das genauso aussah wie der Rest des Fußbodens.

»Was meinst du, wie wir auf die andere Seite kommen? Bist du sicher, daß dieser Streifen der einzige Auslöser ist?«

»Ziemlich sicher. Der Erbauer dieser Fallen hat sie mit außergewöhnlichem Geschick getarnt. Es bedarf keines zweiten Auslösers. Wären wir nicht an der anderen Einsturzstelle vorbeigekommen, hätte ich die Zeichen nie erkannt.«

Und, so wurde Matrina plötzlich klar, sie wären ebenso gestorben wie Pindre und seine Gruppe. Die Ältesten hatten sie vor verborgenen Fallen gewarnt, aber die Karten, auf denen ihre Lage eingezeichnet war, waren vor Jahren beim Angriff von Pols Dämon vernichtet worden. Eigentlich war es der Verlust dieser Karten, der für den Tod ihres Bruders verantwortlich war.

»Ich bin sicher, es gibt eine Möglichkeit, die Falle zu entschärfen«, sagte Fier. »Aber wenn wir dabei einen Fehler machen, wird unweigerlich der Auslöser betätigt, und in diesem Fall würden wir alle sterben.«

»Dann sollten wir den Streifen einfach überspringen.« Die Entfernung betrug nur fünf oder sechs Ellen, und selbst Neru würde sie ohne seinen Rucksack überwinden können.

Matrina wandte sich an den Geisterbeschwörer. »Schaffst du das?«

»Ich springe als erster«, sagte er mit einem dünnen Lächeln. »Auf diese Weise sterben wir alle, wenn ich es nicht schaffe.«

»Wie nett von dir«, sagte sie, indem sie ihm bedeutete, den Anfang zu machen.

Bozryn und Fier meldeten sich gleichzeitig. »Wartet.« Beide wichen zurück, während Neru seinen Rucksack abstreifte und über die Reihe mit den bewußten Steinplatten warf. Der Geisterbeschwörer nahm ein paar Schritte Anlauf, dann rannte er los und sprang. Er überwand die Entfernung mit einem Spielraum von einer oder zwei Ellen, wenngleich er hart und unbeholfen landete.

Nichts geschah. Keine Steinlawine.

Dann sprang Fier leichtfüßig hinüber. Bozryn war der nächste, nachdem er seinen Rucksack auf die andere Seite geworfen hatte. Matrina verbrachte eine Minute damit, sich die genaue Lage der Falle einzuprägen. Nur für den Fall, daß Fier nicht mit ihnen zurückkehrte.

Als sie sicher war, die Reihe der Steinplatten wiederfinden zu können, sprang sie ebenfalls. Dann war die Expedition wieder unterwegs, wenngleich sie nur langsam vorankam. Leichen aus längst vergangener Zeit lagen überall in dem Tunnel, und die Anzahl verstreuter Knochen und ausgetrockneter Schädelfragmente nahm zu, je näher sie der Biegung im Tunnel kamen.

»Das sind die Überreste jener, die bei Torocos Kampf mit Pols Dämon umgekommen sind«, erklärte Neru.

Matrina fragte sich, ob sich auch die Überreste ihrer Eltern darunter befanden.

Der Tunnel bog nach links ab und endete vor einer glatten Felswand.

»Hier ist eine Geheimtür«, sagte Fier. »Mal sehen, ob ich den Mechanismus finde. Ja, hier ist er. Bozryn, würdest du bitte an dieser Stelle drücken?«

Bozryn grunzte, stemmte eine Schulter gegen den Felsen und drückte.

Ein großer Abschnitt der Wand schwang knirschend auf. Blendendes Licht durchflutete den Tunnel. Grell und unerträglich. Sie spürten, wie sich die Luft um sie bewegte, die Andeutung einer Brise.

Matrina blinzelte in die Helligkeit, bis sich ihre Augen an die neuen Lichtverhältnisse gewöhnt hatten. Die Tür öffnete sich in einen weiteren Tunnel, der nach rechts und links führte. Matrinas Erregung stieg, als sie ihr Schwert zog und hindurchging. War das Sonnenlicht?

Links versank der Tunnel in tiefster Schwärze. Rechts öffnete er sich zu einer kleinen Höhle, die vom anderen Ende her strahlend hell erleuchtet war. Das Atmen war auf dieser Seite leichter. Matrina zog sich das Halstuch vom Gesicht und wischte sich den Staub ab, während sie zur Lichtquelle blinzelte.

Als sich Matrinas Augen an das Licht gewöhnt hatten, hielt sie den Atem an. Goldene Strahlen von Sonnenlicht fielen durch die Spalten zwischen den beiden gewaltigen Steintüren, die einst das Haupttor gewesen waren. Die Tore hingen schief in den Angeln, und durch das Gestein zogen sich Risse und Spalten wie durch ausgedörrte Erde.

Durch die Risse und Spalten konnte sie nach draußen sehen. Hohes Gras von der Farbe verrotteten Laubes schwankte träge in einer leichten Brise. Das Gras war von einem Netzwerk aus dornigen Ranken und Gestrüpp durchzogen. Selbst aus dieser Entfernung konnte Matrina das weißliche Glänzen gebleichter Schädel und Knochen erkennen. Noch mehr Tote.

Inmitten des schwarzen Dickichts mußten unzählige Leichen liegen.

Dann fiel Matrina ein Streifen ausgewaschenen Blaus auf, das sie durch einen kleinen Spalt hoch oben in dem Tor sehen konnte, und sie keuchte angesichts seiner Klarheit. Der Himmel.

Bozryn trat durch die Tür und stellte sich neben sie. Seine Hände umklammerten den Schaft seiner Streitaxt. »Ich hoffe, Pols Dämon kommt nicht zurück«, sagte er, während seine Blicke über die Skelette huschten.

In der Höhle tanzten und wirbelten winzige Staubpartikel in den blendenden Strahlen des Sonnenlichts. Leichen stapelten sich kniehoch, und Knochen stachen aus zerfallenen Tuniken und verrosteten Rüstungen hervor. Schädel starrten sie aus leeren Augenhöhlen an.

Die Leichen waren längst verwest, der Gestank hatte sich schon vor langer Zeit verzogen und war durch den moderigen Geruch nach Feuchtigkeit verdrängt worden.

Neru meldete sich zu Wort. Seine Stimme hatte jenen entrückten Klang, den sie immer annahm, wenn er in den Astralraum spähte. »Was sich dort am Ende der Höhle befindet, strahlt mächtige Magie ab«, sagte er. »Es ist wie ein riesiges Spinnennetz aus Astralfäden.«

Fier war ein paar Schritte vorgegangen, blieb jedoch bei Nerus Worten stehen und lief dann zu den anderen zurück. »Das einer guten oder bösen Spinne?«

»Kann ich nicht sagen. Ich kann keine *Spinne* sehen, nur das netzähnliche Muster der Fäden. Sie scheinen in das Gebilde eingewoben zu sein.«

Matrina zog Torocos Schwert und betrachtete den Talisman. Der Bernstein funkelte im Sonnenlicht, aber sie konnte kein Leuchten oder irgendeine Veränderung an der Windlingsgestalt erkennen. »Hier ist kein Dämon«, sagte sie. »Jedenfalls sagt das Schwert das.«

»Dann bin ich dafür, etwas zu essen«, warf Bozryn ein.

»Deine erste gute Idee«, sagte Fier, indem er zu Bozryn und dem großen Rucksack ging, der ihre Vorräte enthielt.

Neru erwachte aus seiner Benommenheit. »Ja.«

Matrina fiel plötzlich auf, daß sie ebenfalls ziemlich hungrig war, obwohl sie begierig darauf war, durch die Tore zu gehen und das Draußen zu erforschen.

Heißhungrig verzehrten sie ihr Mahl aus getrocknetem Obst und gepökeltem Fleisch, während sie einen Laib Brot und einen Wasserbeutel kreisen ließen. Doch noch während des Essens legte sich eine Hülle der Angst über sie; Angst davor, was als nächstes geschehen mochte.

Matrina wollte durch das zerstörte Tor laufen und die Luft von draußen atmen. Die neue Welt schmecken. Sie war ihr so nah. Aber sie hatte Angst. All diese toten Leute. Alle von einem einzigen Dämon getötet. Und der Legende zufolge durchstreiften die Dämonen das Draußen völlig ungehindert. Viele, sehr viele Dämonen. Zu viele, um sie zu zählen. Und natürlich auch noch andere gefährliche Lebewesen.

Wie konnte das Kaer hoffen, sich vor all dem zu schützen? Selbst wenn der Magie-Pegel wieder gesunken war und dadurch die stärkeren Dämonen vertrieben worden waren, schien der Kampf aussichtslos zu sein. Vielleicht sollten sie zuerst durch den finsteren Tunnel gehen. Dort war etwas. Etwas Mächtiges. Das zu helfen gewillt war.

Matrina nahm einen tiefen Schluck aus dem Wasserbeutel und schüttelte den Kopf. Nein. Die Bewohner des Kaer befanden sich in einer echten Notlage und brauchten dringend eine neue Heimat. Draußen. Und dort würde sie auch danach suchen. Trotz ihrer Angst.

»Das Kraftnetz befindet sich ein Stück weiter den Tunnel entlang«, sagte Neru wieder mit entrückter Stimme. »Im Kern erkenne ich irgendeine Anomalie. Eine schwarze Leere.« Er stand auf, wischte sich die Brotkrumen von dem schwarzen Umhang und schnallte sich den Rucksack um. »Ich werde der Struktur dieser Fäden folgen.«

»Nein, bleib hier«, sagte Matrina. »Zuerst wollen wir uns vergewissern, daß wir nicht in unmittelbarer Gefahr schweben.«

Von draußen ertönte ein zischendes Fauchen.

Matrina stand auf und zog automatisch ihr Langschwert aus der Scheide.

Bozryn nahm seine Axt und trat neben sie, während sie sich dem Draußen näherte. Sie blinzelte in das grelle Licht und wunderte sich über die große Hitze. Die Laternen im Kaer waren zwar hell, aber kalt. Der braune Kristall in ihrer Haut schimmerte in der Hitze, als sie durch die Skelette zum gesprungenen Portal watete.

Die kleine Gruppe scheuchte einen Schwarm Vögel auf, als sie die Öffnung erreichte. Graugefiederte Flügel flatterten rasch in den Himmel und außer Sicht.

Die Bilder von draußen hätten Matrina niemals auf das vorbereiten können, was sie jetzt sah. Allein die Größe von allem war schwindelerregend. Der Himmel war eine ausgedehnte Weite aus verwaschenem Blau, und die Sonne schien viel zu hell, als daß man sie hätte anschauen können. Das blasse Blau verdunkelte sich in der Ferne zu einem tiefen, brodelnden Schwarz, von dem sie annahm, daß es sich um Wolken handelte. Sie hatte in der Schule von Regenwolken gehört, jedoch niemals geglaubt, daß sie einmal welche mit eigenen Augen sehen würde.

Eine verwüstete Savanne breitete sich leicht abfallend vor ihnen aus, in der Ferne in einen dunklen Dschungel übergehend. Das Dornengestrüpp verhakte sich in ihrer Hose, als sie vorsichtig hinaustrat und dabei die saubere, erdig, stechend und feucht riechende Luft in vollen Zügen einatmete. Das Violett der Disteln und das Gelb der Nadelblumen waren die einzigen Farben, die die Eintönigkeit des grauschwarzen Grases durchbrachen.

Wieder ein Fauchen, näher diesmal und links von ihnen.

Die Tiere sahen aus wie die Katzen im Kaer, waren jedoch viel größer – mindestens so groß wie ein Mensch. Sie hatten ein kurzes goldfarbenes Fell über kräftigen Muskeln. In ihren Augen lag eine Wildheit und in ihrem Fauchen eine Schläue, die den Hauskatzen völlig abging. Vier der Tiere traten aus dem Dickicht und richteten ihre Pupillen aus schmalen Augenschlitzen auf Matrina. Sie hatte nie zuvor einen echten Löwen gesehen, kannte sie jedoch aus Geschichten und Zeichnungen.

Sie bedeutete Bozryn, sich zum Eingang zurückzuziehen.

Einer der Löwen machte einen weiten Satz in ihre Richtung, als sie sich in die Spalte zwischen den beiden Toren zurückzogen.

Matrina hörte das Pfeifen der Luft, als Bozryn dem Tier mitten im Sprung entgegentrat und seine Axt schwang. Die Klinge bewegte sich schneller, als sie es bei so einer klobigen Waffe je für möglich gehalten hätte, und grub sich in Nacken und Schulter der Bestie.

Der Löwe jaulte auf, Blut sprudelte aus der Wunde und befleckte sein mattgoldenes Fell mit klebrigem Rot.

Matrina trat neben Bozryn, und zu zweit bewachten sie den Eingang zu der Höhle. Ein weiterer Löwe sprang Bozryn an und versuchte seine Zähne in dessen Kieselhaut zu graben.

Sie fuhr herum und ließ ihr Schwert auf das Tier niedersausen. Die rasiermesserscharfe Klinge versank ohne Widerstand in der Rückenmuskulatur der Bestie.

Der Löwe ließ von Bozryn ab und stürzte schwer zu Boden.

Zwei Löwen waren erledigt, doch schon kamen weitere angelaufen. Alles in allem musterten sie jetzt fünf Löwen mit gelben Augen.

Matrina und Bozryn erwarteten die Angriffe der Löwen und erledigten sie methodisch und einen nach dem anderen. Entweder spaltete die gewaltige Axt ihre Leiber, oder Matrinas Schwert traf sie mit ihren präzisen Stößen.

Die Großkatzen griffen an, bis die letzte von ihnen verendet war. Offenbar waren sie blind für den Tod ihrer Artgenossen. Der Anblick rief ein gewisses Unbehagen, ja sogar Übelkeit in Matrina hervor. So viele tote Tiere. Wunderbare Wesen. Warum waren sie nicht fortgelaufen, als ihnen klar wurde, daß ihre Beute zu stark für sie war? Das Verhalten der Tiere kam ihr unnatürlich vor und ängstigte sie.

Bozryn und Matrina schleiften die toten Löwen vom Eingang weg und unter den nächsten verkrüppelten Baum. Als sie fertig waren, nahm sie sich einen Augenblick Zeit, um sich zu sammeln.

Ein Wind kam auf, der ihr warm und feucht über das Gesicht strich und an ihrer Kleidung zupfte. Gerüche überfluteten ihre Sinne, schwere Gerüche, die sie nicht identifizieren konnte. Sie drehte sich zu den anderen um, um deren Reaktion zu sehen. Bozryn stand keuchend neben ihr und starrte auf die sich nähernden schwarzen Wolken. Fier und Neru waren immer noch in der Höhle.

Von außen sah das Portal klein aus – eine winzige Öffnung in dem Berghang, die durch das Felsmassiv dahinter noch kleiner wirkte. Die Schutzvorrichtungen waren in das Gestein der Tore des Portals gemeißelt – ein kleines Dreieck in einem größeren, und zwar dergestalt, daß die Ecken des kleineren die Seitenlinien des größeren exakt in der Mitte berührten. Beide waren von einem ebenmäßigen Kreis umgeben.

Rechts neben dem Tor zog sich ein uralter Pfad den Berg hinauf bis zu einem breiten und fast waagerechten Felsvorsprung.

Matrina wandte sich an Bozryn. »Wir lagern in der Höhle«, sagte sie. »Kannst du die anderen holen, damit sie uns dabei helfen, zumindest einen Teil der Knochen nach draußen zu räumen?«

Bozryn nickte, dann machte er kehrt und ging zum Portal zurück.

Matrina griff sich mit beiden Händen hinter den Kopf und zog Torocos Schwert aus der Scheide. Sie erklomm den alten Pfad und den flachen Felsvorsprung, wo sie das Schwert schwang und erneut sein Gewicht und seine Ausgewogenheit prüfte.

Während sie übte, erinnerte sie sich daran, wie Pindre sich mit dem Schwert bewegt hatte, wie seine starken Arme die Klinge wie eine Verlängerung seines Körpers geführt hatten. Sie versuchte die Bewegungen ihres Bruders nachzuahmen: herumwirbeln, zuschlagen, Parade und Riposte, um das Karma von Torocos Klinge in Erfahrung zu bringen.

Sie hielt inne, als der Regen einsetzte und das hallende Echo eines Donnerschlags den Boden um sie erbeben ließ. Die Heftigkeit des Unwetters verblüffte sie. Das Gewitter brüllte wie ein Löwe, und die zuckenden Blitze und das donnernde Krachen in der Luft durchdrangen ihre Seele und brachen ihren Willen mit einem bloßen Zucken seines Schweifs.

Was dachten sie sich eigentlich dabei, nach draußen zu gehen? Wie konnte jemand auch nur zu überleben hoffen, wenn die Natur selbst, das Wetter, solch eine überwältigende Furcht hervorrufen konnte?

Matrina ließ sich erschöpft in eine sitzende Stellung nieder und legte sich das Schwert quer über den

Schoß. Tränen traten ihr in die Augen, als der Regen einsetzte und mit seinem niederdrückenden Gewicht auf sie einhämmerte. Als Bozryn schließlich zu ihr kam, war sie völlig durchnäßt. Sie sah zu dem besorgten Gesicht des großen Mannes auf und hoffte, daß er ihre Tränen nicht bemerkte.

Bozryn streckte den Arm aus, um ihr beim Aufstehen zu helfen. Sie dankte ihm mit einem flüchtigen Lächeln, erhob sich aber, ohne seine Hilfe in Anspruch zu nehmen. Neben dem großen Mann ging sie zum Portal und zu dem kleinen Feuer zurück, das er in der Höhle entzündet hatte.

Matrina setzte sich ans Feuer und ruhte sich aus, während die Wärme langsam durch ihre nasse Tunika drang und sie hinaus und auf den dunklen, flackernden Himmel starrte. Sie bemerkte die längere Abwesenheit Nerus und des Jungen nicht einmal, bis der Talisman in einem tiefdunklen Bernsteingelb zu leuchten begann.

Die Frau mit dem Schwert achtet nicht auf meine Rufe, sie ist abgelenkt worden. Die Löwen haben ihren Zweck erfüllt. Und dieser hier – der Magiekundige, der mich fast sehen kann – ist reif für den Wurm.

Komm schon, mein kleines Lämmchen. Ich gebe dir Macht. Ich unterweise dich in der Magie.

»Bleib hier.« Er redet mit dem Blinden, der ganz in Schwarz gekleidet ist, und läßt ihn am Eingang zu meiner Behausung zurück.

»Was ist das?« fragt der Blinde.

»Ich bin nicht sicher.« Der Sehende geht vorsichtig über den gestreiften Boden, wobei er dem Skelett dieses Miststücks von einer Geisterbeschwörerin ausweicht, die mein Schlangenhirn vor so vielen Jahren hier in die Falle gelockt hat. Der Sehende tritt gänzlich in mein Blickfeld, als sein Geist auf die Astralebene wechselt und er mich ansieht.

Hallo, sage ich. Willkommen in einer ganz privaten Hölle.

»Hier ist etwas«, sagt er zu dem anderen. »Etwas Großes.« Und während er sein Blickfeld ausdehnt, versucht er meine Größe abzuschätzen und gerät in Panik, als ihn die Erkenntnis trifft.

Ich verzehre seine Gedanken. Mmm. Ich schleuse meinen Wurm in sein Hirn.

Der Junge betritt den Raum und betrachtet von oben bis unten die umgedrehte Kristallspitze, die an der gewölbten Decke befestigt ist und dicht über dem Boden exakt in der Mitte des Raumes endet. »Stimmt etwas nicht, Neru?« fragt er. Der Junge kann die Fäden der Macht nicht sehen, die von ihren Vertiefungen im Boden zur Spitze führen.

Neru streckt die Arme aus und preßt die Handflächen gegen die Spitze. »Nein, alles in Ordnung. Ich dachte, ich hätte etwas gesehen, aber jetzt ist es wieder verschwunden.« Neru weiß jetzt, was er zu tun hat. Ich sage es ihm, und er ist ein guter Zuhörer. Es handelt sich mehr um einen Fall von Überredung als um Zwang.

Er will den Talisman.

Du wirst ihn bekommen, sage ich. Ich werde dir seine Kräfte erschließen. Alle.

Der Neid macht ihn blind. Ah, wie ich die Blinden liebe.

Bring ihn mir, wispere ich, während ich den Parasit in seinem Verstand ein wenig bewege, um ihm das Vergnügen zu zeigen, das ich ihm verschaffen kann. Ein Lächeln huscht über sein Gesicht. Wie ekelerregend.

Dann zeige ich ihm den Schmerz. Nur eine Andeutung.

Er greift sich an den Kopf und sinkt auf die Knie, doch der Aufschrei bleibt ihm im Halse stecken. Es wäre nicht gut, wenn die anderen an dieser Stelle Verdacht schöpften.

Der Talisman, sage ich zu ihm, indem ich ihn aus dem Griff der Schmerzen entlasse. Bring mir den Talisman.

»Was ist los?« fragt der Junge. »Ist dir nicht gut?«

Neru steht auf und sieht ihn an. »Nur ein plötzlicher Anfall von Kopfschmerzen«, sagt er. »Aber er ist schon vorüber.«

Ich rufe den Jungen. Er ist zäher, aber vielleicht gelingt es mir noch, seinen Verstand zu infizieren.

»Komm und sieh dir diese Spitze an«, sagt Neru. »Die Konstruktion ist unglaublich. Sehr mächtige Magie.«

Der Junge ist neugierig. Sein Widerstand wird nicht lange anhalten. Und wenn er nachgibt, werde ich ihn rösten. Ja, Schlangenhirn gefällt die Idee. Seinen winzigen Verstand zu rösten und dann zu verspeisen.

»Bozryn!« Matrina sprang auf, wobei die Enge ihrer nassen Kleider ihre Bewegungsfreiheit einschränkte. Sie betrachtete den Talisman noch einmal, um sich davon zu überzeugen, daß er immer noch leuchtete. »Ein Dämon ist in der Nähe. Wo sind die anderen?«

Bozryn wandte den Blick vom Regen und den Blitzen ab und sah sie an. »Sie sind den anderen Weg entlanggegangen«, sagte er, indem er seine Axt aus der Schlaufe zog.

»Zum Henker mit den beiden«, sagte sie.

»Wir sind schon da« erscholl Nerus Stimme von der anderen Seite der Höhle. Er trat aus dem Schatten und ging zu ihr, Fier dicht hinter sich. »Was ist los?«

»Der Talisman leuchtet.«

»Das dachte ich mir schon.«

»Was bedeutet das?« fragte Fier.

Neru drehte sich zu dem Jungen um. »Es bedeutet, daß ein Dämon in der Nähe ist.« Die blauen Augen des Geisterbeschwörers weiteten sich, während er den Blick wieder auf Matrina richtete.

»Es muß mit dem astralen Netz zusammenhängen. Der Raum am Ende jenes Tunnels ist der Brennpunkt. Genau die Art von Ort, die einem Dämon gefällt. In der Mitte des Netzes aus astralen Fäden ist ein dunkles Etwas. Ich weiß nicht, was es ist, aber jetzt, wo der Talisman leuchtet, würde ich sagen, daß es ein Dämon ist.«

Matrinas erster Gedanke war, sich in den Tunnel zum Kaer zurückzuziehen. Doch falls ihnen der Dämon folgte, mußten sie sich so weit wie möglich vom Eingang des Kaer fernhalten, bis der Dämon entweder verschwand oder sich auf sie stürzte. »Wir werden hier auf ihn warten«, verkündete sie.

Neru starrte sie an. »Machst du Witze? Wir sollten versuchen, ihn zu töten. Was ist, wenn er uns zum Kaer folgt? Laß mich zumindest sehen, ob ich mehr über ihn in Erfahrung bringen kann. Mit dem Talisman gelingt es mir vielleicht, eine Schwäche bei ihm auszumachen.«

Matrina dachte darüber nach. Es konnte nur gut sein, soviel wie möglich über den Dämon in Erfahrung zu bringen. Und wenn Neru die Kräfte des Schwerts tatsächlich nutzen konnte, mußte sie es ihm auch leihen. Sie bedauerte jetzt, daß sie ihn an der Einsturzstelle geschlagen hatte. Wenn sie ihm zeigte, daß sie ihm jetzt vertraute, wurden dadurch vielleicht die Unstimmigkeiten zwischen ihnen bereinigt.

Sie nahm das Schwert und hielt es Neru hin. »Ich will nicht, daß du ihn auf uns aufmerksam machst. Sieh zu, daß du ...«

Als sich die Klinge hob und auf Neru zeigte, leuchtete die Windlingsgestalt im Innern des Talismans plötzlich grellweiß auf. Was, zum ...?

Matrina zog das Schwert näher zu sich heran und wich einen Schritt zurück. Dann richtete sie die Spitze wieder auf Neru. Das Leuchten des Talismans verstärkte sich erneut. »Was geht hier vor?«

Neru reagierte nicht. Sein Gesicht verzerrte sich vor Schmerzen, und seine Augen schlossen sich.

Matrina wich langsam weiter zurück. Was war geschehen? Bozryn stand rechts neben ihr, die Axt in der Hand, Fier zu ihrer Linken und ein wenig hinter ihr.

Plötzlich öffneten sich die Augen des Geisterbeschwörers, und er schrie Matrina an.

Schmerz flammte in ihr auf. Brennender Schmerz ohne ersichtliche Quelle. Aus allen Richtungen. Durch ihre Haut, ihre Knochen, ihre Sehnen. Verzehrender, sengender, unerträglicher Schmerz.

Matrina ging in die Knie, während ihr weißglühendes Feuer durch Brust und Kopf schnitt, als werde ihr Körper mit geschmolzenem Metall gefüllt.

Sie hielt das Schwert fest.

»Ich wußte doch, daß du nichts taugst«, sagte Bozryn, indem er Neru entgegentrat und mit seinen riesigen Händen die Trollaxt schwang.

Neru wich einen Schritt zurück, und die Axt durchschnitt die Luft an der Stelle, wo der Geisterbeschwörer einen Augenblick zuvor noch gestanden hatte.

Eine weitere Schmerzwelle knüppelte sie nieder. Die Augen schienen ihr aus den Höhlen zu fließen, und die Hitze gab ihr das Gefühl, als schmelze ihr die Haut vom Leibe. Sie sammelte ihre letzten Kraftreserven und versuchte aufzustehen, konnte sich jedoch nicht rühren.

Fier legte ihr beruhigend eine Hand auf den Rücken. »Er will nur das Schwert«, sagte er. »Mehr nicht.« Dann der scharfe, eindeutige Stich eines Dolchs, der in ihren Rücken gestoßen wurde.

Sie beobachtete mit ständig zunehmender Entrücktheit, wie Bozryn neuerlich ausholte. Ein Schrei entrang sich ihrer Kehle, und gleichzeitig sauste die Axt des großen Mannes auf Nerus Brust herab.

Der Geisterbeschwörer wich aus, doch die Klinge streifte ihn und schnitt durch seinen Umhang und in seine Haut, wurde jedoch aufgehalten, als sie auf die goldene Kette um seinen Hals traf. Das Klirren von Metall auf Stein ertönte, als die Kette zu Boden fiel.

Die Schwärze überkam sie wie eine wallende Wolke aus Tinte. Matrina stach der eisenhaltige Geruch nach Blut in die Nase, als sie zu Boden fiel, während ihr der Junge das Heft von Torocos Schwert aus den Händen wand.

Sie versuchte ihn daran zu hindern, aber ihre Finger waren vor Schmerzen taub, und die Dunkelheit hinter ihren Augen raubte ihr die Sicht.

Dann war das Schwert verschwunden, und sie lag da und lauschte dem Poltern von Stiefeln auf den Steinplatten und dem Prasseln des Regens draußen, das hin und wieder von einem Donnergrollen unterbrochen wurde.

Große, suchende Hände fanden sie, richteten sie auf, bis sie eine sitzende Stellung einnahm. »Ist es schlimm?«

Matrina röchelte; es war ein schwaches Röcheln, das ihre letzten Kräfte aufzehrte. Sie verlor das Bewußtsein, als Bozryn ihren Kopf auf den kratzigen Stoff seines Rucksacks bettete.

Sieg. Erfolg.

Die Würmer bringen mir den Gegenstand. Sie haben den anderen große Schmerzen zugefügt. Dafür muß ich sie belohnen.

Der Zauberkundige kommt zu mir. Er ist verwundet – ein Schnitt in der Brust –, aber er wird es überleben. Das Blut ist in das schwarze Gewebe seines zerrissenen Umhangs gesickert, und der Schnitt selbst hat bereits aufgehört zu bluten. Er steht vor der Kristallspitze und hält die Bruchstücke seiner Halskette in der Hand. Ich werde das goldene Amulett als Behältnis für den Talisman benutzen.

Leg die Kette auf den Boden unter die Spitze, sage ich zu ihm.

Er gehorcht.

Die Struktur der Goldkette ist leicht zu begreifen. Ich knüpfe die zerfaserten Fäden der Struktur des Amuletts zusammen, bis sie wieder ganz ist. Die Kette ist zu schwach, um den Talisman zu halten, muß aber genügen. Das Schwert kommt nicht in Frage. Es ist zu schwer für den Magier und könnte zu leicht verlorengehen.

Der Junge nähert sich mit dem Talisman, dessen Macht pulsiert und mich einhüllt, als er den Raum betritt.

Löse den Talisman aus dem Schwertknauf, sage ich zu ihm.

Der Sterbliche muß es mehrmals versuchen. Er lernt sehr rasch, aber der Wurm in seinem Verstand läßt ihn hin und wieder entwischen.

Ich muß seinen Widerstand mit mehr Schmerzen brechen. Er schreit auf und faßt sich mit beiden Händen an den Schädel. Ja, das ist schon viel besser. Er versucht es noch einmal und befreit den Talisman.

Gib ihn Neru. Leg ihn auf das Amulett.

Die Struktur des Windlings ist ein mächtiges und vielfältiges magisches Gebilde, welches um das geordnete Netz der Kristallspitze herumwirbelt. Ich drehe und wende es, untersuche es, erforsche seine Kräfte aus der Nähe. Überzeuge mich von seinen Schwächen. Dieselben Kräfte und Schwachstellen, die ich schon das ganze letzte Jahr von weitem beobachtet habe.

Ein wahrhaftig unbedeutender Zeitraum. Innerhalb des Windlings kann ich in der Welt des Körperlichen ewig leben. Entscheidend ist, den ruhenden Geist des Windlings in Besitz zu nehmen, der in seinem Gefängnis aus Bernstein tatsächlich noch am Leben ist.

Ich rede mit dem Jungen. Gib dem anderen deinen Dolch.

Er gehorcht.

Neru, bald wirst du über Macht gebieten, wie du sie dir nicht vorstellen kannst. Das Ritual der Übertragung beginnt jetzt. Zeig mir, daß du ihrer würdig bist.

Er tut, was ich ihm sage.

Fier wehrt sich einen Moment, bis die Schmerzen in seinem Kopf so stark werden, daß er zusammenbricht und gequält zu Boden stürzt.

Süßer Widerstand.

Die Kapuze des Zauberkundigen ist in den Nacken gefallen und sein schwarzes Haar glänzt im Schein des Talismans, als er den schreienden Jungen zur Mitte des Raumes schleift. Der Junge schlägt und tritt um sich, so daß die Überreste des Skeletts durcheinandergewirbelt werden und die Knochen durch den Raum fliegen. Der Schnitt des Dolches, der Fiers Hals öffnet, ist die Folge einer flinken Handbewegung des Zauberkundigen.

Ah, der Geruch leibhaftigen, greifbaren Blutes. Der Ansturm ist fast zu schön. Überwältigend.

Ich darf nicht in meiner Konzentration nachlassen.

Ich verwebe die Lebensenergie aus dem Blut des Jungen zu einem Faden. Er bildet ein lebendes Band zwischen der Kristallspitze und dem Talisman. Ich finde die Stelle des Windlings, wo seine Struktur schwach und formbar ist.

Ich befestige den Faden an dieser Stelle und vollende ihn, als der Junge stirbt. Der Augenblick, auf den ich geduldig gewartet habe, ist endlich gekommen. Ich löse mich aus der beengten Sicherheit der Kristallspitze und folge dem Blutfaden in den Talisman. Ich vereinige den Bernstein mit dem Gold des Amuletts, als ich in den schlafenden Geist der Windlingsfrau eindringe.

Sie erwacht, als ich die Herrschaft übernehme. Zum erstenmal seit über fünfhundert Jahren lebt sie wieder. Ich genieße ihren Kummer, als sie sich daran erinnert.

Ich folge ihren Erinnerungen und begreife die Macht des Talismans.

Ich bringe die Gedanken der Windlingsfrau zum Schweigen, und Befriedigung erfüllt mich, als ihr Verstand angesichts der Schmerzen, die ich ihr bereite, winselt und jammert.

Der Junge ist jetzt völlig ausgeblutet. Er liegt still und zuckt nur bei jedem Schlag seines leeren Herzens ein wenig.

Die Zeit dehnt sich, während ich mich in meinem neuen Heim ausbreite. Es dauert viele Stunden, bis ich mich in dem Gebilde zurechtgefunden und mich angepaßt habe. Aber ich passe vollständig hinein. Es gibt massenhaft Platz hier drinnen.

Der Bernstein verdunkelt sich um die Gestalt des Windlings, als ich den Talisman in Besitz nehme, und das Leuchten verblaßt zu einem bescheidenen Funkeln.

Neru betrachtet mich verblüfft. Er weiß, daß ich hier bin, aber nicht, was ich bin. Macht, flüstere ich ihm zu. Ich habe dir Macht versprochen, und jetzt bekommst du Macht.

Heb mich hoch, sage ich. Wisch das Blut des Jungen von mir ab.

Der Zauberkundige ist so gehorsam wie ein Elementar. Er greift in die klebrige Blutlache und hebt die Kette auf. Er betrachtet mich einen Augenblick lang, dann reinigt er den Talisman mit einem Zipfel seines Umhangs.

Er streift sich die Kette über den Kopf und versteckt das Amulett unter seinem zerrissenen Umhang. Ich komme auf seiner Haut zu liegen, direkt über dem blutigen Schnitt in seiner Brust.

Der Talisman fungiert als eine Art Linse für meine Macht und verzerrt sie. Schwächt sie irgendwie. Doch meine Kraft brennt sich durch die Linse, und es gelingt mir, durch die Haut von Nerus Brust zu greifen.

Hier ist deine Macht, sage ich. Und ich lache, als ich die Fäden seiner Seele durch die Gefäße in seiner Brust ziehe und mit meinen verbinde.

Er winselt überrascht, als ich die Herrschaft übernehme. Als ich in seinen Verstand eindringe und ihn in die tiefste und finsterste Ecke seines Ichs dränge. Soll er für eine Weile sein eigenes Leid spüren. Hat er tatsächlich geglaubt, ich würde ihm den Talisman einfach so überlassen?

Ich lache, und im gleichen Augenblick spüre ich die Atembewegungen seiner Brust. Ah, wieder einen Körper zu besitzen. Es ist so lange her, daß ich fast vergessen habe, wie das ist.

Die materielle Welt wieder zu spüren und zu sehen.

Neru versucht, mir die Herrschaft zu entringen, indem er seine jämmerlichen Fähigkeiten im Fadenweben einsetzt, um sich von mir zu lösen. Vorübergehend gelingt es ihm tatsächlich, die Herrschaft über seinen Körper zurückzugewinnen. Hände bewegen sich, packen den Talisman, zerren daran. Versuchen mich wegzuwerfen.

Fast hätte er mich erwischt. Der Talisman verzerrt meine Macht, wodurch er eine Chance hat, die er nie hätte bekommen dürfen. Ich korrigiere die Fäden, die mich mit seinem Verstand verbinden, und ziehe daran. Die Struktur des Talismans zwingt mich, viele Fäden schlaufenförmig und in Windungen anzulegen, damit sie sich nicht verwirren. Dadurch nimmt der Vorgang mehr Zeit in Anspruch, als ich erwartet hatte.

Fast ein Tag ist vergangen, und als wir unwiderruflich miteinander verbunden sind, ist sein Körper erschöpft. Aber er wird keine Versuche mehr unternehmen, mir die Herrschaft zu entreißen.

Ich röste seinen Verstand, jage astrale Messer durch seine Seele. Du wirst in Schmerzen braten, mein Freund. Mein Süßer. Mein köstliches niederes Wesen.

Ohne die Herrschaft über seinen Körper kann er den Schrei nicht ausstoßen, der sich in seinem Verstand aufbaut. Und ich spüre, wie ihn der sengende Schmerz in den Wahnsinn treibt.

Das ungetrübte Vergnügen darüber läßt mich laut auflachen.

Die Sonne schien hell, als sie über die Seilbrücke rannte und im letzten Augenblick sprang, um Pindre zu fangen. Sie verfehlte ihn um einen Fingerbreit. Verdammt.

Er verschwand in dem Haus, während sie auf den Vorsprung prallte, der die Brücke hielt. Sie rollte sich ab, wie sie es immer tat. Doch anstatt auf die Beine zu kommen, war ihr Schwung diesmal so groß, daß sie zu weit rollte und über die Kante des Vorsprungs fiel.

Sie tastete verzweifelt nach einem Halt im Mauerwerk. Ihre linke Hand klammerte sich an den glatten Stein, während die andere ein Befestigungstau der Seilbrücke fand. Sie strampelte krampfhaft mit den Beinen, und ihre Zehen gruben sich in die zerfurchte Steinmauer. Unter ihrem Gewicht bröckelten kleine Stücke des Mauerwerks ab.

Sie wagte es nicht, aus dieser Lage nach unten zu schauen. Zu hoch. Der Schwindel würde sie zur Hysterie treiben.

»Pindre!«

Ihre linke Hand rutschte in dem Augenblick ab, als ihr Bruder über ihr erschien. Er griff nach unten, um ihr zu helfen, doch als sie ihre Hand in seine legte, spürte sie staubige Knochen und verschrumpelte Haut.

Sie sah auf, in das Gesicht des toten Pindre, und entzog ihm ihre Hand. Sie stürzte ab.

Die Sonne wurde immer heller, während sie fiel, obwohl sie wußte, daß es im Kaer keine Sonne gab. Matrina schloß die Augen vor dem Licht und dem damit verbundenen Schmerz. Wappnete sich gegen den Aufprall.

Der Aufprall kam nicht.

Sie schlug die Augen auf. Direkt über ihr befand sich die hohe Wölbung der Höhlendecke. Rechts von ihr fiel Sonnenlicht durch das halb zertrümmerte Hauptportal und blendete sie.

Aber sie lebte.

Lebte und hatte Schmerzen. Der gesamte Körper tat ihr weh, ihre Haut juckte, und in der linken unteren Rückenpartie verspürte sie ein scharfes Pochen.

Matrina war fast nackt unter den Decken ihres Schlaflagers. Der Steinboden fühlte sich durch den Stoff hart und kalt an, und ihr Kopf lag auf einem mit Kleidungsstücken vollgestopften Sack.

»Gut, du bist wach.« Bozryn klang erschöpft.

Sie drehte sich in Richtung der Stimme, und ihr ganzer Körper wurde von Schmerzen überflutet, da sie sich an dem harten Steinboden rieb. Sie zuckte zusammen, biß sich auf die Zähne und zwang sich, die Bewegung zu vollenden.

»Du darfst dich nicht bewegen.« Bozryn saß ungefähr sechs Ellen von ihr entfernt an der Wand gegen seinen großen Rucksack gelehnt. Sein kahler Schädel hing matt herab, und unter seinen Augen waren tiefe dunkle Ringe. »Sonst könnte sich die Wunde wieder öffnen.«

Matrina tastete nach der Wunde in ihrem Rücken. Die Erinnerung an den Kampf mit Neru kehrte jetzt langsam zurück. Fier mußte ihr den Stich verpaßt haben. Die Wunde war verbunden, und unter den Rändern quoll eine klebrige Salbe hervor.

Sie fuhr mit der Hand über den Einstich, wo der Dolch den Kristall in ihrer Haut durchbohrt hatte. Zuckte zusammen und zwang sich dann, die Umgebung des Einstichs abzutasten, um festzustellen, ob sie sich eine Infektion zugezogen hatte.

Matrina erinnerte sich ganz genau an Yunas Regel. Wenn irgendeine Schwellung in der Umgebung der Wunde bei Berührung mehr schmerzte als die eigentliche Wunde, hatte man eine Infektion, und eine besondere Heilung war erforderlich. Das schien hier nicht der Fall zu sein. Gut.

»Hast du Hunger?« Bozryn griff hinter sich in den Rucksack und holte einen Streifen getrockneten Fleisches und einen Zwieback heraus. Er stand auf und brachte ihr das Essen.

Matrina bemerkte plötzlich, daß sie völlig ausgehungert war. Wie lange lag ihre letzte Mahlzeit schon zurück? Sie versuchte ein Stück von dem Dörrfleisch zu essen, doch ihr Mund war trocken, und ihr Kiefer schmerzte. Bei jeder Kaubewegung schoß ihr ein feuriger Schmerz durch den Schädel.

»Wasser«, krächzte sie, doch Bozryn war bereits da und kniete sich mit einem offenen Wasserbeutel neben sie.

»Versuch dich aufzusetzen«, sagte er, indem er ihr mit einer Hand unter den Rücken faßte, um ihr zu helfen. Mit einiger Mühe gelang es ihr, eine sitzende Haltung einzunehmen. Bozryn setzte sich hinter sie, so daß sie sich bei ihm anlehnen konnte.

»Danke.« Er hatte ihr das Leben gerettet, und jetzt kümmerte er sich um sie. »Ich ...«

»Rede nicht. Trink. Iß.« Er hielt ihr den Wasserbeutel vor den Mund und neigte ihn, so daß das Wasser über ihre Brust lief. Aber sie schluckte genug, um ihre Kehle zu kühlen, und der Geschmack war wunderbar. Sie versuchte es noch einmal, trank in tiefen Schlucken. Dann machte sie sich über das Dörrfleisch und den Zwieback her. Während sie aß, dachte Matrina über den Angriff und darüber nach, was er bedeutete. Der Dämon hatte von Neru und Fier Besitz ergriffen. Das war offensichtlich. Außerdem hatte er Torocos Schwert gewollt. Aber warum?

Vielleicht war das Schwert die einzige Waffe, die ihn töten konnte. Schließlich hatte die Klinge bereits Pols Dämon erledigt.

Das Essen sättigte sie, und sie spürte, wie ein Teil ihrer Kraft zurückkehrte, wenngleich sie immer noch sehr müde war. Was, wenn dieser Dämon aus Nerus Gedanken die Lage des Kaer erfuhr? Er konnte zum verabredeten Zeitpunkt der Öffnung des Kaer auftauchen und eindringen. Er konnte das gesamte Kaer vernichten.

»Bozryn, wir müssen was unternehmen.«

»Unmöglich.«

»Der Dämon könnte das Kaer angreifen. Dabei würden wahrscheinlich alle zu Hause sterben.«

»Und wenn schon«, sagte er. »Du bist zu schwer verwundet, um Dämonen zu jagen.«

»Es geht mir schon viel besser. Das Essen hat mir gutgetan.« Matrina versuchte aufzustehen, um es Bozryn zu zeigen, aber sie war zu schwach und sank wieder zu Boden. Ihre Wunde schmerzte jetzt wieder sehr stark. »Wenn ich mich noch ausruhen muß, werde ich das tun«, sagte sie, »aber uns bleiben nur noch drei Tage, bis das Kaer wieder geöffnet wird.«

»Zwei Tage.«

»Was?«

»Du warst ziemlich lange ohne Bewußtsein.«

»Dann muß ich eben noch schneller gesund werden.« Mit diesen Worten lehnte sich Matrina zurück und genoß das befriedigende Gefühl eines vollen Magens. Kurz darauf legte sie sich wieder hin, wobei ihr Kopf in Bozryns Schoß ruhte. Sie murmelte etwas davon, die nächste Wache zu übernehmen, als sie der Schlaf übermannte.

Frische, saubere Luft füllt die Lungen meines Wirts. Ah, die Annehmlichkeiten des Fleisches. Ich streiche forschend mit den Händen über seinen Körper. Fühlen ist in der Tat eine ganz hervorragende Empfindung. Der Tastsinn ist einer meiner Lieblingssinne.

Das Ritual hat den Körper meines Wirts erschöpft, also lasse ich ihn schlafen. Es besteht kein Grund zur Eile. Das Kaer wird erst in zwei Tagen geöffnet. Am leichtesten komme ich hinein, wenn der Geschichtsforscher die Schutzvorrichtungen außer Kraft gesetzt hat. Mmm, so viele köstliche Hirne, die ich quälen und verspeisen kann. Leichte Beute.

Ein Tag und viele Stunden sind vergangen, als Nerus Körper erwacht. Er braucht etwas zu essen, das weiß ich wohl, aber in seinen Vorräten findet sich kaum etwas. Dennoch hat der Schlaf ein wenig geholfen, und sein Körper fühlt sich stärker an.

Der Junge hat einen Lichtkristall, den ich benutze, um die körperliche Welt durch Nerus Augen zu betrachten. Ich erforsche den Raum, wobei ich beide Welten zugleich sehe. Die materielle Welt stößt im Zentrum der Kristallspitze in meine Heimatebene vor, und die Astralfäden bilden ein grauschwarzes Netz, das in meine Umgebung eingebettet wurde. Das winzige Gefängnis für mein Schlangenhirn, das so lange mein Zuhause war, hat mich auch an die körperliche Welt gefesselt und mir zu bleiben ermöglicht.

Die Leiche des Jungen liegt am Boden, sein Gesicht befindet sich gleich neben der Kristallspitze. Sein dunkles Haar und seine Haut sind mit seinem eigenen Blut bedeckt, das jetzt bräunlich aussieht und verkrustet ist.

Alles Blut verbraucht. Ach, du armer Wicht. Ha!

Der Junge könnte mir noch von Nutzen sein.

Ich gehe zu ihm. Was für ein wunderbares Gefühl. Sich wieder bewegen zu können, auch wenn ich den Einschränkungen des menschlichen Fleisches unterliege.

Ich knie nieder und lege eine Hand auf seine kalte Stirn. Seine toten Augen starren mich an, seelenlos.

Ich spüre seine Struktur durch die kalte Haut. Nur ein Bruchteil meiner eigentlichen Kraft wird sofort durch den Talisman fließen. Sehr enttäuschend. Die Struktur der Windlingsfrau kommt meinem Fadenweben in die Quere, und meine Sicht des Astralen ist aus dem Talisman heraus verzerrt. Diese Einschränkungen stellen eine unvorhergesehene Behinderung dar. Aber nur eine vorübergehende, dessen bin ich ganz sicher.

Ich taste in den Körper des Jungen und finde die Schlüsselfäden seiner Seele. Die durchtrennten Fasern seiner Lebenskraft. Der Junge ist noch nicht lange tot und kann mit Leichtigkeit wiederhergestellt werden. Es gibt keinen Widerstand, als ich hier einen Knoten knüpfe und dort eine Schlaufe schlinge.

Der Junge will leben, ist er doch in der Blüte seines Lebens umgekommen.

Natürlich kennt er die Bedingungen noch nicht. Die Voraussetzungen für seine neuerliche Existenz. Ich webe mein Mal in seine Seele, als ich seinen Körper wiederbelebe, und mein Wurm schlängelt sich in seinen untoten Geist.

Du wirst mir gehorchen, sage ich, oder ich lasse dich wieder sterben. Oder vielleicht denke ich mir auch etwas Schlimmeres aus. Ja, ich kenne Dinge, die schlimmer als der Tod sind.

Der Junge versteht mich und ist einverstanden. Eine bewundernswert rasche Auffassungsgabe. Er steht auf und streicht mit der Hand über den Schnitt in seiner Kehle. Die Wundränder sind ausgefranst und wölben sich zu einem trockenen, diagonalen Grinsen nach außen. Vor dem Hintergrund der dunklen Haut seines Halses sehen sie blutleer und blaß aus.

»Du kannst dir die Wunde später zunähen.« Ich rede mit der Stimme meines Wirts zu ihm. »Falls das wichtig für dich ist.«

»Es fühlt sich nicht gut an, obwohl es nicht

schmerzt«, sagt er mit pfeifender, gurgelnder Stimme. »Wie sieht es aus?«

Ich lache laut auf. Es ist ein tiefes, volles Lachen und ein wunderbares Gefühl. »Es sieht aus, als hätte man dir die Kehle durchgeschnitten.«

»Oh.«

»Komm.« Das ist ein Befehl. Ich will die Enge meines ehemaligen Gefängnisses verlassen. Ich war viel zu lange in diesem Raum gefangen.

»Wohin gehen wir?«

Du gehst nach Hause, mein Freund. Um deine Freunde zu ermorden. Um deine Lieben zu foltern und zu töten.

Ich spüre einen leichten Widerstand von Nerus Bewußtsein. Er will mich aufhalten.

Ich lache nur über seine vergeblichen Bemühungen. Dann erinnere ich ihn schmerzhaft daran, wer hier das Sagen hat, und befehle dem Jungen, mir zu folgen.

Als Matrina erwachte, fühlte sie sich schon viel besser. Und nach einem Schluck Wasser und etwas zu essen war sie in der Lage, aufzustehen und trotz der Schmerzen in ihrem Rücken herumzugehen.

»Wieviel Zeit ist vergangen?« fragte sie. Während sie in die dunklen Gewitterwolken des nachmittäglichen Himmels starrte, trug eine Windbö den Gestank der verwesenden Löwenkadaver in die Höhle, und sie schluckte schwer.

»Du hast einen ganzen Tag und noch etwas länger geschlafen.« Bozryn klang müde, aber in seiner Stimme lag eine Spur von Erregung. Ein Hauch von Hoffnung.

»Irgendeine Spur von den anderen?«

»Nein. Vielleicht hat der Dämon sie getötet.«

»Vielleicht, aber wir dürfen es nicht darauf ankommen lassen. Wenn sie unter seinem Einfluß stehen, wollen sie vielleicht ins Kaer zurück. Wir müssen sie aufhalten, bevor sie den Eingang erreichen. Und das bedeutet, daß wir unser Lager weiter nach innen verlegen müssen.«

Matrina faltete ihre alte Tunika und Hose zusammen und verstaute sie in ihrem Rucksack. Dann band sie ihn ordentlich zu und schnallte ihn sich auf den Rücken. Bozryn packte ebenfalls zusammen, und dann waren sie unterwegs, durch die Geheimtür und zurück durch den staubigen Tunnel. Sie banden sich Tücher vor Mund und Nase und zündeten eine Fackel an, die ihnen in der Dunkelheit leuchtete. Matrina biß die Zähne zusammen, da ihr die Bewegung große Schmerzen bereitete.

Sie bat Bozryn, langsamer zu gehen, als sie sich dem Auslöser für die Falle näherten, die Fier entdeckt hatte. Sie konnte keine Veränderung im Muster der Steinplatten entdecken, die den fugenlosen Boden bildeten, aber sie erkannte die Stelle an der Form der Wand und an der Entfernung bis zur nächsten Biegung wieder. »Da vorne ist der Auslöser«, sagte sie.

»Bist du sicher?« Bozryn hob die Fackel und sah zur Decke.

»Mein Gedächtnis hat mich noch nie im Stich gelassen.«

»Dann geh zurück«, sagte Bozryn. »Ich springe zuerst.«

»Nein, wir springen zusammen.«

Er wollte widersprechen, doch Matrina schüttelte den Kopf, um ihn zum Schweigen zu bringen. Dann ging sie zwei Schritte zurück und bedeutete ihm, es ihr nachzutun.

Sie rannten los und sprangen.

Landeten unsanft und liefen gleich weiter. Der Aufprall jagte eine Schmerzwelle durch Matrinas Rücken, und sie hatte das Gefühl, als bohre sich ein Glassplitter durch die Muskeln und in ihr Rückgrat.

Die Decke stürzte nicht ein.

Matrina blieb stehen und legte eine Hand auf ihre Wunde. Biß die Zähne zusammen. »Wir warten hier«, sagte sie.

»Wenn sie kommen, empfangen wir sie mit einer Steinlawine?«

Matrina nickte und setzte sich, um sich auszuruhen. »Aber könntest du zuerst einen Blick auf meinen Verband werfen?«

Bozryn erneuerte Matrinas Verband, nachdem er die Wunde zuvor noch einmal dick mit Yunas Salbe bestrichen hatte. »Sieht schon viel besser aus«, sagte er. »Die Wunde ist bereits mit einer dünnen Schicht aus Hautkristallen überzogen.« Der große Mann sprach bedächtig, fast schleppend. Die Ringe unter seinen Augen hatten sich weiter verdunkelt, und er ließ die breiten Schultern hängen. Er sah erschöpft aus.

»Bozryn, wieviel Schlaf hast du in den letzten Tagen bekommen?«

Er sah zu Boden, als schäme er sich. »Ein paar Stunden«, sagte er.

»Zum Henker mit dir. Ich brauche dich ausgeruht und stark. Du mußt einen Sack mit Steinen von der Einsturzstelle weiter hinten füllen, aber dann wirst du etwas schlafen. Das ist ein Befehl.«

Erleichterung huschte über Bozryns Züge, als er einen Leinensack aus seinem Rucksack zog. Dann ging er das kurze Stück zur anderen Einsturzstelle. Er war erst eine Minute verschwunden, als die Geräusche aneinanderschlagender Steine durch die Stille des Tunnels hallten. Er kehrte zurück und stellte den vollen Sack an der Wand ab, dann legte er sich auf den Boden und lehnte den Kopf an seinen Rucksack. Augenblicke später war der enge Tunnel von seinen tiefen Schnarchlauten erfüllt.

Matrina stand auf und ging in dem Tunnel auf und ab, um die Grenzen ihrer Kraft zu erforschen und über Neru und Fier nachzudenken. Wo waren sie? Was hatten sie vor? Waren sie tot, besessen oder wahnsinnig? Wie auch immer, für Matrina waren sie jedenfalls verloren. Sie waren von einem Dämon berührt worden, und wenn die Geschichten stimmten, die sie gehört hatte, dann würden sie niemals wieder so sein wie früher.

Wenn Neru und Fier nicht auftauchten, bevor das Kaer geöffnet wurde, konnten Matrina und Bozryn zurückkehren und die Ältesten warnen. Mit der richtigen Verstärkung konnte der Dämon getötet werden. Das hoffte sie jedenfalls.

Matrina bewegte sich ein wenig schneller, beugte die Knie stärker, drehte sich in der Hüfte. Sie zuckte angesichts der großen Schmerzen zusammen, zwang sich jedoch fortzufahren. Ihre Muskeln waren steif und protestierten gegen die Bewegungen, aber sie hielt sie dazu an, zu arbeiten und sich zu beugen und zu strecken. Sie zog ihr Langschwert und vollführte, wenn auch sehr langsam, eine Reihe von Hieben und Finten. Es war gut, sich wieder zu bewegen und ihre bevorzugte Waffe zu schwingen.

Nach jedem Manöver hielt sie inne, um ihre Muskeln zu strecken, und sie erinnerte sich an ihr Mantra. *Disziplin ist der Weg. Der Weg zu einem konzentrierten Geist und einem starken Körper. Der Weg zur Macht über dich selbst und durch dich selbst über andere.*

Die Vergegenwärtigung ihres Rituals brachte ihr Gelassenheit und Konzentration. Sie half ihr dabei, sich trotz der Schmerzen zu bewegen. Während sie das Mantra im stillen ein ums andere Mal wiederholte, lockerten sich die Muskeln in ihren Armen und Beinen. Sie schwang das Schwert immer präziser. Magie durchströmte sie, und ein imaginärer Gegner nahm vor ihr Gestalt an.

Matrina beschränkte sich bei ihrem Kampfritual auf die grundlegenden, einfachen Dinge, war aber hinterher dennoch so erschöpft, daß sie beinahe zusammengebrochen wäre. Sie atmete schwer durch das Tuch um Mund und Nase und setzte sich auf den Boden. Nachdem sie das Schwert in die Scheide zurückgeschoben hatte, beugte und streckte Matrina eine nach der anderen jede einzelne Muskelgruppe, obwohl die Schmerzen immer schlimmer wurden. Als sie einen Schluck aus dem Wasserbeutel trank, fiel ihr Blick auf Bozryns schlafende Gestalt.

Der große Mann hatte ihr das Leben gerettet, und sie stand in seiner Schuld. Er hatte keine Familie und wenig Freunde im Kaer. Matrina schwor sich, daß Bozryn einen Platz in ihrem Leben einnehmen würde, falls sie es zurück ins Kaer schafften. Er würde nie wieder allein sein. Und sie ebenfalls nicht.

Ihre Gedanken wurden vom Klang zweier Stimmen im Tunnel vor ihnen unterbrochen. Es waren Neru und noch jemand, bei dem es sich nur um Fier handeln konnte, aber der Junge klang sehr seltsam. Abgehackt und stoßweise.

Matrina rüttelte Bozryn wach und nahm die Fackel. Sie spähte in den Tunnel, während Bozryn aufstand, den Sack mit Steinen holte und ihn sich über die Schulter warf.

Etwa fünfzig Schritte entfernt schälten sich jetzt die Umrisse der beiden Gestalten aus der Dunkelheit, die sich ihnen langsam näherten. Matrina ging in die Mitte des Ganges und warf die Fackel durch den Tunnel in Richtung des Auslösers. Die Fackel landete an der Tunnelwand.

Jetzt würde sie kein allzugut sichtbares Angriffsziel bieten, wohingegen die anderen besser zu sehen waren. Sie schienen keine Lichtquelle zu brauchen.

Als Neru und Fier den Lichtkreis der Fackel betraten, konnte Matrina ihre Gesichter erkennen. Der Anblick ließ sie zusammenfahren. Sie sahen schrecklich aus. Neru war von der Hüfte aufwärts nackt, sein zerrissener Umhang wurde nur noch von der Schnur um seine Taille gehalten und baumelte ihm um die Beine. Seine blauen Augen glitzerten irre, und der Speichel lief ihm aus dem Mund und tropfte von seinem Kinn.

Der Talisman funkelte auf dem goldenen Amulett, das um seinen nackten Hals hing, und der geschwärzte Bernstein brannte ein schwarzes Muster in die weiße Haut seiner Brust. Eine entzündete Wunde verlief diagonal über seine Brust. Die Ränder waren geschwollen und glänzten im Fackellicht rosafarben. Matrina nahm einen schwachen Geruch nach verbrannter Haut und versengten Haaren wahr, als die beiden in die Nähe des Auslösers kamen und ihre Schritte verlangsamten.

Fiers Hautfarbe war nicht mehr schwarz, sondern aschgrau, und als er sich bückte, um den Boden zu untersuchen, sah Matrina eine dunkle Schramme an seiner Kehle. Rostfarbenes Blut verklebte die Haare des Jungen und war auf seiner Haut zu einer klebrigen Kruste getrocknet. »Halt. Hier ist es«, sagte er.

Neru blieb stehen und starrte Matrina an, als wolle er sie in allen Einzelheiten erforschen. Versuchen, in ihren Verstand vorzudringen und sich darin einzunisten. Das würde sie nicht zulassen.

»Jetzt, Bozryn. Jetzt!« rief Matrina.

Als Bozryn den Sack Steine in Richtung Auslöser schleuderte, warf Neru sich plötzlich nach vorne und stürzte Matrina entgegen.

Bozryn schrie auf, und Matrina sah, wie der große Mann nach der Haut auf seiner Brust griff, die langsam, aber unaufhaltsam um seinen Körper wanderte und sich dabei von den Muskeln und Sehnen darunter löste. Die Kieselstreifen auf seinem Rücken verschoben sich und bildeten ein Durcheinander verdrehter und verzerrter Linien, während Bozryn gegen den Schmerz ankämpfte und seine riesige Axt zog.

Für einen Sekundenbruchteil huschte die Andeutung eines Lächelns über Nerus Züge, während der

Sack mit den Steinen neben Fier am Boden landete und die Steine aus dem aufgeplatzten Sack rollten. Fier wollte sich bewegen, doch die Steinlawine war schneller. Ein tiefes Grollen ertönte, und die Decke öffnete sich wie eine Wunde – ein klaffender Spalt im Fels. Steine rieselten hindurch wie Wasser. Fier sprang, doch die herabstürzende Wand aus Steinen traf ihn mitten im Satz und begrub ihn unter sich.

Neru warf sich Matrina in dem Versuch entgegen, der Steinlawine zu entgehen. Sie wich zurück, und er verfehlte sie um einige Schritte, während ihn die Steinlawine überholte und seine Füße festnagelte.

Dunkelheit senkte sich über den Tunnel, als die Fackel unter den Steinen verschwand. Das Poltern der Steine war ohrenbetäubend. Sie wandte sich von dem Lärm ab und rannte los, während sie nach Bozryn rief.

»Hier bin ich«, hörte sie seine Antwort, dann sah sie einen Lichtfunken, als er eine neue Fackel entzündete.

Staubwolken wirbelten in dem schmalen Tunnel umher, als sie sich umdrehten, um das Ergebnis ihres Hinterhalts in Augenschein zu nehmen. In Matrinas Ohren hallte noch das Echo der niederprasselnden Steine, als sie durch den Staubnebel blinzelnd den Steinhaufen sah, der den Tunnel füllte. Der Staub brannte ihr in Augen und Hals.

Neru stand hüfthoch in den Steinen und mühte sich nach Kräften, sich daraus zu befreien. »Das war aber hinterlistig«, sagte er mit einer belegt klingenden Baßstimme.

Fier war nirgendwo zu sehen. Offenbar lag er unter der Lawine.

Bozryn legte die Fackel zu Boden. »Ich erledige ihn«, sagte er. Und als er seine Axt zog und entschlossen vorging, sah Matrina, daß sich seine Haut an einigen Stellen immer noch bewegte. Seine Brustwarzen befanden sich jetzt unter der Achsel.

Bozryn machte einen Schritt vorwärts, die Axt zum

Schwung erhoben, als plötzlich ein Feuerstrahl aus Nerus Brust schoß und den großen Mann in weiße und orangefarbene Flammen hüllte.

Bozryn wurde nicht langsamer, obwohl seine Hose und sein Gürtel schwelten. Mit einem lauten *Wusch* sauste seine Axt im Bogen herab.

Neru bekam ein Bein frei und versuchte auszuweichen, aber es gelang ihm nur, sich ein wenig zur Seite zu drehen und sich schützend die Arme vor den Kopf zu halten.

Die Axt durchtrennte den rechten Unterarm des Geisterbeschwörers, glitt jedoch ab und verfehlte seinen Kopf, da sie sich in seine linke Schulter bohrte.

Matrina zog ihr Schwert und eilte zu Bozryn, um diesem zu helfen, während Neru vor Wut und Schmerzen aufschrie. Blut sprudelte aus dem Stumpf seines rechten Arms. Als Bozryn an der Axt ruckte, um sie aus der Schulter des Geisterbeschwörers zu ziehen, befreite er diesen damit endgültig aus der Steinlawine.

Einen Moment lang glaubte Matrina, etwas auf Nerus Gesicht zu erkennen. Reue? Bedauern? Doch dann war es verschwunden, und jede Andeutung davon verflüchtigte sich wie ein Traum.

Neru sah Bozryn an, der die Axt zu einem neuerlichen Hieb hob. Er bleckte die Zähne zu einem höhnischen Grinsen, und seine Augen weiteten sich. Anstatt Anstalten zu machen, dem Axthieb auszuweichen oder ihn zu parieren, starrte Neru Bozryn lediglich an. Sein Blick war kühl und boshaft.

Über den Muskeln von Bozryns Körper kräuselten sich Energiewellen, und plötzlich wand sich der große Mann in krampfhaften Zuckungen. Er ließ zwar noch die Axt heruntersausen, aber seine Bänder und Sehnen hatten sich zusammengekrampft, und der Hieb traf sein Ziel nicht.

Die breite Klinge versank mit lautem Knacken in Nerus Hüfte, doch mittlerweile hatte Bozryn die Axt losgelassen und wand sich schreiend am Boden.

Matrina stürzte sich auf Neru, um zu vollenden, was Bozryn begonnen hatte. Das Schwert in ihrer Hand bewegte sich wie eine Verlängerung ihres Arms, und es gelang ihr, Neru zu überraschen. Ein schneller Ausfallschritt und ein mit voller Kraft geführter Hieb, der mühelos durch das weiche weiße Fleisch von Nerus Hals schnitt.

Der Geisterbeschwörer drehte sich zu ihr um und musterte sie, Ekstase im Blick. Seine Stimme war ein feuchtes Gurgeln. »Ah, welch süßer, brennender Schmerz, meine Liebe.«

Dann fiel sein Kopf vom Körper, und der Rumpf zuckte und sank um sich schlagend in die Knie, während das Blut aus der durchtrennten Halsschlagader sprudelte und auf die Steine spritzte.

Matrina wich vor dem Rumpf zurück. Der schauerliche Anblick brannte sich unauslöschlich in ihr Gedächtnis ein. Sie ging zu Bozryn. »Wie geht es dir?«

Bozryn entkrampfte sich langsam und rappelte sich mühsam auf. »Gut«, sagte er, aber die Äderchen in seinen Augen waren geplatzt, und unter seiner schlaff herabhängenden Haut schillerten purpurfarbene Venen. Er war in schlimmer Verfassung.

»Laß uns von hier verschwinden«, sagte sie, indem sie die Fackel aufhob.

Bozryn riß seine Axt aus Nerus Leiche und humpelte hinter Matrina her.

Sie führte ihn durch den schmalen Durchschlupf in der anderen Lawine, an den toten Knochen ihres Bruders vorbei und den Tunnel zum Eingang des Kaer entlang. Nach Hause. Sie konnte sich jetzt nicht mehr um Pindres sterbliche Überreste kümmern, wenn sie es noch zur festgesetzten Zeit schaffen wollten. Sie würde mit Verstärkung zurückkehren, um sich zu vergewissern, daß der Dämon tot war. Danach konnte sie Pindre eine angemessene Bestattung geben.

Bozryn und Matrina hatten Pindres Leiche höchstens dreißig oder vierzig Schritte hinter sich gelassen, als sie hinter sich das Geräusch fallender Steine hörten. Wie auf ein geheimes Signal zogen beide ihre Waffen und sahen sich um.

Als die Gestalt ins Licht trat, würgte Matrina an der Galle, die in ihr hochstieg.

Nerus kopfloser Körper schwankte unsicher hin und her, als er den kleinen Hang aus losen Gesteinsbrocken herunterging. Frisches Blut hatte seine ursprünglich weiße Haut tiefrot gefärbt. Neru trug seinen Kopf auf dem Stumpf seines rechten Arms, der in die Halsöffnung gerammt war.

»Schön, euch wiederzusehen«, sagte er.

Disziplin ist der Weg, dachte sie, indem sie sich mit aller Gewalt beherrschte.

Neru schwenkte den Armstumpf hin und her und verdrehte dabei das Handgelenk, so daß der Kopf hierhin und dorthin sah. »Meine Güte«, sagte er, als sich der Kopf Pindres Leiche zuwandte. »Was haben wir denn hier?«

Matrina spürte, wie kalte Wut in ihr aufstieg, und sie trat vor, um der Gestalt, die einst Neru gewesen war, den Rest zu geben.

Das Ding bückte sich und schob die Steinbrocken weg, die Pindres sterbliche Überreste bedeckten. Es berührte die rissige Haut und die leblosen Knochen und strich mit der unversehrten Hand über den zerlumpten Stoff von Pindres Tunika.

Bozryn stand plötzlich neben Matrina, die Axt zum Schlag erhoben.

Pindres Leiche bewegte sich unter der Berührung des Dings. Der Oberkörper richtete sich mit einem knirschenden Knacken in der Hüfte auf, und dann erhob sich die Leiche und wandte sich Matrina und

Bozryn zu, die sich dem Ding und der Leiche näherten.

Sie waren noch fünf Schritte von ihnen entfernt, als Pindre sich auf seinen Skelettfüßen in Bewegung setzte und über die staubbedeckten Steinplatten auf sie zuging. Die ausgetrocknete Haut spannte sich über den Knochen und riß jetzt an den Gelenken, als sich die Knochen bewegten. Glänzende weiße Knie und Zehen stachen durch dünne graue Haut, die mit Staub bedeckt war.

Neru hielt sich zurück, während sich Pindre den beiden mit seinem zweiten Zweihänder in den knochigen Händen vorsichtig näherte. Knochen klackten auf dem Steinboden, und Matrina sah Anstrengung in den verschrumpelten Zügen seines Gesichts. Lippen und Nase hatten sich herausgelöst, und die Augen lagen wie winzige Rosinen in den Höhlen.

»Hallo, Matrina.« Seine Stimme knirschte, als habe er Kies in der Kehle, aber der Tonfall entsprach dem des Pindres, an den sie sich erinnerte. Seine Stimme zu hören, lähmte sie. Er kam immer näher und hob jetzt sein Schwert.

Matrinas Herz raste. Dieses widerliche Ding schändete das Andenken an ihren Bruder. Er sollte *tot* sein.

Bozryn hob seine Axt und trat vor, um gegen Pindre anzutreten, aber sie legte ihm im Vorbeigehen eine Hand auf den Arm. »Nein, du übernimmst Neru.«

Bozryn blieb stehen. »Gute Idee«, sagte er grinsend, während er sich Neru zuwandte, aber das Grinsen war ziemlich schief. Er stieß einen Schrei aus, als er die große Trollaxt schwang und sich auf die kopflose Gestalt des Geisterbeschwörers stürzte.

Matrina wandte sich ihrem untoten Bruder zu, ständig bemüht, die Selbstbeherrschung nicht zu verlieren.

Pindre bewegte sein Schwert so, wie er es immer getan hatte, indem er es in schnellen Bögen schwang, dabei die Spitze jedoch immer auf sie gerichtet hielt.

»Du hättest nie herauskommen dürfen«, sagte er, und es war ein Wunder, daß sie das knirschende Geräusch verstehen konnte, das seine Stimme verursachte.

Matrina konzentrierte sich auf seine Schritte und auf den Rhythmus seiner kleinen Schwünge. Sie versuchte sich die Vorstellung aus dem Kopf zu schlagen, daß dies Pindre war. Ihr Bruder war vor fast einem Jahr gestorben, und Matrina war dieses letzte Jahr allein gewesen. Nie hatte sie gewußt, ob sie etwas richtig machte, weil er nicht dagewesen war, um ihr mit seinem Rat beizustehen. Immer war Unsicherheit dagewesen. Und Leere.

Jetzt war er tot und versuchte sie umzubringen.

Pindre trat vor und schlug zu, um ihre Kraft zu prüfen.

Ihre Parade war angemessen, ihre Riposte genau berechnet. Sie wollte ihn nicht wissen lassen, wie stark sie sich in diesem letzten Jahr verbessert hatte. Bei ihren Übungskämpfen war es ihm stets gelungen, sie zu besiegen. Er hatte ihr immer neue Manöver beigebracht. Doch jetzt erkannte sie seine Bewegungen schon, bevor er sie ausführte. Sie durchschaute seine Angriffe und auch seine Paraden.

Er erhöhte Tempo und Wucht seiner Hiebe. Drängte sie zurück.

Sie parierte jeden und bewegte sich so, daß sie die Enge des Tunnels ausnutzen konnte, um seine Bewegungsfreiheit für seine Schwünge einzuengen. Auf engem Raum wie hier hatte ihr Langschwert Vorteile gegenüber seinem Zweihänder. Dann erhöhte sie ein wenig das Tempo und ging ihrerseits zum Angriff über – ein Ausfallschritt mit einer Finte, gefolgt von einem blitzschnellen, aufwärts geführten Stoß.

Ihre Klinge prallte vom verdrehten Metall seines Kettenpanzers ab.

»Du kämpfst wieder wie ein Mathematiker, wie üblich«, sagte er. »Du solltest dich von deinem Schlangenhirn leiten lassen.« Wenn sie miteinander kämpften, hatte er sie immer verspottet, um sie in Wut zu bringen, weil er sie auf diese Weise dazu hatte zwingen wollen, Disziplin zu wahren.

»Du konntest die Schlange und die Disziplin noch nie miteinander in Einklang bringen, Schwester.« Bei diesen Worten platzte die graublaue Tätowierung an seinem Hals auf.

Dieser Einklang war es, den Yuna ihr im letzten Jahr beizubringen versucht hatte. Sie sagte immer: »Matrina, du mußt das Gleichgewicht zwischen Kopf und Bauch wahren. Kämpfe mit Präzision und *gleichzeitig* mit Feuer.« Matrina konnte das eine oder das andere, aber nicht beides zugleich.

Sie ignorierte Pindres Spott und berechnete die Schritte. Eins, Ausfall. Ihre Klinge traf, diesmal die vertrockneten Rippen der Leiche ihres Bruders.

Pindre verfiel in eine wilde Raserei. Er erhöhte unerwartet das Tempo und wirbelte wie ein Wilder.

Zwei, Parade. Drei, Ausweichen, aber er hatte sie überrascht, und seine Klinge traf ihr Ohr. Die Schmerzen schossen ihr sofort in den Kopf. Und immer noch bedrängte er sie unerbittlich.

Sie paßte ihr Tempo seinem an, wehrte Schlag um Schlag ab, konzentrierte sich, nahm sich zusammen. Hielt nach Schwächen Ausschau. Die Leiche focht so ähnlich wie der Pindre, den sie gekannt hatte. Aber Matrina hatte seitdem viel gelernt und war mittlerweile der bessere Schwertmeister.

Sie verlagerte ihr Gewicht ein wenig und wich einem Hieb aus, den sie früher pariert hätte, um dann einen raschen Aufwärtsstoß zu führen. Das war nicht Pindre. Es war nur ein zum Leben erwecktes Skelett. Pindre war tot. Pindre war ein Held. Und sie war besser als dieser verdammte Kadaver.

Er versuchte im letzten Augenblick auszuweichen, doch ihre Klinge traf den Ansatz seines Rückgrats und durchtrennte die Knochen. Und stieß aufwärts in den Brustkasten.

Pindres Haut zerfiel vor ihren Augen zu Staub, und Knochen, Kettenpanzer und Schwert fielen klirrend auf die Steinplatten, und aus den Ärmeln und Beinen seiner zerlumpten Kleidung stoben Staubwolken.

Matrina wandte sich von den Überresten ihres toten Bruders ab und richtete ihre Aufmerksamkeit sofort auf Neru und Bozryn. Blut aus einem Schnitt in ihrem Gesicht lief ihr über die Wange und tropfte vom Kinn. Die Dolchwunde im Rücken schmerzte stark, und die unter dem Verband hervorquellende Nässe verriet ihr, daß sie sich wieder geöffnet hatte.

Sie konzentrierte sich auf den Kampf zwischen Bozryn und dem verstümmelten Körper des Geisterbeschwörers, dessen Kopf auf dem Armstumpf hin und her schwankte. Der Talisman auf Nerus blutleerer Brust leuchtete in einem dunklen Rotbraun auf, als Bozryn seine Axt schwang.

Matrina eilte hinzu, um ihm zu helfen, als die blutverschmierte Klinge Nerus Bauch traf, der mit einem widerlich saugenden Geräusch aufplatzte, worauf sich seine Eingeweide wie weiße und violette Würmer auf den Boden ergossen. Der Armstumpf bewegte sich, und der Kopf starrte wie vom Donner gerührt auf diese neue Wunde.

»Verdammt«, sagte er. Dann sah er den großen Mann an, das Gesicht zu einem irren Grinsen verzerrt, während er auf die Knie sank.

Plötzlich brach Bozryn schreiend zusammen. Seine Hände tasteten nach der Haut auf seiner Brust, die sich von ihm loszureißen schien. Blut quoll zwischen dem Mosaik der Kiesel hervor, als die kleinen Kristalle der Magie Widerstand entgegenzusetzen versuchten und die Haut darum herum in kleine Fetzen zerrissen wurde.

Matrina erreichte sie, und ihre Schwertspitze traf

den Kopf auf dem Armstumpf genau zwischen die Augen. Das Gesicht des Geisterbeschwörers war plötzlich eine leere Totenmaske. Dann kippte der Körper langsam vorwärts und fiel auf seine Eingeweide, die mittlerweile in einer Blutpfütze schwammen. Der Gestank nach Fäkalien und Blut stach Matrina in die Nase. Diesmal mußte er tot sein.

Matrina schluckte schwer ob des Gestanks und steckte ihr Schwert in die Scheide. Sie ging zu Bozryn, wobei sie Neru nicht aus den Augen ließ, falls dieser doch noch einmal zum Leben erwachen sollte. Sie kniete sich neben dem großen Mann nieder und legte seinen Kopf auf ihren Schoß.

Blut quoll aus seinen Ohren, die sich jetzt auf seinem kahlen Hinterkopf befanden, und durchnäßte ihre Hose. Er atmete flach und rasselnd, und seine Stimme klang wie gurgelnder Sand, als er fragte: »Ist er tot?«

Der Körper des Geisterbeschwörers lag in dem Matsch aus Blut und Eingeweiden und zuckte und schüttelte sich. »Ja, er ist tot«, sagte sie.

Bozryn versuchte zu lächeln und konnte es nicht. Dann verdrehte er die Augen und hörte einfach auf zu atmen.

Matrina kniete eine Weile auf dem harten kalten Stein und blinzelte den Staub und den Schweiß aus ihren Augen. Atmete durch den Mund, um den Gestank nicht wahrzunehmen.

Bozryns schlaffer Körper wurde ihr langsam zu schwer. Er war tot. Nachdem er ihr am Ausgang das Leben gerettet hatte. Nachdem sie sich vorgenommen hatte, sich um ihn zu kümmern. Einfach tot.

Und ließ sie allein.

Die niederdrückende Stille des Tunnels legte sich wie ein Leichentuch über sie und drohte sie zu ersticken. Sie hörte ein Klingeln in den Ohren, ein unheimliches Geräusch, das immer lauter wurde, bis es wie Hammerschläge in ihren Ohren hallte. Sie fing an zu weinen. Sie weinte um Pindre. Sie weinte um Bozryn.

Sie weinte um sich selbst.

Ein paar Ellen entfernt rührte sich Nerus Körper. Erwachte zu neuem Leben.

Matrina wischte sich die Tränen ab und richtete den Blick widerstrebend auf die Leiche des Geisterbeschwörers – eine Perversion lebender Materie. Er war ihr Gefährte gewesen. Und Pindres Freund. Jetzt hatte etwas durch und durch Böses Besitz von ihm ergriffen und vergewaltigte seinen Körper. Schändete ihn.

Da verwandelte sich ihr Kummer in Wut. In Haß auf den Dämon. Sie wischte sich mit dem Ärmel ihrer Tunika das Gesicht ab, wobei sie das Blut aus der Schnittwunde über ihre Wange verschmierte, und spürte eine verzehrende Hitze in ihrer Brust aufwallen.

Sie würde den Dämon ein für allemal töten.

Die Hitze nahm ihren Anfang in ihrem Herzen und breitete sich auf ihren ganzen Körper aus. Feuer kreiste durch ihre Arme und Beine, als sie ihr Langschwert zog, und griff auf die Klinge in ihrer Hand über.

Sie ging zu Nerus Körper, der mittlerweile versuchte, seine Eingeweide in die Bauchhöhle zurückzustopfen. Sie traf ihn mit dem Schwert, trennte ihm in rascher Folge die Arme ab. Sein Kopf fiel, seine Arme fielen. Matrina verschwendete keine Zeit. Die Hitze lieferte die Energie für ihre Bewegungen, da sie das Schwert in immer rascherer Folge niedersausen ließ. Sie schlug ihm die Beine ab, und Sehnen und herabhängende Eingeweide wickelten sich um ihre Klinge.

Der Talisman leuchtete blutrot auf Nerus Brust, als sie sich schließlich seinem Rumpf widmete. Der Dämon versuchte ihr mit Schmerzen beizukommen und sich in ihren Verstand zu drängen, aber die außergewöhnliche Kraft ihrer Wut war stärker.

Das Feuer brannte in ihr, bis Neru in kleine Stücke zerhackt vor ihr lag. Und sich nicht mehr rührte.

Matrina hielt inne und trat einen Schritt zurück, um ihr Werk zu betrachten, das Schwert erhoben, um beim ersten Anzeichen einer Bewegung erneut zuzuschlagen.

Nichts rührte sich. Matrina hatte Nerus Körper getötet, aber sie hatte den Verdacht, daß der Dämon noch lebte, und zwar im Inneren des Talismans.

Es dauerte noch eine gute halbe Stunde, bis das Feuer in ihrem Blut erloschen war. Danach fühlte sie sich kalt und einsam. Schwach.

Sie sank zu Boden, und der Schweiß auf ihrem Rücken verwandelte sich in Eis. Die blutigen Einzelteile von Nerus Leiche lagen überall im Tunnel verstreut herum. Der Geisterbeschwörer hatte einen zu hohen Preis für seine Gier bezahlt.

Matrinas Blick wanderte zu Bozryn, dessen gewaltiger Körper locker in eine zerfetzte und mit grünen und violetten Kieseln besetzte Decke aus Haut gewickelt war. Bozryn hatte ihr etwas bedeutet. Und der Junge, Fier, lag zerschmettert unter einer Tonne Felsgestein. In der Blüte seiner Jugend dahingerafft.

Der Tunnel nach draußen war versperrt, und es mochte Tage dauern, alle Steine wegzuräumen. Keiner aus dem Kaer würde es nach draußen schaffen. Und was erwartete sie draußen, wenn sie es doch schafften? Felder des Todes, der Disteln und der Dornen. Die ungezähmte Macht der Natur, die bereit war, sie aus einer Laune heraus zu töten.

Verzweiflung krallte sich in die Randzonen ihres Verstandes. Und sie fühlte sich von dem Talisman angezogen, der trübe im Fackellicht leuchtete. Er ruhte immer noch auf Nerus Brust.

Ich bin die Lösung, schien er ihr zuzuflüstern. Ich kann dir geben, was du willst. Selbstvertrauen und Kraft. Hoffnung und eine Zuflucht vor Leid, Kummer und Schmerz.

Alles, was du dir je gewünscht hast.

Ich kann dein Bruder für dich sein. Ich kann Bozryn sein. Du brauchst mich, um deinem Leben eine Richtung zu geben, um die Leere in deinem Herzen auszufüllen. Um dich aus deiner Einsamkeit zu erlösen.

Matrina beugte sich vor, um den Talisman genauer in Augenschein zu nehmen.

Puh! Die Seele des Geisterbeschwörers ist außer sich und leidet, aber ich kann sie nicht mehr in seinem Körper festhalten. Die Anstrengung ist zu groß.

Ich spüre ihre Erleichterung, als sie sich meinem Griff entzieht. Die ekelhafte Befriedigung, die sie empfindet.

Wie ärgerlich.

Die Enge dieses verdammten Talismans schränkt meine Macht zu sehr ein. Ich bin einfach nicht in der Lage, meine ganze Kraft zu mobilisieren.

Doch es gibt noch eine Chance. Diese Frau. Sie hat einen starken Willen, aber jetzt ist sie leer. Sie sehnt sich nach Kameradschaft. Sie widersteht meinem Wurm, aber sie will den Talisman. Wenn sie mich nimmt, habe ich sie.

Und dann wird sie für das bezahlen, was sie angerichtet hat. Und der Preis wird hoch sein. Ah, ja, ich werde ihr Schmerzen zufügen, die sie sich nicht vorstellen kann. Wie ich es bei ihrem Gefährten getan habe – dem großen, kahlköpfigen Mann, der sich so lange zu sterben geweigert und alle meine Kräfte aufgezehrt hat.

Am Ende hat er dafür bezahlt. Ja.

Sie sieht mich an. Gleich habe ich sie.

Ich buhle um sie, locke sie. Heb mich einfach auf, sage ich. Du willst mich doch. Ich kann alles in Ordnung bringen. Ja, das kann ich.

Heb mich nur auf.

Matrina starrte in das Funkeln des dunklen Bernsteins. In die Schwärze der Windlingsgestalt. Sie griff nach dem magischen Talisman. Um der Sicherheit willen. Um einer beständigen Kameradschaft willen.

Doch sie hielt inne, bevor sich ihre Hand um die Kette schloß. Warte. Denk nach. Konzentrier dich. *Disziplin ist der Weg ...*

Ein Wispern drang aus dem Talisman und unterbrach ihr Mantra. Matrina, deine Expedition ist gescheitert. Mit meiner Hilfe wirst du nie wieder scheitern. Denk daran, was sie bei deiner Rückkehr ins Kaer über dich sagen werden. Sie werden sagen, du hast versagt, und dich für den Tod deiner Freunde verantwortlich machen.

Und du bist *tatsächlich* dafür verantwortlich.

Aber du brauchst nicht zurückzukehren. Du kannst mit mir kommen. Nach draußen. Ich werde dich beschützen. Draußen gibt es Wunder, die dich verblüffen werden. Du brauchst nie wieder ins Kaer zurückzukehren.

Matrina erinnerte sich an den ehrfurchtgebietenden, furchteinflößenden Himmel, an das Flackern des Blitzes und an das Grollen des Donners. An den Regen auf ihrem Gesicht, als sie mit Torocos Schwert geübt hatte. An den Geruch des nassen Grases. An die verwesenden Löwenkadaver.

Sie holte tief Luft, und der Gestank aus Nerus zerfetzten Gedärmen ließ sie zurückweichen. Galle stieg in ihr auf, und sie wandte sich ab und übergab sich. Als sie fertig war, wischte sie sich das Gesicht ab, ging zu Bozryns Rucksack und holte den Wasserbeutel heraus. Das Wasser schmeckte sauber und frisch.

Selbst jetzt noch, als sie trank, sah sie das Gemetzel durch die Staubwolke, und Erschöpfung übermannte sie. Sie war so müde, sie brauchte Schlaf. Der Eingang zum Kaer war weniger als hundert Schritte entfernt, und der Geschichtsforscher würde jede Minute öffnen.

Sie würde etwas Vernünftiges essen und in einem richtigen Bett schlafen können. Sie würde Yuna wiedersehen.

Matrina schob ihr Schwert in die Scheide und wandte sich von dem Talisman ab. Sie wollte keine Macht mehr. Sie wollte nur noch ein warmes Bett und einen Freund, mit dem sie reden konnte. Sie begann mit dem Mantra, um sich zu sammeln, hielt aber mitten im Satz inne. Das Mantra hatte seinen Zweck erfüllt. Yuna hatte recht. *Gleichgewicht* war der Weg, nicht Disziplin.

Ihr Blick fiel auf Pindres Zweihänder, der neben einem Haufen Knochen und einem leeren Kettenpanzer am Boden lag. Die Klinge funkelte im Fackellicht. »Auf Wiedersehen, Bruder«, flüsterte sie. »Ich werde dich vermissen.« Zum erstenmal ließ sie sich selbst Abschied nehmen. Ließ ihn gehen.

Matrina ging zu dem Schwert, hob es auf und schob es in die leere Scheide auf ihrem Rücken. Trauer wallte in ihr auf, Trauer um den Verlust ihres Bruders und Bozryns, Trauer um den Tod Nerus und Fiers. Sie wischte sich die Tränen ab. Jetzt war keine Zeit, um zu trauern. Sie mußte eine Verabredung einhalten.

Sie nahm ein paar notwendige Dinge an sich – Rucksack, Wasserbeutel, Fackel. Dann prüfte sie ihre Wunden. Der Dolchstich im Rücken hatte aufgehört zu bluten, aber der Verband mußte dringend erneuert werden.

Sie würde langsam gehen müssen, es aber trotzdem noch rechtzeitig schaffen. Und sie war mehr oder weniger unversehrt. Sie fühlte sich beinahe stark, als sie dem Talisman den Rücken kehrte und dessen geflüsterte Bitten und Schmeicheleien zuversichtlich mißachtete.

Sie ging weg und ließ den Dämon so allein, wie sie selbst es war.

Das Miststück läßt mich allein, und mein Ärger wächst. Sie wird dafür büßen. Ich habe ein langes Gedächtnis. Ein sehr langes.

Immerhin gibt es noch jemanden. Den Jungen, der zwar tot unter dem Gestein liegt, aber immer noch denkt. Ich kann seinen Geist spüren, aber sein Körper ist eingeklemmt. Und sein Körper ist es, den ich brauche.

Ich rufe ihn. Komm. Befreie dich.

Er versucht es, wühlt, gräbt, windet sich. Er braucht Stunden, fast einen ganzen Tag, aber schließlich zwängt er seinen zerschundenen und zerschmetterten Körper aus der Steinlawine heraus und hinkt zu mir.

Mit Hilfe eines Dolches gräbt er mich aus der durchtrennten Brust des Geisterbeschwörers aus. Er hebt mich an der goldenen Kette auf und streift mich wie befohlen über den Kopf.

Er ist ein wenig überrascht, als ich die Herrschaft über ihn an mich reiße und mich durch den dünnen Seidenstoff brenne, der seine Brust bedeckt, um mich in seine Haut einzubetten. Er wehrt sich einen kurzen Augenblick, bis ich seinen Geist mit Hilfe einer Woge brennender Schmerzen in die tiefsten Abgründe seines Bewußtseins verbanne.

O ja, wieder ein Sieg. Ein wunderbarer Erfolg.

Dieser Körper hat sehr viele gebrochene Knochen, darunter das linke Knie und die meisten Rippen, aber ich stelle ihn wieder her. Der Junge besitzt eine Anmut, die dem Geisterbeschwörer völlig abging. Er ist zwar nicht kräftiger, dafür aber flinker und in seinen Bewegungen geschmeidiger. Ich erfreue mich an seiner Gewandtheit, als ich durch den Tunnel gleite.

AUS BLUT UND ZEIT

GREG GORDEN

Pouika mied den Blick der Gildensprecherin Cimona, während sie auf ihre Entscheidung wartete. Sie wollte ihm begegnen, doch Cimonas Ausstrahlung, ihre Magie, war zu stark. Pouika vergegenwärtigte sich, daß sie eine Heilerin war, und zwar eine gute und erfahrene, aber nun, da sie vor der Gildensprecherin stand, fiel ihr jeder noch so kleine Fehler ein, den sie als Lehrling begangen hatte. Ihr Blick heftete sich auf den Stiefel eines von Cimonas Wachen. Das blankpolierte Leder reflektierte den Feuerkobold, der die rohen Steinmauern des alten Kräuterraums erhellte. Die Gildensprecherin kam näher, und ihr gestärktes Kleid knisterte, als es über den unebenen Steinboden glitt. Pouika rieb sich die Hände, um die Kälte der Magie dieses Raumes zu vertreiben. Die Kälte minderte den Verwesungsgeruch der Leiche hinter ihr, verursachte ihr aber auch Schmerzen in den Gelenken.

Pouika knickste erneut, bedauerte es aber beinahe sofort. Die Magie der Gildensprecherin war für Außenstehende gedacht, nicht für Gildenmitglieder auf Besuch. Sie ärgerte sich über ihre Reaktion, ihre Selbstzweifel. Während sie sich gewaltsam aus dem Bann des Knistergeräusches löste, den das gestärkte Kleid verursachte, wich sie einen Schritt zurück und stieß gegen den Trockentisch für die Kräuter, auf dem jetzt der menschliche Leichnam lag. Die Leiche ruckte ein wenig, und beide Wachen griffen plötzlich nach ihren Waffen, um sich gleich darauf verdutzt anzusehen, als die Leiche wieder in der Reglosigkeit des Todes verharrte.

Die Gildensprecherin schien das alles nicht zur Kenntnis zu nehmen, sondern rümpfte lediglich die Nase ob des üblen Geruchs. Mit einem eleganten Schwung ihrer Hand griff sie in die Tasche und holte ein Stück getrocknete Rinde heraus, das sie zwischen den zarten Fingern zerbröselte. Sofort veränderte sich der Geruch im Raum und wurde frisch, kühl und klar wie die Luft auf einer Waldlichtung. Pouika nahm den Verwesungsgeruch immer noch wahr, verdrängte ihn jetzt aber mühelos aus ihrer bewußten Wahrnehmung.

»Ich glaube, es wird Zeit, daß du Blutmagie anwendest.« Cimonas Züge spiegelten Erwartung wider, ihr Lächeln strahlte die Gewißheit aus, daß diese Angelegenheit bald erledigt sein würde.

Pouikas Mund war plötzlich wie ausgedörrt, aber sie wagte nicht, sich vor Cimona über die Lippen zu lecken. Als sie antwortete, klang ihre Stimme hoch und dünn. »Blutmagie ist eine sehr persönliche und drastische Maßnahme. Ich glaube nicht...«

Cimonas Augen verengten sich und wurden matt vor Enttäuschung, aber ihr silbergraues Haar schien vor Zorn zu knistern. Pouika fühlte sich schrecklich, erniedrigt, und darüber konnte sie selbst das Wissen nicht hinwegtrösten, daß ihre Reaktion auf die Magie der Gildensprecherin zurückzuführen war. Cimona kam einen weiteren Schritt näher und beugte sich ein wenig vor. »Du hast vier Versuche mit deiner üblichen Magie unternommen und immer noch keine Ahnung, wie der Mensch gestorben ist?« Bei jeder Silbe der Worte ›vier Versuche‹ tippte Cimona leicht gegen Pouikas Ellbogen, um ihrer Rede mehr Nachdruck zu verleihen.

Pouika spürte, wie sie das Selbstvertrauen verließ, als flösse es aus ihr heraus und versickere im Boden. Vielleicht war sie nicht die Heilerin, für die sie sich hielt. Schwach nickend, um Cimonas Frage zu bejahen, konnte sie nur noch an ihr kurzes mausbraunes

Haar denken, das im Vergleich zum königlichen Silber der Gildensprecherin hausbacken und reizlos aussah.

Cimonas honigsüßes Lächeln kehrte zurück. »Dann wird es Zeit, unübliche Magie zu benutzen, nicht wahr?«

Pouika schluckte, was mit einer derartig trockenen Kehle nicht so einfach war. »Es gibt Schwierigkeiten, Risiken...«

»Ach, Pouika, ich traue dir ohne weiteres zu, daß du alle Schwierigkeiten beseitigst. Aber was meinst du mit Risiken?« Cimonas Miene war warm und beruhigend, ein scharfer Kontrast zu ihrem kalten und harten Tonfall.

Pouika gelang es, den Blick von der Sprecherin abzuwenden und ihn über die Gestelle und Medizinbeutel wandern zu lassen, die den fleckigen Kräutertisch flankierten, auf dem der Leichnam lag. Ordentliche Reihen mit Glasflaschen standen auf dem linken Gestell, die größeren Flaschen weiter hinten. Jede Flasche trug ein längliches Wachssiegel, und alle waren fein säuberlich mit Strichsymbolen gekennzeichnet. Pouikas Selbstvertrauen stieg ein wenig, als sie sich die Arbeit vergegenwärtigte, die erforderlich gewesen war, um die Kräuter alle zu sammeln, und wie viele Nächte damit zugebracht worden waren, ihren Nutzen und die Eigenschaften ihrer Derivate und Destillate herauszufinden. Sie ließ den Blick über das rechte Gestell schweifen, ein Durcheinander von Skalpellen und Kräuterbündeln. Ein Knochenbohrer lag neben Haselruten, Gaze, Schläuche und Nadeln sowie einer Waschschüssel und ein paar Schwämmen. Zwei abgenutzte schwarze Ledertaschen mit zerkratzten Messingschlössern lehnten an der Waschschüssel – Taschen, die sie seit ihrer Zeit in den Bergwerken begleiteten. Pouika spürte zwar die Ungeduld der Gildensprecherin, widerstand jedoch dem Drang. Als sie antwortete, tat sie dies ruhig und mit Bedacht. »Blutmagie ist sehr mächtig, aber das Ergebnis ist ungewiß. Ich könnte das Bewußtsein verlieren und tagelang nicht aufwachen. Oder der Leichnam könnte für eine Weile wieder zum Leben erwachen…«

Cimona winkte ab, eine lässige Geste, die Pouikas neugewonnenes Selbstvertrauen auslöschte. »Ich werde veranlassen, daß drei Wachen vor der Tür postiert werden.«

»Direkt hier im Zimmer wären sie besser aufgehoben.«

»Gewiß, aber wenn sie sich zu lange in diesem Raum aufhalten, verlieren sie beim ersten unheimlichen Vorfall die Nerven. Die Wachen sind keine Geisterbeschwörer. Ihr Kontakt mit dem Unheimlichen muß so gering wie möglich sein, wenn sie dir überhaupt von Nutzen sein sollen.«

Pouika neigte den Kopf. »Jawohl, Verehrte Sprecherin.« Cimona belohnte Pouika mit ihrem wärmsten Lächeln. Die Gildensprecherin beugte sich wiederum vor, und ihre seidigen Fingerspitzen strichen leicht über Pouikas aufgesprungene Hände. Bei dieser Berührung wurde Pouika von einer Woge neuer Hoffnung überflutet – die Blutmagie würde mit an Sicherheit grenzender Wahrscheinlichkeit gelingen.

»Ich bin sicher, du wirst ausgezeichnete Arbeit leisten«, sagte Cimona, dann drehte sie sich um und rauschte zur Tür. Pouika spürte, wie ihr Selbstvertrauen rapide sank, als die Sprecherin an die Tür klopfte, die sich augenblicklich öffnete. Doch dann drehte sich Cimona plötzlich noch einmal zu ihr um und winkte Pouika zu sich. Das Verlangen, zur Sprecherin zu eilen, war groß, aber das Verlangen, sich die letzte verbliebene Würde zu bewahren, war stark genug, als daß Pouika mit langsamen, gemessenen Schritten zu ihr trat. Cimona griff in ihren Beutel und zog ein weiteres Stück getrocknete Rinde heraus.

»Bitte, du sollst nicht unter unangenehmen Bedingungen arbeiten müssen. Meine Mutter hat mir die Magie der Herstellung dieser Rinde beigebracht, und sie war mir schon öfter von Nutzen, als ich zählen kann. Benutze sie, wenn die Wirkung der anderen nachläßt«, sagte Cimona. Pouika lächelte glücklich, wie ein Kind, welches das schönste Spielzeug bekommt, das es je gesehen hat. Die Miene der Sprecherin nahm einen unverbindlich freundlichen Ausdruck an, um gleich darauf mildes Erstaunen zu vermitteln. »Ach, das hätte ich beinahe vergessen. Wenn du die Blutmagie unbeobachtet zur Anwendung bringen willst, solltest du dich besser beeilen. Die Menschen haben verlangt, daß dir ein Anhänger Mynbrujes bei deiner Untersuchung hilft. Dein *Helfer* ist ein Mensch. Wir halten ihn hin, aber er ist sehr hartnäckig.«

Cimona lächelte und nickte der Heilerin zu, dann wandte sie sich endgültig ab. Pouika knickste tief, während sich die Tür schloß. Kaum war die Sprecherin verschwunden, als Pouika die Nachwirkungen ihrer Magie spürte. Ihr war ein wenig übel, fast so wie nach einer ihrer Sitzungen mit einer ganzen Schüssel Honigkringel. Die Augen tränten ihr, und die Zunge war pelzig und belegt, als litte sie an Krupp. Die Gildensprecherin hatte dick aufgetragen, und Pouika hatte widerstandslos alles geschluckt.

Die Menschen hatten einen Abgesandten geschickt, um ihr auf die Finger zu sehen. Zweifellos argwöhnten sie eine Heimtücke der Zwerge, was schlimm war. Die Sprecherin hatte den Einsatz von Blutmagie verlangt, was noch schlimmer war. Da die Gilden derzeit starkem Druck von allen Seiten ausgesetzt waren, hatte man beschlossen, diese Aufgabe der Heilerin zu übertragen, die auf Besuch hier war – Pouika, die nur wegen eines immer noch ausstehenden Gildenkontrakts gekommen war. Die Arbeit, die als Ärgernis begonnen hatte, nahm langsam, aber sicher alptraumhafte Züge an.

Pouika hatte Kopfschmerzen. Sie öffnete eine der kleineren Flaschen, schüttelte eine kleine Menge gemahlene Orangenblüte auf einen Finger und schmierte sich das Pulver dann auf die Zunge. Die Kopfschmerzen ließen nach.

»Feuerkobold, heller bitte!« befahl Pouika. Das kleine Wesen beendete seinen unsteten Flug und schwebte reglos in der Luft, während seine Flammen wuchsen und das Leuchten von Orange zu einem leuchtenden Buttergelb wechselte. Pouika spürte ein Kribbeln, und dann kreischte der Feuerkobold vor Schmerz auf. Ein eisiger Nebel bildete sich um das winzige Feuerwesen – die Elementarzauber des Kräuterraums waren am Werk! Die Magie sollte den Raum kühl halten, doch der Feuerkobold hatte sich erwärmt, als er seine Helligkeit vergrößert hatte. »Dunkler!« sagte Pouika rasch. »So wie vorher!« Augenblicklich verdunkelte sich der Raum, und Pouikas Schatten flackerte auf einer Wand, die in Orange getaucht war.

Pouikas Kopfschmerzen kehrten zurück. Warum mußten die Bewohner Liffícks auch so rückständig sein? Warum konnten sie keine Lichtquarze benutzen wie die meisten fortschrittlichen Zwergenstädte? Die Stadt schien auf der Stelle zu treten und die Nachwirkungen der Plage noch nicht ganz überwunden zu haben. Pouika rieb sich die Schläfen, während sie ihre Aufmerksamkeit auf den Leichnam richtete, den sie jetzt trotz des trüben Lichts genauer betrachtete.

Ein Mensch, männlich, dunkelhäutig, kurzgeschnittenes dunkles Haar, schmale Schultern, kreisförmige Brandmale auf Nacken und Schlüsselbein. Narbe von einer alten Wunde am Hals. Schlank, jung, zwischen dreizehn und achtzehn Jahre alt. Vielleicht auch älter. Pouika konnte das genaue Alter von Menschen ohne Bart nicht besonders gut schätzen. Und dieser würde ihr ein klein wenig von ihrer Lebenskraft rauben.

Sie schmierte sich eine Salbe auf die Augen und

ging dann um den Tisch und zu ihren Instrumenten. Sie wählte einen Schlauch von der Länge ihres Armes, eine Nadel aus Silber und eine aus Orichalkum. Sie befestigte die Nadeln an den beiden Schlauchenden, dann krempelte sie sich den linken Ärmel hoch. Mit der sensiblen Berührung der Heilerin glitten ihre Finger über die aufgedunsene Haut im Nacken des Toten. Als sie die Arterie ertastete, stieß sie die silberne Nadel hinein. Dann legte sie sich eine Aderpresse an und stach sich die Orichalkumnadel in die Vene des linken Arms. Leise sang sie:

»Leben von mir, fließe durch ihn
Leben von mir, lebe für ihn
Blut von mir, gehe zu ihm
Blut von mir, erforsche ihn
Trage den Funken des Lebens
In die grauen Dämmerzonen,
Wo der Tod herrscht
Und wo die Toten wohnen.«

Pouika drückte ihren linken Arm ein wenig, so daß ein paar Tropfen Blut durch den Schlauch liefen. Zurück kam ein Gefühl der Kälte, das die Orichalkumnadel in einen Stachel aus Eis verwandelte. Ihr Handgelenk schmerzte, doch Pouika setzte ihre Talente als Heilerin ein, um das Schmerzgefühl zu verdrängen. Sie beobachtete mit ihrer Inneren Sicht, wie das feurige, lebendige Band von ihrem Arm zum Leichnam floß, doch dann weigerte sich das Blut, durch die Silbernadel zu strömen. Mochte Pouika ihre Lebensenergie noch so vorwärtsdrängen, der Widerstand in der Umgebung der Nadel verstärkte sich immer mehr. Sie sah die Sperre als kristalline Barriere, erkannte in ihr den Ausgangspunkt der Kälte. Warum sollte ein erst kürzlich Verstorbener dem Leben so großen Widerstand entgegensetzen?

Pouika erhöhte ihren Willensdruck. Ihr Blut brandete gegen den Widerstand an, so daß sich der Schlauch an manchen Stellen ausbeulte. Ihr linker Arm fing an zu zittern, während sie ihre Lebensenergie vorwärtstrieb. Sie leckte sich die Lippen, blinzelte, da ihre Innere Sicht an Klarheit verlor. Der Stachel der Kälte in ihrem Arm verlor sich.

Pouika keuchte, als der Widerstand nachließ und ihr Blut ungehindert und rasch in den Leichnam strömte. Es war, als wäre ein Damm geborsten, als hätte sich ein eben noch ruhig daliegender Tümpel in einen Wildwasserbach verwandelt. Ihre Willenskraft war mit dem Strom ihres Lebensblutes verbunden, und Pouika spürte, wie ihr Körper zitterte und ihr der Puls in den Ohren dröhnte. Ihre Innere Sicht versank in den gewaltigen Fluten der Blutmagie. Sie versuchte sich vorzustellen, wie sie schwamm, wie sie sich an die Oberfläche der Magie arbeitete. Und es gelang, da ihre Willenskraft ihre Sicht wieder über die Strömung hob. Ein scharfes Ausatmen. Pouika hatte gar nicht bemerkt, daß sie den Atem angehalten hatte.

Dein Hunger ist groß, aber es ist mein Leben, mein Blut. Pouika wappnete sich. Sie konnte die Flut nicht sofort aufhalten, aber sie lenkte den Strom an den Rändern ab und zu sich zurück, schaffte Wirbel und ruhige Zonen. Sie rief ihr Blut, sang leise eine Hymne für Garlen. Als sich der Strom verlangsamte, stellte sich Pouika vor, wie sich ein Damm reparierte, wie der Riß versiegelt wurde, der den reißenden Strom erzeugt hatte. Ihr Wille formte aus dem Stoff des Astralraums das Gewebe, das ihrer Vorstellung Substanz verlieh. Der Blutstrom wurde zu einem dünnen Rinnsal und versiegte schließlich ganz.

Pouika schluckte bedächtig und sammelte sich. Mit der rechten Hand zog sie die Silbernadel heraus, dann entfernte sie die Aderpresse. Wieder trat sie zu dem Gestell mit den Flaschen, wo sie diesmal eine große

Flasche mit einer klaren Flüssigkeit entstöpselte. Pouika achtete nicht darauf, wieviel Flüssigkeit verschüttet wurde oder ihr über Lippen und Kinn lief, als sie die Flasche zur Hälfte austrank. Als sie genug hatte, stellte sie die Flasche ab, völlig außer Atem. Sie wußte nicht, wieviel Blut sie verloren hatte, zweifelte aber nicht daran, daß es mehr war, als sie je für Blutmagie gespendet hatte. In kurzer Zeit mußte ihr Blut den Leichnam vollständig durchdrungen haben.

Sie kehrte zu ihm zurück und drehte ihn auf die linke Seite, wobei ihre Hände über den vier präzisen Reihen der Schnittmale auf seiner Brust ruhten, den sichtbaren Zeichen der ersten vier gescheiterten Experimente. Dann wurde ihr kurz schwarz vor Augen, ein Hinweis darauf, wie sehr diese anspruchsvolle Magie ihren Körper schwächte. Die Blutmagie war ihre letzte Hoffnung, denn danach würde sie keine Kraft mehr für etwas anderes haben.

Sie ließ die Stille des Zimmers auf sich einwirken und beruhigte sich langsam. Der Schatten ihrer Hände bewegte sich über dem Rumpf des Leichnams, und sie sang zu ihrem Blut. *Komm zu mir zurück, komm, sing zu mir, komm, erzähl mir, was du über Leben und Tod weißt.*

Haut straffte sich über der Brust und platzte an den Einschnitten auf. Haut schälte sich ab, enthüllte graue Muskeln auf weißen Knochen und entließ einen Gestank, der ihr in den Augen brannte. Plötzlich bekam das tote graue Fleisch eine blaßrosafarbene Tönung, als Pouikas Blut auf ihren Ruf antwortete. Ein paar Tropfen quollen aus den Muskeln. Sie senkte die Hände auf ihren Schatten und berührte das Blut.

Ich bin Fier aus dem Kaer Tarfal. Ich bin schnell und verstohlen und gut in dem, was ich tue. Pouika drückte die Handflächen sanft auf Fiers Brust und bewegte sie in kleinen Kreisen, um das Blut gleichmäßig auf ihre Handflächen zu verteilen. Die Blutmagie war stark. Stimme, Eindrücke und Visionen waren kristallklar.

Sie entzog der Leiche Lebenserinnerungen. Flüchtige Bilder. *Ein höhlenartiger Raum aus Stein mit einer kuppelförmigen Decke. Eine schwarze Spitze aus Kristall, die von der Decke herunterhängt und den Boden genau in der Mitte der ausgedehnten Kaverne fast berührt.* Er stiehlt einem großen Jungen namens Bozryn das Essen. Die Erregung einer Verfolgungsjagd durch Straßen und Gassen. Verzehrt kichernd das Essen auf einem Ziegeldach und sieht zu, wie Bozryn durch den Müll in der Gasse darunter pflügt. *Er zerrt am Heft eines Schwertes, um den Bernstein mit dem Windling darin freizubekommen.* Verlangen regt sich, als er ein dunkles schlankes Mädchen im öffentlichen Bad beobachtet. Er bestiehlt einen Mooshändler und wird vom Waffenmann Pindre erwischt. Und zu niedriger Arbeit unter Bozryns Aufsicht verurteilt. *Warum hast du mich verraten?* Erregung und Furcht, als er von den Ältesten ausgewählt wird, das Kaer zu verlassen, um nach Pindres Gruppe zu suchen. *Warum hast du mich verlassen?*

Pouika hob die Hände, die vor Empfindungen zitterten, welche nicht ihre Empfindungen waren, und hielt inne, um sich zu sammeln. Die Erinnerungen waren zwar verstümmelt und unvollständig, aber jene, welche die Kristallspitze, den Bernstein und die Fragen betrafen, waren lebendiger und geradezu in ihr Blut eingebrannt. Schweiß bedeckte ihre Stirn, lief ihr in kleinen Bächen das Gesicht herunter und hatte den Kragen ihrer Bluse durchtränkt. Sie wischte sich die Stirn mit dem Ärmel ab und beschloß, den lebhaftesten Erinnerungen nachzugehen. Sie spreizte die Finger beider Hände, preßte sie auf das aufgedunsene Fleisch auf seiner Brust und rief wieder ihr Blut.

Ein schmalgesichtiger Zauberer steht in Gedanken versunken neben der Kristallspitze. Schmerzen, quälende Schmerzen, als befände sich sein Kopf zwischen den Backen eines Schraubstocks. Ich versuche es doch, wirklich – der

Talisman sitzt nur so fest. Der Bernstein löst sich vom Schwertknauf. Ich muß ihn dem Geisterbeschwörer geben. Nein! Ich kann nicht mehr geben. So dicht an unserem Geheimnis.

Pouika spürte, wie die Erinnerungen vor ihr zurückwichen. Ein scharf gesprochenes Wort ließ einen Blutstrahl durch ihre Finger sprudeln, der den Rücken ihrer linken Hand bespritzte. Ihr Wille zerrte an dem Blut, ihrem Blut, das von seinen Erinnerungen, seinem Leben erfüllt war. Die Erinnerungen schienen zu verblassen, eine geflüsterte Unterhaltung, die sich langsam vom Zuhörer entfernte. Pouika beugte sich vor und legte den Kopf auf die Seite. Sie tadelte sich für ihre Dummheit. Das Lied ihres Blutes war für das normale Ohr unhörbar und nicht mit tatsächlichen Geräuschen verbunden. Sich vorzubeugen, hatte keinen Sinn – halt, da war die Stimme wieder! Sie zögerte einen Augenblick lang, bevor sie die Hände auseinandernahm und sanft ihr Ohr auf die Brust des Toten legte. Sie flüsterte ein Wort, und winzige Blutstropfen bedeckten ihr Ohr. Aus dieser Entfernung trieb ihr der Geruch des Leichnams die Tränen in die Augen, da er so stark war, daß sie ihn fast schmeckte. Wiederum rief sie ihr Blut. *Komm zu mir zurück, erzähl mir alles, zeig mir alles.*

Die Stimme war weit entfernt, die Bilder waren flüchtig. Sie schnappte ein Fragment auf, ein Gefühl schrecklicher Angst, eiskaltes, scharfes Metall, das eine Linie aus weißglühendem Schmerz zog. Bernstein unter der Kristallspitze. Unser Geheimnis, meine Treue, dein Verrat. *Du bist nahe genug, du wirst nicht näher kommen.* Pouika empfand einen Stich der Überraschung, die sofort in Angst umschlug. Der Widerstand hatte jetzt etwas Vorsätzliches bekommen.

Sie wandte den Kopf von der Leiche weg, kam aber nicht weit, da sie von zwei kräftigen Händen zurückgerissen wurde. Ein Daumen glitt um ihren schweißnassen Hals und legte sich auf ihre Luftröhre. Die Hände drückten zu und erstickten ihren Schrei zu einem unartikulierten Gurgeln. Dennoch hatte sie ein Geräusch verursacht, das die Wachen gehört haben sollten. Gehört haben mußten.

Pouika versuchte die linke Hand zwischen den Daumen des Leichnams und ihre Luftröhre zu bringen. Sie drückte mit der rechten, versuchte einen Ansatz zu finden, um sich von dem Leichnam wegzustemmen. Sie spürte, wie sich seine Bauchmuskeln spannten, als er sich aufrichtete. Dann gelang es ihr, zwei Finger unter die Daumen zu haken, und sie zog, um den Druck auf ihrer Kehle zu vermindern.

»Wachen!« Der Schrei klang heiser, krächzend, war kaum hörbar. Der Leichnam versuchte ihr mit einer raschen Drehung das Genick zu brechen. Ihre Muskeln schrien auf, doch ihr Hals hielt dem Ruck stand. Sie versuchte wieder zu schreien, doch der Leichnam zog ihr Gesicht auf seine Brust und erstickte ihn. Instinktiv biß sie zu und würgte ob des stechenden Geschmacks des verwesten Fleisches. Der Leichnam reagierte nicht auf den Biß. Die würgende Hand versuchte den Druck zu verstärken, während sich die andere Hand in ihrem Haar verkrallte, um einen besseren Halt zu finden. Vor ihren Augen tanzten rote Flecke, als die Leiche ihr die Kehle zudrückte.

Die Blutmagie. Der Leichnam mußte der Blutmagie Lebenskraft entziehen. Ihr Verstand zwang Lippen und Zunge dazu, sich zu bewegen, um die Worte zu formulieren. *Komm zu mir, kehr zu mir zurück.* Blut bespritzte ihre Wange. Der Leichnam zuckte, seine Hände krampften sich noch fester zusammen. *Komm zu mir, kehr zu mir zurück.* Blut sprudelte über ihre Lippen und brachte einen ekelhaften, eitrigen Geschmack von der Leiche mit sich. Pouika würgte und spie, was sie konnte, schluckte aber dennoch einen Teil des Blutes hinunter. Sie keuchte. Der Leichnam griff sie jetzt mit noch größe-

rer Heftigkeit an. *Komm zu mir, kehr zu mir zurück.* Wunden öffneten sich in seiner Haut, und Blut bespritzte ihr Gesicht. *Komm zu mir, kehr zu mir zurück.* Haut blähte sich auf und platzte auf, und eine Blutfontäne riß Muskeln und Fettgewebe von der Schulter.

Der Leichnam zuckte krampfhaft und schleuderte sie davon. Sie krachte gegen ein Messinggestell, und Instrumente flogen durch den Raum. Der Leichnam wälzte sich auf die andere Seite und kam torkelnd auf die Beine.

»Verdammt noch mal! Wachen!« schrie Pouika, während sie nach einem Skalpell griff, dann auf den Untersuchungstisch sprang und den Arm nach einer großen Flasche ausstreckte. Der Leichnam wollte sich auf sie stürzen und fuhr dann herum, als mit lautem Knall die Tür aufsprang. Der Mensch, der im Eingang stand, war groß und in Schwarz und Grün, in Leder und Seide gekleidet. Mit ausgestreckten Armen schrie er etwas aus vollem Hals. Der Leichnam tat einen Schritt und erstarrte. Er warf die Arme in die Luft und schrie auf, als ihm Zungen aus gelbem Feuer über den Rücken leckten.

Pouika ergriff die gesuchte Flasche und entstöpselte sie, während sie vom Untersuchungstisch glitt. Der Leichnam ballte die Fäuste und öffnete sie wieder. Ringe aus gelbem Feuer schraubten sich die Gliedmaßen des lebenden Mannes hinauf, trafen sich in Höhe seiner Brust und explodierten in einem grellen Funkenregen. Die Magie schleuderte den Mann gegen den Türrahmen, und er sank auf ein Knie, hielt jedoch nach wie vor die Arme ausgebreitet.

Pouika stach sich in den Finger und quetschte einen Tropfen Blut in die Flasche mit der hellgrünen Flüssigkeit. Er fiel mit einem leisen *Plopp* in die Flüssigkeit und wurde schwarz, bevor er sich mit ihr vermischte und verschwand. Zwei Schritte, und sie stand direkt hinter dem Leichnam.

Mit klopfendem Herzen schüttete sie ihm die Flüssigkeit über den Rücken und trat dann noch näher, um die Flasche gegen die bleiche Haut zu pressen. Sie sagte etwas. Blutstropfen quollen durch seine Hautporen. Der Leichnam heulte auf, versuchte sich umzudrehen, mußte jedoch von der Magie des Menschen an Ort und Stelle gehalten werden. Das Blut tröpfelte weiterhin aus dem Leichnam und vermischte sich mit der grünen Flüssigkeit, die jetzt langsam in die Flasche zurückfloß. Der Leichnam schrie vor Schmerzen, ein Geräusch, das Pouika durch Mark und Bein ging. Sie konzentrierte sich auf die Flüssigkeit, drängte sie, ihr Werk zu tun und dem Leichnam ihr Blut zu entziehen. Noch zweimal leckte gelbes Feuer über den Leichnam. Als der letzte Blutstropfen den Leichnam verließ, fiel dieser leblos zu Boden.

Der Mensch trat langsam näher und kniete neben dem Leichnam nieder. Dann hob er die schwarzen Augen und sah sie an. »Seid Ihr fertig?« Pouika dachte für einen Augenblick nach, und die Pause sprach für ihre Müdigkeit. Sie nickte matt. Der Mann rief nach den Wachen. Sie kamen, traten aber nur zögernd, fast widerwillig über die Schwelle. Sie starrten Pouika an, bevor sie hereinkamen.

»Wo wart ihr?« flüsterte sie einem der Wächter im Vorbeigehen mit rauher Stimme zu.

Der Mann zuckte zusammen. »Wir haben den Geisterbeschwörer geholt, so schnell wir konnten.«

Der Geisterbeschwörer wies sie an, der Leiche Arme und Beine zu fesseln und sie dann ins Krematorium zu bringen. Seine Stimme nahm einen drohenden Unterton an, als er den Wachen auftrug, erst dann zurückzukehren, wenn sie sicher waren, daß der Leichnam zu Asche verbrannt war. Die Zwergenwachen spannten sich bei diesem Befehl sichtlich, nickten jedoch zögernd. Sie fesselten den Leichnam und trugen ihn fort, während Pouika die Gelegenheit wahrnahm, um sich zu säubern. Sie klopfte leicht auf die elementare Sigille auf der Waschschüssel, die sich daraufhin mit Wasser füllte. Dann tauchte sie einen Schwamm in das Wasser und wusch sich gründlich das Gesicht.

»Bevor wir ihn hergebracht haben, habe ich Geisterbeschwörermagie angewandt, um herauszufinden, wie er gestorben ist.« Der Mann rieb sich mit der rechten Hand den Nacken. »Die Arbeit war mühsam, aber erfolgreich. Wißt Ihr sonst noch etwas?« fragte er.

Pouika drückte den Schwamm aus und blinzelte ein paar Tropfen aus den Augen. Dann sah sie den Mann über die Schulter an und blickte in ein breites Gesicht mit einem tadellos gestutzten schwarzen Bart. Kurz, wie ihn die Menschen mochten, aber buschig und elegant. Sein Gesicht hätte zu einem vierzig Jahre alten Zwerg gepaßt, was ihn zu einem etwa dreißigjährigen Mensch machte. Seine Augen blickten ruhig und geduldig, und von der Arroganz, die sie spürte, war in seinen Zügen nichts zu erkennen. Sie beugte sich wieder über die Waschschüssel und sagte: »Ich habe immer Schwierigkeiten, mich mit jemandem zu befassen, wenn ich nicht weiß, mit wem ich es zu tun habe.«

Sein Kichern klang tief und volltönend. »Ich bitte um Verzeihung, Heilerin. Ich bin Herizim, ein Geisterbeschwörer aus Dar Elech, einer Stadt am Arasmeer südlich der Drachenberge.«

Pouika beendete die Reinigung ihrer Hände und klopfte dann noch einmal auf die Sigille. Der Name der Stadt kam ihr bekannt vor. Sie durchforstete ihr Gedächtnis nach einem Hinweis. Während die Elementarkräfte das schmutzige Wasser mit dem Geräusch einer leisen Windbö davontrugen, drehte sie sich zu Herizim um. »Ich habe schon von diesem Ort gehört. Wir kaufen dort Himmelslack ein.«

Herizim räusperte sich und lächelte dünn. »Dieses

Kraut ist als Blutreiniger bekannt. Die Ausbildung zum Geisterbeschwörer umfaßt auch einen allgemeinen Umriß der einfacheren Pflanzenmagie.«

Pouika fuhr auf, bemühte sich aber, ihre Verärgerung hinter einem Lächeln zu verbergen. Zauberkundige, sogar menschliche Zauberkundige, begegneten Heilern oft mit Herablassung, als seien sie minderwertigere Magier. Als mache die Arbeit mit irdischem Leben und den Lebenden die Magie weniger rein.

»Einfachere Pflanzenmagie ist ein Anfang, aber tieferes Wissen erbringt auch tiefergehende Ergebnisse. Es war nämlich ein besonderes Präparat, das aus Himmelslack und einigen anderen Kräutern gewonnen wird, das jenem Leichnam das Leben entzogen hat. Ich habe mein Blut von seinem gereinigt.«

Herizim räusperte sich erneut, ein wenig lauter diesmal, und seine Augenbrauen hoben sich etwas. Pouika mühte sich nach Kräften, damit ihr Lächeln nicht zu einem spöttischen Grinsen wurde, aber das Lachen des Menschen verriet ihr, daß ihr das nicht gelungen war. »Ich verneige mich in Demut vor Eurer Pflanzenmagie«, sagte er mit unmerklicher, aber anscheinend aufrichtig gemeinter Verbeugung. Pouikas Schultern sackten herab, und eine Anspannung verließ sie, der sie sich gar nicht bewußt gewesen war, während Herizim sie lediglich mit jenen gelassenen Augen musterte.

»Der Mann hieß Fier und stammte aus dem Kaer Tarfal.«

»Er war noch ein Junge«, sagte Herizim.

Pouikas Nüstern blähten sich vor Ärger. »Ich würde sagen, er war ein Dieb und schon eine ganze Weile tot.«

Herizim nickte, dann deutete er auf die Tür. Pouika packte ihre Sachen in die beiden Ledertaschen. Die Intensität von Herizims Blick nahm zu, behielt jedoch seine Gelassenheit. »Was schließt Ihr daraus?«

Sie schloß daraus, daß der Geisterbeschwörer bereits eine Menge wußte. Pouikas Verärgerung wuchs. Sie hatte soeben ihr Leben für ein Wissen aufs Spiel gesetzt, über das Herizim wahrscheinlich längst verfügte. Sie hatte dieses Wissen in dem Augenblick erworben, als sich die Hände eines Toten um ihre Kehle geschlossen und versucht hatten, sie zu erwürgen, wodurch Pouika nicht viel Zeit geblieben war, über die Hintergründe nachzudenken. Eine Schlußfolgerung war jedoch offensichtlich. »Er ist schon früher belebt worden, ein Untoter. Also ist meine Blutmagie einem ausgetretenen Pfad gefolgt, was der Grund dafür ist, daß sie ihn so leicht wiederbeleben konnte. Ist er von einem Eurer Rivalen erschaffen worden?«

Herizim blinzelte. »Wenn Ihr damit einen anderen Geisterbeschwörer meint – nein.«

Pouika beließ es dabei, da sie die Führung in diesem Frage- und Antwortspiel übernehmen wollte. »Die Gildensprecherin sagte, Ihr seid ein Anhänger Mynbrujes.«

»Ich glaube an die Ideale Mynbrujes, insbesondere an die Wahrheit. Und an die Gerechtigkeit – falls möglich«, sagte Herizim.

Pouika schloß ihre Taschen, dann musterte sie Herizim mit absichtlich geweiteten Augen. »Ich bin überrascht über einen derartigen Zynismus bei einem Anhänger Mynbrujes.«

Herizims Blick irrte ein wenig umher, aber er lächelte rasch, um eine Maske höflicher Beflissenheit aufzusetzen. »Meine zwergischen Gastgeber haben mich den Wert des Praktischen gelehrt.«

Pouika hob ihre Taschen auf, wobei sie aus seiner Miene schlau zu werden versuchte. Herizim bot ihr an, die Taschen für sie zu tragen, doch sie schüttelte den Kopf und ging zur Tür. Er kam ebenfalls in Bewegung. »Kaer Tarfal war eine Siedlung der Menschen«, sagte er, »die vor fast siebzig Jahren ihre Tore geöffnet hat. Die Bewohner nennen die Siedlung seit fünfzig Jahren nur noch ›Tarfal‹.«

Pouika leckte sich die Lippen, als sie sich Fiers Erinnerungen vergegenwärtigte. »Also ist der Dieb siebzig Jahre lang untot gewesen. Und in bemerkenswert guter Verfassung«, sagte sie. Sie stieg die Treppe zu den besseren Gildenräumen hinauf. Ein Stockwerk höher nahm sie mit Erleichterung das Spiel des Sonnenlichts auf den Kristallscheiben der Fenster zur Kenntnis.

»Ich kenne nur wenige Geisterbeschwörer, die so begabt sind, und keinen davon in der Umgebung von Tarfal. Diese Art von unnatürlichem Leben wird normalerweise eher in Verbindung gebracht mit...«

»... den Dämonen«, beendete Pouika den Satz. Die Treppe endete an einem Flur, der mit einem dichten, weichen Teppich ausgelegt war. Vier Wächter salutierten zackig vor ihr, um dann Herizim nach Waffen abzutasten, der sich zu diesem Zweck hinknien mußte. Pouika stellte die Taschen ab, während ein weiterer Wächter mit einer oberflächlichen Durchsuchung begann.

Da die Wachen mit Herizim noch nicht fertig waren, ging Pouika allein ein paar Schritte den Flur entlang zu einem beleibten Sekretär, der für die Termine zuständig war. Sein Schreibtisch stand neben der Wand, in die ein Messingsprachrohr eingelassen war. Der Schreibtisch wirkte sehr aufgeräumt, wenn man von einem kleinen Stapel Notizblätter absah, die der Beamte gerade sortierte. Er begrüßte die Heilerin mit leichtem Kopfnicken. Als Pouika um den nächsten freien Termin bei der Gildensprecherin bat, zog der Dicke einen ordentlichen Pergamentstapel zu Rate, sprach eine verschlüsselte Redewendung in das Sprachrohr und erhielt eine rasche Antwort. Er wackelte abwesend mit dem Kopf, während er etwas in zwei verschiedene Formulare eintrug. »Gildensprecherin Cimona erwartet Euch in Kürze im Empfangsraum für die Bergarbeiter.«

Pouika blinzelte, dann fragte sie nach dem Weg. Wenngleich die Erklärung sehr knapp und unklar gehalten war, vermutete Pouika, daß Herizim und ihr dennoch genügend Zeit blieb, um den Raum zu finden, bevor die Gildensprecherin eintraf. Ihre erste Unterredung mit Cimona hatte im Büro der Gildensprecherin stattgefunden. Jetzt sah es so aus, als wünsche die Sprecherin dieses Treffen abseits von neugierigen Ohren und geschwätzigen Zungen abzuhalten. Tatsächlich hegte Pouika sogar den Verdacht, daß die Gildensprecherin es begrüßt hätte, wenn sich die ganze Angelegenheit einfach in Luft aufgelöst hätte. Ein rascher Blick zurück verriet ihr, daß Herizim mittlerweile hinter ihr stand, und so ging sie den Flur entlang, während sich der Geisterbeschwörer ehrerbietig einen Schritt hinter ihr hielt.

»Wenn Eure Vermutung auf Dämonenmagie abzielte, warum habt Ihr dann den Gilden nichts davon gesagt? Und warum habt Ihr darum gebeten, daß ein Heiler einen Leichnam untersucht, wenn Ihr über dessen Todesursache bereits Bescheid wußtet?« fragte Pouika. Sie wartete auf eine Antwort, bekam jedoch keine. Ein Blick zurück verriet ihr lediglich, daß der Geisterbeschwörer dünn lächelte.

»Habt Ihr irgend etwas anderes an Fier wahrgenommen oder überhaupt irgend etwas gesehen, das auf Magie schließen ließe?« fragte Herizim.

Jetzt verweigerte Pouika die Antwort. Sie schnaubte lediglich verärgert, während sie nach links abbog und eine kurze Treppe erklomm, die zum Hauptgildensaal führte. Der Saal war wie ein offener Hof gestaltet und vier Etagen hoch. In seiner Mitte befand sich ein Springbrunnen, dessen Wasser magisch behandelt war, um ihm Struktur und Aussehen von flüssigem Gold zu verleihen. Auf der linken Seite beobachtete eine Reihe von Wachposten mit funkelnden Helmen die Zwerge, die in großer Zahl durch den Straßenzugang kamen und gingen. Jede Treppe im Erdgeschoß wurde von mindestens zwei Posten bewacht, und vor jeder stand ein Schreibtisch, der mit einem Beamten besetzt war. Vor fast jedem Schreibtisch hatte sich eine Schlange gebildet, in der mindestens ein Dutzend Leute standen, und an den Säulen und Wänden lehnten weitere Dutzende Hoffnungsvoller und warteten, bis der zuständige Beamte sie aufrief.

Pouika trat zu einem der Schreibtische ohne Schlange. Der Beamte winkte sie vorbei, wobei er sorgfältig darauf bedacht schien, ihrem Blick auszuweichen. Offenbar hatte Gildensprecherin Cimona den strikten Befehl ausgegeben, sie nicht zur Kenntnis zu nehmen.

Sie nahmen eine nach unten führende Treppe, bei der jede Stufe aus einer anderen Gesteinsart gehauen war, und stiegen sie bis weit unterhalb der Ebene der Leichenhalle hinab. Auf jeder Stufe war in der rechten Ecke eine kleine silberne Tafel angebracht, auf der der Name des Bergwerks stand, aus dem der Stein stammte. Die Tafeln waren beschlagen, und einige der Lichtquarze flackerten und waren trübe, woraus Pouika schloß, daß die betreffenden Bergwerke nicht mehr ganz so wichtig für die Gilden von Liffick waren. Der Treppenabsatz war aus einem schwarzen Marmor gehauen, der mit Adern aus einem leuchtenden blauen Mineral durchzogen war, das Pouika nicht kannte.

Die Empfangshalle für die Bergarbeiter war rund und durchmaß etwa zwanzig Schritte. Ihre rohen Steinwände waren ebenfalls mit irisierenden Mineralien durchsetzt. Pouika wußte, daß sie sich für ein natürliches Vorkommen dieses Gesteins nicht weit genug unter der Erde befanden. Wie die Treppenstufen war es hergeschafft worden. Die Wände waren in unregelmäßigen Abständen mit Lichtquarzen besetzt. Jeder Quarz trübte und erhellte sich in einem eigenen Rhythmus, wodurch die Wände blinkten wie die Nordlichter. Die Decke schimmerte dunkelviolett, und der Raum selbst war von Vogelgezwitscher erfüllt. Grubenvögel zirpten und trillerten auf einem stilisierten Metallbaum in der Mitte der Halle. Bei dem Baum handelte es sich um eine handwerkliche Meisterleistung, da er eine Kombination aus Nistlöchern, Futterschläuchen, Saatkästen und Bewässerungsleitungen in Gestalt und Farbe einer Birke war. Der Baum beherbergte ungefähr zwei Dutzend Vögel, hauptsächlich Kanarienvögel. Der Baum war von fünf Bänken aus demselben schwarzen Marmor wie der Treppenabsatz umgeben. Pouika ließ ihre messingeschlagenen Ledertaschen auf den Boden fallen, die dabei ein dumpfes Klacken verursachten, und setzte sich. Sie war zufrieden, daß sie sich ein wenig von den Strapazen der Blutmagie erholen konnte.

Herizim stand neben ihr und las eine Plakette am Stamm des Baumes. »Hier steht, das hier seien die Lieblingsvögel der jeweiligen Bergbaugesellschaften, und daß sie aus Hunderten von Warnvögeln ausgewählt worden seien, die in den Gruben gehalten werden. Wißt Ihr zufällig, was mit den übrigen geschieht?« sagte er.

»Die Bergarbeiter behalten manche als Haustiere. Die meisten werden freigelassen.«

»Sind diejenigen, die freigelassen werden, genauso blind wie diese Vögel?«

»Der Aufenthalt in den Gruben blendet alle Vögel. Übrigens auch einige der langjährige Bergarbeiter.« Pouika erinnerte sich an die Zeit, die sie als fahrende Heilerin in den Bergwerken verbracht hatte. Wie oft hatte sie versucht, grauweißen Augen die Sehkraft wiederzugeben? Dabei war es so schwierig gewesen, genug Fingerhutextrakt zu bekommen, daß es manchmal den Anschein gehabt hatte, sie verbringe mehr Zeit damit, um Arzneien zu betteln, zu weinen oder zu Garlen zu beten, als mit Heilen.

»Was hätten die Lifficker Gilden Eurer Ansicht nach getan, wenn wir ihnen von unserem Verdacht berichtet hätten, daß ein Dämon in einem Wohngebiet der Menschen aufgetaucht ist?«

Die Frage traf Pouika wie ein Blitz aus heiterem Himmel. Sie dachte darüber nach, während sie Herizim musterte, der sich mit gekreuzten Beinen ihr gegenüber auf den Boden setzte. Obwohl er auf dem Boden und sie auf der Bank saß, mußte sie immer noch zu ihm aufschauen, was Pouika ein wenig nervös machte. Er war ein großer Mann, auch nach menschlichen Maßstäben. Sie richtete sich kerzengerade auf. »Ich nehme an, sie hätten alle Magier in der Innenstadt zusammengezogen, um die Schutzvorrichtungen an den Stadtmauern zu untersuchen, und Marrek oder gar Throal um Hilfe gebeten. Dann hätten sie Untersuchungsbeamte in die Wohngegenden außerhalb der Stadtmauern geschickt und versucht, den Dämon zu töten.«

»Und falls sich der Dämon als äußerst widerstandsfähig erwiesen hätte?« fragte Herizim.

»Die meisten sind es«, sagte Pouika sarkastisch, »aber man hätte nicht zulassen können, daß ein Dämon Heim und Leben so vieler Menschen bedroht.«

Herizim nickte mit Nachdruck. »Das ist die Heilerin, die aus Euch spricht, die Anhängerin Garlens. Genau das hätten wir gern von einem Zwerg gehört.«

»Was wollt Ihr damit sagen?« Vor Zorn atmete Pouika rascher.

»Was sollte Eure Gilden davon abhalten, die alten Schutzvorrichtungen zu aktivieren und die Stadt von der Außenwelt zu isolieren? Schließlich wohnen nicht viele Gildenmitglieder außerhalb der Stadtmauern«, sagte Herizim.

»Wir gäben die Außenbezirke nicht auf und überließen sie freiwillig einem Dämon«, sagte Pouika leise, doch mit so viel Nachdruck, daß jedes Wort auch vor dem Hintergrund des Vogelgezwitschers deutlich zu verstehen war.

Herizim zeigte mit dem Finger auf sie und versuchte dann, der Geste etwas Beiläufiges zu geben, damit sie weniger anklagend wirkte. »*Ihr* vielleicht nicht. Doch unsere Befürchtung – meine Befürchtung – ist die, daß die Gilden der Zwerge eine Verteidigung der Vororte« – er hielt mitten im Satz inne und lächelte – »als *unpraktisch* abtun könnten.«

»Wie sieht *Eure* praktische Lösung für das Problem eines Dämons aus?« fragte Pouika.

Herizim zögerte, dann sagte er: »Die Anhänger Mynbrujes haben ein Grimoir gefunden, ein altes Grimoir, das einem mächtigen zwergischen Geisterbeschwörer gehört hat. In diesem Grimoir befindet sich ein Zauber, mit dem sich möglicherweise ein Dämon von dieser Welt verbannen läßt.«

»Möglicherweise?«

Herizim nickte trotzig, die Augen geweitet, die Brauen hochgezogen. »Möglicherweise. Der Erfolg hängt zum Teil von der Güte des Zauberers ab. Unter Berücksichtigung der wenigen Zeit, die uns meiner Ansicht nach bleibt, wird Liffick wohl mit mir vorliebnehmen müssen.«

Pouika saß schweigend da und dachte an den Dämon, die Gilden und die blinden Grubenarbeiter, aber das Geräusch schwerer Stiefel auf der Treppe unterbrach ihren Gedankengang. Wächter erschienen, die volle Kettenpanzer anstelle der leichteren Galarüstung trugen, in der Pouika sie zuvor gesehen hatte. Vier Wachen bezogen schweigend Posten am Eingang, während nicht weit hinter ihnen ein vertrautes Knistern zu hören war. Gildensprecherin Cimona tauchte auf, deren dünnes Lächeln in ein Strahlen überging, als seien Gewitterwolken an der Sonne vorbeigezogen. Pouika erhob sich, um sie zu begrüßen.

»Pouika, wie ich mich freue, dich zu sehen! Ich habe von dem entsetzlichen Zwischenfall gehört. Wie geht es dir?«

Pouikas Herz schmolz beinahe, als die Wärme von Cimonas Anteilnahme über sie hinwegwusch. Sie vergegenwärtigte sich noch einmal, daß es nur die Magie der Sprecherin war, lächelte aber dennoch erfreut. »Ich bin noch ganz, Sprecherin. Ich wäre eine schlechte Heilerin, könnte ich diese Kleinigkeit nicht in Ordnung bringen.«

Cimona lachte, der zarteste und entzückendste Laut, den Pouika seit Monaten gehört hatte. Sie verspürte ein Kribbeln der Zufriedenheit, weil sie der Sprecherin ein solch wunderbares Lachen entlockt hatte. Die Augen der Sprecherin glänzten zufällig in der flackernden Beleuchtung der Lichtquarze, aber ihr Glanz war ganz allein für Pouika bestimmt. »Dein Bericht?« fragte Cimona.

Pouikas Welt zersprang wie feiner Kristall unter einem Hammerschlag. Cimonas Augen bohrten sich in ihre, da sie die Antwort suchte, nein – eine Antwort erwartete, und zwar die richtige.

»Die Todesursache war eine durchschnittene Kehle – doch das spielte keine Rolle«, mischte sich Herizim ein. »Wichtig ist, daß der Leichnam bis vor drei Tagen von einem Dämon als Wirtskörper benutzt worden ist.«

Pouika verspürte ein Ziehen und Zerren in der Brust, das auf den Magen übergriff und dann den Körper an der Taille verließ. Ein eisiger dünner Schmerz begleitete das Zerren, die kalte Härte von Cimonas Mißvergnügen. Pouika schluckte. Herizims Schultern zuckten. Er keuchte, und seine Augenlider flatterten. Der Geisterbeschwörer bekam den Zorn der Sprecherin mit voller Wucht zu spüren.

»Wäre es möglich, daß ihr euch irrt?« hakte Cimona sanft, aber erwartungsvoll nach. Herizims sah sie einen Augenblick lang direkt an, dann senkte der Geisterbeschwörer den Blick. Eine Träne rollte ihm die linke Wange herunter, und seine Lippen zuckten und bebten, während er vergeblich zu schlucken versuchte. »Mynbruje…«, murmelte er schwach.

Pouika wußte, daß sie lediglich zu bestätigen brauchte, was die Sprecherin hören wollte, nämlich daß ihnen ein Fehler unterlaufen war. Das lag durchaus im Bereich des Möglichen. Pouika hatte wenig geschlafen und sich sehr beeilt. Sie hatte keinen direkten Beweis für die Einmischung eines Dämons in Fiers Erinnerungen entdeckt. Ihr Wissen war äußerst lückenhaft. Vielleicht waren es nur ihre Ängste, die die Lücken mit der Schlußfolgerung hinsichtlich des Dämons ausfüllten. Daß sie die siebzig Jahre andauernde Wanderschaft einer Leiche erklären mußte, bedeutete nicht, daß ein Dämon die einzige Erklärung war.

»Ich könnte mich irren«, flüsterte Herizim. »Andere Magien, wahrscheinlich Geisterbeschwörermagien, könnten den Jungen animiert haben.«

Die Woge der Freude berührte Pouika kaum, und sie überwand den Drang, laut aufzukreischen. Herizim wurde von der Woge förmlich überspült. Er warf den Kopf in den Nacken und lachte laut und dröhnend. Weiterhin vor sich hin kichernd, schlug er sich mit der flachen Hand gegen die Stirn. »Alle diese Sorgen, während es wahrscheinlich gar keinen Grund zur Sorge gibt. Natürlich müssen wir ein paar Vorsichtsmaßnahmen ergreifen, aber wir können nicht sehr viel tun, bevor wir nicht mehr wissen.«

Cimona lächelte. »Wirst du das auch den Anhängern Mynbrujes erzählen?« Herizim blinzelte zweimal und nickte zögernd. Cimona strahlte und wandte sich an Pouika. Die Heilerin fühlte sich plötzlich so beschwingt wie vor vielen Jahren bei den Frühlingstänzen in Marrek.

»Bist du derselben Ansicht wie unser hochgeschätzter Geisterbeschwörer?« fragte Cimona. Die Frage war so unschuldig, so offen gestellt. Wie leicht es doch war, die Sprecherin glücklich zu machen. Pouika mußte einfach lächeln, als sie zu sprechen anhub.

Doch das Wort ›ja‹ blieb ihr im Halse stecken, und ihre Lippen spitzten sich zu einem überraschten *O*. Sie spürte, wie Cimonas Erwartung stieg und sich die Drohung der Zurückweisung wie ein kalter Dolch gegen ihre Brust preßte. Herizim krächzte ein unverständliches Wort. Cimona warf ihm einen Blick zu, unter dem der Geisterbeschwörer eine halbe Elle zu schrumpfen schien. Der Druck auf Pouika ließ für einen Augenblick nach.

»Nein, ich glaube, wir haben es tatsächlich mit einem Dämon ...«

Ihr Herz explodierte förmlich vor Trauer. Sie hatte soeben den dümmsten Fehler ihres Lebens begangen. Cimona war wütend auf Pouika, sehr wütend. Pouika hatte sie ernstlich verletzt. Vielleicht gab es nie mehr eine Möglichkeit, ihren Fehler wiedergutzumachen, so daß Cimona ihr diese schreckliche Tat verzieh. Vielleicht, wenn sie alles zurücknahm, wenn sie das sagte, was die Wahrheit sein mußte. Vielleicht war es noch nicht zu spät. Cimona stand mit zerzaustem Haar da und starrte auf einen Punkt fünf Ellen über Pouikas Kopf. Pouika setzte sich hart auf den Boden, als die Muskeln in ihren Beinen nachgaben. Sie hörte ein Grunzen und sah Herizim auf das linke Knie sinken. Der Geisterbeschwörer hielt sich mit beiden Händen den Kopf, atmete schwer und knirschte mit den Zähnen. Pouika fing an zu schluchzen.

»Es tut mir so leid«, begann sie.

»Ach, sei ruhig! Wie überdrüssig ich eurer Jammergestalten bin. Siehst du denn nicht, daß ich nachdenke?« Cimonas Tonfall war mürrisch, aber die Magie ebbte ab. Pouika blinzelte sich ein paar Tränen aus den Augen, aber sie waren wie die letzten Überbleibsel eines langen Weinkrampfes. Sie erhob sich wieder. Gildensprecherin Cimona betrachtete Pouika, als wäre sie ein junger Hund, der zu häßlich war, als daß man ihn vor dem Ertrinken rettete.

Cimonas Seufzer drückte zu gleichen Teilen Verärgerung und Resignation aus. »Es ist wohlgemerkt nicht so, daß ihr wegen des Dämons recht hättet, aber wir sind auf einige Informationen gestoßen, die euch dabei helfen könnten, dem Gerücht nachzugehen und es zu widerlegen«, sagte sie.

Herizim rieb sich zögernd die Augen, schüttelte den Kopf und sagte: »Informationen, die uns helfen, werden Euch ebenfalls helfen – auf lange Sicht.«

Cimonas Augen blickten leer, aber ihr Lächeln war breit und hämisch. »Wie nett von Euch, das zu sagen. Man begegnet dieser Tage so wenigen netten Geisterbeschwörern.«

Herizim beobachtete die Gildensprecherin wachsam. Pouika ging mit unsicheren Schritten zu ihren Taschen und holte den Beutel mit den Arzneimitteln heraus. Sie setzte sich zögernd auf den kalten Marmorboden und suchte die schmerzlindernden Kräuter. Cimona spielte mit einem Saum ihres Kleides, dann sagte sie: »Wir haben zwei Orkleichen gefunden, die völlig blutleer sind. Einige unserer Zauberkundigen mutmaßen, daß gewisse Male an den Leichen auf Blutmagie hinweisen.«

Herizim starrte Cimona an. »Wie konntet Ihr etwas anderes annehmen, als daß ein Dämon am Werk ist?«

Pouika fand die Phiole, die sie suchte, und zog ein silbergrünes Blatt heraus, das sie sich unter die Zunge schob, dann wartete sie darauf, daß der bitter-verbrannte Geschmack nachließ.

Cimona zuckte die Achseln. »Unsere Experten sind

der Ansicht, daß ein menschlicher Kult dafür verantwortlich ist.«

Herizims schallendes Gelächter dröhnte durch die Halle. Pouika kaute das Blatt und schluckte es rasch hinunter.

»Wollt Ihr damit sagen, Menschen hätten die Orks unmöglich töten können?« fragte Cimona. Herizim schien darüber nachzudenken. Sein Gesicht hatte einen verblüfften Ausdruck angenommen.

»Wo wurden die Leichen gefunden?« fragte Pouika.

»Außerhalb der Stadtmauern«, antwortete Cimona, »und zwar in großen, unansehnlichen, knochigen Haufen.« Pouika fragte sich, ob die letzte Feststellung der Gildensprecherin der Nachforschung wert oder nur ein Anzeichen dafür war, daß Cimona alle Orks als große, unansehnliche, knochige Haufen betrachtete. Sie beschloß, nicht danach zu fragen.

Cimona musterte Pouika direkt. »Eines noch, bevor ich gehe: Gerüchte über einen frei herumlaufenden Dämon würden ein Chaos verursachen. Ich vertraue auf eure Besonnenheit. Findet die Wahrheit heraus. *Und kommt damit zuerst zu mir.*« Diesem letzten Satz verlieh Cimona mit der Kraft ihrer Magie äußersten Nachdruck. Pouika stellte fest, daß sie eifrig nickte, doch Cimona war bereits zu ihren Wachen unterwegs. Auf halbem Weg blieb sie stehen und drehte sich noch einmal um. »Ihr habt fünf Tage Zeit«, sagte sie. »Danach müssen die Gilden etwas unternehmen.« Sie wandte sich wieder ab und ging weiter. Als sie an den Wachen vorbei war, vollführten diese eine scharfe Kehrtwendung und marschierten hinter ihr die Treppe hinauf.

Pouika bot Herizim die schmerzlindernden Kräuter an. Er lehnte mit einem Winken der Hand ab, räusperte sich und schnippte mit den Fingern. »Aus folgendem Grund glaube ich nicht, daß ein menschlicher Kult diese Orks getötet hat: Wenn der Dämon mit

Menschen Hand in Hand arbeiten würde, hätte er den Körper des Diebes behalten, anstatt sich seiner zu entledigen. Unter Orks oder Zwergen hätte die Anwesenheit des Jungen jedoch eher störend gewirkt.«

Pouika packte den Arzneibeutel wieder in die Tasche und schloß sie. »Ich glaube nicht, daß es sich bei den Mördern um Zwerge handelt. Es ist sehr unwahrscheinlich, daß sich Zwerge unbemerkt in eine Wohngegend der Orks schleichen, sich die beiden Orks schnappen und sie dann auch noch umbringen.«

»Wahrscheinlich war Magie im Spiel«, sagte Herizim.

»Möglich. Das heißt aber nicht, daß es Zwergenmagie war.« Pouika nahm ihre Taschen und ging zur Treppe. Wiederum bot Herizim ihr seine Hilfe an. Pouika dachte über das Angebot nach und umklammerte die Griffe ihrer beiden Taschen nur noch fester. Die beiden stiegen die Treppe hinauf. Pouikas Schritte hallten doppelt so oft wie die von Herizim durch das Treppenhaus, da dieser immer zwei Stufen auf einmal nahm.

»Das sieht nicht nach einem besonders geeigneten Platz zum Sterben aus«, sagte Herizim, der neben der Stadtmauer kniete. Ein rotbrauner Blutfleck, den man bei der Reinigung der Stelle offenbar übersehen hatte, war der einzige Hinweis darauf, daß sich die Heilerin und der Geisterbeschwörer am richtigen Ort befanden. Die spätnachmittägliche Sonne tauchte die Stadtmauer in einen gelben Schein und überzog alles mit einer weichen leuchtenden Einförmigkeit.

»Leben und Tod finden überall statt, warum also nicht hier?« sagte Pouika.

»So habe ich das nicht gemeint. Der Ork wurde um der Blutmagie willen getötet. Meine Lehrer behaupteten immer, Blutzauber müßten in der Nähe des Blutes gewirkt werden.«

Pouika sah sich erneut um. Die an der Stadtmauer vorbeiführende Straße wurde von ordentlichen Geschäften gesäumt, deren Besitzer offenbar nicht wohlhabend genug waren, um sich ein Geschäft in der Innenstadt leisten zu können. Die Stadtmauern waren einfach und schmucklos. Sie wiesen keine der Schutzvorrichtungen auf, die deutlich sichtbar auf den Stadttoren prangten. Auf der anderen Seite der Mauer befanden sich zwei Tavernen und das Studio eines protzigen Bildhauers. Warum hier einen Akt der Blutmagie ausführen?

»Vielleicht war die Blutmagie ein Ritual, um die Macht des Mörders zu vergrößern«, sagte Herizim.

»Warum sollte er den Ork dann mitten auf der Straße und unmittelbar vor einer Mauer ermorden, an der regelmäßig Wächter vorbeikommen, anstatt in einem Hinterzimmer im Orkviertel? Warum sollte er das Risiko eingehen, gesehen zu werden?« fragte Pouika.

Herizim schüttelte den Kopf und zuckte die Achseln. Ihnen blieb jetzt nur noch die Möglichkeit, sich mit den Geschäftsleuten zu unterhalten, denen die Läden an dieser Straße gehörten. Alle waren mehr als bereit, über die Morde zu tratschen, und durchaus gewillt, Gerüchte zu verbreiten und sich Gerüchte anzuhören. Keiner konnte jedoch mit nützlichen, eindeutigen Informationen dienen. Ja, in der Mordnacht waren Orks in der Nähe der Stadtmauer gesehen worden. Aber man hatte auch Stadtwachen, Hausierer und menschliche Schiffer gesehen. Niemand hatte etwas Ungewöhnliches gehört. Herizim kehrte zu dem Fleck an der Mauer zurück.

»Könnt Ihr in den Astralraum sehen?« fragte der Geisterbeschwörer, während er auf den Fleck starrte.

»Ja, mit Hilfe einer Salbe«, sagte Pouika.

Herizim kniete nieder, seine ausgestreckten Hände schwebten einen Fingerbreit vor der Mauer. »Ich dachte mir, wir könnten die Struktur dieses Ortes untersuchen und nachsehen, welche Spuren die Blutmagie zurückgelassen hat. Ich werde anfangen. Wenn ich es tue, benutzt Euren Astralsinn, um *meine* Struktur zu beobachten. Sollte eine ernste Veränderung einsetzen, holt mich sofort aus dem Astralen heraus. Und ich passe auf Euch auf, wenn Ihr die Stelle untersucht.«

Pouika erschauerte. Ein Ork war an dieser Stelle abgeschlachtet worden, um die Kraft für einen Zauber freizusetzen und sein Leben in eine grausige Struktur der Blutmagie einzuarbeiten. Sie konnte sich nur vorstellen, wie die Struktur selbst aussehen und sich anfühlen mußte. Und dabei hätte sie es auch gern belassen – bei ihrer Vorstellung. Sie hatte bereits viel zuviel Zeit mit dem Studium der Werke des Todes verbracht. Aber sie wußten immer noch nichts über die Pläne des Dämons. Sie öffnete eine Tasche, fand die kleine Tube mit der Salbe und trug ein wenig auf ihre Augen auf. Sie wartete, bis das eisige Stechen nachließ, verstärkte den Zauber mit ein klein wenig ihrer Lebensenergie und nickte dann.

Herizim erwiderte das Nicken. Er spie in die Hände und rieb sie. Pouika stand hinter ihm, die Hände auf seine muskulösen Schultern gelegt. Als sie auf ihre Innere Sicht wechselte, verblaßte Herizims Gestalt zu einer ruhigen tiefdunkelvioletten Umrißlinie. Glitzernde weiße, goldene und braune Fäden schlangen und knoteten sich um fünf schwarze Trauben, die dicht außerhalb seiner Umrißlinie in der Luft zu hängen schienen. Pouika vermutete, daß das Herizims Zaubermatrizen waren. Wenn sie die Matrizen sah, mußte ihre Astralsicht sehr scharf sein. Sie drückte seine Schultern.

Herizim atmete laut ein und aus, und seine Schultern verkrampften sich. Die violette Umrißlinie leuchtete intensiver, insbesondere um Kopf und Hände.

Herizim ließ die Schultern sinken, und seine Muskeln entspannten sich ein wenig. Seine Hände leuchteten violett und nahmen dann eine rötliche Färbung an, wo er die Stadtmauer berührte. Das Violett strömte in gekräuselten Wellen von seinen Händen zum Kopf und dann wieder zu den Händen zurück.

Pouika versuchte, sich zu entspannen und gleichmäßig zu atmen. Je stärker ihre Innere Sicht war, desto schwächer wurde ihre Verbindung zur materiellen Welt, darin eingeschlossen die Empfindungen ihres eigenen Körpers. Sie achtete darauf, sich ihrer Hände und Herizims Schultern bewußt zu bleiben, so daß sie ihn falls nötig von der Mauer wegziehen konnte. Der Fluß des Violetts war rhythmisch wie die Wellen eines Ozeans. Pouika mobilisierte ihre ganze Willenskraft, um von dem Rhythmus nicht hypnotisiert zu werden. Sie mußte sich außerordentlich anstrengen, um sich von ihm nicht einlullen zu lassen, und zwar so sehr, daß ihr die Verdunklung des Violetts zuerst gar nicht auffiel.

Pouika schüttelte Herizims Schultern und versuchte ihn zurückzuziehen. Als seine Hände die Mauer schließlich losließen, kehrte sie mit ihren Sinnen erleichtert in die materielle Welt zurück. Herizim war mit einer Schweißschicht bedeckt. Sein Lächeln wirkte etwas müde.

»Es ist durchaus eine Struktur vorhanden. Einiges ergibt einen Sinn. Der Rest …« Der Geisterbeschwörer zuckte die Achseln. »Seht selbst, was Ihr damit anfangen könnt.«

Pouika nickte. Sie tauschten die Plätze, wobei Pouika sich nach Kräften mühte, halbwegs bequem auf den Pflastersteinen zu sitzen. Herizim legte ihr die Hände auf die Schultern. Das Gewicht seiner Arme überraschte sie. Menschen waren viel schwerer, als sie aussahen.

»Ich sehe Euch«, sagte Herizim.

Pouika legte die Hände auf den Blutfleck an der Mauer und konzentrierte sich auf ihre Innere Sicht. Die großen Steinblöcke der Mauer verschwanden aus ihrem Blickfeld, um von einer verblüffenden Vielfalt aus orangefarbenen Schnörkeln, schwarzen Zacken und spiralförmigen roten Fäden abgelöst zu werden, die sich vielleicht ein Dutzend Schritte die Mauer entlangzog und etwa ebenso weit in die Luft erstreckte. Sobald sich ihre Innere Sicht angepaßt hatte, sah sie durch winzige Lücken in dieser Vielfalt etwas glitzern. Sie ließ ihre Sicht vorwärtstreiben und näherte sich einer der Lücken. Langsam arbeitete sie sich durch die Konzentrationsübungen, die man ihr vor vielen Jahren beigebracht hatte, und verfestigte die Herrschaft über ihren Willen. Sie verkleinerte den Sichtausschnitt und erhöhte gleichzeitig die Schärfe ihrer Sicht, so daß die Lücke größer erschien. Sie wiederholte die Übung, und die Lücke wuchs erneut, hatte jetzt die Größe eines Bullauges.

Pouika lenkte ihre Innere Sicht noch näher an die Lücke heran und war bestürzt, als sie zu wabern und wild zu rotieren begann. Die Schnörkel und Fäden wirbelten mit schwindelerregender Schnelligkeit. Sie kämpfte gegen ihre Panik an, hörte auf, ihre Innere Sicht vorwärtszudrängen, und wartete darauf, daß sie sich beruhigte. Schärfe und Vergrößerung mußten so groß geworden sein, daß ihre Innere Sicht übersensibel auf Bewegung reagierte. Sie änderte ihre geistige Vorstellung von Bewegung von einem stetigen Schieben zum vorsichtigen Aufblasen einer Seifenblase. Ihre Innere Sicht schwebte langsam der Lücke entgegen.

In der Lücke bildeten die Fäden und Schnörkel weiche, symmetrische blaugrüne Muster. Farnwedel. Die Struktur einer Pflanze. Sie schaute nach oben und sah die Struktur wachsen, bis ihr von Rot, Schwarz und Orange Einhalt geboten wurde. Es sah so aus, als befinde sich die Struktur der Pflanze in einer anderen Struktur. Langsam schwebte sie auf einen der Wedel zu, um festzustellen, ob sie die Pflanze identifizieren konnte. Sie spürte Rütteln, doch ihre Sicht bewegte sich geschmeidig weiter. Das Rütteln wurde stärker ... Herizim!

Pouika zog ihre Innere Sicht zurück, so schnell sie konnte, während sie sich vorstellte, wie in einem Notfall ein Förderkorb in einem Bergwerk heraufgezogen wurde. Ihre Innere Sicht durchbrach die Oberfläche ihres Bewußtseins, und ihre Sinne kehrten in die materielle Welt zurück. Herizims Lächeln wurde warm, als Pouika den Kopf wandte und ihm ins Gesicht schaute.

»Ich sah Strukturen der Stase«, sagte er, »vergleichbar mit dem, was man in Untoten sehen würde. Kein Leben, kein Tod, kein Wandel.«

»Ich sah eine Pflanze. Ich glaube, innerhalb der Strukturen, die Ihr gesehen habt.«

»Eine Pflanze?«

»Ein Farnkraut. Ein großes, gewiß, aber nichtsdestoweniger ein Farnkraut«, sagte Pouika.

Herizim räusperte sich und starrte angestrengt auf den Blutfleck. Er dachte ein paar Minuten lang nach, dann lachte er leise. Er erhob sich kopfschüttelnd. »Wir haben es also unserer Meinung nach mit einem Dämon zu tun, der Orks opfert, um riesige untote Farne zu erschaffen.«

Pouika lächelte dünn. »Ich werde der Gildensprecherin nichts von unserer Theorie erzählen, zumindest so lange nicht, bevor wir sie weiterentwickelt haben«, sagte sie.

»Einverstanden. Sehen wir uns den anderen Tatort an.«

Der andere Tatort erwies sich als kaum aufschlußreicher. Die zweite Leiche war in der Nähe eines Ladens für Kräuter und Alltagsamulette gefunden worden. Zwei Blutamulette des Händlers waren offenbar als Reaktion auf die wenige Schritte entfernt entfesselte Blutmagie gesprungen. Die Opfer waren blutleer und mit zugenähten Mündern gefunden worden, letzteres war vermutlich getan worden, um ihre Schreie zu dämpfen. Der Laden war bereits von Gildenmagiern auf etwaige magische Auswirkungen überprüft worden, doch die Untersuchung hatte keinerlei Resultate erbracht.

Während Herizim den Blutfleck draußen untersuchte, durchforstete Pouika das Angebot des Ladens, um ihre Kräutervorräte aufzufrischen. Der Verkaufsraum war recht gut ausgeleuchtet, aber die Anordnung der Kräuterkörbe folgte keiner erkennbaren Ordnung. Der Sonnenhut war fast geschenkt und das Belliskraut ebenfalls. Sie packte die Kräuter in Pergamentpapier, das der Besitzer des Ladens offenbar überall herumliegen ließ. Dann hielt sie in den Glaskästen nach einem Kraut Ausschau, von dem sie immer zu wenig besaß, hatte jedoch kein Glück. Sie begrüßte den dünnen, glubschäugigen Zwerg, dem der Laden gehörte, und zeigte auf den leeren Himmelslack-Korb.

Er warf einen Blick in den Korb, fuhr zusammen, als habe er sich erschreckt, und kratzte sich am Kopf. Der blauen Färbung seiner Fingernägel nach zu urteilen, bereitete er Habriswurz für den persönlichen Genuß auf. Er leckte sich die Lippen, nicht in einer gleichmäßigen Bewegung, sondern in einem schlangenartigen Züngeln, mit dem er schließlich seine Lippen abdeckte. »Ich habe hinten noch mehr. Diesen Schwung habe ich vor ein paar Tagen verkauft. An einen Ork. Er wollte meinen gesamten Vorrat kaufen.«

»Deinen ganzen Himmelslack? Das konnte er sich leisten?«

Der Kopf des Besitzers vibrierte bejahend auf und ab, und zwar in einer Schnelligkeit, bei dem Pouikas Hals schon vom Zusehen schmerzte. Er beugte sich vor. »Ich wollte erst nicht, als ich sah, wie verdächtig er aussah.«

»Inwiefern verdächtig?«

»Tja nun, grün, warzig, mit Hauern, du weißt schon ... wie ... ein Ork. Ich hätte ihm gar nichts verkauft, aber er hat mich dazu gebracht.«

»Er hat dich gezwungen, dir Himmelslack zu verkaufen?«

»Nein, aber der Preis, den er mir anbot, war ungeheuer hoch. Ich mußte einfach einwilligen, ich hatte gar keine andere Wahl.«

Pouika nickte mitfühlend in der Hoffnung, dem Inhaber weitere nützliche Informationen zu entlocken, wenngleich ihre Erfolgsaussichten eher dürftig schienen. Der Mann schwatzte weiterhin über die Ungesundheit von Orks, daß ihre Hauer und ihr Zahnfleisch unhygienische Brutstätten für Krankheiten seien, und über die Verschlagenheit der meisten. Das Gespräch wurde immer wieder unterbrochen, da er mehrere Gänge ins Hinterzimmer unternahm, und wieder aufgenommen, wenn er zurückkehrte. Pouikas Aufmerksamkeit ließ nach, da sie sich an den zarten Wohlgerüchen des Ladens erfreute.

Plötzlich gehörte ihre Aufmerksamkeit wieder ganz dem Besitzer. »Was sagtest du gerade über seine Kleidung?«

Der Besitzer wackelte ein paarmal rasch mit dem Kopf. »O ja, er war wie ein throalischer Höfling gekleidet: Espagra-Mantel, auf Hochglanz polierte Lederstiefel, Seidenhemd, *drei* Türkisringe an den Fingern und dann noch diese Kette mit einem Bernstein daran, an dem ein Brithan ersticken würde. Eine Schande.«

Die Erinnerung des toten Diebes an einen Miniaturwindling in Bernstein nahm vor ihrem geistigen Auge Gestalt an. Pouika versuchte den Eindruck zu vertiefen und sich daran zu erinnern, ob der Bernstein an einer Kette gehangen hatte. Sie war nicht sicher, aber sie erinnerte sich an die kreisförmigen Brandmale am Hals des Diebes.

»Waren die Glieder der Kette groß und rund?« fragte Pouika, während sie Daumen und Zeigefinger zu einem Kreis von der ungefähren Größe der Brandmale krümmte. Der Besitzer nickte, diesmal mit normaler Geschwindigkeit. Pouika nahm an, daß auch ein langsames Kopfnicken ja bedeutete.

Seine Augen hatten sich geweitet, und seine Mundwinkel zuckten in einem unbeständigen Grinsen. Vielleicht war es an der Zeit für die nächste Dosis Habriswurz, dachte Pouika.

»Darf es sonst noch etwas sein?«

»Nur den Himmelslack.« Der Besitzer fuhr auf, als habe er eine Ohrfeige erhalten, dann band er die Kräuter zu einem ordentlichen Bündel zusammen, besprühte sie mit frischhaltendem Wasser, wickelte sie in Pergament ein und reichte Pouika das Paket. Die Bezahlung verursachte einige Verwirrung, bis Pouika darauf hinwies, daß sie auch für die Päckchen bezahlte, die sie selbst zusammengestellt hatte. Es bedurfte mehrerer Anläufe, bis das Begreifen die Augen des Besitzers weitete. Pouika besaß den Anstand, sich abzuwenden, bevor sie ein leises Schnauben der Enttäuschung ausstieß.

Die Straße draußen wurde von Feuerkobolden erhellt, die in der Nähe der Mauerspitze eingesperrt waren. Herizim saß in einem Kreidekreis, den er auf den Boden gemalt hatte, gestikulierte und murmelte leise vor sich hin. Zwei ausgelassene Lehrlinge stürmten an Pouika vorbei und auf Herizim zu. Einer schlug dem anderen auf die Schulter und zeigte auf die Mauer. Dann sah Pouika es ebenfalls: einen dünnen Nebel, der sich mit der Regelmäßigkeit langsamen Atmens verdichtete und wieder verflüchtigte. Wenn er sich verdichtete, schien er ein Gesicht zu haben, ein Kindergesicht. Die Lehrlinge machten einen großen Bogen um Herizim. Die Heilerin näherte sich ihm mit großer Vorsicht.

Der ätherische Nebel formte sich zu einer Abfolge von Bildern, zuerst ausschließlich Nebel, dann das Gesicht eines jungen Mädchens, dann dasselbe Gesicht, nur schlimm entstellt, dann das Gesicht in einem Zustand fortgeschrittener Verwesung, dann wieder der Nebel. Pouikas Hände kribbelten, und ihre Füße weigerten sich, noch näher zu treten. Als das entstellte Gesicht sie direkt ansah, wollte sie wegrennen. Statt dessen krächzte sie: »Herizim?«

Der Geisterbeschwörer drehte sich zu ihr um. Er lächelte und erhob sich. »Pouika, ich möchte Euch Hattie vorstellen. Hattie, das ist Pouika. Sie ist eine Heilerin.« Das verweste Gesicht lächelte. Pouika wollte sich übergeben.

Herizim setzte sich wieder. »Ich hoffte, mit dem Geist des Orks, der hier gestorben ist, in Verbindung zu treten. Das ist nicht gelungen, aber Hattie ist nicht weit von hier an der Mauer begraben. Sie hat mich reden gehört, und ihr war nach einem Gespräch.«

»Wie geht'f dir?« lispelte Hattie.

Pouika setzte sich und schaute weg, als Hattie sich wieder in Nebel verwandelte. Herizim sah sie an. »Hattie hat mitbekommen, wie drei Orks an dieser Stelle einen vierten ermordet haben. Sie sagt, sie seien von allen möglichen Astrallinien und Leuchterscheinungen durchsetzt gewesen wie Teile der Mauer auch.«

»Schutzzauber?« fragte Pouika.

»Ich nehme es an. Illusionen oder etwas anderes, um ihre Handlungen zu verschleiern, während sie ganz offen einen Mord begingen. Sie haben bei ihrer Magie eine Menge Himmelslack verbraucht, falls Ihr irgend etwas damit anfangen könnt.«

»Fragt sie, ob einer der Orks eine Halskette mit

einem großen Bernstein daran getragen hat, einen Bernstein mit einem Windling darin.«

Herizim hob die Augenbrauen. »Hattie kann in Wirklichkeit im eigentlichen Wortsinn nichts in der materiellen Welt sehen. Das ist nur möglich, wenn sie sich wie jetzt manifestiert.«

Pouika schluckte und sah weg, als das entstellte Gesicht wieder auftauchte. Die Heilerin sprach mit Herizims Füßen. »Der Kräuterhändler hat mir erzählt, daß er einen Ork mit einer solchen Halskette gesehen hat. Ich glaube, der Bernstein ist derselbe wie der aus der Erinnerung des Diebs.«

»Ich habe ihn auch gesehen, als ich seinen Tod nacherlebte«, sagte Herizim. »Er war sehr wichtig für Fier.«

»Der Ork – dieser Bernstein sieht wie der nächste Schritt aus«, sagte Pouika. Sie spürte, wie ihr ein Schauer über den Rücken lief, als sich der Nebel erneut verwandelte. Sie achtete sorgfältig darauf, nicht hinzusehen. »Ich brauche Essen und Schlaf. Heute war ein sehr anstrengender Tag für mich.« Herizim grunzte, was sie als Zustimmung auffaßte.

»Worüber redet ihr zwei?« fragte Hattie.

»Entschuldige, Hattie. Wir besprechen nur ein paar langweilige geschäftliche Dinge und sind sofort fertig. Augenblick noch«, sagte Herizim. Er bedachte Pouika mit einem dünnen Lächeln. »Dann also morgen?«

Pouika nickte und erhob sich schwerfällig. »Wir treffen uns am Nachmittag in der alchimistischen Werkstatt der Gilde. Ich brauche den Morgen, um ein paar zusätzliche Mixturen herzustellen.«

»Abgemacht. Und angenehme Ruhe«, sagte er, bevor er sein Gespräch mit dem Nebel wieder aufnahm. »Also, Hattie, Leopo hat beim Spielen immer gemogelt?« Wider besseres Wissen drehte sich Pouika noch einmal um und sah zerfressene Augäpfel in viel zu großen Höhlen rollen. Mit jedem Schritt wurde das kalte Gefühl der Übelkeit in ihrem Magen stärker. Sie hatte einen Eid geleistet, das Leben zu bewahren, zu schützen und zu verlängern. Jetzt arbeitete sie mit einem Mensch zusammen, dem es Spaß machte, sich mit toten Kindern zu unterhalten. Tod am Morgen, Tod in der Nacht. Das Gefühl der Beklemmung in ihrer Brust verriet ihr, daß morgen alles noch schlimmer würde.

Pouika schloß gerade ihren Medizinbeutel, als vier Wächter Herizim in die Werkstatt begleiteten. Angesichts seines Aussehens mußte sie blinzeln. Leder und Seide waren verschwunden und einem kompletten Kettenpanzer gewichen. Hemd und Helm waren grün emailliert, und in einem breiten Ledergürtel hingen zwei Handäxte. Um den Hals hing ihm ein Lederbändchen, an dem ein kleines Henkersbeil aus Silber baumelte. Herizim räusperte sich, als er Pouika in ihrem grauen Laborkittel sah.

»Besitzt Ihr keine Rüstung?«

»Gleichfalls einen schönen guten Morgen, Herizim. Ja, ich habe gut geschlafen. Danke der Nachfrage.«

Als Reaktion auf Pouikas ätzenden Tonfall lächelte Herizim albern. Mit einer angedeuteten Verbeugung sagte er: »War Euer Morgen im Labor ergebnisreich?«

Pouika zupfte am Revers ihres Kittels. »Dieser Kittel soll vor jedem Unfall schützen, der in einem Labor möglich ist – vor Feuer, vor Eis, vor Gift, vor astralen Lecks. Eine bessere Rüstung besitze ich nicht.« Pouika hob ihre Taschen auf.

Herizim grinste noch breiter. »Freut mich zu hören, daß Ihr die Möglichkeiten der Werkstatt so gut ausgenutzt habt. Fallen Orks mit großen Schwertern auch unter die Rubrik Laborunfälle?«

»Meines Wissens nach nicht, nein.« Pouika verließ das Labor. Herizim und die Wachen folgten ihr, wobei letztere einen Respektsabstand zu den beiden hielten.

»Ach so, aber Ihr seid darauf vorbereitet, wenn sie Euch rösten wollen.«

Pouika hielt ihre Zunge im Zaum, während sie dem Gewirr der Gänge des Gildenhauses folgten, bis sie die Haupthalle erreichten. Die Wachen begleiteten sie zum Haupteingang und salutierten halbherzig, da sie zurückblieben. Im Eingang ging es zu wie in einem Taubenschlag. Dutzende und Aberdutzende livrierter Boten und kleinerer Beamter huschten hinein und heraus. Allen gemeinsam waren die tiefen Linien der Besorgnis, die sich in ihre Gesichter gegraben hatten. Herizim sah ihnen eine Weile zu, dann murmelte er: »Ich habe sie in der ganzen Stadt gesehen. Irgendeine Ahnung, was das alles zu bedeuten hat?«

»Ich könnte mir denken, daß die Gilden gerade darüber beraten, etwas gegen den Dämon zu unternehmen.«

»Habt Ihr gestern abend noch mit der Gildensprecherin geredet?«

»Ich habe sie über unsere Fortschritte informiert, wie sie es verlangt hat. Außerdem bat ich sie um Wachen, die uns ins Orkviertel begleiten sollten.«

Herizim drehte sich um, wich einen Schritt zurück und wandte sich dann wieder Pouika zu. »Wie es scheint, war Eurer Bitte kein Erfolg beschieden.«

Pouika blieb stehen, stellte ihre Taschen ab und sah Herizim offen ins Gesicht. Sie mußte den Kopf weit in den Nacken legen. »Ich bin den Gilden nicht blind ergeben. Ja, irgend etwas geht vor. Aber wenn Gildensprecherin Cimona nicht wäre, ginget Ihr jetzt allein zu den Orks. Andere Gildenmitglieder haben bessere Verwendung für eine Heilerin.«

»Wären die Gilden nicht, die Euch herumkommandieren, wo wärt ihr dann?« fragte Herizim ruhig.

Pouika starrte ihm durchdringend in die Augen. »Wir müssen den Dämon finden. Wenn wir scheitern, sterben noch mehr Leute, vielleicht Hunderte. Aber

Ihr seid für einen Krieg ausgerüstet. Habt Ihr vor, Orks zu töten?«

»Wenn nötig ... Dämonen ziehen sich nur selten in aller Stille zurück.«

»Ich *verstehe*. Aber Ihr müßt auch verstehen, daß ich eine Heilerin bin. Wir können Mord als Mittel zum Zweck nicht billigen.«

Herizims Lächeln war eher ein Zähnefletschen. »Nein, gewiß nicht. Da trifft es sich ganz gut, daß Ihr Zwerge uns minderwertigere Rassen habt, um die Schmutzarbeit zu verrichten, damit Ihr nachts ruhig schlafen könnt.«

Pouikas Mund öffnete sich voller Zorn, aber kein Laut drang ihr über die Lippen. Sie nahm ihre Taschen und schlug den Weg zu dem dem Orkviertel nächstgelegenen Stadttor ein. Herizim hielt sich neben ihr. Ihr Zorn umhüllte Pouika wie ein Wintermantel und schützte sie vor den eisigen Winden der Worte Herizims. Sie wich aus, als zwei Boten vorbeirannten, deren leichte Schritte mit ihrem Atemrhythmus übereinstimmten. Die Straßen waren ein chaotisches Durcheinander aus Hüten und Wappen der Gilden, aus Leuten, die sich mit einer Schnelligkeit bewegten, die sie nicht gewöhnt waren. Die Karren fliegender Händler waren umgestürzt, so daß ihre Waren überall auf dem Boden verstreut lagen, und die daraus entstandenen Streitigkeiten veranlaßten die Wachen zum Eingreifen und hielten den Verkehr auf. Alle diese Aktivitäten waren mehr als ungewöhnlich. Die Straßenhändler wußten es, die Wachen wußten es, die Handwerker wußten es, und ihre Kunden wußten es. In den Gilden ging etwas vor. Dem Aussehen vieler Beamter nach zu urteilen, ängstigte sie etwas. Es mußte der Dämon sein.

Jeder Händler, jeder Geschäftsbesitzer gaben die Gerüchte weiter: Orkbrenner zettelten im Orkviertel einen Aufstand an; die Geister der Gildenvorfahren hatten sich aus Unzufriedenheit mit den jetzigen Gilden aus ihren Gräbern erhoben; ein Kult von Attentätern war in die Stadt eingedrungen; ein Angriff der Theraner stand bevor. Pouika und Herizim arbeiteten sich langsam zum Stadttor vor. Die übliche Wache war verdoppelt worden, und unter den diensttuenden Wachen befanden sich auch einige der Trollsöldner, die gewöhnlich außerhalb der Stadtmauern patrouillierten.

Ein graubärtiger Veteran kniff die Augen zu Schlitzen zusammen, als er Pouika sah. »Gnädige Frau? Ich bliebe heute in der Stadt. Dort draußen ist es nicht ganz geheuer.«

Pouika blieb stehen. Der Wachmann sah eher gehetzt denn ängstlich aus. »Mein Begleiter und ich sind in einer dringenden Angelegenheit unterwegs.«

»Gewiß, gnädige Frau. Ich würde versuchen, die Angelegenheit zu verschieben.«

Einer der Trolle trat zu ihnen. Sein dünnes Lächeln enthüllte Hauer, die größer als Pouikas Daumen waren. Er tippte dem Zwergenwachmann auf den Helm. »Er drückt sich höflich aus. Ich rede ohne Umschweife.« Der Daumen des Trolls zuckte nach hinten über die Schulter und zeigte nach draußen. »Man hat noch vier tote Orks gefunden, übel zusammengestochen und blutleer. Die Orks geben den Zwergen die Schuld. Ein paar Geschäfte von Zwergen und Menschen sind geplündert und ein paar Leute getötet worden. Wenn ihr nicht zäher seid, als ihr ausseht, werden wir euch erst finden, wenn ihr zu stinken anfangt.«

Pouika nickte, dann schritt sie durch das Tor. Sie hörte den Troll grunzen und dann ein leises *Platsch*, als der Troll hinter ihr ausspie. Vor dem Tor hielt eine Reihe von Karren, die alle mit Waren und persönlichen Habseligkeiten beladen waren. Weinregale stapelten sich neben Bündeln aus Wollkleidern und geschwärztem Kochgeschirr aus Kupfer. Mehlsäcke waren von Stapeln alter Kleider bedeckt. Von einem Karren mit Gemüse und Ölkrügen hingen an der Seite Kellen und Löffel herab. Zu jedem Karren gehörte eine Familie, wobei sich die jüngsten und ältesten Mitglieder im Karren aufhielten, während die anderen nebenhergingen und die stärksten von ihnen Säcke mit weiteren Habseligkeiten auf der Schulter trugen. Wachen stellten Fragen, wollten Gildensiegel und -symbole sehen. Während Pouika an der Schlange vorbeimarschierte, betrachteten die Leute sie mit ängstlichem Blick, wobei die Angst um so größer wurde, je weiter der Karren vom Stadttor entfernt war.

Schließlich passierten sie den letzten Karren, doch zwei weitere näherten sich bereits mit quietschenden Rädern dem Ende der Schlange. Herizims grimmiges Gesicht ähnelte in diesem Augenblick den Statuen der Gerechtigkeit vor dem Gerichtsgebäude. »Sie versiegeln die Stadt.«

Pouika knirschte mit den Zähnen. Die Angst, daß Herizim recht hatte, verlieh ihren Worten zusätzliche Schärfe, als sie sagte: »Wenn wir den Dämon zuerst erwischen, wird es keine Rolle spielen.«

Herizim schaute auf und über die niedrigen Häuser der Außenbezirke hinweg. Er seufzte, ein Laut, den Pouika zum erstenmal von Seiten Herizims hörte. »Es wird Euch nicht gefallen«, sagte er, »aber ich glaube, Ihr solltet Euch die Taschen von einem meiner Dienstbaren Geister tragen lassen.«

Pouika spürte, wie sich ihr Gesicht straffte. »Das könnt ihr lange glauben.«

»Ihr könntet in einen Kampf verwickelt werden, wenn Ihr nicht schnell genug seid, um ihm aus dem Weg zu gehen. Laßt Eure Taschen von meinem Dienstbaren Geist tragen, und die Aussichten sinken, daß wir jemanden töten müssen.«

Pouikas Kopfhaut begann zu kribbeln. Sie knallte

ihre Taschen heftig auf die Pflastersteine. »Ihr werdet *nicht* die Toten wecken, damit sie meine Taschen tragen!« rief sie. Im Zorn sprach sie lauter als beabsichtigt, so daß ihre Worte weit trugen und die ohnehin bereits verängstigten Leute in ihren Karren noch mehr erschraken.

Herizims Augen sprühten vor Wut, als er die Arme ausbreitete. »Es fiele mir nicht im Traum ein, gegen Euren Willen Vernunft walten zu lassen.«

Pouikas Augen funkelten vor Verärgerung, während sie der Versuchung widerstand, ihren Taschen einen Tritt zu versetzen. Sie hob sie auf und schlug dann den Weg zum Orkviertel ein. Herizim hielt sich einen Schritt hinter ihr. Pouika schloß die Augen und blieb laut seufzend stehen.

»Herizim, Ihr könnt getrost neben mir gehen, anstatt einem Brauch zu folgen, der mit der Öffnung der Kaers aufgegeben wurde.« Sie hörte, wie Herizim um sie herumging. Als sie die Augen öffnete, kniete der Geisterbeschwörer vor ihr. Sein Blick war gelassen und eindringlich zugleich, als er sie ansah.

»König Varulus hat wahrhaft königlich gesprochen, aber nicht alle haben ihm zugehört. In den Gettos gibt es ein Sprichwort: ›Es gibt keinen Platz für einen Menschen, der vergißt, wo sein Platz ist‹.«

»In meiner Gegenwart braucht Ihr Euch nicht so zu verhalten. Ich fühle mich sonst sehr unbehaglich«, sagte Pouika. Sie fand es schwierig, unter Herizims forschendem Blick nicht die Augen niederzuschlagen.

Der Geisterbeschwörer schüttelte den Kopf. »Zwerge können sich den Luxus leisten, die Regeln zu vergessen. Menschen nicht«, sagte er verbittert. »Beim nächstenmal gehe ich vielleicht neben dem falschen Zwerg. Ich brauche einen besseren Grund als Euer Unbehagen, um das Risiko einzugehen, in einem Kerker zu verrotten.«

Pouika lächelte dünn, war jetzt jedoch in der Lage,

seinem Blick ungerührt zu begegnen. »Und ich brauche einen besseren Grund als einen Träger für meine Taschen, um die Ruhe der Toten zu stören.« Herizims Augenbrauen hoben sich, während seine Miene weicher wurde. Er räusperte und erhob sich. So blieb er einen Augenblick verschmitzt lächelnd stehen, bevor er wieder einen Schritt hinter Pouika Stellung bezog.

Die ersten Orks, die sie sahen, waren Ladenbesitzer und Arbeiter. Sie waren damit beschäftigt, Fenster mit Brettern zu vernageln und Wasser in Metallwannen und Waschschüsseln zu füllen, wobei sie sich leise unterhielten. Ein paar betrachteten sie mit finsterer Miene, doch die meisten sahen weg. Einige der jüngeren Orks warfen Steine nach Pouika und Herizim und riefen ihnen Beleidigungen hinterher, wenn sie an ihnen vorbei waren. Ein strammer Schmiedlehrling fauchte Pouika an: »Diesmal lassen wir uns von euch Bartlutschern nicht fertigmachen.« Nach einem Blick auf Herizim verpaßte der Schmied seinem Lehrling eine Ohrfeige und stieß eine Verwünschung gegen Garlen aus. Die Verwünschung klang in Pouikas Ohren schlimmer als die Bemerkung des Lehrlings.

Herizim betrat eine Seitenstraße, blieb vor einigen Häusern stehen, deren Dächer auf beiden Seiten weit auf die Straße hinausreichten, bog dann nach rechts in eine saubere Straße mit Kopfsteinpflaster ein, die breit genug für sechs Pferde war, blieb drei- oder viermal vor mit Brettern vernagelten Häusern stehen und bog dann in die nächste Straße ein. Sie schienen ziellos herumzuwandern und lediglich die Blicke der Orks auf sich zu ziehen.

»Habt Ihr – abgesehen davon, die Stadt zu besichtigen – einen Plan?« fragte Pouika.

»Meine Besichtigung ist astraler Natur. Ich halte nach der Bernsteinkette Ausschau.«

Pouika warf einen Blick auf vier Orks in fleckigen Arbeitskitteln, die sie aus einer Metzgerei beobachteten. »Während wir im Orkviertel herumlaufen. Man kann nicht gerade behaupten, daß wir uns unauffällig verhalten.«

»Wenn wir den Dämon nicht finden, wird er vielleicht neugierig und findet uns.«

»Nett von Euch, den Dämon zum ersten Schlag aufzufordern.«

»Er hat schon mindestens ein halbes Dutzend Schläge geführt.«

»Aber nicht gegen uns«, sagte Pouika voller Überzeugung. Ihr Weg führte sie immer weiter von der Innenstadt weg und dorthin, wo die Straßen schmutzig und winklig waren, wo die Dächer der Häuser mit einer Mischung aus Stroh, geteerten Holzplatten, Brettern und allen verfügbaren anderen Materialien gedeckt waren. Neugierige Orkkinder beobachteten sie durch Fenster mit Holzrahmen, Orkfrauen unterbrachen ihre Wäsche, um ihnen im Vorübergehen nachzustarren. Eine Großmutter saß in einem alten Schaukelstuhl und tätschelte eine abgenutzte Armbrust, die links neben ihr am Türrahmen lehnte.

Mehr als eine Stunde zielloses Herumwandern führte sie schließlich zu einem umgebauten zwergischen Bauernhaus aus Lehmziegeln, das trotz des Lochs mit den Umrissen eines theranischen Kriegselefanten noch einen stabilen Eindruck machte. Teile der Steinmauer, die das Bauernhaus umgab, hatte man absichtlich stehen gelassen, um mehr Eindruck zu schinden, aber das Haus war von drei Seiten mit zweistöckigen Geschäften aus Holz umgeben, von denen eines Feuerschäden aufwies und leerzustehen schien.

Acht Orkschläger lehnten an der Steinmauer und unterhielten sich lautstark. Die meisten trugen Rüstungen, die ähnlich zusammengestückelt waren wie die Hausdächer. Einer trug das für die OrkBrenner typische steife, beschlagene Leder. Sein Schwert wies die Krümmung und den bläulichen Glanz einer Ork-

Brennerklinge auf. Die anderen betrachteten den Brenner, der Pouika und Herizim aufmerksam beobachtete. Dann ging er langsam auf sie zu, die Augen zu schmalen Schlitzen verengt, während er sich mit der Zunge über die Lippe unter den Hauern leckte. Die anderen Schläger folgten ihm.

»Der da trägt die Spuren von Blutmagie«, flüsterte Herizim.

Der Ork blieb drei Schritte vor Herizim stehen, während die anderen sich hinter ihm fächerförmig aufstellten. Eine Hand umschloß den Knauf seines Schwertes. Pouika griff in ihre Manteltasche und schloß Daumen und Zeigefinger um eine Phiole. Diese Aktion erregte die Aufmerksamkeit von zwei der übrigen Orks, die ihre Dolche zogen. Der Ork-Brenner spie in lässigem Bogen auf Herizims Stiefelspitze. »Habt ihr euch verlaufen, oder legt ihr's drauf an, auf die Vermißtenliste zu kommen?«

»Wir sind genau da, wo wir sein wollten«, erklärte Pouika.

»Halt's Maul, Goldkacker! Ich rede mit dem Mensch«, schnauzte der OrkBrenner.

»Hey, laß uns die Alte aufschneiden und mal nachsehen, ob Zwerge wirklich Gold scheißen«, schlug ein fetter Ork vor.

»Jemanden herauszufordern, der über die Geister der Toten gebietet, ist nicht besonders klug«, sagte Herizim.

Das Grinsen des OrkBrenners wurde breiter, während sich seine Augen noch mehr verengten. »Ja, klar, bloß schade, daß wir noch leben.«

Pouika zog die Phiole aus der Tasche, während die Orks mit den Dolchen sie nicht aus den Augen ließen. Der fette Ork wirkte etwas verunsichert. Der Brenner zog mit rasselndem Geräusch das Schwert. »Ich glaube, es ist gar nicht so schwer, dich zu töten«, sagte der Brenner.

Pouika spürte eine Woge der Magie von Herizim ausgehen. Sie roch plötzlich Blut, hörte ein Reißen, sah, wie sich von der Schläfe bis zum Kinn ein Streifen Fleisch aus Herizims Gesicht schälte und mit einem staubigen *Plopp* zu Boden fiel. Das Gesicht des Geisterbeschwörers fiel förmlich auseinander, als würde es von unsichtbaren Krallen zerfetzt. Fleisch und Blut sammelten sich zu seinen Füßen, bis nur noch ein blutverschmierter Schädel übrig war.

»Und wenn du mich getötet hast«, krächzte der Schädel, »was glaubst du, wie du mich danach aufhältst?«

Fünf der Orks beantworteten die Frage, indem sie Fersengeld gaben. Herizim packte den Brenner und sah ihm in die Augen. Die Orks mit den Dolchen erstarrten und machten Anstalten, ihrem Anführer beizustehen. Pouika zerriß das Siegel der Phiole und schleuderte den beiden Orks den Inhalt entgegen. Die Flüssigkeit dehnte sich zu einer wirbelnden flockigen Wolke aus, die die beiden Orks in Frost einhüllte. Die elementare Lösung war eigentlich dafür vorgesehen, amputierte Körperteile zu konservieren, bis sie wieder angenäht werden konnten. Pouika hoffte nur, daß sie auf unversehrte Körper dieselbe Wirkung ausübte. Die zwei Orks sackten als zitternde Häufchen Elend zu Boden, und die Dolche entfielen ihren kältestarren kraftlosen Fingern.

Herizim rang den OrkBrenner zu Boden und hielt ihn dort fest, obwohl dieser sich aus Leibeskräften wehrte und sich wie wild hin und her warf, um sich zu befreien. Herizim stellte jeden Griff ebenso rasch wieder her, wie es dem Ork gelang, einen der Griffe zu durchbrechen. Er preßte dem Ork den Schädel auf das Gesicht, Augenhöhle auf Auge. »Du hast einen Ork um einer Blutmagie willen ermordet. Dazu war eine Menge Himmelslack erforderlich. Ein Ork mit einem Bernsteinamulett hat eine Menge Himmelslack gekauft. Wir sehen da eine Verbindung. Wir müssen mit ihm reden, um uns zu vergewissern.«

Die Verwünschung des Orks ging in einen Entsetzensschrei über. Ein unkontrollierter Hieb traf Herizim am Kinn, doch dem Geisterbeschwörer gelang es, den Ork am Boden zu halten. »Im Gasthaus, er ist im Gasthaus *Zur Trampelnden Bestie*!« Die nächsten Worte des Orks gingen in ein unverständliches Gurgeln über. Herizim zog eine Handaxt aus seinem Gürtel, hob sie zum Schlag und hielt dann inne. Er stand auf und ließ den Brenner frei, der sich aufrappelte und davonlief, ohne sich noch einmal umzudrehen.

Herizim steckte die Axt in den Gürtel zurück. Er drehte sich zu Pouika um, und durch die Bewegung fielen Blutstropfen von der Stirn auf die Wangenknochen und dann in die Lücken zwischen den Zähnen des Oberkiefers. Der Geisterbeschwörer drohte Pouika mit dem Finger und sagte: »Es ist möglich, daß Ihr einen gefährlichen Einfluß auf mich habt, Heilerin.«

»Das werden wir wissen, wenn wir in der … *Trampelnden Bestie* sind«, sagte Pouika, deren Atmung sich beschleunigte, je länger sie Herizim anstarrte. Er nickte, eine Bewegung die mit dem Geräusch von Leder einherging, das mit Sattelöl eingerieben und gestreckt wird, dann wuchs das Fleisch auf seinem Gesicht nach. Herizim blinzelte ein paarmal, rümpfte die Nase, zog die Wangen kraus und bewegte den Unterkiefer hin und her.

»Beeindruckende Illusion«, sagte Pouika.

Herizims Grinsen reichte von einem Ohr zum anderen. »Keine Illusion. Fühlt sich verdammt merkwürdig an, wenn man auf einmal kein Gesicht mehr hat und es dann plötzlich zurückbekommt. Aber der Zauber ist ziemlich wirkungsvoll.«

Plötzlich waren sie in Dunkelheit gehüllt. Pouika streckte instinktiv die Hand aus, um zu spüren, was sich vor ihr befand. Nichts. Schreie drangen aus dem

Gasthof und gingen gleich darauf in gurgelnde Pfeiflaute über.

»Mynbruje! Der Dämon ist in dem Gasthof«, zischte Herizim. »Er weiß, daß wir hier sind. Ich versuche den Zauber zu wirken.«

Pouika hörte seine tiefe, volltönende Stimme ›Maeumis‹ sagen. Sie glaubte zu sehen, wie sich ein wabernder orangeroter Kreis in der Dunkelheit öffnete und Herizims Arm hineingriff, bevor die Farbe verblaßte. Sie hörte, wie Seiten umgeblättert wurden, sah kurz Schrift auf Pergament aufleuchten. Der Geisterbeschwörer sagte etwas in einem gutturalen Dialekt, der wie Zwergisch unter der Folter klang. Den Worten folgte eine Eruption silberner Flammen. Herizim krümmte sich vor Schmerzen. Die Flammen schrumpften, brannten aber auf seiner Handfläche in Gestalt zweier Dreiecke weiter, deren Spitzen sich berührten. Tränen sammelten sich in Herizims Bart, bevor er wieder zu Atem kam. Das Licht erhellte einen kreisförmigen Bereich mit einem Durchmesser von mehreren Schritten, dessen Mittelpunkt Herizim bildete. Die Wirkung war die einer flackernden Laterne in einer stürmischen Nacht. Ein dickes Buch lag zu seinen Füßen, ein Grimoir, das Herizim beschworen haben mußte.

»Das soll – Schutz gegen Dämonen und ihre Magie bieten. Ich glaube ...«

Pouika ließ ihre Taschen fallen und streckte die linke Hand aus. Herizim sprach den Zauber erneut, aber diesmal schien es ein wenig länger zu dauern. Schließlich brachen die silbernen Flammen aus Pouikas Handfläche hervor, aber sie unterdrückte einen Aufschrei. Die Hitze hatte sie erwartet, nicht aber den zermalmenden Druck, als hätte jemand einen Felsen auf ihre Hand fallen lassen. Sie hörte Knochen knacken, spürte, wie einige Knöchel aus den Gelenken gerissen wurden. Der Schmerz ließ in dem Maße nach, wie die Flammen kleiner wurden, bis nur noch ein unangenehmes Pochen blieb. Sie mußte sich die Finger wieder einrenken.

Herizim griff nach dem Grimoir, wie ein Grubenarbeiter in einem überfluteten Stollen nach einer Stützstrebe gegriffen hätte. Die Flamme in seiner Hand entlockte dem Buchdeckel ein kaum hörbares Zischen. »Wir gehen«, sagte er. Pouika nahm ihre Taschen. Sie fühlte sich jetzt unbehaglich mit ihrer Last und fragte sich, ob es dumm von ihr gewesen war, Herizims Angebot abzulehnen.

Sie gingen rasch durch den Hof, aber wegen des schlechten Lichts dauerte es eine Weile, bis sie den Eingang fanden. So nahe beim Gasthof schien die Dunkelheit zuzunehmen. Pouika rauschte das Blut in den Ohren, als sie schließlich die geschlossene Eingangstür fanden. Gegen den Drang, flach und rasch zu atmen, zwang sie sich zu einem langsameren und tieferen Atemrhythmus. Der Gasthof lag völlig still vor ihnen. Kein Stöhnen drang an ihre Ohren, kein Atmen, nichts.

Herizim zeigte keine Furcht, als sie sich der Tür näherten, aber er zögerte, bevor er die Hand auf die Klinke legte. In diesem Augenblick des Zögerns drückte Pouika die Klinke nieder. Die Tür öffnete sich beinahe mühelos und fast lautlos in ihren gutgeölten Angeln. Ein furchtbarer Gestank trieb Pouika die Tränen in die Augen.

Als sie eintraten, stolperte sie beinahe über einen Ork, der vor der Tür lag. Im Dunkeln sah er mißgestaltet aus, doch als Pouika neben ihn niederkniete, um ihn zu untersuchen, sah sie, daß seine merkwürdige Gestalt keine durch die Schatten hervorgerufene optische Täuschung war. Augenblicklich gewannen ihre Heilerinstinkte die Oberhand. Sie berührte sanft die Brust des Orks und streckte ihre magischen Fühler aus. Die bloße Berührung verriet ihr fast ebenso viel wie die Magie, und sie hielt sich die Hand vor den Mund, um einen Schrei zu unterdrücken. Unter Herizims vorsichtigen Schritten knarrte der Holzfußboden des Gasthofs. Der Geisterbeschwörer war in der langsam abnehmenden Dunkelheit eine schwach erkennbare Umrißlinie.

Im Schankraum befanden sich die Leichen von sechs Orks. Ihre Körper wirkten viel zu flach, und sie nahmen unmögliche Stellungen ein. Zwei waren über Stühle drapiert wie nasse faltige Handtücher, zwei weitere lagen links und rechts neben der Tür, wahrscheinlich dort, wo sie im Hinterhalt gelauert hatten. Auf einem Tisch stand ein fast voller Krug Ale. Auf der Theke lagen Brotlaibe und zwei kleine weiße Käse. Jede Leiche lag in einer großen Pfütze aus Blut, Galle und Urin. Pouika kniete sich neben einen Ork, dessen Augen geplatzt waren und dessen Gesicht in den Schädel gesunken war.

»Was ist passiert?« krächzte Herizim.

»Der Dämon hat ihre Knochen verflüssigt. Sie sind an der Last ihrer eigenen Organe erstickt oder einfach aufgeplatzt«, sagte Pouika. Ihre Stimme klang dünn und hohl. In einer Blutlache in der Nähe des Halses eines der Orks lag das Bernsteinamulett, dessen Goldkette funkelte.

»Worauf wartet er?« fragte sie leise.

Herizim starrte auf das Amulett. »Keine Ahnung. Vielleicht spielt er nur mit uns...« Er schüttelte den Kopf, legte das Grimoir auf einen Tisch und blätterte ein paar Seiten um. »Mach dich darauf gefaßt, dich für immer zu verabschieden, du Bastard«, sagte er und sprach den Zauber.

Pouika beobachtete blinzelnd das Amulett, während sie nachdachte. Es gab keine Anzeichen für einen Kampf in dem Gasthof, kein Anzeichen dafür, daß die Orks zu fliehen versucht hatten. Der Dämon mußte alle sechs gleichzeitig verflüssigt haben. Und doch sollte er jetzt in dem Amulett abwarten, bis Herizim seinen Bannzauber beendet hatte? Vielleicht spielte der Dämon tatsächlich mit ihnen. Aber vielleicht verhielt sich auch alles ganz anders.

Die Heilerin kniete nieder, um das Amulett genauer zu betrachten, während Herizim weiter seinen Zauber herunterleierte. Der Bernstein war zu einem Oval geschliffen worden, in das kunstfertig die Windlingsgestalt eingelassen worden war. Die Gestalt beunruhigte sie. Das Gesicht war zu einem Schmerzensschrei erstarrt und die linke Hand zu einer Klaue gekrümmt. Pouika leckte sich die Lippen und berührte dann das warme Amulett. Sie öffnete ihren Medizinbeutel, holte eine Salbe heraus und trug sie sich auf die Augen auf. So rasch wie möglich wechselte sie auf ihre Innere Sicht.

Das tiefe Dunkelblau und das Waldgrün der Windlingsstruktur waren durch die dicke graue Schlinge eines monströsen Fadens kaum zu sehen. Die Struktur des Bernsteins stellte sich als Mischmasch aus schwarzen Fäden und orangefarbenen Schnörkeln dar, die hier und da von grünen Flecken durchsetzt waren. Der graue Faden verließ den Bernstein und verschwand in der Ferne im Astralraum. Pouika sah ein grünes Flackern, das jedoch nichts mit dem Bernstein zu tun hatte. Es ging von dem Windling aus. Pouika atmete entsetzt tief durch. *Der Windling war noch am Leben.* Der Dämon hatte noch Kontakt mit dem Bernstein, bewohnte das Amulett aber nicht mehr. Pouika versuchte ihre Innere Sicht in den Bernstein zu verlagern, um die Struktur des Windlings zu berühren und Kontakt zu dem innerhalb des Steins gefangenen Geist herzustellen. Der graue Faden wehrte jeden ihrer Versuche ab, wobei von ihrer linken Hand jedesmal Hitze aufflackerte.

Pouika glitt zurück in die Außenwelt und tastete nach ihrer Instrumententasche. »Brecht den Zauber ab, Herizim. Der Dämon ist nicht hier.« Der Geisterbeschwörer reagierte nur langsam, und es dauerte ein paar Herzschläage, bis er aus seiner Trance erwachte.

»Wo ist er dann?«

»Fragt Eure Geisterfreunde. Und mittlerweile ist ein lebender Windling in diesem Amulett gefangen. Ich werde ihn herausholen.« Pouika zog einen Knochenbohrer aus ihrer Tasche und machte sich daran, ein Loch in den Bernstein zu bohren.

»Dafür haben wir keine Zeit«, schimpfte Herizim. »Eure Gildenfreunde werden jeden Augenblick die Stadt versiegeln.«

»Solange wir nicht wissen, wo der Dämon geblieben ist, haben wir nichts Besseres zu tun. Oder vielleicht sollte ich sagen: Habe *ich* nichts Besseres zu tun«, sagte Pouika mit Nachdruck. Die Spitze des Bohrers näherte sich der Brust des Windlings, aber sie war zu kurz. Um die notwendige Länge zu bekommen, tauschte sie die Spitze gegen eine andere aus, die bei Trollen benutzt wurde. Pouika drehte den Bohrer jetzt langsamer und begutachtete dabei den Bernstein aus allen Blickwinkeln. Ihre Augen tränten immer noch von dem Gestank im Gasthof, der sie bei ihrer Untersuchung und beim Bohren störte. Doch nach ein paar weiteren Umdrehungen berührte die Bohrerspitze die Haut. Herizim grunzte, dann widmete er sich wieder seinem Grimoir und blätterte scheinbar ziellos die Seiten um.

Pouika legte den Bohrer auf einen sauberen Lappen. Daneben stellte sie Schlauch, Nadeln und eine Desinfektionslösung. Sie reinigte die Nadeln, steckte sie auf den Schlauch und band sich dann eine Aderpresse um den linken Arm. Mit zitternder Hand stach sie die Silbernadel vorsichtig in den Windling und die Orichalkumnadel in die Vene ihres linken Arms. Sie ließ das Blut fließen und rezitierte dabei die ersten vier Zeilen des Zaubers.

»Leben von mir, fließe durch ihn.
Leben von mir, lebe für ihn.
Blut von mir, gehe zu ihm.
Blut von mir, erforsche ihn.«

An dieser Stelle hielt sie inne und ließ die Energie der Blutmagie frei, ohne sie vollständig auszuformen. *Nimm Leben von mir, Windling, forme es, benutze es. Sprich mit mir.* Das Prickeln begann in den Fingerspitzen der linken Hand und kroch bei jedem Herzschlag einen Fingerbreit weiter den Arm hinauf. Ihr Arm juckte, die Schulter kribbelte, der Hals erwärmte sich, und der Verstand sprühte.

Hilf mir tut weh muß mich befreien ach Gnade Mynbruje Gnade hör auf laß ihn nicht wieder in meinen Kopf nie wieder er verbrennt mich blendet mich hinterläßt den Geruch nach Fäulnis den Geruch nach verdorbenem Blut wo ist der Geruch des Waldes ich brauche den Geruch des Waldes muß im Wald fliegen verflucht sei die Blutmagie des Magiers die mich hier festhält befreie mich

»Ich bin Pouika. Kannst du mich fühlen? Mich hören? Mein Blut spricht zu dir. Laß auch dein Blut zu mir sprechen.«

Pouika Lynthis nach draußen ach bitte nach draußen hilf mir hol mich raus befreie mich laß ihn nicht zurück ich habe so lange vor Dämonen gewarnt so lange befreie mich bin ich jetzt hier zerstöre mein Gefängnis befreie mich

»Lynthis, ich finde einen Weg, um dich herauszuholen. Wo ist er? Wo ist der Dämon?«

Weg aber immer noch Kontakt befreie mich hat anderen Ort gefunden weiß nicht wo befreie mich brauchte Bernsteinmagie und Blutmagie um Kaer zu entkommen befreie mich bitte befreie mich ich bin schon so lange hier eingesperrt

»Ich arbeite daran. Aber warum braucht er die Blutmagie und die Magie des Bernsteins jetzt nicht mehr?«

Weiß nicht er hat mir so weh getan befreie mich meine Augen sind verbrannt mein Tastsinn stimmt nicht kann nichts hören nur Geruch ist übrig Geruch nach Blut nach verdorbenem Blut

Pouika setzte ihre Willenskraft ein und spaltete den Bernstein ein wenig, wie sie zuvor die Haut der Leiche gespalten hatte. Das Amulett war jetzt von Adern ihres Blutes durchzogen.

Ahhhhhhhh ach Mynbruje bitte es tut weh befreie mich es tut so weh rieche das Blut es tut weh

»Ich werde vorsichtiger sein, Lynthis. Ich gehe langsamer vor.« Pouika machte eine kurze Pause, da sie die Strapazen der Blutmagie spürte. Sie hoffte den Bernstein auf normalem Wege aufbrechen zu können, aber sie bezweifelte, daß das möglich war. Das Amulett war mit Hilfe von Blutmagie erschaffen und gestärkt worden. Blutmagie war höchstwahrscheinlich die einzige Möglichkeit …

Pouika hielt inne, als sie der Schock der Erkenntnis traf. Das Amulett war mit Hilfe von Blutmagie erschaffen worden. Orangefarbene Schnörkel, schwarze Fäden im Bernstein. Und in den Mauern, den Mauern der Stadt, die gerade dabei war, sich mit Magie abzukapseln, wodurch Tausende lebender Wesen innerhalb der Mauern eingesperrt würden.

»Herizim! Er ist in den Mauern.« Herizims Kopf ruckte hoch, als er die Wände des Gasthofs betrachtete und dabei das Grimoir fallen ließ.

»Nein, in den Stadtmauern. Die Farnstruktur, die unveränderliche Farnstruktur … Er hat die Struktur des Bernsteins in die Mauern kopiert.«

»Unmöglich! In die Mauern und Tore sind Dutzende von Schutzvorrichtungen gegen Dämonen eingebaut«, sagte Herizim.

»Ihr sagtet, das Amulett sei eine Schutzvorrichtung gegen Dämonen. Er hat über siebzig Jahre darin gelebt.«

»Vielleicht hat er die Lebenskraft des Windlings verdreht, um …«

»Herizim, es ist mir gleichgültig, wie er es gemacht hat. In Liffick kann er die Lebenskraft Tausender verdrehen. Wenn sich die Stadt von der Außenwelt abkapselt, hat er Jahre, um sie zu verdrehen.«

Herizim sprang auf. Er beschwor Maeumis und legte das Grimoir in die Astralnische zurück. In der Zwischenzeit löste Pouika die Nadeln und warf ihre Sachen hastig in die Tasche. »Lynthis, hör mir zu«, sagte sie drängend. »Sobald ich kann, komme ich zurück, um dich zu befreien.« Aber die durch die Blutmagie hervorgerufene Erschöpfung ließ Pouika schwanken, als sie sich erhob.

Herizims Blick fiel auf ihre Taschen. Er streckte die Hand aus. »Wir müssen uns beeilen.« Pouika nickte und reichte ihm die schwerere Instrumententasche. Sie rannten, wenn sie konnten, und wurden nur langsamer, wenn sie sich zwischendurch erholen mußten. Die Straßen waren verlassen. Pouika und Herizim eilten durch die gewundenen Wege aus gestampfter Erde, die in Kopfsteinpflastergassen mündeten, welche wiederum zu breiten, mit makellos verfugten Steinplatten gedeckten Straßen führten. Je näher sie der Innenstadt kamen, desto mehr füllten sich die Straßen mit aufgebrachten Orks und Menschen. Eine Orkfrau stand auf einem Alefaß und schrie: »Die Zwergenschweine wissen, daß etwas kommt. Sie lassen uns draußen sterben! Haltet sie auf! Stürmt die Tore!«

Herizim streckte den Arm aus, um Pouika aufzuhalten, und deutete auf eine Seitenstraße, die parallel zur Hauptstraße verlief. Die beiden bogen in die Straße ein und drängten sich durch jugendliche Menschen, die in Zwergengeschäfte einbrachen, um sich alles zu holen, was die Zwerge nicht in ihre Karren gestopft hatten. Einige rannten mit kleinen Alefässern davon, andere schleppten Kleidung fort, die ihnen gewiß nicht passen würde, während ein Mädchen unter der Last einer zwei Ellen großen antiken Bronzevase von einer Straßenseite zur anderen schwankte. Verglichen mit der Raserei auf der Hauptstraße schien diesen Leuten die Situation Spaß zu machen, da sie von Zeit zu Zeit sogar stehenblieben, um ihr Werk zu begutachten.

Herizim hielt inne, dann bog er in eine Gasse ein, an deren Ende sich das Geschäft eines Astrologen befand. Die Tür war verschlossen und mit einer Sigille bemalt. Eine offenbar in aller Eile hingekritzelte Notiz an der Tür lautete: ›Flüche werden auf jene herabregnen, die es wagen, diesen Laden zu besudeln.‹ Herizim trat mit aller Kraft gegen die Tür, und das donnernde Geräusch hallte ein halbes Dutzend Mal durch die Straßen, bevor die Tür endlich nachgab.

»Ich kenne den Astrologen. Er kennt sich nicht mit Flüchen aus«, sagte Herizim, als er selbstbewußt den Laden betrat und auf einen Perlenvorhang zusteuerte. »Dahinter befindet sich eine Treppe, die auf das Dach führt, wo er eine Plattform errichtet hat, um von dort aus die Sterne zu beobachten. Die Plattform ist einer der höchsten Punkte außerhalb der Mauern.«

Der Geisterbeschwörer wischte die Perlenschnüre beiseite und nahm dann immer zwei Stufen der dunklen Treppe auf einmal. Pouika fiel ein wenig hinter ihm zurück. Einem langgezogenen Kreischen folgte ein gleißendheller Sonnenstrahl, der die Treppe und das Gerüst auf dem Dach erhellte. Als Pouika die Plattform bestieg, fiel ihr Blick auf Herizim, der gerade sein Grimoir wieder aus dem schimmernden Astralloch holte. Mit angehaltenem Atem betrachtete sie die Innenstadt. Am Ende der Hauptstraße schützte eine Doppelreihe von Wachen die letzten Karren, die noch durch das Tor rollten. Die meisten Karren transportierten nicht nur Habseligkeiten, sondern auch verwundete Zwerge. Die Wachen kämpften mit berufsmäßiger Härte gegen den ungerührten Mob, der sie umgab. Armbrustschützen auf den Mauern schossen in die Menge und fällten mehrere, die von ihren Mitstreitern in ihrem Eifer, die Tore zu stürmen, einfach niedergetrampelt wurden. Eine kleine Gruppe von Trollen war im Zentrum der Wachen postiert. Die Trolle brüllten Befehle und schlugen den Mob an den Stellen zurück, wo der Druck zu groß für die Zwergenwachen wurde.

»Wie in den alten Zeiten«, lästerte Herizim. Er schlug das Grimoir an einer Stelle weit hinten auf, während er die vierzig Schritte entfernte Wand anstarrte. »Wenn Ihr dort hineingeratet, seid Ihr verloren.«

Wut- und Schmerzensschreie aus den Reihen des Mobs ängstigten Pouika. Sie wollte helfen, wußte aber, daß man sie vorher in Stücke reißen würde. Während Herizim die Litanei des langen Zaubers aufnahm, öffnete Pouika ihre Taschen. Dem Windling zu helfen, war das Nützlichste, was sie im Augenblick tun konnte, und sie mußte sich nützlich machen. Der Bernstein war gesprungen und mit ihrem Blut verschmiert. Sie legte ihn vorsichtig auf ihren Schoß, dann legte sie erneut die Aderpresse an und bereitete den Schlauch vor. Als die Nadeln saßen, sprach sie wieder die vier ersten Zeilen des Zaubers.

Nahe er ist so nahe er wird mich spüren hol mich raus befreie mich bevor er mich ganz verzehrt ich bin so schwach

»Ich bin hier«, sagte Pouika sanft. Sie sang einen anderen alten Vers, und ihr Blut antwortete darauf. Ihr Heilerinnenauge betrachtete den Bernstein als Gangrän, und sie überlegte sich, was sie wegschneiden konnte, ohne das gesunde Fleisch zu verletzen, bei dem es sich in diesem Fall um den Windling handelte. Es fiel ihr jedoch sehr schwer, sich zu konzentrieren. Das Brüllen des Mobs lenkte sie ab, da die

Armbrustschützen Salve auf Salve abschossen, um es den Wachen zu ermöglichen, sich durch das Tor in die Innenstadt zurückzuziehen. Pouika sah, wie die Wachen auf der Stadtmauer den Deckel von einer Urne mit elementarem Feuer abnahmen und sie bereitmachten, das Feuer auf den Mob herabregnen zu lassen. Menschen und Orks drängten vorwärts, als sich die Tore schlossen. Die meisten fielen, bevor sie die Tore erreichten, aber ein paar Hartnäckige erreichten sie und bearbeiteten sie mit Schwertern, Spitzhacken und Hämmer. Vier Wachen machten Anstalten, das elementare Feuer über die Stadtmauer zu schütten.

Pouika spürte eine Woge der Magie, die erste einer ganzen Reihe mystischer Wellen, die ihren Anfang in den Stadtmauern nahm und sich nach außen wälzten. Die Schutzvorrichtungen auf dem Stadttor leuchteten bei der ersten Welle weiß auf, dann trübten sie sich ein wenig, dann trübten sie sich noch mehr, und schließlich änderte sich ihre Farbe zu Bernstein. Die folgende Welle spülte die Farbe über die Mauern und hüllte die gesamte Stadt ein. Liffick erstarrte. Armbrustschützen drückten ihre Waffe nicht mehr ab, elementares Feuer hing in der Luft, da die vier Wachen die Urne kippten, die sich niemals leeren würde. Ein Troll rannte die Treppe zur Mauer hinauf und starrte auf die letzten paar Ellen, die er nie überwinden würde. Ein Ork berührte das Tor mit der Linken, wobei sich die Rechte um den Schaft des Pfeiles krampfte, der aus seiner Brust ragte, und ein Sturz seinen Anfang nahm, den er nie beenden würde, während er einen Schmerz herausschrie, der ewig anhalten würde.

Der Mob machte kehrt und floh. Herizim starrte auf die Stadt. Seine Hände zitterten auf den Seiten des Grimoir. »Ich wußte nicht – wie kann er so große Macht haben?« Er leckte sich die Lippen und setzte dann seine Litanei fort.

Pouikas Finger fühlten sich von der Blutmagie immer noch taub an. Sie wickelte sich die Goldkette um das rechte Handgelenk, um das Amulett nicht zu verlieren. Dann schärfte sie ihre Willenskraft zu einem Skalpell und hielt nach einer Stelle Ausschau, an der sie den ersten Schnitt ansetzen konnte.

»Lynthis, mach dich bereit. Ich schneide jetzt in den Bernstein«, sagte die Heilerin. Ihre Willenskraft konzentrierte sich auf das Amulett. Während Herizim Lautstärke und Tonhöhe seiner Litanei steigerte, setzte sie mit der Kraft ihres Blutes zum ersten Schnitt an.

Sei leise Pouika leise er hört zu er ist ganz nahe er hört zu

Pouika fing an zu schwitzen. Sie war sich Herizims lauten Gesangs sehr wohl bewußt, bezweifelte jedoch, daß die Windlingsfrau normalen Lärm meinte. Andererseits entsprachen seine Laute der Magie, die er wirkte. Und die würde der Dämon gewiß hören. Pouika führte den ersten versuchsweisen Schnitt in den Stein aus.

In der Nähe der Mauer bildete sich ein Wirbelwind. Herizim warf die Arme in die Luft, um eine wichtige Wendung zu betonen. Der Wirbelwind veränderte seine Natur und füllte sich mit Eis und Gestein. Er heulte sowohl in der Luft als auch durch die Erde. Der Wirbelwind setzte sich langsam in Richtung auf ihre Plattform in Bewegung. Pouika setzte einen weiteren kleinen Schnitt, und Herizim hob die Stimme gegen das Heulen des Wirbelwinds. Der Wirbelwind stürzte vor wie ein von der Kette gelassener Bluthund. Das Heulen steigerte sich zu einem Brüllen, als sich Erde und Eis durch das Haus fraßen, das zwischen Stadtmauer und Plattform stand. Herizim hob die Arme und schrie die Worte hinaus. Der Wirbelwind schwenkte um, nachdem er durch das Haus auf der anderen Straßenseite gefegt war und nur noch die

Straßenfront stehengelassen hatte. Der Wirbelwind stieg und löste sich auf, doch zuvor warfen gespenstergleiche Arme Eisklumpen und Steine nach Herizim. Sie trafen ihn nicht.

Die Stadt gab ein seltsames Geräusch von sich, als zerbräche Eis in einem großen Tunnel. In der Mauer bildeten sich Sprünge. Herizims Zauber wirkte! Hoffnung wallte in ihr auf und veränderte das Lied und die Leidenschaften ihres Blutes.

Er weiß er hört zu du kannst ihm weh tun befreie mich das zerstört ihn er fürchtet sich

Pouika führte einen weiteren Schnitt aus, zwei Fingerbreit lang, der einen kleinen Splitter aus dem Bernstein herausbrach. Die Stadtmauer ächzte, und die Sprünge vertieften sich, als ein Teil des steienernen Wachturms auf die Straße krachte. Herizim setzte seine Litanei fort. Pouika saß wie erstarrt da. Es war nicht der Zauber, der die Sprünge in der Mauer verursachte. Die Mauer reagierte auf die Schnitte im Bernstein. Herizim war der Meinung, es sei sein Zauber, der diese Wirkung auf den Dämon hatte. Der Dämon mußte derselben Ansicht gewesen sein.

Der Windling war der Schlüssel. Lynthis' Leben war ein wichtiger Bestandteil der ursprünglichen Verzauberung des Bernsteins, ein einzigartiger Bestandteil. Der Dämon hatte den Rest des Zaubers kopiert, aber nicht Lynthis. Der Dämon glaubte wahrscheinlich, daß alle Geister austauschbar seien, daß ein Lebewesen so gut war wie das andere. Er hatte sich geirrt. Lynthis war immer noch Teil des Stadtzaubers und durch den grauen Faden mit ihm verbunden.

Wenn Pouika den Windling aus dem Amulett befreien konnte, würden dadurch beide Zauber durchbrochen werden. Sie konzentrierte sich auf das Blut, das durch den Bernstein floß.

»Lynthis, kannst du mir helfen? Konzentrier dich und folge meinem Blut. Das ist der Weg nach draußen.« Sie erhielt keine unmittelbare Antwort, aber plötzlich wies der Bernstein einen neuen Sprung auf, und in der Mauer erschien ein ellenlanger Riß. Am Fundament der Mauer bildete sich ein weiterer Wirbelwind.

»Herizim, verschwindet von hier!« rief Pouika. Ihr Mund war trocken, ihre Stimme nur ein Krächzen. »Euer Zauber wird den Dämon nicht besiegen. Aber Euch könnte er den Tod bringen.« Herizim schüttelte den Kopf und setzte seine Litanei fort. Der Wirbelwind verwandelte sich in Erde und Eis. »Verschwindet von hier!« rief sie noch einmal, wobei ihre Stimme vom Tosen des Wirbelwindes fast übertönt wurde.

Wo ist draußen riecht überall nach Blut kann nichts sehen kann nicht fühlen wo draußen ist befreie mich

Pouika mußte mitansehen, wie der Wirbelwind Kraft sammelte. Herizim erhob die Stimme, um gegen das Dröhnen anzusingen. Lynthis sah und fühlte nichts, hatte jedoch einen magischen Sinn, der sich als Geruchssinn äußerte. Pouika nahm ihre Willenskraft zusammen und übte Druck auf den Bernstein aus, der sich mit einem Netz aus Sprüngen überzog. Steinbrocken fielen aus der Stadtmauer. Der Wirbelwind hob an. Pouika versuchte sich zu entspannen, ließ mehr Blut in den Bernstein strömen. Das Amulett war bereits glitschig von ihrem Blut, und auf ihrem Schoß breitete sich ein roter Fleck aus. Tanzende Punkte erschienen vor Pouikas Augen. Herizim richtete sich kerzengerade auf und hob die Arme. Sie unterdrückte einen Aufschrei.

Der Wirbelwind wurde schneller. Pouika versuchte den Bernstein zu sprengen, besaß aber nicht mehr genügend Willenskraft. »Lynthis, bitte!«

Draußen laß mich riechen wo draußen ist

Der Wirbelwind raste auf die Plattform zu. Wind fegte durch die Seiten des Grimoir, doch es blieb die Seite aufgeschlagen, die Herizim rezitierte. Herizim schrie den Wirbelwind jetzt an, und seine Furcht verlieh seinen Worten Dringlichkeit. Erde und Eis heulten zurück.

Plötzlich nahm eine Idee in Pouika Gestalt an. Sie griff nach ihrem Medizinbeutel, während der Wirbelwind die zuvor stehengebliebene Mauer des gegenüberliegenden Hauses zerschmetterte. Herizims Magie zwang den Wirbelwind erneut zum Abschwenken. Pouika fand das Stück getrockneter Rinde und zerbröselte es mit der rechten Hand.

Der Wirbelwind schwenkte zwar ab, doch nicht weit genug. Er erwischte den Rand des Hauses, fegte mit einem furchtbaren knirschenden Geräusch durch Ziegel und Mörtel und zersplitterte ein paar Dachbalken so leicht wie eine Fensterscheibe. Herizim wich aufgeregt zurück, wurde jedoch von einem Ausläufer des Wirbelwinds gepackt. Er wirbelte herum wie ein schlecht ausbalancierter Kreisel und schlug gegen Pouika, so daß beide ein Stück über die Plattform geschleudert wurden. Pouika schrie auf, als ihr Arm durch den Zusammenprall verdreht und die Nadel tiefer in ihre Vene gerammt wurde. Herizim war von tiefen Rillen durchzogen, und von seinem rechten Arm war die Haut abgerissen. Sein unzusammenhängendes Schreien hatte nichts mehr mit dem Rezitieren des Zaubers zu tun. Erde und Eis überfluteten das Grimoir, das in zornigem Orange und Rot aufblitzte. Das Buch wurde davongewirbelt, und das mystische Aufeinanderprallen der Kräfte drängte den Wirbelwind ein paar Schritte zurück. Die Decke senkte sich unter Pouika, so daß sie dem Wirbelwind entgegenrutschte, der langsam wieder Geschwindigkeit aufnahm.

Pouika schlang den rechten Arm um einen Pfahl auf der Plattform und packte Herizim mit dem linken. Sie stöhnte vor Schmerz auf, und dabei entglitten ihr ein paar Krümel der Rinde. Sie streute den Rest über das Amulett, das an ihrem Handgelenk baumelte. Ein Duft, ein magischer Duft.

Pouika draußen ist Wald ich rieche draußen kannst du das spüren unser Blut vermischt sich

Die Plattform ächzte, als sie sich dem Wirbelwind zuneigte. Eisbrocken rissen an Pouikas Rücken. Herizim drohte ihrem Griff zu entgleiten. Pouika mißachtete die Schmerzen, so gut sie konnte, und konzentrierte sich auf einen letzten Stoß ihrer Willenskraft. Sie spürte anderes Blut, Erinnerungen an einen blaugrünen Wald, sie flog über einen Teich und tauchte die Flügelspitzen in das kühle Wasser, als sie eine enge Kurve flog, bevor sie steil in die Höhe stieg und der Flugwind Flügel und Haare kräuselte und geschmeidig und richtig ihren Körper entlangströmte. Das Zerbrechen der Plattform störte beinahe die Ruhe ihres Aufstiegs und das Rauschen der Blätter, als sie durch die Baumwipfel brach und das Heulen des Wirbelwinds hörte.

Die Plattform stürzte ein, als der Bernstein in tausend Stücke zersprang. Der Wirbelwind schwoll an, stimmte ein Totengeheul an und löste sich auf. Während sie vom Dach fiel, sah Pouika, wie die Stadtmauern Lifficks barsten und Straßen und Geschäfte in der Nähe mit einem Steinhagel eindeckten. Ihre Arme ruderten wild, als sie zu ihrem Schrecken erkennen mußte, daß sie tatsächlich nicht fliegen konnte. Sie schlug auf den Boden, und ein stechender Schmerz bohrte sich ihr in den Rücken. Neben ihr lag Herizim auf einer Dachstrebe.

Über den Trümmern der Mauern riß der Himmel auf, eine klaffende violette Wunde im klaren Blau des Nachmittags. Die Trümmer zischten, und ein übelriechender rosafarbener Schleim verdichtete sich und verschmolz zu einer aufgeblähten tentakelbewehrten Gestalt. Pouika schrie angesichts der Größe und der glitzernden nassen Bösartigkeit des Dings auf. Sein tonnenförmiger Körper durchmaß Dutzende von Schritten, und seine Tentakel waren fast doppelt so lang. Wind kam auf und heulte protestierend gegen diese Ungeheuerlichkeit. Die Tentakel des Dämons schlugen gegen Häuser, versuchten sich an Stein und Mörtel festzuklammern. Die Erde wehrte sich und explodierte bei ihrer Berührung. Der Spalt im Himmel streckte und weitete sich, wuchs. Der Dämon reckte sich in den Himmel, während seine Tentakel immer noch suchten, immer noch tasteten. Sein Körper quetschte sich durch den Spalt, wobei die Tentakel wirkungslos um sich schlugen. Der Riß im Himmel streckte sich ein letztesmal, als der Dämon hindurchglitt, schloß sich dann und verblaßte von einer Sekunde zur anderen zu makellosem Blau.

Pouika lag auf dem Rücken und versuchte sich zu bewegen. Sie spürte ihre Beine nicht. Sie rief um Hilfe, aber der Laut klang eher wie das schwache Fiepen eines Hundewelpen. Langsam reckte sie den Hals nach links und sah ihren Medizinbeutel neben sich liegen, außerhalb ihrer Reichweite. Rechts von ihr lag Herizim. Sie hoffte, daß er noch lebte. Als sie den linken Arm zu bewegen versuchte, befahl ihr ein glühendheißer Schmerz, sofort aufzuhören. Sie gehorchte.

Als sie den Kopf nach hinten in den Nacken legte, sah sie Lynthis mit geschlossenen Augen, schlaffen Flügeln und offenstehendem Mund zwischen dem Geröll liegen. Die Flügel zuckten und strafften sich. Pouika versuchte die Windlingsfrau zu rufen, doch ihre Stimme war kaum mehr als ein heiseres Wispern. Jeder Flügel flatterte zweimal unabhängig voneinander und dann einmal zusammen. Lynthis öffnete die Augen. Mehrere Atemzüge lang lag sie still und fühlte sich verwirrt, während sie in den Himmel starrte. Ihre Augen weiteten sich, als sie die dünnen weißen Wolken erblickte. Langsam hob sie die Hände vor das Gesicht, betrachtete die Handflächen und beobachtete, wie sich die Finger bewegten. Sie schloß die Augen und fuhr sich mit den Fingerspitzen sanft über Lippen, Wangen und Stirn. Pouika bemühte sich, nicht das Bewußtsein zu verlieren und sich gegen den Schock ihrer Verletzungen und den Drang zu wehren, sich in einen möglicherweise endgültigen Schlaf zurückzuziehen. Sieh mich an, dachte sie, sieh mich an, damit ich leben kann.

Lynthis atmete scharf und krampfhaft ein, als ihre Finger durch das dichte aschblonde Haar fuhren. Das winzige Gesicht verzerrte sich zu einem Weinkrampf, der erst viele Schluchzer später endete. Tränenüberströmte Augen betrachteten den Himmel. Lynthis erhob sich schwankend. Ein Sprung und eine Reihe heftiger Flügelschläge trugen sie in die Luft, doch ihr Flug war so unstet und unsicher wie der eines jungen Vogels. Ihr Freudenschrei war von Kummer und Leid durchsetzt, das wie ein Gewicht auf ihr zu lasten und sie zu behindern schien. Erst als sie bis auf Dachhöhe des nächsten Hauses aufgestiegen war, schaute sie nach unten und sah Pouika.

Lynthis flatterte nach unten wie ein welkes Blatt und landete neben Pouikas Kopf. Sie lächelte schief und öffnete den Mund, um etwas zu sagen. Dann erstarrten Lippen und Zunge, während sich in ihren Augen Verblüffung spiegelte. Ein Mundwinkel zuckte nach oben, bevor sie die Lippen spitzte und stotterte: »Worte … sind *schwierig*.«

»In meinem Mantel … ein Heiltrank. Wenn er noch heil ist«, keuchte Pouika. Lynthis blinzelte und nickte zum Zeichen, daß sie verstanden hatte, bevor sie den Mantel öffnete. Sie fand die Phiole und erbrach das Siegel. Pouika schaute in die winzigen Augen. »Herizim zuerst.«

Lynthis flatterte auf und wackelte dabei wie ein Floß in einem überfluteten Bergwerksschacht. Neben

Pouikas Kopf erklang Lynthis' Stimme. »Er ist bewußtlos.«

Bewußtlos. Nicht tot. Pouika schossen die Tränen in die Augen. »Reib ihm etwas auf Lippen und Zahnfleisch. Bring mir… den Rest.« Lynthis kehrte zurück und flößte Pouika den Rest des Tranks ein. Augenblicklich ließen die Schmerzen nach, und in ihr linkes Bein kehrte das Gefühl zurück.

Winzige schwarze Stecknadelköpfe schauten Pouika in die Augen. Lynthis Gesicht erstarrte zu einer Maske der Konzentration, dann sagte sie sehr langsam und mit Bedacht: »Vielen Dank. Du hast mich aus einer viele hundert Jahre währenden Hölle errettet.« Pouikas Lächeln gelang ihr auf der weniger tauben Gesichtshälfte besser.

Die Straßen füllten sich langsam mit Lärm und Leben. Überlebende, Plünderer und Ordnungshüter mühten sich alle auf ihre Weise, des Chaos Herr zu werden. Pouika konnte sich den Schock vorstellen, den die Zwerge erlitten hatten, als sie entdeckten, daß die Stadtmauer nicht mehr vorhanden war. Menschen und Orks waren vielleicht genauso überrascht. Sie würden lernen, mit den neuen Verhältnissen zurechtzukommen. Pouikas Blick fiel auf ihre Taschen.

Lynthis zog und zerrte an den Taschen, um sie in Pouikas Nähe zu schaffen. Dann durchsuchte sie den Medizinbeutel und zog ein Kräuterbündel nach dem anderen heraus, bis Pouika beim Anblick der schmerzstillenden Kräuter nickte. Lynthis setzte sich auf die Instrumententasche und fütterte Pouika mit den Blättern. Sie betrachtete die Heilerin. »Soll ich dir helfen, dich zu bewegen?«

»Ich brauche einen Heiler, der sich meinen Rücken ansieht, bevor ich mich bewegen kann. Dasselbe gilt für Herizim. Flieg in die Innenstadt.« Als Antwort auf Lynthis' verwirrten Gesichtsausdruck sagte sie: »Die Innenstadt liegt… jenseits der zerstörten Mauer.«

Lynthis nickte. »Einen Heiler. Oder einen Questor Garlens.« Die Windlingsfrau flatterte ein wenig unbeholfen auf, bis sie eine Elle hoch in der Luft schwebte, und sagte dann: »Wenn es nach all den Jahren noch Questoren Garlens gibt.«

Pouika nickte schwach.

Auf Lynthis' Miene spiegelte sich Resignation, während sie die Innenstadt betrachtete. Sie schlug mit den Flügeln und sagte mit tonloser Stimme. »Dann hat sich die Welt wohl nicht sehr verändert.«

Ein dünnes träges Lächeln durchbrach den Nebel von Pouikas Schlafbedürfnis. »Nein, ich glaube, du wirst feststellen, daß die Welt jetzt eine ganz andere geworden ist.«

»Eine bessere?« Lynthis musterte eindringlich das Gesicht der Heilerin, während diese zu nicken versuchte. Lynthis berührte sanft ihre Wange. »Ich hoffe es«, sagte sie leise. Pouika sah zu, wie die Windlingsfrau langsam in den Himmel stieg, folgte jeder ihrer Irrungen auf dem Weg zur Innenstadt, bis sie sie schließlich aus den Augen verlor.

Terry Pratchett

»Pratchetts Romane - der Stoff, aus dem Kultromane gewoben sind.«
PUBLISHERS WEEKLY

»Wirklich witzige Bücher sind rar. Und diese Romane sind nicht nur geistreich, sondern auch wunderbar erzählt. Terry Pratchett ist der Douglas Adams der Fantasy.«
THE GUARDIAN

Von Terry Pratchett sind im Heyne-Taschenbuch erschienen:

Das Licht der Phantasie
06/4583

Das Erbe des Zauberers
06/4584

Die dunkle Seite der Sonne
06/4639

Gevatter Tod
06/4706

Der Zauberhut
06/4715

Pyramiden
06/4764

Wachen! Wachen!
06/4805

MacBest
06/4863

Strata
06/4911

Die Farben der Magie
06/4912

Eric
06/4953

Trucker
06/4970

Wühler
06/4971

Flügel
06/4972

Die Scheibenwelt
06/5123

Die Teppichvölker
06/5124

Wilhelm Heyne Verlag
München